Das Buch
Von ihrer Stiefmutter enterbt, reist die junge Lady Elizabeth Stanton nach Boston, um dort die Frau des reichen Werftbesitzers zu werden, der sie kurz nach dem Tod ihres Vaters heftig umworben hatte und dann in dringenden Geschäften eiligst abreisen mußte. Doch Elizabeth muß nun zu ihrem Schrecken feststellen, daß sie einem dreisten Schwindler aufgesessen ist – nicht der charmante Nathaniel O'Connor ist der reiche Werftbesitzer, sondern sein finster wirkender Bruder Morgan! Und obwohl dieser gar nichts davon hält, sich den abgelegten Lieben seines leichtfertigen Bruders anzunehmen, nimmt er Elizabeth kurzentschlossen in seinem Hause auf, als sie – durch die grausame Enttäuschung geschwächt – mit einer Lungenentzündung auf seiner Schwelle zusammenbricht ... Was nun folgt, ist eine wunderbare Geschichte, spannend und mitreißend erzählt von einer der beliebtesten Autorinnen dieses Genres.

Die Autorin
Samantha James hat im Wilhelm Heyne Verlag bereits den Roman »Die andere Braut« (01/9902) veröffentlicht.

SAMANTHA JAMES

DER FALSCHE BRÄUTIGAM

Roman

Aus dem Amerikanischen
von Beate Darius

Deutsche Erstausgabe

WILHELM HEYNE VERLAG
MÜNCHEN

HEYNE ALLGEMEINE REIHE
Nr. 01/10485

Titel der Originalausgabe
JUST ONE KISS

Umwelthinweis:
Dieses Buch wurde auf
chlor- und säurefreiem Papier gedruckt.

Redaktion: Cornelie Kister

Copyright © 1996 by Sandra Kleinschmit
Copyright © 1997 der deutschen Ausgabe
by Wilhelm Heyne Verlag GmbH & Co. KG, München
Printed in France 1997
Umschlagillustration: Agentur Luserke/Sharon Spiak
Umschlaggestaltung: Atelier Ingrid Schütz, München
Satz: Buch-Werkstatt GmbH, Bad Aibling
Druck und Bindung: Brodard & Taupin

ISBN 3-453-13068-5

Prolog

Boston, 1830

Der Geruch von Salz lag durchdringend in der Luft, und es war ihr schwer ums Herz, denn sie konnte sich selbst nicht mehr länger betrügen ...

Sie lag im Sterben.

Im Raum befanden sich zwei kleine Jungen, ihre Söhne, die sie über alles liebte. Eine panische Schmerzattacke durchzuckte ihren Körper, doch sie war nichts im Vergleich zu den Schmerzen in ihrem Herzen. Und tief in ihrem Inneren keimte die Furcht auf, wie sie diesen beiden Jungen erklären sollte, daß sie bald für immer von ihnen scheiden mußte ... und sie allein zurückblieben, weil es ihren Vater wenig kümmerte, ob sie schmutzig und in Lumpen daherliefen.

Sie weinte still vor sich hin. Sie war allein mit ihren beiden Kindern, denn Patrick O'Connor verschwendete weder Geld noch Gefühle für seine Familie. Die meiste Zeit fand man ihn unten in seiner Schankstube – genauso betrunken wie seine Gäste. Lorettas Seele revoltierte angesichts dieser Ungerechtigkeit. Was würde nach ihrem Tod aus den beiden Söhnen werden? Ihr Vater nahm ja deren Existenz kaum wahr.

Ein Schauder lief durch ihren Körper. Allmächtiger Gott, die Welt war so ungerecht! Man beraubte sie ihres Lebens ... und ihre Söhne der Mutter. Als sie darüber nachdachte, wallten Schmerz und Zorn in ihrer Brust auf.

Doch nur ein qualvoller Seufzer kam über ihre Lippen. Bei diesem Laut vergruben sich kleine, zarte Finger in den ihren. Ein schwaches Lächeln huschte über ihre Lippen, die so blaß waren wie der Wintermond; Loretta

O'Connor erwiderte den Händedruck, so gut sie eben konnte. Sie hielt sich fest, denn sie wollte noch nicht gehen ...

Ihr Ehemann bahnte sich seinen Weg durch den Raum. Er baute sich vor ihrem Bett auf, zeigte jedoch keine Spur von Mitgefühl. Statt dessen schnaubte er mit mißfälliger Miene und wandte sich dann ab, um ein Hemd von einem Haken an der Wand zu reißen. Er sprach nicht mit ihr und würdigte sie und ihre Kinder keines weiteren Blickes. Aber so war es immer gewesen, kam es Loretta mit erschreckender Deutlichkeit in den Sinn. Und so würde es immer *sein* ...

Innerlich weinte sie. Als ihr Ehemann das Zimmer verließ, vernahm man den Lärm vieler Männerstimmen und schallendes Gelächter, der durch das enge Stiegenhaus zu den oberen Räumen drang, aber die drei schenkten dem keine Beachtung.

Lorettas Blick hing sehnsüchtig an ihren beiden Söhnen, Morgan und Nathaniel. Für den Bruchteil einer Sekunde umspielte ein vages Lächeln ihre Lippen. Niemand hätte die beiden für Brüder gehalten. Und doch waren sie es ...

Einer der beiden war so hell wie ein Weizenfeld, der andere so dunkel wie eine Mondfinsternis. Der Jüngere, Nathaniel, hatte erst vor vier Jahren das Licht der Welt erblickt. Morgan, der ältere, war zehn Jahre alt. Er war melancholisch und nachdenklich, stets gehorsam und verständnisvoll. Sie hatte sich immer gefragt, warum die beiden so grundverschieden waren ...

Starke Schmerzen peinigten ihren Körper. Lieber Gott, rief sie in stummer Qual, wer würde ihnen helfen, wenn sie in Not geraten? Wenn sie sich voller Furcht ausmalte, was aus ihren Söhnen werden würde, konnte sie nur noch dankbar dafür sein, daß das zwischen den beiden Jungen geborene Baby gestorben war. Dem Herrn sei Dank, daß Morgan eine schnelle Auffassungsgabe und eine gesunde Konstitution besaß! Aber Loretta konnte sich nicht helfen, sie hatte Angst um Nathaniel.

Sicher, er war lebensfroh und gutmütig, und doch verfiel er manchmal in die Rücksichtslosigkeit und Borniertheit seines Vaters – dieses verfluchten Schuftes –, was ihn vermutlich in den kommenden Jahren noch in Schwierigkeiten bringen konnte.

Sie vernahm ein schwaches Hüsteln vom Ende des Bettes. Ein Taschentuch vor ihre Brust gedrückt, bemerkte Loretta, daß Nathaniel sie mit großen Augen verwirrt anstarrte. Er war still geworden – wie es so gar nicht seine Art war –, eine Stille, die die Sphären des Himmels zu umfangen schien. Trotz seiner Jugend schien er zu ahnen, daß etwas nicht stimmte. Sie versuchte zu lächeln, aber es gelang ihr nicht.

Ihr Ende nahte.

Lorettas Atem wurde schwächer. Auf einmal wollte sie noch soviel sagen ..., und es blieb ihr nur so wenig Zeit.

Ihr Blick streifte Morgan. Wäre sie dazu in der Lage gewesen, hätte sie den Schmerz, der ihr Herz wie eine eiserne Klammer umfangen hielt, laut herausgeschrien. Morgans schöne graue Augen lagen tief in ihren Höhlen, sie waren gerötet und schimmerten feucht, aber er weinte nicht. Nein, denn es war nie seine Art gewesen zu weinen, egal, wie sehr man ihn auch verletzt hatte.

Mit letzter Kraft und vor Anstrengung zitternd drückte Loretta seine Hand. Ihre Lippen öffneten sich. Leise flehend blickte sie ihn an.

Der Junge beugte sich zu ihr hinunter.

Liebevoll betrachtete sie das kleine, blasse Gesicht. »Morgan«, sagte sie mit schwacher Stimme. »Oh, Morgan, mein tapferer kleiner Junge ..., wie ich dich vermissen werde. Wie ich mir wünsche, bei dir sein zu können. Wie ich mir wünsche, daß ich bleiben könnte ...«

Die Augen den Jungen füllten sich mit Tränen, aber er weinte immer noch nicht.

»Morgan, jetzt mußt du auf deinen Bruder aufpassen. Oh, ich weiß, daß ich viel von dir verlange ..., aber ich weiß, daß du es kannst ...«

Verzweifelt schüttelte das Kind seinen Kopf. »Nein, Mutter, ich ...«

»Du kannst es«, antwortete ihm Loretta mit schwacher Stimme. »Du bist der ältere, Morgan. Nathaniel ist noch so klein. Er ist nicht so stark und tapfer wie du ...«

Wieder schüttelte der kleine Kerl seinen Kopf.

»Nein, das bist du wirklich! Und deshalb bin ich so stolz auf dich!« Loretta versuchte, ihn zu überzeugen und drückte seine Hand an ihre Brust. »Morgan, ich bitte dich darum! Du mußt tun ..., was ich nicht tun kann ..., was euer Vater nicht – tun *will* ... Dein Bruder ist noch so jung. Was wäre, wenn er wie dein Vater würde? Nein, er braucht jemanden, Morgan, jemanden wie dich ... Hilf ihm. Beschütze ihn.« Stoßweise entwich der Atem ihren Lungen. Als sie die Hände ihres Sohnes drückte, zeichneten sich auf ihrem Gesicht die schrecklichen Qualen ab. »Ich bitte dich, Morgan, enttäusche mich nicht! Versprich mir, daß du es für mich tust, denn sonst werde ich niemals Frieden finden!«

Der Junge schluckte und versuchte, das Zittern in seiner Stimme zu verbergen. »Ich ..., ich verspreche es dir. Ich tue es für dich, Mut-«

»Nein, mein Sohn. Nicht für mich. Für Nathaniel.« Ihre Stimme wurde immer schwächer. »Er ist ein guter Kerl. Oh, Morgan, sei tapfer. Sei stark und mutig, für dich und Nathaniel. Vertraue auf dich und auf Gottes Barmherzigkeit. Möge Er euch immer behüten, meine geliebten Söhne ...«

Diese Worte raubten ihr die letzten Kräfte. Ihre geschlossenen Lider flackerten, der Druck ihrer Hand um die des Jungen ließ nach und wurde schlaff. Morgan hielt ihre Hände fest, als wollte er das Leben festhalten, das gerade von ihnen gegangen war. Seine Kehle schmerzte und brannte wie Feuer, als er gegen die Tränen und seinen aufsteigenden Zorn ankämpfte, der seinen Brustkorb zu sprengen drohte. Er wollte brüllen, seine Wut und seine Trauer ... und vor allen Dingen seine Furcht herausschreien. Aber er blieb stumm, hölzern und aufrecht wie ein Soldat.

Nathaniel schlich sich verstohlen an die Seite seines Bruders. Verwirrt betrachtete er seine Mutter. »Morgan«, flüsterte er mit gebrochener Stimme, »schläft unsere Mama?«

Morgan antwortete ihm nicht. Er war nicht dazu in der Lage, denn ein Schmerz durchbohrte ihn, wie er noch niemals zuvor empfunden hatte ..., und wie es ihn vermutlich niemals wieder treffen würde.

Wieder und wieder vernahm er die Stimme seiner Mutter. *Sei tapfer. Sei stark und mutig.*

Er schluckte. Wie? fragte er sich. Wie? »Nein«, antwortete er heiser. »Sie ist tot, Nathaniel. *Tot.*« Eine unheilvolle Stille trat ein. »Wie die Kätzchen, die Papa ertränkt hat.«

Der kleinere Junge begann zu weinen. »Was sollen wir jetzt tun?« wimmerte er. »Jetzt haben wir niemanden mehr, der uns liebt. Niemanden, der für uns sorgt. Papa ...«

Zögernd – beinahe widerwillig – klopfte Morgan seinem Bruder auf die Schulter. »Mach' dir keine Sorgen«, sagte er. »Du hast mich, Nat. Und ich bin immer für dich da.«

Das sagte der Junge ..., und so war es auch.

Die Monate zogen ins Land. Und in seinem zarten Alter schwanden Nathaniels Kummer und die Erinnerung an seine Mutter recht bald.

Morgan jedoch vergaß nicht so leicht. Er hielt sich an sein Versprechen. Er hatte ihrer Mutter auf dem Totenbett versprochen, Nathaniel zu beschützen ...

Und das tat er auch.

Ihr Vater verhielt sich genauso wie früher, war hinterhältig, launisch und blickte immer zu tief ins Glas. Als Morgan zwölf Jahre alt war, hatte der Vater es bereits geschafft, daß der Junge kaum noch Zeit für sich hatte, sondern meistens zwischen Wirtsstube und Küche hin- und herpendelte. Nathaniel war oft sich selbst überlassen ... So war es kein Wunder, daß der liebenswerte kleine Racker oft in Mißgeschicke hineingeriet.

Es war um Mitternacht, als Patrick O'Connor eines Abends zur Tür hereinpolterte. Betrunken wie er war, stolperte er durchs Zimmer, mit einer seiner feisten Hände hielt er einen Kerzenstumpf umklammert. Ängstlich an die Wand gekauert, zitterten die beiden Jungen auf ihrem kargen Schlaflager, dann wurden sie plötzlich starr vor Angst. Sie hielten sogar ihren Atem an, weil sie wußten, es war besser für sie, ihm nicht zu erkennen zu geben, daß sie wach waren.

Aber das half ihnen nur wenig. Patrick O'Connor trat schwankend vor seinen Schreibtisch. Blutrünstig schweifte sein Blick umher, dann verengten sich seine Augen zu Schlitzen. Wütendes Gebrüll durchbrach die Stille. In Sekundenschnelle hatte er seine beiden Söhne brutal von ihrem Nachtlager gezerrt.

Er wankte zurück zu seinem Schreibtisch. »Heute morgen lagen hier sechs Goldmünzen. Jetzt sind es nur noch fünf!«

Nathaniel starrte seinen Vater aus riesigen blauen Augen an. Mit der Zunge befeuchtete er seine Lippen, dann meinte er ängstlich: »Vielleicht ist eine auf die Erde gefallen?«

Patrick O'Connor beugte sich mit seiner beträchtlichen Leibesfülle nach unten und untersuchte den rissigen Holzboden. Als er sich wieder erhob, knurrte er: »Ich glaube nicht!«

»Dann hast du dich vielleicht geirrt, Papa ...«

»Habe ich nicht!« schrie der Mann. Wut entstellte seine Züge. »Es ist nicht das erste Mal, daß hier Geldstücke fehlen. Aber ich warne euch, Jungs, und schwöre euch, daß es das letzte Mal ist! Also gesteht mir jetzt! Wer von euch hat die Münze genommen?«

Er erhielt keine Antwort. Morgan ließ sich von dem Zornesausbruch seines Vaters nicht einschüchtern. Statt dessen rieb er sich sein Kinn und beobachtete seinen Vater mit einem Gleichmut, den man seinem zarten Alter beileibe nicht zugetraut hätte.

»Los, antwortet mir, ihr Satansbraten!« O'Connors Stimme hallte von der hohen Decke zurück. »Wer von euch hat diese eine Münze weggenommen?«

Der Boden ächzte unter dem Gewicht von Patrick O'Connor, als er einen Schritt nach vorn machte. Nackte Wut flackerte in seinen Augen. Nathaniel, der neben Morgan stand, atmete schwer. Vor Morgans geistiges Auge trat das Bild seines Bruders – Nathaniels schmutzige Faust hatte an diesem Nachmittag eine Handvoll Süßigkeiten umklammert gehalten. Im gleichen Augenblick stand die Schuld klar und deutlich auf Nathaniels Gesicht geschrieben. Ängstlich duckte er sich.

Morgan trat vor, hielt tapfer sein Kinn vorgestreckt und hoffte, daß der Vater seine zitternden Knie nicht bemerkte. »Ich habe sie mir genommen, Papa.«

»Verfluchter Bengel!« schrie dieser. »Wie kannst du es wagen!«

Morgan nahm Haltung an. »Ich arbeite und schufte genauso wie deine Bardamen, aber ich verdiene kein ...«

»Ich sorg' dafür, daß ihr was zu essen kriegt und Kleider am Leib habt, ihr undankbaren kleinen Bälger!« Ein gräßlicher Fluch folgte seinen Worten. »Und ich kriege, weiß Gott, wenig genug dafür zurück, aber du wagst es noch, von mir zu stehlen! Nun, von mir stiehlt niemand was, Junge ... niemand! Komm jetzt her zu mir!«

Unerbittlich umklammerte eine Hand seine schmale Schulter und zog ihn nach vorn; dann wurde ihm das

Hemd wie ein Lumpen vom Körper gerissen. Ein brutales Grinsen umspielte O'Connors Lippen, als er die Handknöchel des Jungen mit den Fetzen auf dem Rücken zusammenband.

Der Junge kauerte auf seinen Knien am Boden und versteifte sich, als er das Geräusch des Rohrstocks hörte, der von einem Haken an der Wand gerissen wurde.

Er kannte dieses Geräusch nur zu gut.

Der erste Hieb durchzuckte ihn wie eine Feuersbrunst. Der Junge namens Morgan schloß seine Augen. Er war der ältere, sagte er sich wie einst seine Mutter. Er mußte stark sein. Stark und tapfer. Er mußte Nathaniel beschützen.

Gefaßt wartete er auf den nächsten Schlag. Das Knallen des Rohrstocks durchbrach wieder und wieder die Stille, der Junge jedoch gab kein Wimmern, kein Stöhnen von sich. Er ertrug die Schmerzen, denn er tat es für Nat, ermahnte er sich.

Immer für Nat ...

Kapitel 1

Beacon Bill, 1854

Für eine Umkehr war es jetzt zu spät.

Wie seltsam, daß dieser Gedanke gerade jetzt von ihr Besitz ergriff, wo sie doch bereits so weit fort von ihrer Heimat war. Tatsächlich lagen die Weiten des Ozeans dazwischen ...

Lady Elizabeth Stanton warf einen letzten, beinahe sehnsüchtigen Blick zurück zu der Kutsche, die sie gerade verlassen hatte. Als das Fahrzeug um die Ecke verschwand, wirbelte es eine Wolke von Staub und abgefallenen Blättern hinter sich auf.

Sie umklammerte ihre Handtasche, nahm allen Mut zusammen und wandte sich um.

Mit einem furchtsamen Blick nahm sie die sich ihr bietende Ansicht wahr. Elizabeth konnte es nicht leugnen. Nathaniel war so stolz gewesen, als er ihr sein Zuhause beschrieben hatte – und das war kein Wunder. Sie hielt den Atem an, denn das Haus, das vor ihr erschien, war so beeindruckend, wie Nathaniel es ihr versprochen hatte. Tatsächlich, sinnierte sie, besaß es viktorianische Ausmaße, die Pracht englischer Landsitze und die Eleganz angesehener Londoner Stadthäuser.

Ein schmiedeeiserner Zaun umschloß das gesamte Anwesen, doch trotz der herben Konturen der nackten Zweige und des gefrorenen Rasens wirkte es nicht abweisend. Elizabeth konnte sich sehr gut vorstellen, wie der Garten im Frühling aussah, wenn alles zu sprießen und zu blühen begann: Blumenknospen und Bäume, die sich gen Himmel streckten.

Das Haus selbst war riesig und besaß ein Giebeldach.

Unbewußt nahm sie die zarten weißen Spitzengardinen wahr, die große bleiverglaste Fenster schmückten, und nur mit Mühe widerstand sie dem Drang, ihre weißbehandschuhten Hände auf das eiserne Gitter zu legen und nur noch fasziniert zu schauen. Sie mußte kichern. Natürlich war sie töricht. Nathaniel war ein überaus erfolgreicher amerikanischer Schiffbauer. Wieso sollte sein Heim da nicht schön und gediegen sein?

Sie war sich ihres Anblicks nicht bewußt, wie sie dort so stand, ein Juwel in der späten Wintersonne. Ihre Reisebekleidung bestand aus einem dunkelgrauen Seidenkleid, das vielleicht ein wenig zerknittert war, aber der neuesten Londoner Mode entsprach. Doch es war weniger ihre Bekleidung, die sie wie einen Solitär hervorhob.

Nein, es war vielmehr ihre beeindruckende Erscheinung. Ihr Haar so glänzend wie flüssiges Gold schimmerte unter dem Hut hervor. Ihre Augen hatten das frische Grün einer englischen Frühlingswiese. Elizabeth Stanton war keine blasse zerbrechliche Blüte. Auch wenn sie von Natur aus bescheiden war, so bewies ihre stolze Haltung doch verborgene Stärke. Jetzt fühlte sie sich allerdings eher klein und unbedeutend ... und sehr, sehr verloren.

Nein, dachte sie erneut und erinnerte sich an die Gefühle, die während der letzten Wochen Besitz von ihr ergriffen hatten. Es war zu spät für eine Umkehr. Und sie hatte sich nun so lange danach gesehnt, Nathaniel wiederzusehen.

Nach und nach kamen ihr wieder alle Erinnerungen in den Sinn. Es war so viel geschehen, dachte sie wehmütig seufzend. So viel ...

Er hatte London im Sturm erobert, dieser energische junge Amerikaner namens Nathaniel O'Connor. Schön wie die Sünde, anziehend wie der Rattenfänger von Hameln, blond, stark und verwegen, war er das Stadtgespräch Londons gewesen: Scharenweise bekannten sich die Frauen dazu, in ihn verliebt zu sein. Aber von allen Londoner Schönheiten war sie es gewesen, der er den Hof gemacht hatte. Die eine, die er begehrt hatte.

Es war selbstverständlich nur ein heftiger Flirt gewesen. Zunächst hatte Elizabeth geglaubt, daß seine Aufmerksamkeiten ihr gegenüber nur ein Scherz waren. Sie war wohl kaum so unwiderstehlich und mit Sicherheit nicht der Typ Frau, dem Männer zu Füßen lagen! Aber insgeheim hatte es ihr schon geschmeichelt, obwohl sie sich eigentlich nicht für eine wirkliche Schönheit hielt! Und deshalb neckte sie ihn unbarmherzig, genau wie er es tat, und war sich sicher, daß sein Interesse bald schwinden werde.

Doch die Wochen vergingen, und sein Interesse an ihr blieb bestehen. Und obwohl sie immer geglaubt hatte, einen klaren, kühlen Kopf behalten zu können, war Nathaniel O'Connor wie eine Versuchung, der sie nicht widerstehen konnte.

Wenn sie an ihn dachte, spürte sie ein innerliches Prickeln. Sie erinnerte sich an das erste Mal, als er sie geküßt hatte. Auf einer Geburtstagsfeier zu Ehren von Lord Nelson hatten sie einen flotten Wiener Walzer miteinander getanzt, nach dem sie völlig außer Atem und ausgelassen gewesen war. Deshalb hatte er sie nach draußen auf die Terrasse begleitet und sie dort zu einer kleinen Steinbank in der Nähe des Gartens geführt. Langsam war das Lächeln aus seinem Gesicht gewichen. Mit seinen Händen hatte er ihren Nacken umschlungen und ihr Gesicht zu sich nach oben gezogen. Umgeben von süßem Rosenduft – ihr Herz hatte wie wild geklopft und ihr Puls dröhnte in ihren Ohren – hatte er sie dort geküßt. Obwohl sie es sich ersehnt hatte, hätte sie niemals mit diesem Kuß gerechnet.

Nur kurze Zeit darauf ...

Sie saßen in der Halle des Londoner Stadthauses, das ihrem Vater gehörte. Nathaniel nahm ihre Hände. »Elizabeth ... mir ist etwas dazwischengekommen, Liebste. Es tut mir leid, aber ich muß früher nach Boston zurück, als ich dachte.«

Es war nicht die erste schlechte Nachricht an jenem Tage, und so war es kaum verwunderlich, daß Elizabeth ihn vollkommen irritiert anstarrte. »Oh, Nathaniel, nein! Wann? Wann mußt du abreisen?«

»Morgen, meine Liebste. Das Schiff setzt die Segel mit der morgendlichen Flut.« Seine Hände umklammerten die ihren noch fester. »Bitte, Elizabeth, komm mit mir ... heirate mich. Werde meine Frau. Ich werde dich zur glücklichsten Frau dieser Erde machen, wenn du mir nur dein Jawort gibst.«

Auch wenn Elizabeths Herz einen Freudenhüpfer machte, wurde es doch von einer Last gequält, die sie nicht einfach beiseite schieben konnte.

»Nathaniel. Ach, Nathaniel. Ich würde so gerne ..., du kannst dir gar nicht vorstellen, wie sehr! Aber der heutige Tag ist ein einziger Alptraum für mich! Du weißt, daß mein Vater schon seit Wochen von diesem schrecklichen Husten geplagt wird? Nathaniel, er ist ernsthaft krank ...«

Sie befand sich geradewegs zwischen Himmel und Hölle. Wie konnte sie, die einzige Tochter des Earl of Chester, ihren Vater verlassen? Außerdem hatte sie ihn noch niemals so krank und geschwächt erlebt! Sicher, da war Clarissa, seine neue Ehefrau, die er vor zwei Jahren geheiratet hatte. Aber sie, Elizabeth, war sein einziges Kind, und sie durfte ihren Vater nicht im Stich lassen! In solchen Zeiten mußte sie ihm beistehen.

»Wenn es Papa wieder gutgeht, komme ich zu dir nach Boston. Ich verspreche dir, Nathaniel, sobald es möglich ist.«

»Ich warte auf dich, Elizabeth. Das verspreche *ich* dir.«

Wenn es Papa wieder gutgeht ... hatte sie geglaubt und ihre Worte bald darauf bitterlich bereut!

Denn ihr Vater war fast einen Monat lang krank gewesen. Und seine Gesundheit war weitaus geschwächter, als sie vermutet hatte.

Vor ungefähr sechs Wochen hatten sie ihn beerdigt.

Elizabeths sanft geschwungener Mund nahm einen harten Zug an. Noch eine andere Erinnerung kam ihr unerbittlich in den Sinn und verursachte ihr eine Gänsehaut.

Ihre Mutter war an einer Lungenentzündung gestorben, als Elizabeth noch ein ganz junges Mädchen gewesen war. Viele Jahre lang war sie mit ihrem Vater allein gewesen. Aber als sie erwachsen wurde, begann sie zu verstehen, worüber ihr Vater niemals sprach. Seine Einsamkeit. Seine Sehnsucht nach einer Gefährtin. Deshalb war sie auch nicht überrascht gewesen, als der Earl schließlich Clarissa Kenton, eine verwitwete Baronin aus der benachbarten Grafschaft, ehelichte.

Leider hatten sie und Clarissa sich nie besonders gut verstanden, was dem Grafen allerdings nicht auffiel. Elizabeth neigte nicht zu Böswilligkeit, fand jedoch, daß die neue Gräfin recht eigensinnig, streng und gelegentlich herablassend wirkte.

Und das stellte sie an dem Tag, als das Testament des Earls verlesen wurde, wahrhaftig unter Beweis.

Elizabeth war immer noch halb benommen vor Trauer. Auch wenn sie von Nathaniel unter großen Schmerzen Abschied genommen hatte – schließlich war es schon fast schamlos, wie sie an ihm gehangen hatte –, besaß sie die Sicherheit, bald wieder mit ihm vereint zu sein. Aber sie würde ihren Vater nie wiedersehen, nicht mehr seine Nähe spüren, seine Zuneigung, sein angenehmes Lachen ... Dieser Gedanke bedrückte sie und ließ sich auch nicht auslöschen, als der Sarg in die Erde versenkt wurde.

Deshalb befand sie sich in äußerst bedrückter Stimmung, als sie und Clarissa in dem väterlichen Studierzimmer saßen und der dröhnenden Stimme von James

Rowland, seinem Notar, lauschten. Ihre trübsinnigen Gedanken schweiften immer wieder ab.

»Elizabeth!« ermahnte sie Clarissa scharf. »Hörst du überhaupt zu? Ich denke, das folgende betrifft dich.«

Hinter seinen Brillengläsern betrachtete Mr. Rowland die beiden Frauen. Wäre Elizabeth konzentrierter gewesen, hätte sie sein Unbehagen bemerkt. »Soll ich fortfahren?« fragte er.

»Ja, bitte«, meinte Clarissa schnippisch.

Mr. Rowland räusperte sich und las weiter. »Einige meiner kostbarsten Erinnerungen verbinde ich mit meiner Tochter Elizabeth und unserer gemeinsam verbrachten Zeit in Hayden Park, meinem Landsitz in Kent. Aus diesem Grund möchte ich Hayden Park aus dem freudigen Anlaß ihrer Vermählung an Elizabeth vermachen und hoffe, daß sie und ihr zukünftiger Ehemann dort leben werden.«

Das überraschte Elizabeth nicht. Sie hatte damit gerechnet, daß ihr Vater den Großteil seiner Liegenschaften Clarissa vermachte, und so war es auch gewesen. Aber Hayden Park hatte für sie immer etwas Besonderes dargestellt. Sie lächelte in wehmütiger Erinnerung, denn auch sie verband sehr viel Schönes mit den dort verbrachten Tagen.

Rowland fuhr fort. »In diesen, meinen letzten Lebenstagen, bereue ich nur, daß ich Elizabeth niemals als Ehefrau sehen werde, denn sie nicht vermählt und versorgt zu wissen, ist die größte mir verbleibende Sorge. Aus diesem Grund überlasse ich meiner geliebten Frau Clarissa die Aufgabe, einen Ehemann für Elizabeth zu finden, denn ich weiß, daß sie meinen Wünschen Rechnung tragen wird.«

Elizabeth hielt ihre Hände andächtig im Schoß gefaltet und war ganz still geworden. In ruhigem Tonfall sagte sie jetzt: »Können Sie mir das bitte erklären, Mr. Rowland. Was bedeutet das im einzelnen?«

Rowlands gerötete Wangen nahmen einen noch tieferen Farbton an. »Vor dem Gesetz betrachtet heißt das, daß Hayden Park erst in Ihren Besitz übergeht, wenn Sie heiraten ...«

Elizabeth fiel ihm ins Wort. »Heißt das auch, daß die Wahl meines Ehemannes in den Händen meiner Stiefmutter liegt?«

Ihm blieb keine Zeit zur Antwort. »In der Tat, Elizabeth.« Der Triumph zeigte sich in Clarissas Stimme und in ihrem Verhalten, als sie sich ihrer Stieftochter zuwandte. Ihr siegessicheres Lächeln verursachte Elizabeth eine Gänsehaut.

»Aber es besteht kein Grund zur Besorgnis, meine Liebe.« Clarissa verschwendete keine Zeit, sie mit ihren Absichten vertraut zu machen. »Ich habe mich bereits um alles gekümmert. Lord Harry Carlton ist damit einverstanden, dich zu heiraten. Um ehrlich zu sein, er war sogar ganz glücklich, daß meine Wahl auf ihn gefallen war.«

Elizabeth war verblüfft. Mit ihren 21 Jahren hatten bereits mehrere Männer um ihre Hand angehalten. Ihr Vater war zwar manchmal enttäuscht gewesen, aber er hatte sie niemals zu einer Entscheidung gedrängt.

Selbstverständlich kannte sie Lord Harry, den jüngsten Sohn des Marquis of Salisbury. Er platzte zwar bald aus allen Nähten, aber es war nicht seine äußere Erscheinung, die sie immer abgestoßen hatte. Nein, er war ein Lüstling, ein Weiberheld, das wurde in seinen gierigen Blicken deutlich, mit denen er jede Frau taxierte.

Sie fühlte sich auf einmal sehr schlecht, konnte kaum noch atmen und wußte, sie durfte dieser schrecklichen Ahnung keine Beachtung schenken, denn sonst würde sich diese sicherlich als Realität entpuppen.

Barmherziger Vater, es kann nicht sein. Laß es nicht wahr sein, betete sie.

Ihre gefalteten Hände verkrampften sich in ihrem

Schoß. »Verstehe ich dich richtig, Clarissa, du verlangst, daß ich Lord Harry heirate?«

»Natürlich!« Clarissa lächelte strahlend, aber ihre Augen blieben hart. »Es handelt sich dabei um eine ausgesprochen gute Partie, meinst du nicht?«

Elizabeth holte tief Luft. Ihr kochte das Blut in den Adern. Bei Gott, sie würde sich doch nicht an einen Fremden verschachern lassen – einen Mann, den sie nicht liebte – und den ihre Stiefmutter für sie ausgesucht hatte!

Äußerlich zeigte sie jedoch nicht die geringste Spur ihres Zorns. Statt dessen wählte sie ihre Worte mit Bedacht. »Das würdest du von mir verlangen, Clarissa? Du würdest mich dazu zwingen wollen, einen Mann zu heiraten, an dem ich überhaupt nicht das geringste Interesse habe?«

Clarissas Lächeln verflog. »Deine Heirat ist längst überfällig, Elizabeth. Und etwas Besseres als Lord Harry kann dir gar nicht passieren.« Sie faltete ihre Arme vor ihrem riesigen Busen und starrte ihre Stieftochter an.

In diesem Moment erkannte Elizabeth die ungeschminkte Wahrheit in den Augen ihrer Stiefmutter, die Gehässigkeit, die sie immer gespürt hatte, die Abneigung, die Clarissa nicht mehr länger verbarg. Clarissa haßte sie. Ihre Zuneigung war nur eine Farce. Jetzt, nach dem Tode des Grafen, wollte sie ihre Stieftochter nur noch loswerden.

Elizabeth setzte sich aufrecht und hob ihr feingeschwungenes Kinn. Wenn es das war, worauf Clarissa hinauswollte – sie loszuwerden –, dann würde sie selbstverständlich ihren Teil dazu beitragen.

Ein zartes Lächeln umspielte ihre vollen Lippen. »Du hast recht, Clarissa«, meinte sie kühl. »Ich werde heiraten, aber einen Mann meiner Wahl – und *nicht* Lord Harry.«

Clarissa schnaubte vor Wut, ein wenig damenhaftes

Geräusch. »Wen denn? Wenn du noch länger wartest, wirst du als alte Jungfer enden!«

»Nathaniel O'Connor hat vor seiner Rückreise nach Boston um meine Hand angehalten«, erklärte Elizabeth ganz ruhig, »und ich habe ihm bereits mein Jawort gegeben.«

»Nathaniel O'Connor? Dieser aufdringliche, junge Amerikaner, dem es völlig an Stil und Manieren fehlte?«

Der Abscheu der älteren Frau war nur zu offensichtlich. Auch wenn ihr eine freche Retourkutsche auf den Lippen brannte, hielt Elizabeth es für besser, sie zu schlucken.

»Wir sind zwar unterschiedlicher Meinung, was seinen Charakter anbelangt, Clarissa, aber ich muß zugeben, er ist derjenige.«

»Wenn er beabsichtigte, dich zu heiraten, warum ist er dann nach Boston zurückgefahren?« meinte Clarissa triumphierend. »Und warum haben dein Vater und ich nichts davon erfahren?«

»Nathaniel ist Geschäftsmann und mußte wegen dringender Angelegenheiten zurück.« Elizabeth war leicht verunsichert und hoffte nur, daß ihre Stiefmutter das nicht bemerkte. Gleichzeitig wünschte sie sich, Nathaniel hätte ihr alles genauer erklärt. »Ich habe ihn nicht begleitet, weil Papa krank war. Und deshalb habe ich ihm auch nichts erzählt.«

»Ha! Weil du genau wußtest, daß dein Vater nicht einverstanden sein würde.«

Elizabeth kämpfte gegen ihre leichten Schuldgefühle an. Irgendwie gelang es ihr, dem anklagenden Blick ihrer Stiefmutter standzuhalten. Wenn Clarissa nun recht hatte? Das würde sie der alten Hexe jedenfalls niemals eingestehen!

»Papa war krank«, wiederholte sie. »Ich wollte nur, daß er schnell wieder gesund würde, damit er meine Hochzeit mit Nathaniel *erleben* konnte.«

»Dein Vater hätte dir niemals erlaubt, einen ... einen Nichtsnutz von Yankee – und dazu noch einen von irischer Abstammung – zu heiraten! Eine solche Eheschließung wäre kaum standesgemäß!«

Elizabeth schüttelte den Kopf. Eine *standesgemäße Heirat*. Das war ihr vollkommen egal. Aber ihr wurde klar, daß Clarissa absolut kein Verständnis für das Feuer der Leidenschaft besaß, das in ihr brannte, wenn sie mit Nathaniel zusammen war.

Nein, dachte sie. Nein. Sie würde Lord Harry nicht heiraten – weder Clarissa noch sonstwem zum Gefallen. Denn wenn sie das tat, würde sie ein unerträgliches Leben führen müssen, an dem sie erstickte.

Aber sie gab sich auch keinen Illusionen hin. Wenn sie blieb, würde Clarissa alles daransetzen, ihr ihren Willen aufzuzwingen. Und sie hielt ihre Stiefmutter für so unerbittlich, daß es schon beängstigend war.

Langsam stand sie auf. »Es tut mir leid, daß alles so kommen mußte«, sagte sie ruhig. »Aber du wirst mir doch rechtgeben, daß es vermutlich das Beste ist, wenn ich so bald wie möglich nach Boston – und zu Nathaniel – abreise.«

Clarissa erhob sich ebenfalls. Hektische rote Flecken zeichneten sich auf ihren Wangen ab. »Bei Gott, Mädchen, du warst immer ein eigensinniges, verzogenes Kind, aber dies hier würde mir dein Vater niemals glauben! Wenn er wüßte, daß du dein Herz an einen Yankee verloren hast! Ich habe ihn zwar darauf hingewiesen, daß man zu deiner Erziehung eine gestrenge Hand braucht, aber bis kurz vor seinem Tode wollte er nicht auf mich hören. Und jetzt danke ich Gott, daß er das nicht mehr erleben muß, denn er wäre entsetzt über dein Verhalten!«

Elizabeth hörte ihr gar nicht zu, sondern streckte James Rowland eine Hand entgegen. »Ich danke Ihnen für Ihre Hilfe, Mr. Rowland. Ich weiß, Sie werden verstehen, wenn ich mich jetzt verabschiede. Ich muß noch eine Schiffspassage buchen.«

Rowland stand ihr gegenüber. »Lady Elizabeth«, flehte er sie an. »Bitte, Lady Elizabeth! Ich bitte Sie, sich das alles noch einmal zu überlegen. Sicher können Sie beide noch zu einer Einigung finden. Denn Sie stehen im Begriff, viel zu verlieren. Ihr Vater hat Vorkehrungen für eine außerordentlich großzügige Leibrente getroffen ...«

»Eine Apanage, deren Höhe von mir bestimmt wird, Mr. Rowland. Und ich schwöre, sie wird nichts bekommen. Keinen Pfennig, verstehst du?« Clarissas Stimme zitterte vor Wut. »Ohne mich bist du so arm wie eine Kirchenmaus!«

Rowland schwieg. Jetzt wurde Elizabeth alles klar. Papa, dachte sie traurig, wie konntest du so etwas tun? Er hatte sie gelehrt, für sich selbst zu sorgen. Sie brauchte niemanden, der auf sie aufpaßte, sie kontrollierte, wie Clarissa es wohl zu beabsichtigen schien.

Nach kurzem Zögern faßte sie sich an den Kopf, lächelte kaum merklich und sagte leise: »Du willst es nicht verstehen, Clarissa, oder? Papas Geld bedeutet mir nichts. Es ist richtig, daß mir Hayden Park viel bedeutet, aber mein Leben gehört mir – und bedeutet mir noch weitaus mehr. Und ich wäre lieber arm, als mit einem Mann verheiratet, den ich nicht liebe.«

Das war das letzte Mal, daß sie und Clarissa sich gesehen hatten.

Und dann hatte sie ihrem Vater und England ... und auch ihrem bisherigen Leben Lebwohl gesagt.

Eine Zeitlang konnte sie es sich nicht anders erklären – man hatte insgeheim versucht, sie zu hintergehen. Sie konnte nur noch daran denken, daß ihr Vater sie betrogen hatte, indem er ihre Zukunft in Clarissas Hände gelegt hatte. Doch während ihrer langen Seereise erkannte sie schließlich, daß der einzige Fehler ihres Vaters darin bestanden hatte, zu vertrauensselig zu sein; er hatte darauf vertraut, daß Clarissa im besten Interesse seiner Tochter handeln würde.

Ja, dachte sie zum wiederholten Male. Sie hatte die richtige Entscheidung getroffen. Die einzig richtige Entscheidung. Denn eine Ehe einzugehen, wie es Clarissa von ihr verlangte, wäre unerträglich gewesen.

Elizabeth stieß einen tiefen Seufzer aus. Sie dachte wieder an die Gegenwart ... Und an Nathaniel.

Sie hustete und empfand ein beklemmendes Gefühl in ihrer Brust. Ihr Brustkorb schmerzte schon seit Tagen. Aber sie schenkte dem keine weitere Beachtung. Das kam sicherlich nur von den Erinnerungen, beruhigte sie sich.

Sie griff ihre Handtasche fester und sah wieder zum Haus hinüber. Verunsichert runzelte sie ihre Stirn. Seit sie Nathaniel zum letzten Mal gesehen hatte, waren fast drei Monate vergangen. Würde er erfreut sein, sie zu sehen?

Sie lachte leise. Natürlich war er das. Er liebte sie. Ihre Ängste waren unbegründet. Außerdem hatte sie keine Angst vor ihm, sondern einfach nur vor der Zukunft. Und das war kaum verwunderlich, denn ihr Leben war ja in letzter Zeit ziemlich aus der Bahn geraten.

Und doch wurde sie einen quälenden Gedanken nicht los. War es töricht von ihr gewesen, direkt hierher zu kommen? Der Kutscher hatte das Anwesen der O'Connors gekannt. Aber sie mußte noch eine Unterkunft finden und hatte es deshalb für das Beste gehalten, Nathaniel um eine Empfehlung zu bitten. Ihre Barschaft war nicht unbegrenzt – sie hatte einiges von ihrem Schmuck verkauft, um die Schiffspassage bezahlen zu können. Aber wenn alles gutging, brauchte sie nur ein Zimmer für vielleicht ein oder zwei Wochen. Es war sowieso ihr innigster Wunsch, so schnell wie möglich zu heiraten – und sie betete darum, daß es Nathaniel ebenso ging!

Gedankenverloren rückte Elizabeth ihren Hut zurecht und strich ihren Mantel glatt. Nach einem Monat auf See fühlte sie sich verständlicherweise schmutzig und müde. Ein sanftes Lächeln umspielte ihre Lippen. Sie fühlte sich tatsächlich fast wie eine Waise, wenn sie sich ihr kleines Reisegepäck ansah.

Ihre Koffer hatte sie im Hafen zurückgelassen, weil sie hoffte, daß Nathaniel sie vielleicht morgen schon abholen ließe.

Sie nahm allen Mut zusammen und betrat den ziegelbedeckten Aufgang. Ihre Absätze klapperten, als sie die Treppen hochstieg. Vor zwei riesigen Flügeltüren angelangt, griffen ihre schlanken weißbehandschuhten Finger nach dem kunstvoll verzierten Messingklopfer und umschlossen diesen. Äußerlich ganz ruhig, innerlich jedoch völlig aufgewühlt, klopfte sie leicht auf die Holzpaneele.

Gleich darauf hörte sie im Inneren Schritte, dann wurde die Türe geöffnet. Ein schmalschultriger Mann mit grauem Schnurrbart trat ihr entgegen – nach seinem Aussehen zu urteilen sicherlich der Butler.

Elizabeth versuchte zu lächeln. »Guten Tag«, begrüßte sie ihn höflich. »Ist das der Wohnsitz der O'Connors?«

Seine struppigen Brauen zogen sich zusammen. »In der Tat, gnädige Frau.«

Ihr Lächeln entspannte sich. »Gut. Dann möchte ich bitte mit Mr. O'Connor sprechen, wenn er zu Hause ist.«

Er musterte sie von oben bis unten, und offensichtlich schien sie ihm zu gefallen. »Wen bitte darf ich melden, Madam?«

»Lady Elizabeth Stanton.« Ihr Lachen klang ziemlich gepreßt. »Bitte verzeihen Sie, daß ich unangemeldet komme, aber mein Schiff hat erst heute nachmittag angelegt.« Elizabeth meinte, ihm eine Erklärung schuldig zu sein. »Die Umstände, unter denen ich London verließ, waren etwas verworren. Ich war in solcher Eile, daß ich leider nicht die Zeit hatte, Mr. O'Connor zu schreiben und ihn über meine Ankunft zu informieren. Und ... ich hätte vielleicht besser noch etwas gewartet, aber ich freue mich so sehr darauf, ihn wiederzusehen!«

Eine kurze Gesprächspause trat ein. »Mr. O'Connor ist noch nicht von seiner Reederei zurückgekehrt, obwohl ich ihn jede Minute erwarte. Möchten Sie warten?«

Ihre Angst verflog. »Oh, ja gerne!«

Der Butler trat zurück. »Bitte kommen Sie herein.«

Elizabeth folgte ihm in den Salon, der sich hinter der imposanten Eingangshalle anschloß. Als sie eintrat, nahm sie anerkennend die großen einladenden und geschmackvollen Möbelstücke wahr.

»Mein Name ist Simmons, gnädige Frau. Darf ich Ihnen eine Tasse Tee servieren?«

Obwohl sein Verhalten absolut höflich und neutral war, war sein Blick doch voller Zuneigung. »Danke, Simmons«, sagte sie lächelnd, »das wäre wirklich sehr liebenswürdig.«

Er verbeugte sich leicht und verschwand.

Als er die Tür hinter sich geschlossen hatte, setzte sich Elizabeth in einen der großen, gepolsterten Ohrensessel gegenüber dem Kamin. Bald darauf erschien ein junges Mädchen mit einem Silbertablett, die sich ihr als Millie vorstellte. Elizabeth nahm eine Tasse Tee, weil sie glaubte, das würde sie erfrischen, aber nach ein paar Schlukken fühlte sie sich so erhitzt wie das Kaminfeuer.

Sie stand auf und wanderte ziellos im Raum auf und ab. Jetzt, wo die Stunde des Wiedersehens immer näher rückte, wallten Aufregung und Furcht in ihrer Brust. Sie betrachtete sich in einem kleinen rechteckigen Spiegel, der an allen vier Ecken mit winzigen Rosetten verziert war. Ihre Wangen schimmerten rosig. Ihre Augen glänzten in lebhaftem Grün. Sie runzelte die Stirn und dachte, daß sie vielleicht etwas zu glänzend wirkten ...

Sie geriet ins Wanken, dann faßte sie sich wieder. Was war denn los? Innerhalb der letzten Stunde war sie immer kurzatmiger geworden, aber das war sicher eine reine Nervensache.

Draußen hörte sie das Geräusch einer vorfahrenden Kutsche.

Elizabeth flog beinahe zum Fenster. Durch die dünne Spitzengardine sah sie einen großen schlanken Mann, der auf das Haus zukam.

Ihr Herz klopfte rhythmisch. Er ist es …, es ist Nathaniel!

Aus der Halle drangen Stimmen. Sie faltete ihre behandschuhten Finger, damit ihre Hände ruhig wirkten, und mußte sich bremsen, daß sie nicht einen Freudentanz aufführte.

Schritte näherten sich. Simmons klopfte und öffnete die Tür einen Spaltbreit. »Madam, der gnädige Herr wird gleich hiersein.«

Elizabeth nickte. Ihr Verstand raste. Würde Nathaniel überrascht sein, sie hier zu sehen? Zweifellos. Würde er sich freuen? Natürlich würde er das! Er hatte sie schließlich darum gebeten, seine Frau zu werden! Sie war selig vor Glück. Dann seufzte sie und stellte sich vor, was passierte, wenn Nathaniel hereinkam.

Er würde sie mit seinem typischen Lächeln in den Augen betrachten; bei dieser süßen Erinnerung kräuselten sich ihre Lippen. Und dann würde er sie in seine Arme nehmen und sie wie damals küssen.

Knarrend öffnete sich die Tür. Sie sah die Umrisse eines Mannes – er war elegant gekleidet, größer als die meisten, mit kräftigen, breiten Schultern, unglaublich schlanken Hüften … und sein Haar war schwarz wie die Nacht.

Elizabeth wollte auf ihn zustürzen, aber mit einem Laut des Erstaunens hielt sie plötzlich inne.

Ihr Lächeln gefror ihr auf den Lippen. Ihr Herz und

ihr Verstand schienen auszusetzen. Sie fühlte sich auf einmal so schwach, daß sie kaum noch stehen konnte. Sie blinzelte, weil sie sich sicher war, daß ihre Augen sie getäuscht hatten. Das konnte wahrhaftig nicht sein ...

Der Mann, der vor ihr stand, war nicht Nathaniel.

Kapitel 2

Nach Abschluß seines geschäftlichen Termins wollte Morgan O'Connor gerade die Commonwealth Bank verlassen, als ihm im Eingangsbereich eine außergewöhnlich gutgekleidete Frau in mittleren Jahren begegnete. Morgan hielt ihr höflich die Türe auf, trat einladend einen Schritt zurück und zog grüßend seinen Hut.

»Guten Tag, Mrs. Winston.«

Die Frau ignorierte ihn. Berge von Rüschen und Spitzen wirbelten an ihm vorüber. Die Feder an ihrem Hut hob und senkte sich. Ihre einzige Antwort war der eisige Blick, mit dem sie ihn musterte. Morgan hob eine Braue und zuckte mit seinen Schultern. Gott sei Dank, dachte er sarkastisch, waren seine Banker nicht so wählerisch wie Mrs. Winston. Um die Wahrheit zu sagen, war die Bank froh um jedes Geschäft, das sie mit ihm abwickeln durfte.

Das war nicht immer so gewesen, überlegte Morgan, als er in seine Kutsche stieg. Während seiner Jahre auf See waren die wenigsten bereit gewesen, ihm finanzielle Unterstützung für seinen geschäftlichen Aufstieg zu leisten. Aber irgendwann war der Tag gekommen, an dem sich das alles änderte. Und wenn er auch nicht mit offenen Armen von der Bostoner Oberschicht empfangen wurde, so öffneten ihm doch mittlerweile viele der Reichen ihre Salons – und taten wenigstens so, als wäre er willkommen.

Er hatte gedacht, daß er die Zeit, in der er von der Crème de la Crème Bostons gemieden wurde – und er nur als Sohn eines betrunkenen Kneipenbesitzers galt –, längst hinter sich gelassen hatte. Weit gefehlt. Er zählte zum Pöbel. Ein irischer *Seemann*. Im Verlaufe einer Stunde war er wieder einmal zum Außenseiter abgestempelt worden. War minderwertig.

Er war nicht mehr so dumm und verblendet, das nicht zu bemerken.

Und obwohl Morgan es sich selbst gegenüber ungern zugab, brodelte dieses Wissen doch tief in seinem Inneren. Er hatte sich Jahr für Jahr bemüht, hatte hart an sich gearbeitet, um sich und seine Lebensumstände zu verbessern. Er hatte sich das erarbeitet, was für viele aus der sogenannten Bostoner Elite als Selbstverständlichkeit galt – oder was ihnen von ihren Vätern weitervererbt wurde. Denn – um ehrlich zu sein – die Blaublütigen der Stadt waren auch nicht besser als er. Sie hielten sich nur für besser.

Mit einem Fingerzeig deutete Morgan seinem Kutscher loszufahren. Seine Lippen umspielte zwar ein Lächeln, aber seine hellen Augen blickten starr.

Als die Kutsche um die Ecke bog, hatte er in der Bucht einen Blick auf die unruhige See. Neugierig beugte er sich vor.

Gott, wie er die schmutzige kleine Taverne am Meer gehaßt hatte, in der er seine Jugend verbringen mußte. Aber die See war seine Rettung gewesen. Dort hatte er schließlich Zuflucht gefunden. Und sein Glück gemacht.

Es tat ihm nur weh, daß er dieses Glück nicht mit seiner Mutter teilen konnte.

Er grinste spöttisch. Sein Vater war vor beinahe zehn Jahren gestorben. Es war kein Zufall gewesen, daß er kaum eine Woche nach dessen Beerdigung die schäbige Kneipe abgerissen hatte. Und an dieser Stelle hatte er die Niederlassung der O'Connor Schiffsbaugesellschaft gegründet.

Lautes Gelächter von draußen zog seine Aufmerksamkeit auf sich. Eine Gruppe von Kindern, die auf der Straße spielte, rief und winkte seinem Kutscher. Er lächelte und fragte sich im stillen, ob sie überhaupt wußten, wie gut es ihnen ging. Seine eigene Kindheit war kaum mit solchem Übermut gesegnet gewesen. Nein, das sorglose Lachen hatte er immer seinem Bruder überlassen.

Nathaniel ... Unvermutet dachte er wieder an ihn, denn sein Unterbewußtsein beschäftigte sich ständig mit seinem Bruder.

Nathaniel ... der Bruder, den er so sehr geliebt hatte. Dieser Schuft, dem er sein Leben anvertraut hätte ... und seine Frau.

Nathaniels Charme hatte ihn weit gebracht, dachte Morgan zynisch. Immerhin so weit, daß viele bereit waren, ihm seine Fehltritte zu vergeben.

Aber nicht alle.

Morgan kniff die Lippen zusammen. Ein inneres Feuer schien ihn zu ersticken. Er hatte während der letzten fünf Jahre recht wenig Kontakt zu Nathaniel gehabt; so hatte er es gewollt, und das war nur allzu verständlich. Nach allem, was zwischen ihnen geschehen war, konnte er seinem Bruder wohl kaum vergeben.

Nicht einmal im Traum hätte er daran gedacht, daß sein Bruder ihn so hintergehen ... ihn so verletzen könnte.

Es war soviel geschehen. Zu viel, um es einfach zu vergessen. Zu viel, um zu verzeihen.

Aber niemals wieder würde es Nathaniel gelingen, ihn so zu verletzen. Und auch keiner anderen Frau, selbst wenn sie so reizend wäre wie Amelia, seine Frau.

Einen weiteren Schicksalsschlag würde er nicht verkraften können.

Aufgebracht wälzte sich Morgan in der dicken Polsterung seiner Kutsche, dann ermahnte er sich zur Ruhe. Genug von Nathaniel, sagte er sich. Denn wenn er an seinen Bruder dachte, dachte er an ... sie. Und er wollte definitiv an keinen der beiden denken.

Doch seltsam genug spukten sie immer noch in seinem Kopf herum, als er kurze Zeit später zu Hause ankam –

seine tote, untreue Ehefrau und diese entsetzliche Plage von Bruder. Eines der Zimmermädchen ließ ihn herein; er nickte kurz und ging dann geradewegs in sein Arbeitszimmer, wo er sich in ein Kristallglas einen großzügigen Brandy einschenkte. Gedankenverloren schwenkte er das Glas und starrte dabei intensiv auf die Flüssigkeit; seine Stimmung war auf dem Nullpunkt angelangt. Aber auch wenn er es gewollt hätte, er wußte, er würde nicht trinken ...

Er hörte ein Klopfen an der Tür. Morgan entschied, es zu ignorieren – doch das war unmöglich, wie sich bald herausstellte.

Die Tür öffnete sich einen Spalt. »Sir?« Es war Simmons.

Seine langen schlanken Hände um das Glas geklammert, schwieg Morgan zunächst. »Was gibt's?« Man konnte ihm seine Verärgerung anmerken.

Simmons öffnete die Tür und trat ein. »Sir, im Salon wartet eine Dame, die Sie gerne sprechen möchte.«

»Oh?« Leichter Sarkasmus schwang in seiner Stimme mit. Die meisten seiner weiblichen Besucher ließen den Salon aus und marschierten geradewegs in sein Schlafzimmer.

Simmons nickte. »Sir, sie kommt von London.« Er hielt inne. »Nach dem, was sie sagt, scheinen Sie sie zu erwarten.«

»Eine Frau aus London?« meinte Morgan schroff. »Wohl kaum. Sie hat sich sicher in der Adresse geirrt, Simmons. Bitte schick' sie weg.«

»Verzeihen Sie mir, Sir, aber ich glaube, Sie sollten sie empfangen. Sie scheint mir sehr aufgebracht zu sein. Sie erzählte mir, daß sie nicht mehr die Zeit hatte, Sie von ihrer Ankunft zu unterrichten.«

Morgans Augen verengten sich zu Schlitzen.

Simmons beeilte sich hinzuzufügen: »Ihr Name ist Elizabeth Stanton, Sir. *Lady* Elizabeth Stanton.«

Morgans Antwort war knapp und ungehalten. »Der Name sagt mir nichts, Simmons. Wie ich bereits erwähnte, hat sie sich in der Adresse geirrt.«

Simmons stand da und schwieg. Er räusperte sich nur und wippte auf seinen Absätzen hin und her.

Morgan verzog sein Gesicht. Mein Gott, dieser Simmons konnte zeitweilig ganz schön hartnäckig sein. Aber noch lästiger war diese Frau, die im Salon auf ihn wartete, diese *Lady* Elizabeth Stanton. Mit diesem Namen konnte man doch nur eine plumpe, fette Matrone verbinden, die genauso groß wie breit war. Herr im Himmel, dachte er. Was jetzt? Was zum Teufel konnte eine solche Frau nur von ihm wollen? Normalerweise gehörte er nicht zu den Menschen, die sich Probleme aufluden, aber in diesem Fall erschien ihm Simmons außergewöhnlich unnachgiebig.

Unsanft stellte er sein Glas auf den Tisch zurück. »Also gut«, brummte er und war bereits durch die großen Doppeltüren geschlüpft. »Ich gehe zu ihr.« In weniger als zehn Schritten hatte er den Salon erreicht, wo er den ersten Blick auf seine Besucherin erhaschen konnte.

Er hatte völlig daneben gelegen, schoß es ihm durch den Kopf. Was dort vor dem Spiegel stand, war keine plumpe Matrone, sondern eine schlanke, geschmackvoll in Taubengrau gekleidete Person. Sie war ihm halb zugewandt, drehte sich dann jedoch ganz zu ihm herum. Nein, sinnierte Morgan, sie war keineswegs so, wie er sie sich vorgestellt hatte ...

Und das dachte sie auch von ihm.

Total unvorbereitet auf ihre Reaktion mußte er mitansehen, wie sie ihre großen grünen Augen vor Verwirrung aufriß und ihr Gesicht den Ausdruck unsäglicher Enttäuschung annahm. Trotz seiner schlechten Laune war er irgendwie amüsiert. Sie blickte ihn fest an.

»Gütiger Gott«, stöhnte sie. »Wer zum Teufel sind Sie?«

Eine seiner geschwungenen Brauen hob sich. »Simmons hat mich darüber unterrichtet, daß Sie mich zu sehen wünschten.«

»Sie? Ich kenne Sie doch überhaupt nicht!«

»Das kann ich nur bestätigen«, antwortete er trocken. »Aber Sie waren diejenige, die mein Haus aufgesucht hat. Deshalb gehe ich davon aus, daß Sie etwas mit mir zu besprechen haben. Und ich muß zugeben, daß ich sehr neugierig bin, was das sein könnte.«

Sie senkte ihren Blick. Morgan hatte das seltsame Gefühl, daß sie ihn für den leibhaftigen Teufel hielt.

»Es muß sich um einen Irrtum handeln«, sagte sie ausweichend. »Mir wurde gesagt, daß dies hier der Wohnsitz der O'Connors ist.«

»Das ist in der Tat richtig.«

Sie starrte ihn an, als wäre er irgendwie von Sinnen. »Nein, Sie verstehen mich falsch. Ich versuche, den Besitzer der O'Connor Schiffswerft zu finden.«

Morgan verschränkte seine Arme auf dem Rücken. Ein feines Lächeln umspielte seine Lippen. »Der bin ich, Madam.«

»Nein. Nein, das kann nicht sein.« Sie sah aus, als bräche sie jeden Augenblick in Tränen aus. »Ich ... ich bin den ganzen Weg von London hierhergekommen! Ich ... ich kann nicht mehr zurück, wirklich nicht! Ich muß Nathaniel O'Connor finden.«

Morgans Lächeln verschwand. Innerhalb von zwei Atemzügen hatte sich die Situation vollkommen geändert. »Nun, den werden Sie hier nicht finden. Soviel ich weiß, ist er nicht in Boston«, meinte er abweisend.

Ihre Finger umklammerten den Griff ihrer Handtasche. »Sie wissen, wen ich meine? Sie kennen Nathaniel?«

Morgan pfiff durch die Zähne. »Oh ja, ich kenne ihn sehr gut. Ich bin sein Bruder.«

Sie erblaßte. Sie wollte etwas sagen, aber ihren Lippen

entwich kein Laut. Und zu seiner größten Bestürzung fiel sie vor seinen Augen in Ohnmacht, bevor er auch noch irgend etwas erklären konnte.

Glücklicherweise besaß Morgan schnelle Reflexe. Er konnte sie noch auffangen, bevor ihr Kopf auf den Boden aufschlug. Dann hob er sie auf, schlang einen Arm um ihre Knie und trug sie zur nächstbesten Sitzgelegenheit.

»Gütiger Himmel!« brummte er. »Was kommt denn jetzt noch?«

Sein erster Gedanke war, daß der Zusammenbruch der jungen Frau nichts weiter als ein Trick war – weibliche List aus welchem Grunde auch immer. Er versuchte, seinen Unmut zu verbergen, setzte sich neben sie und klopfte ihr leicht auf ihre beiden Wangen, weil er sich damit erhoffte, daß sie entsetzt losschreien würde.

Aber sie rührte sich nicht.

Morgan runzelte die Stirn. War das Mädchen vielleicht nur zu fest geschnürt? Warum Frauen solche komischen Apparate trugen, verstand er nicht. Für Männer, die sich der Kleidung ihrer Angebeteten so schnell wie möglich entledigen wollten, waren sie schlichtweg eine Plage. Er lehnte sich gegen sie, löste vorsichtig die unzähligen Haken auf der Rückseite ihres Kleides, bis es ihm gelang, hineinzugreifen und nach den Spitzenbändern zu tasten ...

Wiederum keine Reaktion.

Jetzt aber nahm er, selbst durch die Seide des Kleides, zum ersten Mal die Hitze wahr, die ihrem Körper entwich. Was zur Hölle stimmte nicht mit ihr? Er preßte seine Hände erneut auf ihre Wangen. Was war er nur für ein Idiot gewesen, schalt er sich. Das Mädchen hatte hohes Fieber!

Sie stöhnte auf. Morgan nahm sie bei den Schultern und schüttelte sie leicht. Zögernd wiederholte er immer wieder ihren Namen. »Elizabeth! Elizabeth, wachen Sie auf! Geht es Ihnen nicht gut, Mädchen?«

Langsam öffnete sie ihre Augen; ihr Blick war verwirrt und schmerzverzerrt.

»Elizabeth, sagen Sie mir, wo Sie Schmerzen haben«, forderte er sie auf.

Ihre Fingerspitzen tasteten sich zu ihren Brauen. »Hier«, sagte sie schwach.

»Und sonst?«

Sie legte ihre Hand auf ihren Brustkorb. »Und hier.« Es war ein schwaches Flüstern, als kostete sie diese Anstrengung alle Kräfte. »Es tut mir weh«, schluckte sie, »wenn ich atmen muß«. Als sie ihren Kopf zur Seite drehte, flatterten ihre geschlossenen Lider. Ein trockener und erstickter Husten folgte. Morgan erkannte, daß sie erneut in Ohnmacht gefallen war.

Diesmal war er darüber beinahe erleichtert, denn er vermutete, daß sie es nicht sehr gerne gesehen hätte, was er jetzt mit ihr vorhatte. Er zog das Oberteil ihres Kleides über ihre zarten, pastellfarbenen Schultern, beugte sich vor und hielt sein Ohr gegen ihren Brustkorb. Ihr Atem ging stoßweise, und bei jedem Atemzug gaben ihre Lungen ein rasselndes Geräusch von sich.

Morgan fluchte. Innerhalb von Sekundenbruchteilen stand er wieder auf seinen Füßen und brüllte: »Simmons! Jemand muß Stephen holen! Diese Frau ist ernsthaft krank!«

Eine Stunde später stand sein Freund Dr. Stephen Marks neben dem Bett, in das man seine Patientin gebracht hatte. Er war ein kleiner breitschultriger Mann, dessen gutherzige Natur sich in seinem allgegenwärtigen Lächeln und der Wärme seiner Augen ausdrückte.

Er trat vom Bett zurück und sah über die Schulter zu Morgan hinüber, der seine kräftigen Arme vor der Brust verschränkt hielt und ihn schweigend beobachtete.

»Sie kommt aus London, sagtest du?«

Morgan nickte. »Das hat sie jedenfalls zu Simmons gesagt«, meinte er schroff.

»Es steht außer Zweifel, daß sie eine Lungenentzündung hat«, sagte Stephen. »Vermutlich eine Folge der feuchten Seeluft. Aber sie ist jung und erscheint mir recht widerstandsfähig. Das kommt ihr zugute. Im Moment wird es das beste sein, wenn wir versuchen, ihr Fieber zu senken und sie immer wieder trockentupfen.« Er stopfte seine Instrumente zurück in seine Tasche, dann warf er seinem Freund einen ironischen Blick zu. »Ich muß sagen, Morgan, sie weicht ein wenig von deinem Idealtyp ab.«

Morgans Mundwinkel zogen sich nach unten. »Gib dich keinen Spekulationen hin«, meinte er nüchtern. »Sie ist gar nicht wegen mir gekommen.«

»Wer ist denn dann der Glückliche?«

Für einen Augenblick herrschte Schweigen. »Nathaniel.«

Langsam wich der fröhliche Ausdruck aus Stephens Blick. »Was in aller Welt hat eine Engländerin mit einem Mann wie Nathaniel zu schaffen?«

»Das«, knurrte Morgan, »würde ich auch gerne wissen. Und das ist noch nicht alles, Stephen. Simmons sagte mir, daß sie sich als *Lady* Elizabeth Stanton vorgestellt hat.«

Kastanienbraune Brauen schossen nach oben. »Englands Oberschicht?«

»So scheint es.« Morgan ließ seinen Blick über das Bett schweifen. »Wenn die Dame aufwacht, müssen wir sie einfach fragen, was meinst du?«

Stephen antwortete nicht, musterte seinen Freund jedoch unverhohlen. »Wo ist Nathaniel eigentlich?« fragte er schließlich.

Morgans Gesichtszüge hatten sich verhärtet. Barsch und ohne zu zögern antwortete er: »Du weißt ebenso wie ich, daß ich über seinen Aufenthaltsort kaum etwas weiß. Ich habe ihn seit Monaten nicht gesehen – und das ist auch besser so.« Er deutete auf die junge Frau. »Wird sie wieder gesund?«

»Ich nehme es an«, sagte Stephen gedankenverloren. »Aber es wird vermutlich einige Wochen dauern, bis sie wieder auf den Beinen ist.« Dann griff er nach seiner Jacke, schlüpfte hinein und lachte leise, als er den wütenden Gesichtsausdruck seines Freundes bemerkte. »Du kannst dich ruhig mit dem Gedanken anfreunden, Morgan, daß du eine Zeitlang einen Gast haben wirst.«

Das war es genau, dachte Morgan zynisch, was er eigentlich nicht hatte hören wollen.

Stephen bewegte sich in Richtung Tür, dann hielt er plötzlich inne. »Ich kann dir allerdings einen Vorschlag machen. Soll ich dir Margaret, meine Haushälterin, eine Zeitlang überlassen? Sie ist nicht nur eine hervorragende Krankenschwester, sie wird auch die bösen Zungen im Zaum halten, die darüber spekulieren, warum du eine junge Dame unter deinem Dach wohnen läßt. Ein Skandal ist doch das letzte, was du gebrauchen kannst.«

Ein leicht zynisches Lächeln umspielte Morgans Mund. Er schüttelte den Kopf. »Das ist nicht nötig. Mein Ruf ist weiß Gott das letzte, was mich interessiert. Außerdem kann er kaum noch schlechter werden, als er es ohnehin schon ist.«

Stephen griff nach der geschwungenen Messingtürklinke. Morgan wollte ihm höflich zuvorkommen, aber Stephen winkte ab. »Kein Problem, alter Junge. Ich finde schon alleine raus.«

Dann war er alleingelassen – allein mit seinem ungeladenen Gast. Er ging wieder zurück zum Bett und betrachtete das Mädchen. Ihr Gesicht war so starr und weiß, als wäre es aus Alabaster. Ihre durchscheinenden Augenlider schimmerten in einem zarten Rosé. Die pechschwarzen Wimpern warfen Schatten auf ihre Wangen. Ihre Brauen waren schmal und elegant geschwungen.

Doch es war ihre Haut, die seine Aufmerksamkeit am längsten gefangenhielt. Sie war so unglaublich zart und makellos. Er hatte den unbändigen Wunsch, die Wange des Mädchens zu streicheln, um zu fühlen, ob sie wirklich so weich und zart war, wie sie aussah ...

Es war ihm schon wieder passiert, erkannte er. Warum hielt er sie ständig für ein Mädchen, das sie ja wohl kaum noch sein konnte? Vielleicht lag es an ihren weitaufgerissenen Augen, dem beinahe flehenden Gesichtsausdruck, als sie entdeckt hatte, daß er nicht Nathaniel war; aber sie konnte tatsächlich nicht mehr so sehr jung sein – er schätzte sie auf Anfang zwanzig.

Sein Blick schweifte weiter und verweilte an der sanften Rundung ihrer Brüste, die sich unter dem seidenen Hemdchen abzeichneten. Er hatte sie bereits von ihren Unterröcken und ihrem Mieder befreit, bevor Stephen eingetroffen war. Sie trug nur noch ihr Unterhemd. Obwohl sie schlank und groß war, war ihr Körper gut entwickelt und sehr weiblich. Er hatte sich ihr gegenüber zwar als sehr distanziert gezeigt, trotzdem war es ihm unmöglich, ihre starke Sinnlichkeit zu ignorieren.

Oh ja, man konnte sie als hübsch bezeichnen – wenn man auf Blondinen stand, was er allerdings nicht tat. Für seinen Geschmack waren sie meistens zu langweilig und geistlos.

Sie bewegte sich, wälzte unruhig ihren Kopf auf dem Kissen. Morgan beugte sich zu ihr nach unten, denn er hatte ein Geräusch vernommen ... hatte sie ein Wort flüstern hören. Einen Namen.

Nathaniel.

Morgan erstarrte und trat zurück. Jetzt waren seine Gedanken wieder klar und unnachgiebig. Wer immer diese Frau war, er schätzte ihre Gegenwart in seinem Hause nicht. Leider war sie da, was er kaum leugnen konnte – und er wurde wieder an Dinge erinnert, die er längst vergessen geglaubt hatte.

Nun gut, er würde jedenfalls dafür sorgen, daß sie die bestmögliche Pflege erhielt. Mit ein bißchen Glück war sie bald wieder auf den Beinen, und dann würde er sie entschieden darum bitten, so schnell wie möglich abzureisen.

Weil sie stöhnte, konnte er nicht umhin, sie wieder anzusehen. Als ihre Finger eine Ecke der Tagesdecke umklammerten, nahm er einen goldenen Schimmer wahr. Wie gebannt blickten seine Augen auf den Goldreifen, der den Ringfinger ihrer linken Hand zierte.

Ein heftiger Fluch entfuhr ihm. Herr im Himmel! Was hatte Nat jetzt wieder angestellt? Morgan wagte es nicht zu glauben. Nat konnte sich einfach nicht von Schwierigkeiten fernhalten. Gott behüte, daß er sich mit einer verheirateten Frau abgegeben hatte!

Verdammt! dachte er und verließ völlig aufgebracht das Zimmer. Verdammt! Warum war Elizabeth Stanton hier? Und in welcher Beziehung stand sie zu Nat?

Ihn beschlich das Gefühl, daß ihm die Antwort darauf nicht gefallen würde.

Kapitel 3

Von Schmerzen gepeinigt und beinahe von Sinnen durchlebte Elizabeth die darauffolgenden Tage im Dämmerzustand. Und doch erkannte sie tief in ihrem Unterbewußtsein die Signale, daß sie ernsthaft krank war. Hitzewallungen durchliefen ihren gesamten Körper. Ihr Kopf dröhnte, und jeder Atemzug schien sie innerlich auszuhöhlen. Sie war sich nur schemenhaft darüber bewußt, daß sie sich in ihrem Bett wälzte und stöhnte und daß eine ihr unbekannte Stimme sie dazu aufforderte, etwas zu trinken oder zu schlürfen. Oft fühlte sie eine Hand auf ihrer Stirn; man rieb ihr mit einem feuchten, angenehm kühlenden Tuch über Hals und Schultern. Stimmengewirr erklang um sie herum.

Dann nahm sie eines Tages wieder das strahlende Sonnenlicht wahr, das geradewegs durch das vor ihr liegende Fenster fiel. Langsam erwachte sie wieder zum Leben. Sie wollte ihr Gesicht vor der Sonne schützen, aber das gelang ihr nicht. An dem Stimmengemurmel um sie herum erkannte sie, daß sie nicht allein war. Sie wollte protestieren, weil etwas nicht stimmte – in ihrem Londoner Stadthaus und in ihrem Zimmer in Hayden Park hatten sich die Fenster jeweils am Kopfende ihres Bettes befunden.

Schützend legte sie eine Hand vor ihre Augenlider. »Das Licht tut mir weh«, beschwerte sie sich.

Ein tiefes, herzliches Lachen erklang über ihr. »Nun, dann bin ich ja froh, daß wir Sie wieder bei uns haben.«

Es war die Stimme eines Fremden. Verwirrt öffnete Elizabeth ihre Augen und sah sich einem Mann mit kräftigem braunen Haar gegenüber, dessen fröhlich zwinkernde Augen beinahe die gleiche Farbe aufwiesen. Ein entsetzlicher Schock durchfuhr sie – wie kam dieser Mann in ihr Schlafzimmer? Aber es kam noch schlimmer, er saß auch noch in einem Sessel dicht neben ihrem Bett.

»W-wer sind Sie?« Die Stimme klang nicht wie ihre eigene. Es war ein leises, trockenes Krächzen.

Der Mann lachte leise. »Ich bin Dr. Stephen Marks und habe Sie während der letzten Tage betreut.« Er wandte den Kopf zur Seite. »Ich muß zugeben, daß ich als Amerikaner nicht so recht weiß, wie ich Sie ansprechen soll. Soll ich Sie mit *Lady* Elizabeth anreden?«

Obwohl sie kaum einen klaren Gedanken fassen konnte, hatte Elizabeth bereits entschieden, daß sie Dr. Stephen Marks mochte. Aufgrund seines anteilnehmenden und freundlichen Verhaltens schenkte sie ihm sofort Vertrauen.

Sie ignorierte ihren trockenen Hals und ihre aufgeplatzten Lippen und lachte. »Einfach nur Elizabeth.«

»Gut. Dann nenn' mich Stephen.« Auf einem Tisch neben dem Kopfende des Bettes stand ein Wasserkrug. Er mußte geahnt haben, daß sie durstig war, denn er schenkte ein Glas Wasser ein und bot es ihr an. »Hier, bitte trink' das«, murmelte er, rückte ihre Kissen zurecht und war ihr dabei behilflich, als sie sich aufsetzte. Dann reichte er ihr ihren weißen Seidenumhang und drehte sich diskret um, damit sie ihn sich umlegen konnte. Elizabeth lächelte dankbar, als er das Glas an ihre Lippen führte. Es erstaunte sie, wie schwach sie doch war, denn ihre Muskeln schienen sich in Pudding verwandelt zu haben.

Als sie das Glas geleert hatte, fragte er unumwunden: »Weißt du eigentlich, wo du bist, Elizabeth?«

Von allen Seiten stürmten die Erinnerungen auf sie ein – sie rief sich ins Gedächtnis zurück, daß sie im Salon auf Nathaniel gewartet hatte. Aber es war nicht Nathaniel gewesen, der gekommen war – sondern dieser große, unnahbar elegante Fremde ... Sie biß sich auf die Lippen, versuchte diese naheliegende Frage zu klären und ließ dabei ihren Blick über das kostbare Mobiliar im Raum schweifen.

»So wie es aussieht«, murmelte sie, »bin ich wohl nicht im Krankenhaus. Also muß ich annehmen, daß ich mich immer noch im Hause von Nathaniel O'Connor befinde.«

Er zögerte und legte seine Stirn in Falten, dann nickte er. »Erzähle mir doch bitte, Elizabeth, wie du dich fühlst.«

Sie konnte sich nicht daran erinnern, wann sie sich in ihrem gesamten Leben jemals so schlecht gefühlt hatte, und das sagte sie ihm auch. Und kurz darauf fragte sie: »Welcher Tag ist heute?«

»Sonntagmorgen.«

Überrascht riß sie ihre Augen auf. Am Mittwochnachmittag hatte ihr Schiff angelegt. »Oh je«, murmelte sie und erntete ein weiteres fröhliches Lachen von Stephen. Sie biß sich auf die Lippe und sah ihn hoffnungsvoll an. »Glaubst du, daß ich kurz aufstehen kann?«

Er wollte den Kopf schütteln, nahm dann jedoch ihren verzweifelten Gesichtsausdruck wahr. »Ich schlage vor, wir versuchen es einfach mal – ein paar Schritte dürften nicht schaden. Komm, ich helfe dir.« Er zog die Tagesdecke zurück und vermied es, auf ihre nackten Beine zu schauen.

Elizabeth schwang ihre Füße zu Boden und war insgeheim überrascht, wie steif sie war. Trotzdem bot sie ein Bild der Entschlossenheit. Stephen legte ihr unterstützend einen Arm um ihre Taille. Sie lächelte ihn dankbar an und versuchte, sich zu erheben. Bald darauf war ihr Gesichtsausdruck in Verzweiflung umgeschlagen, als sie entdeckte, daß ihre Beine ihren Dienst verweigerten.

Sie ließ sich zurücksinken. »Ach du meine Güte«, sagte sie mit einem zitternden Lächeln. »Ich befürchte, ich bin dazu noch nicht in der Lage.«

Stephen schüttelte nur den Kopf und grinste, als er ihre nackten Beine wieder ins Bett zurückhievte. Sie lehnte sich zurück in ihre Kissen; es kam ihr absurd vor, fast drei ganze Tage hatte sie geschlafen und war doch so müde und geschwächt. Wie sie das verabscheute! »Was ist denn eigentlich mit mir los?«

»Du hast eine Lungenentzündung, befürchte ich. Und obwohl die kritische Phase überstanden scheint, bist du noch sehr krank, Elizabeth.« Er erhob sich aus seinem Sessel. »Deshalb bitte ich dich, dich zu schonen. Ich habe den Koch gebeten, dir etwas Brühe zuzubereiten, und dann werden wir sehen, wie dir das bekommt. Ein bißchen Essen bringt dich wieder zu Kräften. Und wenn du in der Zwischenzeit irgend etwas brauchst, laß es mich bitte wissen.«

Als der Doktor den Raum verließ, trat eine andere Person ein.

Er war es.

Die Tür fiel ins Schloß.

Sie waren allein.

Ein Anflug von Panik beschlich sie. Wie seltsam, denn Elizabeth hatte sich nie für einen Angsthasen gehalten, aber die Konfrontation mit diesem Mann bereitete ihr fast physisches Unbehagen.

Er besaß kaum Ähnlichkeit mit Nathaniel, stellte sie abwesend fest. Dieser Mann hier war größer. Schlanker. Und von seinem Aussehen her zu urteilen der ältere. Er lächelte nicht, so wie Nathaniel es sicherlich getan hätte. Und auch der Ausdruck in seinen Augen war nicht freundlich ...

Statt dessen waren sie kühl und starr auf sie gerichtet.

Seine Kleidung war schlicht, aber elegant – dunkler Anzug mit dazu passender schwarzer Seidenweste. Außer einer Taschenuhr trug er keinen Schmuck. In diesem Augenblick konnte sie nur davon ausgehen, daß sein Verhalten genauso abweisend und widerwärtig war wie sein Aussehen! Die lange Nase, die wachen Augen, das pechschwarze Haar. Diese Augen ... Sie bohrten sich wie Nadelspitzen an ihr fest. In ihnen flackerte Arroganz, Verachtung, kühles, skeptisches Abschätzen auf ... und dann war es vorbei – keine weitere Regung.

Weitere Erinnerungen stürmten auf sie ein. Wie sie in ein tiefes, schwarzes Loch gefallen war. Dunkel und warm. Wie sie die Arme eines Mannes umschlangen ... die Arme *dieses* Mannes. Sie nahm wieder den Duft von Pimentöl wahr, wie sie die Treppen hochgetragen worden war und wie warme Hände ihren Körper berührt und ihr Mieder gelöst hatten. Auf der heißen Haut ihrer Brüste ...

Sie faßte sich verstört an den Hals. »Sie haben mich angefaßt«, flüsterte sie anklagend. Dieser Mann – dieser Fremde – hatte sie entkleidet. Hatte sie berührt, wie es noch kein Mann zuvor gewagt hatte, wozu niemand – nicht einmal Nathaniel – das Recht hatte.

Nathaniel. Gütiger Gott, und das hier war sein Bruder. Ein Mann, an dessen Existenz sie nicht im Traum gedacht hätte – von dem sie gar nicht gewußt hatte, daß es ihn gab.

»Ich fürchte, das war unter den gegebenen Umständen unvermeidlich.« Das klang beileibe nicht wie eine Entschuldigung, bemerkte sie entrüstet. Als er dem Bett näherkam, richtete sie sich auf. Zu ihrem größten Entsetzen war seine Verbeugung so höfisch, wie man sie nur in London erleben konnte.

»Ich glaube, wir sollten unsere Bekanntschaft noch einmal erneuern«, sagte er einlenkend. Ihre Finger wurden von einem starken Händedruck umschlossen – und sie trug noch nicht einmal Handschuhe! Das Gefühl warmer, rauher Haut verursachte ihr starkes Unbehagen. »Morgan O'Connor, zu Ihren Diensten.«

Mit fragend zusammengezogenen Brauen wartete er auf ihre Antwort. »Lady Elizabeth Stanton«, sagte sie kurzatmig. Als sie sprach, versuchte sie, ihm vorsichtig ihre Hand zu entziehen. Aber zu ihrem Leidwesen ließ er sie nicht los. Und die Jahre der guten Erziehung forderten ihren Tribut; sie war zu sehr Lady, als daß sie ihm eine Szene hätte machen können.

Dem Himmel sei Dank, sie brauchte sich nicht weiter zu bemühen, denn plötzlich ließ er ihre Hand los und trat einen Schritt zurück.

»Ich hoffe, es macht Ihnen nichts aus, aber ich habe mir die Freiheit genommen, Ihre Koffer vom Hafen herbringen zu lassen.«

Elizabeth blickte ihn an. »Ich danke Ihnen«, murmelte sie. Trotz seiner gewählten Kleidung hatte er etwas von einem Raubtier an sich, was sie zur Vorsicht gemahnte. Mit gemischten Gefühlen beobachtete sie, wie er einen Stuhl neben ihr Bett schob.

Er lächelte kurz, aber sein Blick blieb kühl. »Sie müssen über meine kulturelle Ignoranz hinwegsehen, wenn ich Sie jetzt neugierig frage, warum Sie sich *Lady* Elizabeth Stanton nennen.«

Machte er sich etwa über sie lustig? Ganz sicher war sie sich nicht. Nervös befeuchtete sie mit ihrer Zungenspitze ihre Lippen und bemerkte nicht, wie ein dunkelgraues Augenpaar diese Bewegung verfolgte. »Ich bin die Tochter des Earl of Chester. Und das versetzt mich in den gesellschaftlichen Rang einer ›Lady‹.«

»Verstehe«, murmelte er. »Ich muß zugeben, Elizabeth, daß mich genau diese Aussage um so neugieriger macht, was denn eine Adlige von meinem Bruder will.«

Während er sprach, hatte er stilgerecht die Hacken zusammengeschlagen. Obwohl Elizabeth diese Geste für vollkommen überflüssig hielt, empfand sie es doch als anmaßend, daß er ihren Titel einfach wegfallen ließ. Es beschlich sie jedoch das merkwürdige Gefühl, daß dieser Mann nichts unbeabsichtigt tat.

Ihr wohlgeformtes Kinn richtete sich auf. Sie ließ sich

hier nicht beleidigen, und es wurde Zeit, daß auch er das begriff. »Das läßt sich ganz leicht erklären.« Sie legte ihre gefalteten Hände in ihren Schoß und blickte lächelnd in starre eisgraue Augen. »Ich bin seine Braut.«

»Tatsächlich. Und wie denkt Ihr Ehemann darüber?«

Damit hatte er sie unvorbereitet getroffen. »Mein Ehemann«, wiederholte sie seine Worte. Doch dann fuhr sie entrüstet fort. »Wieso sollte ich Nathaniel mein Jawort geben wollen, wenn ich bereits verheiratet wäre? Also, diese Frage ist infam, mein Herr! Natürlich habe ich keinen Ehemann!«

»Nein?« Seine Hand schnellte nach vorn und umschloß ihr Handgelenk mit eisernem Griff. Es tat zwar nicht weh, aber seine Bewegung war so plötzlich und unerwartet gewesen, daß sie vor Schreck beinahe geschrien hätte. »Und warum tragen Sie dann einen Ring«, meinte er herausfordernd, »wenn Sie unverheiratet sind? Ich frage mich wirklich, ob Sie überhaupt diejenige sind, für die Sie sich ausgeben. Vielleicht ist unsere Lady Elizabeth Stanton nur eine Farce – ein Mittel zum Zweck. Aber wer immer Sie sind, ich warne Sie, denn von meinem Bruder haben Sie wenig zu erwarten.«

Nach Luft ringend entzog sich Elizabeth seinem Griff. Die Boshaftigkeit dieses Mannes war unübersehbar, und sie war es nicht gewohnt, Zielscheibe derartiger Verdächtigungen zu sein. »Selbstverständlich sage ich die Wahrheit. Und weil ich ohne Begleitung reise«, erklärte sie hastig, »mußte ich mich vor ungebetenen Zudringlichkeiten der männlichen Passagiere schützen. Der einfachste Weg erschien mir deshalb, mich bereits als verheiratete Frau auszugeben – und deshalb trage ich diesen Trauring.«

Er kniff seine Augen zusammen. »Warum reist eine Dame Ihres Standes ohne Begleitung?«

»Ich weiß nicht, ob Sie diese Angelegenheit etwas angeht«, entgegnete ihm Elizabeth schnippisch.

»Sie sind Gast in meinem Hause«, erwiderte er höflich. »Deshalb ist es auch meine Angelegenheit.«

»*Ihre* Angelegenheit ... *Ihr* Haus«, zischte Elizabeth angewidert. »Sie undankbarer Kerl! Ich bin doch kein Dummkopf! Sie leben vielleicht hier, aber das Haus gehört Nathaniel!«

Ein unterkühltes Grinsen machte sich auf seinen verkniffenen Lippen breit. Dann antwortete er ihr mit nur einem einzigen Wort. »Nein.«

Elizabeth starrte ihn an. »Nein? Ich darf doch bitten, was meinen Sie damit, Sir? Ich weiß ganz sicher, daß dieses Haus Nathaniel gehört – das war mir gleich bei meiner Ankunft klar! Er hat es mir so exakt beschrieben, daß ich es mir genau vorstellen konnte!«

»Tatsächlich.« Morgan sprach in lockerem Tonfall, aber seine Gesichtszüge blieben starr. »Ich vermute, er hat Sie auch mit Geschichten von der O'Connor Schiffswerft und den Ammenmärchen von seinem florierenden Geschäft geködert, das er in all den Jahren aufgebaut hat.«

»Und wenn es so wäre? Ich wage zu behaupten, daß er allen Grund dazu hat, auf das Erreichte stolz zu sein!« Sie sprach aus tiefster Überzeugung, denn Morgan O'Connor war wirklich mit Abstand der arroganteste Mann, den sie jemals kennengelernt hatte.

Eine dunkle Braue hob sich. »Mein liebes Fräulein«, sagte er gedehnt, »mein Bruder hat in seinem gesamten Leben vermutlich keinen einzigen Tag gearbeitet, und wenn, dann mit Sicherheit weder *für* noch *auf* der O'Connor Schiffswerft. Vielleicht wissen Sie es noch nicht, aber es gibt Leute, die Nathaniel als Lügner bezeichnen. Als Betrüger.«

»Mit solchen Leuten habe ich nichts zu tun! Aber es verwundert mich, wie ein Mann gegenüber seinem eigenen Bruder so verleumderisch sein kann!«

»Sie brauchen nur die Dienerschaft zu fragen, dann

wissen Sie, daß ich nicht lüge. Sie befinden sich nämlich absolut im Irrtum, wenn Sie etwas anderes annehmen. Denn ich kann Ihnen versichern, daß dieses Haus komplett mir gehört. Und auch die O'Connor Schiffswerft ist ausschließlich mein Eigentum.«

Er sprach ruhig und mit Bedacht. Jede Spur von Arroganz war aus seiner Stimme gewichen. Elizabeth beobachtete ihn, denn ihr Verstand verlangte nach einer Erklärung. Ihr Kopf schmerzte wieder. Als die Sekunden qualvoll verstrichen, machte sich ein unangenehmes Gefühl in ihrer Magengegend breit. Auf einmal war sie sich nicht mehr ganz so sicher – und auch Nathaniels nicht.

Aber bei Gott, sie würde es nicht zulassen, daß Morgan O'Connor diesen Raum in dem Gefühl verließ, daß er gesiegt hatte.

Sie beobachtete ihn, wie er sich vor dem Kamin aufbaute. Einen Ellbogen auf den Kaminsims gestützt, drehte er sich lässig zu ihr um. »So«, meinte er, »dann sind Sie also wirklich Lady Elizabeth Stanton?«

Mit abfälligem Blick entgegnete sie voller Verachtung: »Also was denn nun, mein Herr? Zunächst wollten Sie mir nicht glauben, als ich mich Ihnen vorstellte. Und jetzt scheinbar doch? Ich frage mich, was ich davon halten soll?«

Er antwortete ihr kurz und bündig: »Sie wollen Nathaniel also wirklich heiraten?«

»Er hat um meine Hand angehalten, und ich habe ihm mein Jawort gegeben. Weil mein Vater krank war, konnte ich ihn leider nicht sofort begleiten.« Während sie sprach, faltete Elizabeth unter ihrer Decke die Hände auf ihren Knien – es war wirklich schwierig, Würde auszustrahlen, wenn man nur ein Nachtkleid und einen Überwurf trug.

»Meines Wissens hat Nathaniel bislang noch nie den Wunsch geäußert zu heiraten.« Er schien zu überlegen. »Aber die Tochter eines Grafen, hm? Nun ja, das würde ihm schon gefallen. Jetzt wird mir alles klar. Zweifellos sind Sie sehr vermögend.«

Elizabeth wurde es schwindlig. Seine Beleidigung zielte zwar mehr auf Nathaniel ab als auf sie, aber sie spürte den Stachel nicht minder.

Doch er war noch nicht fertig, dieser brutale Kerl! Mit aalglatter Stimme fuhr er fort: »Eine Dame mit Umgangsformen«, meinte er beinahe gedankenverloren. »Eine Dame von Stand. Eine englische Aristokratin ... Warum auch nicht, diesmal hat sich Nat wirklich selbst übertroffen.«

Dunkelgraue Augen musterten sie intensiv und verweilten mit unverhohlener Anerkennung auf den Rundungen ihrer Brüste. Sie fühlte sich, als hätte er sie mit seinem Blick nackt ausgezogen. Tief in ihrem Inneren war sie beschämt, denn kein Mann hatte es jemals gewagt, ihr ein solches Gefühl zu vermitteln – so gewöhnlich und billig.

Seine Augen trafen ihren Blick. »Ja«, sagte er beiläufig. »Ich teile den Geschmack meines Bruders. Aber er wird sich selbstverständlich abgesichert haben, daß er einen solchen Hauptgewinn nicht wieder verliert.« Er hielt inne und ein fast zynisches Lächeln umspielte seine Lippen. »Sagen Sie mir, Elizabeth, wann erwarten Sie Ihr Kind?«

Zunächst begriff Elizabeth nicht. Als er seinen Blick jedoch auf ihren Leib gerichtet hielt, schoß ihr vor Verlegenheit die Röte ins Gesicht. Dann wurde sie zornig.

Zitternd vor Wut umklammerten ihre kleinen Fäuste die Bettdecke. »Mein Gott, wenn ich könnte, würde ich Ihnen ins Gesicht schlagen.«

Und er lachte noch, dieser Halunke, er lachte! »Wenn Sie dazu in der Lage sind, können Sie es gern nachholen.«

Zutiefst entrüstet schrie sie ihn an: »Für Sie immer noch Lady Elizabeth!«

Er schien ihr gar nicht zuzuhören, sondern verließ seelenruhig das Zimmer. Elizabeth war zutiefst entsetzt über ihr undamenhaftes Verhalten. Sie hatte noch niemals in ihrem Leben jemanden angeschrien, nicht einmal ihre Stiefmutter, obwohl ihr danach oft der Sinn gestanden hatte.

Sie starrte auf die Tür, die gerade hinter ihm ins Schloß gefallen war. Kein Wunder, daß Nathaniel seinen Bruder nie erwähnt hatte. Er war mit Sicherheit der verabscheuungswürdigste Mensch, den man sich vorstellen konnte.

Kurze Zeit später fiel ihr auf, daß sie immer noch nicht wußte, wo Nathaniel denn eigentlich war.

Kapitel 4

Stephen hatte im Flur auf Morgan gewartet. Mit angewidert verzogenem Mund, die Arme vor der Brust verschränkt, machte er keinen Hehl aus seiner Verärgerung.

»Es tut mir leid, aber das war kaum zu überhören.« In Stephens Tonfall und Verhalten äußerten sich Mißbilligung. »Elizabeth ist nun wirklich momentan nicht in der Verfassung, mit Typen wie dir den Kampf aufzunehmen, Morgan.«

Kampf? Morgan konnte sich nicht helfen, das amüsierte ihn. Als Stephen sprach, hatte er unbewußt immer noch ihren wütenden Blick vor Augen. Es erstaunte ihn, daß Stephen mit seiner Einschätzung so falsch lag – er hatte eher den Eindruck, daß Elizabeth es ohne mit der Wimper zu zucken selbst mit Königin Victoria aufgenommen hätte, was ihren Kampfgeist betraf.

Nein, dachte Morgan noch einmal. Diese Lady war kein Schwächling, sie besaß Rückgrat.

Er hielt seine Antwort in bewußt lockerem Ton. »Was! Du beliebst zu scherzen, Stephen. Ich hab' doch mit diesem Mädelchen nicht ›im Kampf gelegen‹, oder wie du dich auszudrücken pflegst.«

Stephen blieb hartnäckig. »Trotzdem möchte ich dich daran erinnern, daß sie meine Patientin ist.«

»Und ich darf dich daran erinnern, daß sie unter meinem Dach wohnt.« Trotz seines vagen Lächelns bestand kein Zweifel an der Deutlichkeit seiner Worte.

Stephen verzog sein Gesicht. »Jetzt reicht es aber, Morgan. Du weißt, daß ich der letzte bin, der sich einmischt, aber es wird mit Sicherheit noch eine Weile dauern, bis sie wieder völlig gesund ist. Und als Mediziner habe ich die Pflicht, dafür zu sorgen, daß das so schnell wie möglich geschieht. Sie muß sich auf ihre Genesung konzentrieren – also keine Probleme, keinen Ärger.«

Eine dunkle Braue hob sich. »Also dann würde ich vorschlagen, Stephen, daß wir die Diskussion in meinem Arbeitszimmer fortsetzen, schließlich könnte die Lady uns hier hören und sich aufregen.«

»Ja ... ja natürlich, du hast recht.« Stephen schloß sich seinem Freund an.

Morgans Arbeitszimmer nahm einen Großteil des Ostflügels des Gebäudes ein. Riesige Fenster boten einen Blick auf den Garten, der im Frühling und im Sommer zu leuchtender Farbenpracht erblühte. Obwohl er Amelia die geschmackvolle Gestaltung des Hauses überlassen hatte, war dieser eine Raum komplett nach seinen Vorstellungen eingerichtet worden. Möbel aus Mahagoniholz und üppige, dunkle Ledersessel bestimmten die Einrichtung des Zimmers; das alles wirkte sehr maskulin, schlicht und gemütlich.

Morgan ging zu einem Beistelltisch hinüber und goß aus einer Karaffe ein Glas Brandy für Stephen ein. Er reichte es ihm und beobachtete, wie Stephen das Glas an seine Lippen führte. Dann meinte er salopp: »Nimm's mir nicht übel, Stephen, aber es scheint mir, als wärest du ziemlich angetan von der Dame.«

Stephen lachte stillvergnügt in sich hinein. »Schweig', mein Lieber. So reizvoll mir diese Aussicht auch scheint, sind Spekulationen zum jetzigen Zeitpunkt doch verfrüht.«

»Dann ist es ja gut«, bemerkte Morgan. »Weil ich nämlich befürchte, daß sie schon jemandem versprochen ist.«

Stephen räusperte sich und sah ihn irritiert an. »Nun ja. Ich hätte es wissen sollen.« Er machte es sich im nächstbesten Sessel gemütlich, saß jedoch plötzlich kerzengerade. »Großer Gott! Ich wollte sie noch fragen, wer der Glückliche denn eigentlich sei, aber ... sie ist hierhergekommen, um Nathaniel zu besuchen – erzähl' mir jetzt bitte nicht, daß er der Ehekandidat ist!«

Sein Blick war auf Morgan gerichtet, der wortlos nickte.

Stephen sah ihn verständnislos an. »Er hat zweifellos einen Blick für schöne Frauen, nicht wahr?« Auf einmal runzelte er die Stirn. »Meinst du, sie glaubt wirklich, daß er sie heiraten wird?«

Morgan lachte kurz und heftig auf. »Offensichtlich hat sie keine Ahnung von der Unzuverlässigkeit und den Launen meines Bruders. Kannst du dir vorstellen, daß sie in dem Glauben hierhergekommen ist, dies sei sein Haus? Und er sei auch der Besitzer der Werft? Gott sei seiner Seele gnädig – er hat ihr gesagt, alles gehöre ihm!«

»Sieht so aus, als versuchte er es wieder mit seinen alten Tricks.« Stephen beobachtete ihn. »Du hast ihm immer noch nicht verziehen, nicht wahr?«

Morgan versteifte sich. Er sprach kein Wort, allein sein Schweigen verriet ihn ...

Stephen schüttelte den Kopf. »Manchmal frage ich mich, Morgan, was eigentlich mit dir los ist«, sagte er leise.

Das verwunderte Morgan kaum, waren seine Gedanken doch ebenso düster wie seine Stimmung. Die Zeit hatte ihn altern lassen, dachte er. Und das Leben hatte ihn hart gemacht.

Eine Hälfte seines Mundes verzog sich zu einem beinahe sardonischen Lächeln. »Und ich frage mich, warum du eigentlich noch mein Freund bist, Stephen.«

»Wieso?« fragte Stephen grob. »Weil ich einer von diesen blaublütigen Bostonern bin, die du so ablehnst?« Sein Familienstammbaum reichte weit über zweihundert Jahre zurück. Sein ehrenwerter Name gehörte zu den ältesten und bekanntesten in der Stadt.

Aber Morgan hatte die »Blaublüter«, wie Stephen sie

zu nennen pflegte, nicht immer gehaßt. Auch wenn er die gesellschaftliche Oberschicht der Stadt für aufgeblasen und wichtigtuerisch hielt, hatte er sie doch insgeheim beneidet. Schon oft hatte er sich gewünscht, einer von ihnen zu sein – ganz besonders, als er noch ein Junge war.

Als ihre Mutter noch lebte, hatte sie ihn und Nathaniel einmal mitgenommen, um die »Prachtbauten auf dem Hügel« anzusehen, wie sie sie nannte. Eines dieser riesigen Häuser hatte sich gerade in der Fertigstellung befunden. Als die Handwerker gegangen waren, waren die drei durch die leeren Räume stolziert und hatten sich vorgestellt, in diesem großartigen Gebäude zu wohnen. Seit diesem Tag hatte er immer wieder geträumt, daß auch er eines Tages ein solches Anwesen besitzen wurde.

Und so war es jetzt.

Aber er konnte seine Wurzeln niemals verleugnen. Es war mehr als schmerzhaft gewesen, diese Wahrheit anzuerkennen.

Immer noch umspielte die Spur eines Lächelns seinen Mund. »Um ganz ehrlich zu sein, Stephen, überrascht mich deine Loyalität, aber ich schätze sie genauso sehr, wie ich deine Freundschaft zu schätzen weiß. Und du hast natürlich recht. Elizabeth Stantons Gesundheit sollte unser vorrangiges Interesse gelten. Ihre Genesung liegt in deinen Händen. Und ich gebe dir mein Wort, daß ich die Dame nicht weiter belästigen werde.«

Die darauffolgende Woche verging wie im Fluge. Elizabeth war immer noch geschwächt und mußte das Bett hüten, aber ihre Genesung machte gute Fortschritte. Die meiste Zeit schlief sie oder ruhte sich aus – das war laut Stephen, der ihren Gesundheitszustand täglich überprüfte, ohnehin die beste Medizin. Ihr fiel auf, daß dieser Mann äußerst zuvorkommend, witzig, freundlich und mitfühlend war. Deshalb mochte sie ihn sehr.

Stephen war es auch, der sie darüber aufklärte, daß Morgan die Wahrheit gesagt hatte – das schöne Haus war zweifellos sein Eigentum. Und die O'Connor Schiffswerft gehörte ebenfalls komplett ihm.

Elizabeth fand dadurch allerdings wenig Seelenfrieden. Die Zweifel, die sie jetzt plagten, ließen sich nicht von der Hand weisen. Nathaniel – ihr galanter, ritterlicher Charmeur – hatte gelogen. Aber noch ein anderer störender Gedanke quälte sie. *Ich liebe dich*, hatte er ihr geschworen. So innig. So überzeugend.

War das auch eine Lüge gewesen?

Tief und heftig sog sie die Luft ein. Nein, beruhigte sie sich energisch. Das hätte sie bemerkt. Das hätte sie mit Sicherheit bemerkt.

Oder nicht?

Jetzt, da Stephen sie ins Wohnzimmer begleitete, damit sie sich dort hinsetzen konnte, fielen ihr eine Menge Fragen ein.

»I-ich verstehe einfach nicht«, sagte sie und ließ sich auf dem ihr angebotenen Sessel nieder, »ich verstehe einfach nicht, warum er so etwas tun sollte! Glaubst du, er könnte vielleicht gedacht haben, daß ich ihn weniger achten würde, wenn er mir die Wahrheit sagte? Und er hat mir erzählt, daß er in Boston zu Hause ist.«

Stephen zögerte. »Das stimmt auch«, sagte er langsam.

»Wo ist er dann, frage ich mich ... wo?« Elizabeth blickte Stephen verwirrt an. In ihrer Verzweiflung war ihr sein Zögern kaum aufgefallen.

»Elizabeth, ich muß zugeben, daß es mir schwerfällt, über Nathaniel zu sprechen. Irgendwie fühle ich mich dabei wie ... wie ein ungezogener Schuljunge, der dir Märchen auftischt.«

»Unsinn«, sagte Elizabeth entschieden. Als er aber schwieg, wurde ihr Ton flehend. »Bitte, Stephen. Bitte sag's mir. Du bist der einzige Freund, den ich hier habe.«

Stephen seufzte. »Elizabeth, du bringst mich in eine unangenehme Situation. Bitte frag' doch Morgan, wenn du darüber etwas wissen möchtest.«

Morgans Bild erschien vor ihrem geistigen Auge. Elizabeth konnte nichts dafür; allein der Gedanke an seinen stechenden eisgrauen Blick ließ sie erschauern.

Sie nagte an ihrer Lippe. »Oh, Stephen, i-ich würde ja, aber ich werde das Gefühl nicht los, daß Morgan seinen Bruder absolut nicht leiden kann! Und obwohl ich selbst keine Geschwister habe, finde ich das sehr merkwürdig.«

»Das stimmt«, gab Stephen zu. »Sie stehen sich nicht mehr sehr nahe. Aber das war nicht immer so.« Als er sah, wie Elizabeth interessiert die Augen aufriß, schüttelte er seinen Kopf, um jeder weiteren Frage Einhalt zu gebieten. »Es tut mir leid, Elizabeth. Ich kann dir nichts weiter sagen, als daß einer der beiden deine Fragen beantworten sollte.« Er zögerte, dann drückte er ihre Hand, die in ihrem Schoß lag. »Es wäre vielleicht unklug, zu viel von Nathaniel zu erwarten.«

Was für eine verschlüsselte Botschaft. Schließlich blieb ihr nun doch keine andere Wahl, als seinen Rat anzunehmen – Morgan aufzusuchen.

Sie hatte ihn nur noch selten gesehen, was ihr sehr gelegen kam, denn sie fand Nathaniels Bruder zutiefst widerwärtig! Frühmorgens verließ er bereits das Haus und kehrte oft nicht vor dem späten Abend dorthin zurück. Er hatte sich weder die Mühe gemacht, sie zu besuchen noch sich nach ihrem Gesundheitszustand zu erkundigen, bis sie ihm eines Tages über den Weg gelaufen war, als er aus der Bibliothek kam. Sicher, er war sehr höflich gewesen, aber hinter seiner mitfühlenden Fassade hatte sie leisen Spott bemerkt, und das hatte sie, die sonst so ausgeglichen war, aus der Fassung gebracht.

Am späteren Nachmittag hatte ihr Simmons erzählt, daß er in seinem Arbeitszimmer war. Als sie vor der Doppeltüre aus massivem Eichenholz stand, beschlich sie das Gefühl, gleich die Höhle des Löwen zu betreten. Warum ihre Reaktion so merkwürdig war, wußte sie nicht. Sie wußte nur, daß er sie jedesmal aus der Fassung brachte, wie es sonst noch niemandem gelungen war.

Aber das war Unsinn. Er war auch nur ein Mann – ein zugegebenermaßen unsympathisches Exemplar seiner Gattung! – aber immerhin Nathaniels Bruder. Sie straffte ihre Schultern, schalt sich für ihr kindisches Benehmen und klopfte entschlossen an die Tür.

»Herein«, hörte sie seine tiefe männliche Stimme.

Mit dem Mut der Verzweiflung öffnete sie die Tür und trat ein.

Er saß hinter einem riesigen Schreibtisch, der strategisch geschickt in der Nähe der Fenster stand. Wieder war er ganz in Schwarz gekleidet. Als er sie sah, flackerte unverhohlene Überraschung in seinen auffällig hellgrauen Augen auf.

Mit einer geschmeidigen Bewegung richtete er sich auf, und dann war es an ihr, verblüfft zu sein, denn er verließ den Schreibtisch und ging geradewegs auf sie zu. »Aber, Elizabeth, das ist ja eine Überraschung«, sagte er und griff nach ihrer Hand.

Einen Atemzug lang stand Elizabeth stumm und regungslos da. Sie roch das Pimentöl – seltsam, aber es erschien ihr fast schon angenehm! Aber seine direkte Nähe bereitete ihr Unbehagen; denn auch die betonte Eleganz seiner Kleidung konnte die Aura primitiver männlicher Vitalität nicht verbergen, die furchteinflößend wirkte. Wo seine Hand die ihre berührte, schien ihre Haut zu brennen.

Es lief ihr eiskalt den Rücken hinunter. In Panik versuchte sie, ihre Hand zu befreien, und war erleichtert, als er sie endlich losließ. Weil ihr keine passende Bemerkung einfiel, meinte sie schließlich nervös: »Ich hoffe, daß ich nicht störe.«

Sein kahler abschätziger Blick taxierte sie. Die Spur eines Lächelns umspielte seinen verhärmten Mund. »Nein, keineswegs. Es freut mich, daß es Ihnen wieder besser geht.«

Elizabeth drehte sich abrupt zu ihm um. Machte er sich über sie lustig? Zum Teufel mit diesem Mann, sie konnte ihn nicht einschätzen!

»Möchten Sie sich setzen, Elizabeth?« Er deutete auf einen Sessel in ihrer Nähe. Sie nickte und ließ es zu, daß er ihr behilflich war. Dann glättete sie ihre Röcke und beobachtete dabei, wie er zum Fenster ging. Dort blieb er mit auf dem Rücken verschränkten Armen einen Moment stehen, dann wandte er sich um und sah sie an. Es schien fast so, als wäre die Bestie – zumindest vorübergehend – gezähmt, dachte Elizabeth vorsichtig.

Sie räusperte sich und faltete ihre Hände in ihrem Schoß. »Ich glaube, ich muß mich bei Ihnen entschuldigen, Mr. O'Connor. Es war sehr taktlos von mir, Sie bei unserer letzten Begegnung so anzuschreien.«

Er hob eine seiner breiten Schultern. »Mein liebes Mädchen, das hat mir nichts ausgemacht. Um ehrlich zu sein habe ich überhaupt nicht mehr daran gedacht. Und ich habe Ihnen sicherlich einen Anlaß dafür gegeben, in dieser Form zu reagieren.«

Bei dieser Bemerkung wurde es ihr heiß und kalt. Was hatte er sie damals gefragt? *Wann erwarten Sie denn Ihr Kind?* Heiliger Vater, daß er überhaupt zu denken wagte, sie wäre zu etwas derartigem in der Lage! Sie konnte die wenigen Male, die Nathaniel sie geküßt hatte, an den Fingern einer Hand abzählen. Außerdem war eine solche Offenheit zwischen Mann und Frau unschicklich. Es schockierte sie, wie beiläufig Morgan darüber reden konnte.

Es machte überhaupt den Anschein, daß sie vorschnell reagiert hatte.

Seine Augen waren auf ihren Schoß gerichtet. »Aha«,

murmelte er. »Wie ich sehe, haben Sie Ihren Trauring abgelegt.«

Elizabeth errötete. Sie schätzte es überhaupt nicht, daß er sie wieder an diesen Trick erinnerte. Wütend funkelte sie ihn an.

»Ich kam hierher, um mich für Ihre Gastfreundschaft zu bedanken, Sir, aber Sie machen es mir äußerst schwer.«

Er senkte seinen Kopf. »Ich nehme Ihren Dank an, Elizabeth. Aber ich habe das Gefühl, daß sich mehr dahinter verbirgt.«

Wie gelähmt saß Elizabeth in ihrem Sessel. Mein Gott, gab es denn nichts, was diesem Mann entging? Er schien einem mitten ins Herz sehen zu können.

Und dieses Gefühl verabscheute sie zutiefst ... genauso wie sie ihn zutiefst verabscheute.

Sie sprach kurz angebunden. »Dann komme ich also direkt zum Thema, Sir. Meine Erkrankung hat mich in eine mißliche Lage versetzt, weil sie die eigentlichen Absichten meines Herkommens behinderte.« Sie stockte. »An meinem Ankunftstag sagten Sie mir, Nathaniel sei nicht hier. Aber Sie sind sein Bruder und damit der einzige, an den ich mich wenden kann. Und deshalb frage ich Sie noch einmal ..., wo kann ich ihn finden?«

»Auch ich will nicht um den heißen Brei herumreden. Ich weiß es nicht, denn ich bin nicht sein Kindermädchen!«

Damit gab sich Elizabeth nicht zufrieden. »Aber Sie müssen doch irgend etwas wissen ... irgendeine Vorstellung haben, wann er zurückkehren wird.«

Sein Gesichtsausdruck hatte sich verhärtet. Vor lauter Angst, daß er ihr eine Antwort verweigern wurde, hielt sie den Atem an. Aber dann sprach er.

»Nein, habe ich nicht.«

»Aber das hier ist sein Zuhause ...«

»Ja, Boston ist seine Heimatstadt. Und ich vermute

auch, daß Sie recht haben. Er wird zweifellos zurückkehren. Das tut er immer, früher oder später.«

»Und wird er hierher zurückkehren? In dieses Haus?« Wieder diese belastende Stille. »Nein«, sagte er schließlich.

Sie blieb hartnäckig. »Sie bewohnen dieses Haus nicht gemeinsam?«

»Ich dachte, ich hätte mich in diesem Punkt bereits deutlich ausgedrückt.«

»Sie sind beide unverheiratet. Warum also nicht?«

»Das geht Sie nichts an.«

Elizabeth rang nach Luft. Sein Tonfall war wirklich unhöflich. Wie durch ein Wunder gelang es ihr, Ruhe zu bewahren. »Mr. O'Connor, ich bitte Sie zu bedenken, daß es mich doch etwas angeht. Nathaniel wird mein Ehemann. Und Sie folglich mein Schwager. Und wenn Sie über seinen Aufenthaltsort informiert sind, sollte ich es auch sein.«

»Meine liebe Elizabeth«, meinte er gedehnt. »Meine Anwälte sorgen dafür, daß mein Bruder eine überaus großzügig bemessene Unterstützung erhält, aber für Nathaniel ist es nie genug – ich sehe ihn immer nur, wenn er Geld nötig hat. Er lebt von der Hand in den Mund und von der Großzügigkeit anderer Menschen. Hat er etwa auch versäumt, Ihnen das zu erzählen?« Eine seiner Brauen schoß nach oben. »Sollten Sie beide wirklich heiraten, wäre ich nicht verwundert, wenn Sie den Ring versetzen müßten, den Sie auf Ihrer Überfahrt getragen haben. Also, Elizabeth, verraten Sie mir, ändert das Ihre Einstellung zu meinem geliebten Bruder?«

Sein Verhalten war absolut arrogant. Elizabeth kochte innerlich. »Es ändert gar nichts«, schnappte sie zurück. »Und Sie, mein Herr, sind unverzeihlich taktlos.«

Er verzog die Lippen. »Nein, Gnädigste. Im Gegensatz zu meinem Bruder bin ich immer aufrichtig und ehrlich.«

Wütend funkelten sie sich an. Zu ihrem Bedauern war Elizabeth diejenige, die als erste den Blick senkte.

Einen Augenblick lang stand er mit vor der Brust verschränkten Armen vor ihr und sagte nichts. »Was werden Sie jetzt tun?«

Sie zuckte ihre Schultern. »Warten.«

»Auf Nathaniel?« meinte er in angewidertem Tonfall. »Großer Gott! Sie sind wirklich entschlossen, das Ganze durchzustehen, nicht wahr?«

»Er hat um meine Hand angehalten«, sagte sie bestimmt. »Er ist vielleicht nicht hier, aber das ändert nichts an der Tatsache, daß er mich heiraten will.«

»Und falls er nun doch nicht der Mann ist, für den Sie ihn halten?«

»Ach ja, ich vergaß – der Gauner.« Sie befanden sich auf gefährlichem Boden, dachte sie. Sie haßte die Zweifel, die an ihr nagten, und versuchte, sie energisch beiseite zu wischen. »Was auch immer Nathaniel in der Vergangenheit gewesen sein mag«, sagte sie mit sanfter Entschlossenheit, »er hat sich geändert.«

Zu ihrer Überraschung betrachtete er sie lange und forschend. »Ich möchte Ihnen einen Rat geben, Elizabeth. Verlassen Sie Boston und vergessen Sie alles. Tun Sie so, als hätten Sie meinen Bruder nie kennengelernt. Glauben Sie mir, Sie werden es noch bitter bereuen, wenn Sie das nicht tun.« Er hielt inne. »Wenn Sie möchten, kann ich eine Schiffspassage für Sie buchen ...«

»Nein. Ich bleibe bei meinem Nein.« Es stand außer Zweifel, daß er von ihrer Hartnäckigkeit sehr irritiert war. Aus Furcht, daß er wütend werden könnte, holte Elizabeth tief Luft und beeilte sich zu erklären: »Sie haben mich einmal gefragt, ob ich wohlhabend bin. Nun, mein Herr, ich kann Ihnen versichern, daß ich das nicht bin. Ich bin enterbt worden, und Sie haben sicherlich Verständnis dafür, daß ich die näheren Umstände im Augenblick nicht erklären möchte. Aber die Konsequenz daraus ist, daß ich nicht nach England zurückkehren kann.«

Er bemühte sich keineswegs, seine Skepsis zu verbergen. »Das reicht jetzt. Erwarten Sie, daß ich Ihnen glaube, sie wären völlig mittellos?« In wenigen Schritten war er bei ihr. Sein ungläubiger Blick musterte sie und nahm dabei den changierenden Seidenmorgenmantel wahr, den sie übergeworfen hatte. »Sie, meine verwöhnte kleine Lady, tragen wohl kaum die Kleidung einer Armen.«

Seine spöttische Art verletzte sie tief. Vielleicht log er ja gar nicht. Vielleicht war Nathaniel früher ja wirklich ein Halunke gewesen. Aber sicherlich hatte sie recht. Sicherlich war alles genauso, wie sie es gesagt hatte. Er hatte sich geändert ...

Zu ihrer größten Bestürzung wurde sie zunehmend verunsicherter. Für die Dauer eines Augenblicks keimte Unmut in ihr auf. Oh, wie sie sich wünschte, Morgan O'Connor niemals begegnet zu sein!

Aber der ihr so willkommene Zorn verrauschte bald wieder, und sie begann zu zittern. Ihr Kopf dröhnte. Sie tastete mit eiskalten Fingerspitzen nach ihrer Stirn und senkte den Kopf, denn sie war den Tränen gefährlich nahe.

»Elizabeth? Fühlen Sie sich nicht wohl?«

Seine Stimme erschreckte sie. Sie bemerkte nicht, wie eine schlanke Männerhand dicht über ihrem schimmernden Haarkranz verharrte.

Vollkommen aus der Fassung gebracht kämpfte sie gegen den heftigen Schmerz, der ihren Brustkorb zuzuschnüren schien. »Nein«, flüsterte sie schwach und haßte das verräterische Zittern in ihrer Stimme. »Es ist nur ... ich bin in der Erwartung angereist, Nathaniel vorzufinden. Es wäre mir im Traum nicht eingefallen, daß er nicht hier sein könnte.« Sie schüttelte den Kopf. »Sie müssen doch eine Vorstellung haben, wo ich ihn finden kann.«

Er ließ seine Hand wieder nach unten gleiten. »Leider nicht«, gestand er tonlos.

»Ich ... ich kann das einfach nicht glauben.« Langsam hob sie ihren Kopf und versuchte, die Tränen zurückzuhalten. »Aber es muß doch etwas geben, das Sie tun können.«

Es herrschte Schweigen zwischen ihnen. Seine Gedanken waren ihr ein Rätsel. Er schien zu Stein erstarrt, als er sie mit kaltem Gesichtsausdruck musterte.

Hilflos fuchtelte sie mit ihren Armen. »Bitte«, sagte sie dann sehr leise, »ich bin hier ganz allein. Ich habe keinen Menschen – niemanden, an den ich mich sonst wenden kann. Aber ... es muß doch eine Möglichkeit geben, ihn zu finden.« Ihr Blick traf den seinen und war ein einziges Flehen, das sie nicht mehr verbergen konnte. »Können Sie mir helfen? Wollen Sie mir helfen?«

Die Zeit schien endlos langsam zu verstreichen. Elizabeth drückte ihre Finger gegeneinander und wich seinem Blick diesmal nicht aus. Als sie jedoch sah, wie er seine Lippen zusammenkniff und sein Gesichtsausdruck immer abweisender und bedrohlicher wurde, schlug ihr das Herz bis zum Hals.

Die darauffolgenden Worte hatte sie nicht erwartet.

»Ich kenne jemanden ...«, begann er zögernd, dann hielt er inne. »Ich kann nichts versprechen«, fuhr er fort, »aber es ist einen Versuch wert.«

Elizabeth entspannte sich. Gütiger Gott, mehr konnte sie doch nicht verlangen! »Danke«, murmelte sie und dann noch einmal, »ich ... ich danke Ihnen.« Sie schüttelte ihren Kopf, als sollte sie das auf andere Gedanken bringen. »In der Zwischenzeit möchte ich Ihre Gastfreundschaft nicht länger strapazieren. Bis Nathaniel zurückkommt, werde ich mir irgendwo eine Unterkunft suchen.«

»Das brauchen Sie nicht«, sagte er höflich. »Vor allen Dingen, wenn Sie finanziell so angespannt sind, wie Sie es behaupten.«

Sie spürte, wie ein Hauch von Röte ihr Gesicht überzog. Sie fragte sich bereits, ob es sein erklärtes Ziel war, sie in Verlegenheit zu bringen. Dann nahm sie all ihre Würde zusammen, denn das war in der Tat ihr momentan kostbarster Besitz.

»Ich habe etwas Geld«, erklärte sie ihm ruhig. »Nicht sehr viel, aber genug um ...«

»Unsinn. Nathaniels Zukünftige in einem Hotel? Nein. Sie können hierbleiben, solange Sie wollen. Ich bestehe sogar darauf.«

Wieder einmal war er kühl und reserviert. Elizabeth beobachtete ihn, wie er seinen Platz hinter dem Schreibtisch einnahm. Es lag ihr sicherlich fern, weiterhin seine Fürsorge in Anspruch zu nehmen, aber wenn sie es genau überlegte, reichte ihr Erspartes kaum für ein paar Nächte im Hotel.

»Ich weiß Ihr Angebot wirklich sehr zu schätzen«, sagte sie bedächtig. »Aber ich bin wieder gesund, und es ist nicht angebracht für Sie und mich« – stammelte sie – »ich will damit sagen, für uns beide ...« Sie hielt inne, unfähig ihren Satz zu beenden.

Zu ihrer Überraschung lachte er schallend. »Und wenn ich Ihnen jetzt erzähle, daß die sogenannte gute Gesellschaft Bostons von mir gar nichts anderes erwartet? Zum Teufel mit den guten Sitten! Für mich ist die Angelegenheit erledigt, und ich dulde keinen weiteren Widerspruch.«

Elizabeth zögerte. Seltsam, das war es gar nicht, was sie am meisten beunruhigte. »Ich will Ihnen nicht widersprechen, Sir. Aber ich stehe schon tief in Ihrer Schuld und möchte nicht ...«

»Um Himmels willen!« knurrte er, »Sie sind mir doch zu nichts verpflichtet. Aber wenn Sie wollen, schlage ich Ihnen eine Abmachung vor.«

Elizabeth stutzte. Das war das letzte, womit sie gerechnet hatte. Schon schwante ihr etwas, das nicht ganz von der Hand zu weisen war. Morgan O'Connor war jung, attraktiv und unverheiratet. Und er war ein Mann, der zweifellos Gefallen am anderen Geschlecht fand ...

»W-was für eine Abmachung?«

Sie bemerkte gar nicht, daß sie sich mit ihrer Äußerung soeben selbst verraten hatte. »Gütiger Gott«, sagte er ungeduldig. »Sie sind überhaupt nicht mein Typ, also sehen Sie mich nicht so an, als erwartete ich, daß Sie mit mir das Bett teilen! Mein liebes Mädchen, ich habe Ihnen einen ganz anderen Vorschlag zu machen. Simmons wird älter und ist nicht mehr in der Lage, soviel zu arbeiten wie früher, auch wenn er das niemals zugeben würde. Ich wollte Sie nur darum bitten, ihm bei der Haushaltsführung behilflich zu sein – beispielsweise den Speiseplan aufzustellen und die Arbeit der Zimmermädchen zu überwachen. Nun, sind Sie einverstanden?«

Elizabeths Gesicht war feuerrot angelaufen. Merkwürdigerweise fühlte sie sich verletzt, obwohl sie gar nicht genau wußte, warum. »Ja«, schluckte sie.

»Dann haben wir ein Abkommen miteinander?«

Sie nickte fahrig. Zu mehr war sie nicht fähig.

»Gut.«

Er drehte sich auf seinem Schreibtischstuhl um, nahm aus einer Schublade einen Stapel Papiere und legte sie vor sich auf die Schreibtischplatte. Wie es aussah, hatte er sie bereits vergessen.

Sie stand auf, raffte ihre Röcke und verließ so schnell sie konnte das Arbeitszimmer. Draußen im Flur hielt sie an und lehnte sich gegen die Wand. Wie dumm von ihr zu glauben, daß Morgan O'Connor sie attraktiv finden und ihre Situation ausnutzen könnte!

Aber er würde sich darum kümmern, daß Nathaniel gefunden wurde – das allein war es schon wert gewesen, sich in die Höhle des Löwen zu begeben. Warum sie das so empfand, konnte sich Elizabeth nicht erklären, denn dieser Mann war und blieb ihr absolut rätselhaft. Trotzdem hätte sie schwören können, daß ihn ihre Abmachung alles andere als begeisterte. Aber als sie sich noch wunderte, was geschehen war, daß er seinen eigenen Bruder haßte, überkam sie Erleichterung. Er hatte sich erweichen lassen, ihr zu helfen, und sie würde ihm keine weiteren Fragen stellen.

Ihr blieb nichts anderes übrig als zu warten und zu hoffen ...

Und zu beten, daß Nathaniel bald gefunden wurde.

Kapitel 5

Stunden später saß Morgan immer noch in seinem Arbeitszimmer. Böse Ahnungen hatten sich seiner bemächtigt.

Herr im Himmel, er war ein Idiot!

Verdammt ... verdammt! fluchte er inbrünstig, aber er verwünschte auch sie. Er hatte sich einfach erweichen lassen, weil er Mitleid für sie empfand. Dafür haßte er sie fast schon, denn sie hatte die Vergangenheit wieder zum Leben erweckt und ihn an all das erinnert, was er so gerne vergessen wollte.

Herrgott nochmal, dachte er frustriert. Wenn sie doch nur wüßte ... Wie konnte sie nur so blind sein? Nathaniel war alles andere als ein Ehrenmann. Aber er war ein Charmeur, dachte Morgan zynisch, der besonders bei den Damen gut ankam.

Schuldgefühle übermannten ihn. Es war nicht seine Art zu lügen. Und er hatte nicht gelogen, sagte er sich.

Aber er war auch nicht ganz ehrlich gewesen. Sicher, er wußte nicht, wo Nathaniel war. Aber Morgan hatte keinen Zweifel daran, daß er ihn in den Armen seiner neuesten Geliebten finden würde, und was würde die elegante Lady Elizabeth Stanton darüber denken?

Er sah sie vor seinem geistigen Auge, wie sie vor wenigen Stunden bei ihm aufgetaucht war. Verletzbar und flehend. Tränen hatten in ihren smaragdgrünen Augen geschimmert, Tränen, so dachte er bei sich, die sie sicherlich viel von ihrem Stolz gekostet hatten.

Er hätte sich nicht darum kümmern sollen. Bei Gott, es kümmerte ihn ja auch nicht. Aber der Schaden war bereits passiert. Er hatte ein Versprechen gegeben, und er würde zu seinem Wort stehen.

Bereits am nächsten Morgen warb er einen Detektiv namens Evans an; und Evans machte sich noch am gleichen Tag auf die Suche nach Nathaniel.

Weiß Gott, er hoffte jedenfalls, daß Evans ihn nicht fand. Und was Elizabeth anbelangte, so würde er sie aus seinen Gedanken verbannen ..., was sich allerdings, wie er bald bemerkte, als unmöglich herausstellte.

Die Tage wurden zu Wochen, und bald war schon ein Monat vergangen.

Ihre Präsenz in seinem Haus – in seinem Leben! – stiftete Verwirrung, mit der er nicht gerechnet hatte. Ihre Anwesenheit machte ihn außerordentlich verdrießlich, so daß er schließlich Abend für Abend länger in seinem Büro zubrachte und sie sich immer seltener begegneten. Doch je intensiver er sich bemühte, sie zu ignorieren, um so häufiger trat sie in sein Bewußtsein – das ungewohnte Rascheln ihrer Kleider, ein leichtes Räuspern, ein Hauch von Parfüm, wenn er zur Tür hereinkam, mehr gehörte nicht dazu. Und dann waren da diese Augen, riesige, tiefe Seen von einem lebhaften Grün, die sich aus lauter Furcht verdunkelten, wenn sie sich zufällig trafen – auch das ärgerte ihn. Wann immer sie miteinander sprachen, waren beide höflich und sachlich. Trotzdem konnte sich Morgan der würdevollen Ausstrahlung nicht erwehren, die sie stets umgab – was ihn gleichermaßen störte wie beeindruckte.

Herr im Himmel, wo hatte Nat sie bloß gefunden?

Er hatte den Verdacht, daß sie alles versuchte, um ein Zusammentreffen mit ihm zu vermeiden; sie aß allein auf ihrem Zimmer und hatte sich oft schon zurückgezogen, bevor er nach Hause kam. Aber er sah auch bereits die Veränderung, die ihre Anwesenheit in seinem Haushalt bewirkt hatte. Die Speisen waren heiß, schmackhaft zubereitet und abwechslungsreich. Der leichte Staubfilm, der Möbel und Hausrat zuweilen überzogen hatte, war verschwunden. Dem Himmel sei Dank, daß Simmons ihre Unterstützung nicht ablehnte. Im Gegenteil, der alte Mann schien ganz hingerissen von ihr zu sein.

Und von Simmons erfuhr Morgan auch, daß Stephen häufig am frühen Abend bei ihnen zu Gast war. Es schien, als würden die zwei viel Zeit miteinander verbringen, eine Tatsache, die er als äußerst störend empfand – trotzdem konnte er nicht genau sagen, warum das so war.

Und die ganze Zeit über hoffte er, daß Evans Nathaniel nicht fand.

Leider hoffte er vergebens.

Als er schon annahm, der Detektiv habe sich auf seiner Suche nach Nathaniel so richtig festgefahren, tauchte Evans an einem schönen Frühlingstag auf seiner Werft auf.

Der kräftige, untersetzte Mann, der einem alten Seebären ähnlicher sah als einem Detektiv, zog seinen Hut, als Morgans Mitarbeiter ihn in dessen Büro begleitete.

»Es tut mir leid, daß ich unangemeldet vorbeikomme, Mr. O'Connor, aber ich dachte mir, daß Sie unverzüglich erfahren wollen, was ich herausgefunden habe.«

»Selbstverständlich.« Morgan nahm hinter seinem Schreibtisch Platz und wies Evans den gegenüberstehenden Stuhl zu. Als sich der andere Mann gesetzt hatte, fragte er: »Erzählen Sie mir, Mr. Evans. Haben Sie meinen Bruder gefunden?«

Evans nickte aufgeregt. »Ja, Sir. Ich habe ihn tatsächlich gefunden. Anfang des Jahres lebte er in Pittsburgh, dann zog er nach Philadelphia um.« Er grinste zaghaft. »Scheint so, als habe er dort eine wirklich propere Witwe aus New York kennengelernt.«

Morgan hob eine Braue. »Verstehe. Und wo ist er jetzt, Mr. Evans? In New York?«

Evans Grinsen verschwand. Er wirkte verblüfft. »Wollen Sie damit sagen, daß Sie das bereits wußten?«

Ein feines Lächeln umspielte Morgans Lippen. »Nein.

Aber ich weiß, was mein Bruder in einer solchen Situation tun würde. Sagen Sie, ist die Witwe reich?«

Evans verdrehte seine Augen. »Bei Gott, ja.«

»Und zweifelsohne hat mein Bruder ihr bereits ein gehöriges Quantum ihres Geldes abgeknöpft.«

Auf Evans Gesicht machte sich langsam wieder ein Grinsen breit. »Allem Anschein nach läßt er die Schneider nicht arbeitslos werden. Und gerade letzte Woche hat er sich ein Paar edelster Vollblüter zugelegt. Hat mehr für die Pferde gezahlt, als manch einer in seinem ganzen Leben verdient.«

»Natürlich«, stimmte Morgan höhnisch zu. Solange Nathaniel das Geld anderer Leute ausgeben konnte, war das Beste gerade gut genug für ihn.

In Evans Augen war ein verräterisches Glitzern getreten. »Ich habe mich mit einem der Hausmädchen angefreundet. Sie erzählte mir einige heiße Geschichten, wie Ihr Bruder die Witwe so auf Trab hält, daß sie ihren verschiedenen Gatten nicht vermißt. Sie wissen schon, was ich damit meine.«

Allerdings, dachte Morgan bei sich. Er hatte nicht den geringsten Zweifel, daß Nathaniel und die Witwe ein Liebespaar waren. Doch es war eine unwiderlegbare Tatsache, daß die meisten Frauen, die sich auf Nat einließen, genauso hintergangen wurden wie er.

Seine Gedanken schweiften wieder zu Elizabeth, und ein merkwürdiges Gefühl machte sich in seiner Magengegend breit. Er konnte nicht umhin sich zu fragen, wieviele erotische Momente sie und Nat wohl miteinander erlebt hatten. Er zwang sich zur Beherrschung und ermahnte sich, sie nicht deshalb zu verurteilen, weil sie auf einen Typen wie seinen Bruder hereingefallen war. Auch wenn er das ungeheuerlich fand, so lag doch ihr einziger Fehler in der Tatsache begründet, daß sie wirklich zu glauben schien, Nathaniel werde sie heiraten.

Beschwörend heftete er seinen Blick wieder auf den

korpulenten Mann. »Ich hoffe, Sie haben sich meinem Bruder nicht zu erkennen gegeben, Mr. Evans. Oder den wahren Grund Ihres Auftauchens.«

»Keineswegs«, antwortete Evans schnell. »Mit keinem Wort. Wie wir vereinbart hatten, bin ich sofort nach Boston zurückgekehrt, um Ihnen Bericht zu erstatten.«

»Gut.« Morgan schnippte kurz mit den Fingern. Er erhob sich, beugte sich über den Schreibtisch und gab seinem Gegenüber die Hand. »Ich danke Ihnen für Ihre Hilfe, Mr. Evans. Ich werde meine Bank anweisen, daß sie die Zahlung ordnungsgemäß an Sie leistet.«

Evans griff nach seinem Hut. »Sie wollen nicht, daß ich nach New York zurückfahre und ihn hierher hole?«

Für den Bruchteil einer Sekunde zögerte Morgan ... »Nein, Mr. Evans. Das wird nicht nötig sein.«

Er begleitete Evans zur Tür, die er langsam hinter ihm schloß. Einen Herzschlag lang fragte er sich, ob er falsch reagiert hatte ... Vielleicht hätte er Evans dazu auffordern sollen, mit Nathaniel zurückzukehren. Er schuldete Elizabeth doch nichts. Was hätte es also ausgemacht, wenn Nathaniel aus den Armen eines anderen Flittchens geradewegs zu ihr gekommen wäre?

Aber das hätte er weder ihr noch irgendeinem anderen Menschen angetan. Es war besser für sie, nicht zu wissen, wo Nathaniel war – und, noch besser, was er tat.

Ja, dachte er. Das war der beste Weg, der einzige Weg. Je eher sie abreiste, um so besser war es für alle Beteiligten. Er mußte sie nur noch davon überzeugen, daß sie eine Schiffspassage für die Rückreise nach England buchte.

Dieses spezielle Problem beschäftigte ihn immer noch, als er kurze Zeit später zu Hause ankam. Während Simmons ihm Hut und Mantel abnahm, vernahm er das Lachen einer Frau und eines Mannes.

»Stephen?« fragte er.

Simmons nickte. »Ja, Sir. Er und die gnädige Frau sind im Salon.«

Also entschloß sich Morgan, in den Salon zu gehen. Das Paar saß nahe beieinander auf dem Sofa, berührte sich jedoch nicht. Sie hatten ihre Köpfe zusammengesteckt, und Stephen zeigte auf einen Punkt auf einer kleinen Landkarte, die zwischen ihnen lag. Morgan blieb im Türrahmen stehen, er kam sich vor wie ein Eindringling, was er zutiefst verabscheute. Keiner von beiden nahm jedoch seinen prüfenden Blick wahr.

»Entschuldigung«, sagte er.

Schlagartig sahen beide auf. Morgan hätte geschworen, daß in Elizabeths Augen einen Moment lang wieder so etwas wie Panik aufflackerte, aber dieser Eindruck verschwand sofort wieder.

Stephen war ehrlich überrascht. »Morgan!« begrüßte er ihn herzlich. »Ist das nicht ein bißchen früh für dich?«

Morgans Antwort war betont kühl. »Wir werden nicht alle für ein Leben des Müßiggangs geboren, alter Freund.«

Stephen lachte stillvergnügt. »Also, ich glaube, das waren tadelnde Worte. Ich gebe ja zu, daß ich meine Praxis sehr früh verlassen habe. Aber aus gutem Grund. Ich habe Elizabeth gerade einen Einblick in unsere Geschichte gegeben und ihr die überlieferten Sagen von Piraten, Dieben und Straßenräubern erzählt, die hier gehenkt worden sind. Und weil sie seit ihrer Ankunft das Haus nicht verlassen hat, dachte ich, daß sie vielleicht Spaß an einer Kutschfahrt hätte, auf der ich ihr die Umgebung zeigen könnte.«

»Jetzt nicht, Stephen.« Sein Blick wanderte zu Elizabeth. »Elizabeth, würde es Ihnen etwas ausmachen, in meinem Arbeitszimmer auf mich zu warten? Ich möchte mit Ihnen reden.«

»Selbstverständlich.« Schlank und grazil sprang sie auf, lächelte Stephen zu und raffte ihr Kleid. »Stephen, ich danke dir für diesen zauberhaften Nachmittag.« Mit einem Rascheln ihrer Röcke entschwand sie.

»Na, na«, bemerkte Stephen, als die beiden Männer allein waren. »Man könnte dich für einen Gutsherrn und sie für deine Angetraute halten.«

Morgans Gesichtszüge waren zu Stein erstarrt. »Ich verstehe nicht, was du damit sagen willst«, meinte er kurz angebunden. »Aber ich glaube, daß eine Erinnerung vielleicht angebracht ist – sie ist bereits jemandem versprochen, Stephen.«

Stephen runzelte die Stirn. »Du überraschst mich, Morgan.«

»Wirklich. Wieso?«

»Um ehrlich zu sein, finde ich es merkwürdig, daß du dich hinter die Interessen deines Bruders stellst. Das finde ich sogar mehr als merkwürdig.«

Morgan biß die Zähne zusammen. Das war wohl kaum der Fall. Aber wenn dem nicht so war, was war es dann? Er wußte es nicht – und er wagte nicht, nach einer Antwort zu forschen.

»In der Tat«, fuhr Stephen unbekümmert fort, »frage ich mich, ob du nicht selbst ein Auge auf die Lady geworfen hast.«

Morgans Augen waren nur noch wütende, schmale Schlitze. Er sagte kein Wort.

»Ich muß gestehen, daß ich das absolut verständlich finde. Sie ist wirklich anziehend. Findest du nicht?«

»Sehr«, stieß Morgan zwischen den Zähnen hervor.

Stephen seufzte. »Aber du hast leider recht. Sie steht keinem von uns beiden zu.« Gedankenverloren hielt er inne. »Ehrlich gesagt, ich kann sie mir auch kaum an meiner Seite vorstellen, obwohl ich zugegebenermaßen auch Probleme damit habe, sie neben Nathaniel zu sehen. Denk doch nur mal, dein Bruder mit einer englischen Lady, einer wirklichen Lady von Stand!« Er lachte, offensichtlich sehr belustigt. »Und die Vorstellung, daß sie mit dir ... nun, die ist absolut absurd! Aber alles in allem amüsant, findest du nicht?«

Morgan starrte ihn an.

»Nein? Nun gut.« Stephen entwirrte seine Beine und erhob sich. »Ach übrigens, weil ich dich so selten gesehen habe, hätte ich es fast vergessen, dir zu erzählen ..., ich gebe morgen abend einen Ball. Ich dachte mir, daß es für Elizabeth gut wäre, wenn sie unter Leute kommt. Außerdem ist es an der Zeit, daß die Lady in die Bostoner Gesellschaft eingeführt wird, meinst du nicht? Oh, du brauchst dich nicht zu beunruhigen. Es wird nicht bekannt werden, daß sie bei dir wohnt. Ich dachte, daß ich sie als entfernte Cousine von mir vorstelle. Und ich werde dafür sorgen, daß sie vor den anderen Gästen hier eintrifft und den Ball als letzte wieder verläßt.«

Noch bevor Morgan einen Ton entgegnen konnte, war Stephen bereits an ihm vorbei geschlendert. »Ich glaube, ich sollte jetzt gehen. Du brauchst nicht nach Simmons zu rufen, ich finde mich schon allein zurecht«, winkte er ab.

Zur gleichen Zeit, als sich die Vordertüre schloß, stand Morgan bereits im Eingang seines Arbeitszimmers. Er trat allerdings nicht direkt ein. Sein Blick durchstreifte den Raum, bis er Elizabeth wahrnahm. Sie saß in dem niedrigen Stuhl vor seinem Schreibtisch und hatte ihm den Rücken zugewandt. Unbeweglich wie eine Statue saß sie da mit leicht geneigtem Kopf und im Schoß gefalteten Händen. Ihr Haar war zu einer Hochfrisur aufgesteckt, aus der sich einzelne Strähnen gelöst hatten, die sich ganz anmutig in ihrem Nacken kräuselten.

Was ihn dort festhielt, wußte Morgan nicht. Er blieb jedenfalls auf der Schwelle stehen und hielt seine Augen auf ihren bloßen, verführerischen Nacken gerichtet. Er wußte instinktiv, daß ihre Haut weich und zart war, wenn er sie dort berühren würde ... Augenblicklich war er auf sich selbst wütend. Welcher Unsinn trieb ihn eigentlich dazu, sich solchen Gedanken bei der Zukünftigen seines Bruders hinzugeben? Es war überhaupt unerhört, was Stephen vermutet hatte. Er fühlte sich von ihr nicht angezogen – nein, nicht im geringsten.

Schließlich ging er auf sie zu. Sie sah auf, als er seinen Platz hinter dem Schreibtisch einnahm.

Ihr Blick versuchte in seinen Gesichtszügen zu lesen. »Sie wollten mit mir über Nathaniel sprechen, nicht wahr?« fragte sie atemlos. »Sie haben also etwas über ihn erfahren?«

Er zögerte. »Der Detektiv, den ich angeworben hatte, konnte nichts in Erfahrung bringen«, hörte er sich selbst sagen. »Er hat die gesamte Ostküste abgesucht, aber keine Spur von ihm gefunden. Nach allem, was wir wissen, kann er sich überall auf dem Kontinent aufhalten.«

Ihr Gesichtsausdruck verfinsterte sich. Es schien ihm, als würde sie sämtlicher Lebensmut verlassen, und in diesem Augenblick haßte er sich selbst.

»Können Sie nicht noch weiter nach ihm suchen ... Nein, nein, selbstverständlich können Sie das nicht.« Er hörte, wie sie nach Atem rang. »Es tut mir leid. Es ist einfach so, daß ich hoffte ... und als Sie sagten, er würde wahrscheinlich irgendwann zurückkehren ...«

»Wer weiß, das kann ein Jahr, es können aber auch zehn Jahre sein.«

Sie wandte ihren Blick ab, und er wußte, daß sie mit ihrer Beherrschung kämpfte. »Ich bin Ihnen dankbar für alles, was Sie getan haben, Mr. O'Connor. Ich bin Ihnen wirklich dankbar.«

Morgan, hätte er am liebsten gerufen. Ich heiße Morgan.

Statt dessen sagte er: »Natürlich sehen Sie jetzt ein, daß es keinen Grund gibt, hierzubleiben. Kehren Sie zu Ihrem Vater zurück, Elizabeth. Gehen Sie zurück und ...«

»Das kann ich nicht«, erwiderte sie aufgebracht und rang ihre Hände. »Verstehen Sie das nicht? Ich kann nicht!«

»Nein, ehrlich gesagt, verstehe ich nicht ...«

»Er ist tot. Mein Vater ist gestorben. Zwei Wochen, bevor ich nach Boston abreiste, wurde er beerdigt.«

Jetzt mußte er den Blick abwenden. Der tiefe Schmerz in ihrer Stimme beschämte ihn, als wäre er der größte Dummkopf auf Gottes weiter Erde. »Verzeihen Sie mir. Es war nicht meine Absicht, so pietätlos zu sein.«

»Natürlich. Sie konnten das nicht wissen. Ich habe es Ihnen niemals erzählt.«

Morgan runzelte die Stirn. »Sie sehen ein wenig blaß aus. Möchten Sie einen Brandy?«

»Ja, gerne.«

Er ging und goß einen großzügigen Schluck in einen Kristallschwenker. Als er ihr das Glas reichte, berührten sich ihre Fingerspitzen leicht – und ihre waren so kalt wie ein Winterhauch.

Nach dem ersten, mutigen Schluck schüttelte sie sich, mußte husten und Tränen traten in ihre Augen.

Morgan lächelte sanft. »Schlürfen sie ihn«, riet er ihr. »Sonst brennt er in der Kehle.«

Er setzte sich auf die Ecke seines Schreibtisches, verschränkte die Arme über seiner Weste und streckte seine langen Beine aus. Er beobachtete, wie sie seinen Rat befolgte und immer wieder das Glas an ihre Lippen führte. Langsam nahmen ihre Wangen etwas Farbe an. Er wartete, bis sie sich wieder etwas beruhigt hatte, und sagte dann: »Ich bin etwas verwirrt, Elizabeth. Sie haben mir vorher gesagt, daß man sie enterbt hat. Warum sollte Ihr Vater so etwas tun?«

»Oh, nicht er«, erwiderte sie schnell. »Es war seine Frau.«

»Seine Frau ... Ihre Mutter?«

Ihre wohlgeformten Lippen zogen sich traurig nach unten. »Um Himmels willen, nein. Meine Mutter starb, als ich noch ein Kind war. Meine Stiefmutter hat mich enterbt. In seinem Testament hat Papa ihr fast alles übertragen. Aber Hayden Park, unser Landsitz in Kent, sollte aus Anlaß meiner Hochzeit an mich gehen. Aber Papa – er ruhe in Frieden, aber ich weiß nicht, was er sich dabei gedacht hat! – überließ Clarissa die Aufgabe, einen Ehemann für mich zu finden.«

Morgan runzelte die Stirn. »Und was ist mit Nathaniel?«

Ihr Blick verfinsterte sich. »Nun, ich hatte Papa noch nichts von Nathaniels Antrag erzählt ... Er war so krank ..., er starb, bevor ich mit ihm darüber reden konnte. Und Clarissa konnte mich nie leiden, verstehen Sie ... und hätte auch Nathaniel nicht akzeptiert. Deshalb schlug sie mir nach Vaters Tod vor, Lord Harry Carlton zu heiraten.« Sie erschauerte. »Oh, was für ein gräßlicher Mann! Ich haßte es, wie er mich ansah! So merkwürdig es klingt, aber es war, als wollte er ... mich mit seinen Augen verspeisen!«

Morgans Blick blieb an ihrem Mund hängen, wanderte über ihren sanft gebogenen, schönen Hals und wieder zurück zu ihren Lippen. Er fand das alles andere als merkwürdig. Aber er hörte ihr ruhig zu, obwohl er, was die Sachlage anbetraf, insgeheim eine gute Idee hatte.

»Clarissa brauchte keinen Ehemann für mich zu suchen«, fuhr Elizabeth fort. »Ich hatte ja schon einen gefunden! Aber sie wollte Nathaniel unter gar keinen Umständen akzeptieren. Und als ich eine Hochzeit mit Lord Harry ablehnte, enterbte sie mich!«

Ihre weiche Unterlippe verzog sich schmollend. Morgan gelang es nur mit Mühe, ein Lachen zu unterdrücken. Irgendwie erinnerte sie ihn an ein Kind, das wütend und beleidigt war, weil es seinen Kopf nicht durchgesetzt hatte.

Mittlerweile war ihr Glas leer. Leicht bestürzt blickte sie hinein und zog ihre Stirn in Falten. Dann hob sie ihren Kopf und hielt ihm das Glas hin. »Kann ich bitte noch ein wenig bekommen?«

Morgan leistete ihrer Bitte Folge. Aber als er ihr das Glas zurückreichte, runzelte sie erneut die Stirn. Fragend hob er eine Braue.

»Wollen Sie nicht auch etwas trinken?«

Höflich lehnte er ab. »Ich muß gestehen, ich trinke nur selten.«

»Papa meinte immer, daß er keinen Mann kannte, der nicht seinen Portwein schätzte, wenn Sie verstehen, was ich damit meine.«

Ein schwaches Lächeln umspielte Morgans Lippen. »Das ist sicherlich nur allzu wahr. Allerdings hat mein eigener Vater es dermaßen übertrieben, daß ich mir schon in jungen Jahren geschworen habe, nicht den gleichen Fehler zu begehen.« Er hielt inne. »Hat Nathaniel Ihnen nichts davon erzählt?«

Sie schüttelte ihren Kopf. »Er hat viel davon erzählt, wo er gewesen ist und was er gemacht hat. Und von seinem Haus hier und natürlich auch vom Schiffsbau ...« Sie unterbrach sich, als hätte sie soeben bemerkt, was sie da gesagt hatte. »Ich meine, dieses Haus und Ihr Geschäft. Also, um genau zu sein, wußte ich nicht einmal, daß er einen Bruder hat.«

Morgan schwieg, was hätte er auch dazu sagen sollen? Es war nichts Neues für ihn, daß Nathaniel seinen Reichtum schamlos zur Schau stellte. Er zögerte, dann sagte er wie zu sich selbst: »Wie in aller Welt haben Sie beide sich kennengelernt?«

»Wir haben uns auf einer Teaparty im Garten der Tochter eines Bekannten meines Vaters kennengelernt.«

Sie seufzte. »Er war sehr beeindruckend, verstehen Sie. Ich gebe zu, daß ich schon von ihm gehört hatte, bevor wir uns trafen. Er war das Stadtgespräch von London – höflich und charmant und immer so liebenswürdig. Ich vermute, jede junge Frau in London hatte ein Auge auf ihn geworfen.«

Morgan erstarrte. Er hatte nicht das Bedürfnis, Geschichten über die Chancen seines Bruders beim weiblichen Geschlecht zu hören.

Doch Elizabeth schien das nicht zu bemerken. »Zunächst konnte ich gar nicht glauben, daß er ausgerechnet mir den Hof machte«, fuhr sie fort. »Mir, können Sie sich das vorstellen? Denn ich war doch immer eher eine graue Maus als eine Londoner Schönheit.«

Morgan war ehrlich verblüfft. Wußte sie denn nicht, daß sie schön war? Vielleicht nicht im herkömmlichen Sinne. Aber trotzdem war sie eine Schönheit.

Plötzlich hielt sie inne und blickte mit ziemlich abwesendem Gesichtsausdruck in ihr Glas. »Ach du meine Güte«, murmelte sie. »Ich glaube, ich brauche noch einen Brandy.« Erneut hielt sie ihm ihr Glas hin.

Morgan bewegte sich nicht. Er sah sie scharf an. Ihre Stimme klang irgendwie anders. Wenn er sich nicht irrte, müßte er sagen, daß sie ...

»Sie sind wohl ein bißchen müde heute, nicht wahr? Nun, dann gieße ich mir selber einen ein.«

Sie wollte aufstehen, schwankte aber fürchterlich, als sie sich erhob. Wenn Morgan nicht blitzschnell reagiert und sie mit seinen Armen aufgefangen hätte, wäre sie gefallen. Er blickte zu ihr hinunter. Er hatte recht – sie war betrunken! Gütiger Himmel, wenn er darüber doch nur hätte lachen können! Doch alles, was er fühlte, waren ihr warmer, weicher Körper, der sich an den seinen schmiegte, und unbestreitbar die Erhebungen ihrer Brüste an seinem Brustkorb.

Sobald sie wieder sicher auf eigenen Füßen stand, ließ er sie los und trat einen Schritt zurück.

Sie lächelte ihn an. »Ach du meine Güte. Ich fühle mich so anders. Holen Sie mir denn bitte noch einen Brandy?«

»Nein, Elizabeth«, sagte er entschieden. »Sie hatten wirklich genug.«

Ihr Lächeln schwand. Sie sah ihn an, als hätte er sie

geschlagen. Entsetzt bemerkte er, daß ihre Mundwinkel zu zittern begannen. »Auch Sie hassen mich, nicht wahr?«

Bestürzt wiegelte Morgan ab. »Selbstverständlich nicht ...«

»Doch, Sie hassen mich. Genau wie Nathaniel.«

»Das geht aber jetzt zu weit. Natürlich haßt Nathaniel Sie nicht ...«

Aus heiterem Himmel fing sie an zu weinen. »Ganz sicher haßt er mich. Und er ... er wird auch nicht kommen, habe ich recht? Oh, dieser ... dieser Schuft! Ich habe ihm geglaubt! Ich war wirklich davon überzeugt, daß er mich zur Frau nehmen wollte. Und jetzt ist alles zerstört!«

Morgan besaß keine Geduld im Umgang mit weinenden Frauen. Er versuchte, sie zu beruhigen. »Sie sind hintergangen worden, Elizabeth. Sie sind nicht die erste, der das passiert ist. Und vermutlich werden Sie leider auch nicht die letzte sein.«

Sie beachtete ihn überhaupt nicht, sondern vergrub ihr Gesicht in ihren Händen und weinte nur noch hemmungsloser.

Morgans Hände verkrampften sich nervös, und er schluckte mehrere Male.

Er war davon überzeugt gewesen, daß er solche Emotionen hinter sich gelassen hatte. Doch tief in seinem Inneren mahnte ihn eine Stimme, daß er einst ... einst zu solchen Gefühlen fähig gewesen war. Zu tröstenden Worten. Zu Zärtlichkeit. Aber dank Amelia war ihm das alles verlorengegangen. Er würde niemals wieder jemandem vertrauen und schon gar nicht einer Frau.

Doch Elizabeths Schluchzer gingen ihm wie Messerstiche unter die Haut. Und sie waren es auch, die maßgeblichen Einfluß auf das weitere Geschehen ausübten.

Zögernd und sehr unsicher nahm er sie in seine Arme. Elizabeths Reaktion war jedoch recht direkt. Sie ließ ihren Kopf an seine Brust sinken und schmiegte sich an das

Revers seiner Jacke. Es war völlig unlogisch, doch sie schien in seinen Armen Trost finden zu wollen. Auch Morgan fand das sehr merkwürdig. Er konnte sich nicht helfen, sie tat ihm einfach nur leid.

Aber vielleicht lag das daran, daß sie beide von Nat für dumm verkauft worden waren.

Er strich ihr sanft und mit gleichförmigen Bewegungen über den Rücken. »Hör' auf, Elizabeth. Hör' jetzt bitte auf. Morgen früh sieht alles schon viel besser aus, das verspreche ich dir.«

Sie vergrub ihren Kopf an seiner Schulter und weinte weiter glühendheiße Tränen in seinen Jacketstoff. Diesmal zögerte Morgan nicht. Er nahm sie in seine Arme und trug sie nach oben in ihr Zimmer.

Dort angelangt, war sie in Tränen aufgelöst. Vorsichtig ließ er sie zu Boden gleiten. »Wir sind da«, flüsterte er. »Es ist Zeit für dich, schlafen zu gehen.«

Sie machte keinerlei Anstalten, sich zu bewegen oder sich auszuziehen. Statt dessen wirkte sie vollkommen apathisch, als er hinter sie trat und seine Aufmerksamkeit den unzähligen Haken auf der Rückseite ihres Kleides zuwandte. Er erwartete jeden Moment, daß sie ihn wutschnaubend anfahren würde, wie er es wagen konnte, sie zu entkleiden. Doch sie drehte sich nur teilnahmslos um, als er sie mit einer Berührung ihrer Schulter dazu aufforderte.

Während er ihr das Kleid abstreifte und es zu Boden gleiten ließ, hielt er den Atem an. Als nächstes befreite er sie von ihren Unterröcken, dann entledigte er sie ihrer Strümpfe und Schuhe. Als er ihre Haarnadeln löste, arbeitete er sich entlang ihres zarten Nackens. Eine letzte Bewegung noch, und ihr Haar rann ihm wie eine gigantische Kaskade aus gesponnenem Gold durch seine Hände.

Seine Herz hatte heftig zu pochen begonnen. Er ignorierte das. Er schob die Laken beiseite und hob sie wortlos und nur mit ihrer Unterwäsche bekleidet ins Bett. Gehorsam schlüpfte sie unter die Decke, wollte ihm jedoch noch etwas mitteilen.

Ihre großen fragenden und trotz eines Tränenschleiers zauberhaft funkelnden Augen waren auf sein Gesicht gerichtet.

Er blies die Kerze aus, setzte sich ganz nah zu ihr auf die Bettkante, doch er berührte sie nicht. »Was hast du noch auf dem Herzen?« fragte er ruhig.

Ihr Blick musterte seine Gesichtszüge. »Weißt du, du ... du siehst Nathaniel überhaupt nicht ähnlich. Er lächelt immer. Du lächelst nie.« Sie überraschte ihn damit, daß sie ihre Hand ausstreckte, um die harten Konturen seines Mundes zu berühren.

Morgan bewegte sich nicht. »Laß das«, warnte er sie, aber seine Stimme war kaum mehr als ein Flüstern.

Ihre Finger hielten inne. »Warum?«

Das Mondlicht schimmerte in ihren Haaren. Es glänzte, als wäre es aus purem Silber und Gold gesponnen. Morgan holte tief Luft. »Weil du vielleicht mehr bekommst, als dir lieb ist.«

»Was?«

»Das hier«, flüsterte er und senkte beim Sprechen seinen Kopf zu ihr hinunter.

Seine Lippen fanden ihren Mund. Er bemerkte, wie sie bei seiner Berührung hastiger atmete, aber er hörte nicht auf. Gütiger Himmel, er konnte nicht aufhören. Eine berauschende Sehnsucht befiel ihn. Bei Gott, sie war unwiderstehlich, und sie reizte ihn. Unter der dünnen Baumwolldecke zeichneten sich ihre unglaublich langen, schlanken Beine ab. Bei diesem Anblick wünschte er sich, daß sie sich um seine Hüften schmiegten, während er tief und leidenschaftlich in sie eindrang.

Bei Gott, jetzt wußte er, warum er sie nicht noch am Tag ihrer Ankunft wieder weggeschickt hatte. Er konnte sich selbst nicht länger belügen. Stephen hatte recht. Er fühlte sich zu ihr hingezogen. Zu ihrer Sanftmut. Ihrer Jugend.

Und sie besaß inneres Feuer. Er spürte es an der Art, wie sich ihre Lippen den seinen hingaben. Aber auch Amelia war leidenschaftlich gewesen. Das war einer der Gründe gewesen, warum er so fasziniert von ihr gewesen war – von ihrer Lebensfreude, ihrem Esprit.

Sein Atem ging schneller und heftiger. Es traf ihn wie ein Schlag ... Er wollte sie besitzen. Lady Elizabeth Stanton. Sie war die einzige Frau, die er seit langer, langer Zeit mehr als alles begehrte.

Seit Amelia.

Warum? Diese Frage schoß ihm immer wieder durch den Kopf. Weil sie zu Nat gehörte? Weil er seinem Bruder durch irgendein sonderbares Verhalten, das er selbst nicht verstand, etwas heimzahlen wollte? Nein. Nein. Da war mehr. Er fühlte, wie das Verlangen unaufhaltsam und erbarmungslos durch seine Lenden strömte und seine Männlichkeit hart wie Marmor werden ließ. Und doch wollte er dieses Gefühl nicht verspüren. Bei keiner Frau. Und besonders nicht bei dieser. Sie gehörte zu Nat, ermahnte er sich. Sie war Nat versprochen ...

Doch den Kampf, den er mit sich selbst austrug, hatte er bereits verloren. Es war gefährlich. Es war verrückt. Dafür, daß er die Verlobte seines Bruders begehrte, würde Gott ihn in der Hölle schmoren lassen ...

Aber das kümmerte ihn wahrhaftig nicht. Es zählte nur noch das drängende Gefühl, das sein Blut zum Kochen brachte. Das Bedürfnis, tief in ihren Körper einzudringen, schmerzte schon beinahe.

Gierig bedeckte er ihren Mund mit Küssen, als könnte er niemals genug von ihr bekommen. Sie gab sich seinen Zärtlichkeiten hin, als wäre sie für ihn bestimmt gewesen. Da er nicht in der Lage war, sich zu mäßigen, glitten seine Hände entlang der Rüschen ihres Unterhemdes und tasteten sich dann zu dem einladenden Fleisch darunter vor. Seine Handfläche berührte ihre Brust, sie war fest und reif wie eine Frucht. Er spielte mit ihrer Brustwarze, die unter seinen Liebkosungen hart wurde. Wollüstig schien sich Elizabeth diesen Vergnügungen hinzugeben.

Doch tief in seinem Inneren gemahnte ihn so etwas wie leise Vorsicht. Er hörte nicht darauf, ließ zwar für einen Augenblick das Feuer ihres Kusses verglühen, doch nur, um sich neben sie zu legen und sie ganz nah und fest an seinem Körper zu spüren. Sie schlang ihre Arme um seinen Hals und lächelte selig.

»Nathaniel«, seufzte sie. »Oh, Nathaniel.«

Die Nennung dieses Namens war für ihn wie ein Schlag ins Gesicht. In weniger als einer Sekunde war Morgan auf den Beinen und stand neben dem Bett.

Elizabeth öffnete verwirrt und verschlafen ihre Augen.

»Schlaf' jetzt«, sagte er barsch. »Schlaf' jetzt, Elizabeth.«

Ihre geschlossenen Augenlider flatterten. Innerhalb von Sekunden ging ihr Atem tief und gleichmäßig.

Morgan wußte, daß er in dieser Nacht so leicht keinen Schlaf finden würde. Er stand neben ihrem Bett und hatte beide Hände zu Fäusten geballt.

Er hatte recht behalten, erkannte er jetzt. Je eher sie aus seinem Haus – und aus seinem Leben – verschwand, um so besser.

Kapitel 6

Elizabeth erwachte mit wahnsinnigen Kopfschmerzen, schrecklichem Durst und dem unerklärlichen Gefühl, daß es da etwas gab, an das sie sich erinnern sollte, ... aber nicht konnte. Obwohl sie es immer wieder versuchte, konnte sie sich nur daran erinnern, wie sie in ihrem abscheulichsten Traum erleben mußte, daß Morgan O'Connor sie geküßt hatte. Daß er neben ihr gelegen und sie berührt hatte. Ihren Körper. Ihre nackten Brüste ... Nein. Nein. Das konnte nur ein Traum sein – ein Alptraum.

Dann fiel ihr wieder Nathaniel ein, und eine unglaubliche Leere umfing sie. Ach, sie hatte sich auf ein dummes Spiel eingelassen – und verloren! Das bedauerte sie von ganzem Herzen, aber sie vergoß keine einzige Träne. Es war seltsam, doch der Schmerz, den sie hätte fühlen müssen, war einfach nicht vorhanden.

Erst am Nachmittag verließ sie ihr Zimmer und ging nach unten. Als sie erfuhr, daß Morgan das Haus wie üblich verlassen hatte, um seine Geschäfte aufzunehmen, sandte sie ein Dankgebet gen Himmel. Nur Simmons fiel auf, daß sie ein wenig bläß aussah. Irgendwie gelang ihr ein schwaches Lächeln.

»Ach, was ich noch sagen wollte, gnädige Frau. Dr. Marks läßt ausrichten, daß er Ihnen seine Kutsche um Punkt sechs Uhr vorbeischickt.«

Stephens Ball! Gütiger Himmel, den hatte sie vollkommen vergessen! Ihr erster Gedanke war, Unwohlsein vorzugeben, denn um ehrlich zu sein, besaß sie nicht den Mut, einen solch festlichen Anlaß zu überstehen. Doch Stephen war ihr gegenüber so fürsorglich gewesen, er hatte sie während ihrer Krankheit betreut und sie auch nachher immer wieder besucht. In Wahrheit war er ihre einzige Zerstreuung gewesen. Wie konnte sie ihn enttäuschen, wenn er für sie soviel Mühen auf sich genommen hatte?

Also verbrachte sie den Rest den Nachmittags mit fieberhaften Vorbereitungen. Sie hatte ihr Lieblingsballkleid mitgebracht. Es war aus weißem Satin und Spitzen, hatte einen gewagten Halsausschnitt und war trotzdem klassisch-elegant. Natürlich mußte es aufgebügelt werden. Und ihr Haar ... Annie, das diensthabende Mädchen, eilte zu ihrer Rettung, und steckte es auf ihrem Hinterkopf zu einem glänzenden Knoten hoch.

Stephen erwartete die Kutsche bereits. Als sie die Stufen herabschritt, leuchteten seine goldfarbenen Augen vor unverhohlener Begeisterung. Da wußte sie, daß sie die richtige Entscheidung getroffen hatte.

Morgan war noch nicht wieder zu Hause eingetroffen ... Und dafür war Elizabeth unendlich dankbar gewesen.

Von Anfang an schien es eine vielversprechende, großartige Party zu werden. Stephens Haus war mindestens genauso prächtig wie das von Morgan, wenn nicht sogar noch eine Spur gediegener. Und der Glanz Tausender von Kerzen hüllte es in festliche Stimmung. Stephen machte sie mit den einzelnen Gästen bekannt, und irgendwann bemerkte Elizabeth, daß sie sich weitaus wohler fühlte, als sie zunächst angenommen hatte. Sie lachte und war so vergnügt wie schon lange nicht mehr – sie fühlte sich fast schuldig. Sollte sie nach allem, was passiert war, nicht Trauer über den Verlust von Nathaniel empfinden? Da sie jedoch mit soviel Sympathie aufgenommen wurde, konnte sie gar nicht anders, als diese Freundlichkeit zu erwidern. Als ihr letzter Tanzpartner ging, weil er für sie ein Glas Wein holen wollte, war sie das erste Mal allein an diesem Abend.

Jemand berührte ihre Schulter. Sie drehte sich um.

Und es war – Morgan. Selbst in Abendgarderobe besaß er die Aura ungezähmter Männlichkeit, wie sie sie noch niemals bei einem anderen Mann wahrgenommen hatte.

Es verschlug ihr den Atem. Eine vibrierende Spannung lag in der Luft. Sie spürte, wie sie in diesem Moment Angst überfiel. Angst vor ihm. Doch sie verstand nicht ganz, warum.

»Würdest du mir die Ehre erweisen und mit mir diesen Walzer tanzen, Elizabeth?«

Sie wollte ablehnen. Sie hätte ablehnen sollen. Aber ihr fehlten die Worte. Morgan hielt ihr Schweigen für Zustimmung und griff nach ihrer Hand. Elizabeth hätte sie beinahe zurückgezogen, aber sein fester Griff ließ sie nicht los.

»Ich hoffe, daß Stephen dich heute abend vom Brandy ferngehalten hat«, murmelte er.

Ihre Augen blitzten ihn wütend an. Zu ihrem Entsetzen hatte das weder spöttisch noch vorwurfsvoll geklungen.

»Wie fühlst du dich?« fragte er.

»Schon viel besser als heute morgen«, platzte es aus ihr heraus.

Er lachte nicht, mußte zu ihrer absoluten Überraschung jedoch grinsen. Sie errötete heftig.

Vage keimte eine Erinnerung in ihr auf. Auf einmal dachte sie wieder an den Kuß, der Druck seines Mundes auf dem ihren ... Es war nur ein Traum, sagte sie sich. Nur ein Traum.

Doch seine Nähe war überwältigend. Sie erschien ihr irgendwie vertraut, doch ebenso verwirrend. Er zog sie ganz nah an sich heran, so nah, daß sie die Härte seines muskulösen Brustkorbs spürte. Die Wärme seiner Hand an ihrer Taille brannte auf der Haut.

Ihr Herz schlug schneller. Sie schluckte. »Ich muß dich um einen großen Gefallen bitten«, sagte sie mit sehr leiser

Stimme. »Ich ... ich sehe ein, daß du recht hast, daß ich nicht länger auf Nathaniel zählen kann. Doch so unangenehm es für dich sein mag, ich fürchte, ich muß dich bitten, daß ich deine Gastfreundschaft noch etwas länger beanspruchen darf. Weil ich ... ich nicht nach London zurückkehre, verstehst du. Ich will Lord Harry nicht heiraten.«

Eine Braue schoß nach oben. »Also, was hast du vor?«

»Ich beabsichtige hierzubleiben.«

»Hier? In Boston?«

»Ja«, sagte sie und betete darum, daß sie nicht so verängstigt klang, wie sie sich fühlte. »Ich habe eine sehr gute Schulbildung. Und deshalb habe ich mir gedacht, ich könnte vielleicht eine Anstellung als Gouvernante finden.«

»Du? Die Tochter eines englischen Grafen? Als Gouvernante?« Sein Tonfall zeugte von absoluter Skepsis.

Elizabeths Wangen wurden flammendrot. »Warum denn nicht? Ich würde alles tun – alles! – sogar Böden schrubben, wenn es sein müßte. Aber ich kehre nicht nach London zurück!«

Er sagte keinen Ton, sondern musterte sie nur mit seinen stechenden grauen Augen, sein Gesichtsausdruck verriet nichts. Elizabeth hätte am liebsten geweint vor Verzweiflung – wenn sie doch nur wüßte, was er dachte!

»Natürlich kannst du noch bleiben«, sagte er schließlich mit einem verhaltenen Lächeln. »Obwohl wir es dann sicherlich mit einigen Lästermäulern zu tun kriegen werden.« Sie drehten und wiegten sich im Takt der Musik. »Um die Wahrheit zu sagen«, murmelte er, »ist uns das wohl schon gelungen.«

Zunächst begriff Elizabeth nicht. Doch als er mit seinem Kopf schweigend zur Seite deutete, richtete sich ihr Blick auf die anderen Gäste. Zweifellos, eine Reihe von Augenpaaren waren intensiv auf sie gerichtet.

Ein leichter Schreck durchfuhr sie. »Warum starren die mich alle an?«

Sein Griff um ihre Taille wurde zunehmend fester. »Vielleicht, weil du mit dem attraktivsten Mann Bostons zusammen bist?«

»Haha! Vielleicht, weil ich mit dem unverschämtesten Mann Bostons zusammen bin.«

In diesem Augenblick änderte sich etwas zwischen ihnen. Alles änderte sich. Seine Schulter unter ihren Fingerspitzen wurde hart wie Stein. Die nette Kameradschaft zwischen ihnen verschwand, als hätte sie niemals existiert. Verwirrt blickte Elizabeth zu ihm auf. Seine Gesichtszüge waren eiskalt.

»Was? Was ist los?« Es bestand keine Möglichkeit, noch mehr zu sagen, denn die Musik war verstummt, und Elizabeth wurde von einem ihrer früheren Tanzpartner am Arm weggezogen. Irgendein Gerald Sowieso.

»Lady Elizabeth, kommen Sie zu uns! Meine Schwester und ihre Freundinnen möchten unbedingt alles über die neueste Mode in London hören. Diese Stadt ist Paris ja soviel näher, Sie wissen schon …«

Jeglicher Protest erstarb auf ihren Lippen. Morgan hatte ihr bereits den Rücken zugewandt und schlenderte fort. Sie war verletzt und wütend, doch ihr Zorn gewann schließlich die Oberhand. Was für ein Ekel! Er war wirklich ungehobelt. Kein Wunder, daß er unverheiratet war – bei diesen widerwärtigen Umgangsformen!

Mit einem bezaubernden Lächeln wandte sie sich ihrem früheren Tanzpartner zu. »Natürlich, Gerald, gerne. Aber ich warne Sie, ich bin wirklich keine Modeexpertin.«

An diesem Punkt beschloß Elizabeth, keinen weiteren Gedanken an Morgan zu verschwenden. Aber immer wieder schweifte ihr Blick durch den Saal, weil sie ihn in der Menge suchte.

Nach einiger Zeit bereiteten ihr die Musik, die Stimmen und das Gelächter Kopfschmerzen. Sie wünschte sich nur noch, daß der Abend bald zu Ende wäre und sie nach Hause zu Bett gehen könnte. Um ein bißchen Ruhe zu finden, schlüpfte sie durch die Verandatüren auf die Terrasse.

Die Nacht war ein wenig kühl, doch Elizabeth genoß die leichte Brise. Einige kleine Laternen leuchteten in der Dunkelheit. Unter einer mächtigen Eiche stand eine kleine Steinbank, auf die Elizabeth zuging. Sie setzte sich und atmete tief ein, um einen klaren Kopf zu bekommen.

»Ich habe den Eindruck, daß du ganz die geborene Ballkönigin bist.«

Die Stimme überraschte sie. Erschrocken faßte sie sich an den Hals. Aber es war nur Morgan, und sie ließ einen tiefen Seufzer der Erleichterung los.

Er trat aus dem Schatten hervor. »Aber ich nehme an, daß solche Dinge für dich zweitrangig sind, nicht wahr, Elizabeth? Oh, verzeih' mir. Vielleicht sollte ich *Lady* Elizabeth sagen.«

Sein Tonfall war ironisch. Stolz hob sie ihr Kinn. Durch die mattsilbrige Dunkelheit antwortete sie ihm ruhig.

»Wenn mein Vater und ich in London waren, haben wir selbstverständlich Empfänge gegeben. Und auch ich bin auf Partys, ins Theater und in die Oper gegangen. Aber es war unser Landgut – Hayden Park, auf dem ich mich immer am wohlsten gefühlt habe.«

»Irgendwie erscheinst du mir nicht wie eine schlichte Landpomeranze.«

Die Hände auf dem Rücken verschränkt trat er einen Schritt näher. Elizabeth versuchte, ihre Nervosität zu unterdrücken. Sie spähte durch die Dunkelheit, aber sein Rücken war dem Laternenlicht zugewandt. Er erschien ihr dunkel und konturlos.

Sie nahm ihren ganzen Mut zusammen und straffte ihre Schultern. »Du weißt sehr wenig über mich«, sagte sie ruhig. »Aber ich glaube, daß du mich für verwöhnt und verzogen hältst. Und ich glaube auch, daß du mich ablehnst, weil ich aus einer privilegierten Familie stamme.« Sie hielt ihren Kopf schief und musterte ihn kühl. »Ist es das, warum du mich haßt?«

»Im Gegensatz zu dem, was du offensichtlich glaubst, hasse ich dich nicht. Also laß uns das Thema wechseln, oder? Offen gestanden überraschst du mich. Ich hätte gedacht, daß dir klar ist, wie unüberlegt es war, allein nach draußen zu gehen.«

Elizabeth saß so kerzengerade, als hätte sie einen Stock verschluckt. »Ich bin doch nicht allein«, wies sie ihn zurecht. »Du bist bei mir.«

Er fuhr fort, als hätte er sie nicht gehört – was er zweifellos hatte, dieser Schurke!

»Bei einigen Männern könnte es den Eindruck einer Einladung erweckt haben. Was wäre, wenn dich zufällig jemand gesehen hätte, als du allein rausgingst?«

»Es hat mich ja jemand gesehen!« Ihre Augen funkelten vor Zorn. »Was könnte außerdem schon passieren?« Sie erhob sich, und bemerkte, wie er sie plötzlich fest an den Schultern griff und sie aufrichtete.

Ihr stockte der Atem, und sie blickte ihn überrascht an.

»Das könnte passieren, du kleiner Dummkopf.«

Als seine Lippen die ihren berührten, nahm sie einen Moment lang den Blick seiner Augen wahr. Er war nicht mehr kalt, sondern heiß und glühend wie die Sommersonne. Für die Dauer eines Herzschlags war sie zu überrascht, um seine Umarmung abzuschütteln, und dann geriet die Welt aus den Fugen.

Morgan küßte sie ... *Morgan*. Das war zuviel für sie. Ihr Herz klopfte, und sie hielt den Atem an. Gott mußte ihr beistehen, es war nicht unangenehm ... nein, das Gegenteil war eher der Fall! Seine Lippen waren heiß und fordernd, und sie war nicht in der Lage, ihnen zu widerstehen. Überwältigt von ihren Gefühlen erschauerte sie; ein süßes, ungeahntes Verlangen, das sie bislang nicht zu kennen geglaubt hatte, durchströmte ihren Körper. Oder kannte sie es doch? Dunkel erinnerte sie sich an etwas, das immer realistischer wurde.

Mit einem Aufschrei stieß sie ihn von sich. »Oh, mein Gott, es ist wahr! Ich ... ich dachte, ich hätte es nur geträumt.« Sie schlug die Hände vor ihr Gesicht. Die Erinnerung wurde immer deutlicher. »Gütiger Himmel«, schrie sie entsetzt, »du ... du hast mich berührt ... du hast mich entkleidet ... schon wieder! Und du hast mich geküßt – als wäre ich ein gemeines Flittchen!«

Seine Lippen umspielte ein arrogantes Lächeln. »Was!« meinte er spöttisch. »Und Nathaniel hat das nicht getan?«

Bevor sie überhaupt wußte, was sie tat, schoß ihre Hand nach vorn und traf seine Wange; die Wucht des Schlages klang wie ein Schuß. »Verfluchter Kerl!« schrie sie. »Warum hast du das gemacht?«

Wut stand in seinen Augen. Sekundenlang glaubte sie, er würde zurückschlagen. Doch dann verzogen sich seine Lippen zu einem Lächeln, das allerdings eine reine Farce war. »Nun«, sagte er ruhig, »ich versprach dir, daß du mich schlagen könntest, wenn du dazu in der Lage wärest. Freut mich zu sehen, daß du wieder ganz gesund bist.« Er wandte den Kopf ab. »Ich glaube, es ist besser, ich gehe jetzt. Ach, und du brauchst dich nicht zu beunruhigen, Elizabeth. Ich beabsichtige nicht, in dein Schlafzimmer einzudringen – weder heute noch irgendwann. Ich spiele wirklich mit dem Gedanken, die Nacht woanders zu verbringen.«

Ohne sie noch eines weiteren Blickes zu würdigen, ging er fort.

Ungläubig und wie betäubt berührte Elizabeth ihre Lippen, die noch immer nach seinem Kuß schmeckten.

Und keiner von beiden hatte eine Ahnung, daß sie weder allein ... noch unbeobachtet waren.

Kapitel 7

Wie es der Zufall wollte, kehrte Morgan erst mitten in der Nacht nach Hause zurück. Nachdem er Stephens Fest verlassen hatte, war er direkt zum Apartment von Isabelle Ross gefahren. Isabelle, eine recht erfolgreiche Schauspielerin, war über Jahre hinweg seine Vertraute und Geliebte gewesen. Sie war zwar überrascht, ihn zu sehen, empfing ihn jedoch mit offenen Armen.

Sie war in ein pinkfarbenes Seidennegligé gehüllt, das mehr enthüllte als es verbarg, und hakte ihn mit einer Hand unter. Sie schmiegte sich mit ihren Brüsten eng an ihn, und ihre vollen geschminkten Lippen lächelten zu ihm auf. »Was für eine wunderschöne Überraschung, Morgan.« Ihr Tonfall war leise, erotisch und unmißverständlich als Einladung für sinnliche Stunden zu deuten. »Was führt dich zu mir?«

Statt einer Antwort schleuderte er seinen Hut in den Raum und nahm sie in seine Arme. Gierig suchte sein Mund den ihren. Sie reagierte sofort und streckte ihm ihre Zunge zu einem wilden Zweikampf der Leidenschaft entgegen. Er war eigentlich nicht in der richtigen Stimmung, aber er wußte genau, daß er sich bei ihr auf eine aufregende Nacht freuen konnte. Isabelle war eine Frau, die ihre Liebeskünste perfektioniert hatte und wußte, was Männern gefiel. Sozusagen ein Naturtalent. Mit mutigen und geschickten Händen verstand sie es, einen Mann in wenigen Sekunden auf den Höhepunkt seiner Gefühle zu bringen.

Und was sie nicht alles mit ihrem Mund vollbringen konnte ...

Sie gingen sofort in Richtung Schlafzimmer. Dort trank Morgan einen Whiskey – um ehrlich zu sein, mehrere. Seltsamerweise hatte er keine Eile, sich den fleischlichen Genüssen hinzugeben, deretwegen er eigentlich gekommen war. Isabelle schwieg und bestellte für ihn einen Imbiß, wie er es gewünscht hatte. Schließlich stellte er den Teller beiseite.

Als hätte ihr jemand ein Stichwort gegeben, stand sie plötzlich auf und ließ langsam ihr Nachtgewand von den Schultern gleiten, bis sie nackt vor ihm stand. Voller Sinnlichkeit berührte sie sich selbst und fuhr mit ihren Fingerspitzen um ihre großen dunklen Brustwarzen, bis diese erigierten. Dann befeuchtete sie lächelnd eine ihrer Fingerspitzen und zog eine feuchte Spur über ihren Bauch bis hinein in das Dreieck rotbrauner Locken, wo sie an der tief im Verborgenen liegenden kleinen Perle innehielt. Und während der ganzen Zeit beobachtete sie mit halbgeschlossenen Lidern, wie er ihre Bewegungen verfolgte.

Doch Morgan mußte bald feststellen, daß sein Körper wenig Reaktion zeigte, obwohl er ihre üppigen Kurven über alle Maßen schätzte. Geduldig, wie Isabelle stets war, küßte sie ihn intensiv und ließ ihre Hände über seinen ganzen Körper streifen ...

Doch alles ohne Erfolg.

Isabelle war irritiert. Und Morgan war wütend. Der Seelenfrieden, den er seit Amelias Tod wieder gewonnen hatte, war zerstört. Denn selbst wenn er Isabelles Berührungen und Zärtlichkeiten bereitwillig erwiderte, gelang es seinem Verstand nicht, das Bild großer grüner Augen und Haare wie gesponnenes Gold auszulöschen.

Und deshalb blieb sein Körper desinteressiert.

Bevor er sich zum absoluten Idioten abstempeln ließ, schob er alles auf zuviel Whisky, entschuldigte sich und verließ Isabelle.

Nach einer fast schlaflosen Nacht wurde seine schlechte Laune am nächsten Morgen nicht besser. Er frühstückte in seinem Arbeitszimmer und kümmerte sich um eine Reihe von Haushaltsangelegenheiten. Erst am Nachmittag war er in der Lage, zur Werft zu gehen. Doch gerade da meldete ihm Simmons einen Besucher.

»Mr. Thomas Porter möchte Sie sprechen, Sir.«

Morgan blickte grimmig. »Porter? Ich kenne niemanden mit diesem Namen«, meinte er ungeduldig. »Sag' ihm, daß ich ihn jetzt nicht empfangen kann. Wenn er mich sehen will, soll er einen Termin mit meinem Assistenten auf der Werft absprechen ...«

»Ich glaube, es würde im beiderseitigen Interesse liegen, wenn Sie mich empfangen«, unterbrach sie eine fremde männliche Stimme. »Bitte seien Sie nicht voreilig, Mr. O'Connor.«

Morgan sah auf und erblickte einen großen schlanken, in dunkles Wolltuch gehüllten Mann, der im Türrahmen lehnte.

Die Augen des Mannes glänzten. »Im Gegenteil, Sie werden es bereuen, wenn Sie mich abweisen.«

Mit einem Wink wies Morgan Simmons zum Gehen. Der Mann schloß die Türe hinter Simmons und baute sich dann entschlossen vor dem Schreibtisch auf.

Morgan bot ihm keinen Stuhl an. »Wer zum Teufel sind Sie?« fragte er.

Der Mann senkte den Kopf. »Thomas Porter. Zu Ihren Diensten, Sir, Reporter des *Chronicle*.«

Morgan biß die Zähne zusammen. Gott, er haßte Reporter und besonders die vom *Chronicle*. Nach Amelias Tod hatte dieses ekelhafte Blatt ihn genüßlich abgeurteilt und keinen Gedanken an seine Unschuld verschwendet.

Morgan lehnte sich mit unnachgiebigem Gesichtsausdruck in seinem Sessel zurück. »Erklären Sie mir, warum Sie hier sind«, sagte er barsch.

»Selbstverständlich gerne.« Porter zog sich einen Stuhl heran. »Ich bin ein ehrgeiziger Mann, der letztlich darüber hinauswachsen will, sämtliche gesellschaftlichen Anlässe in dieser Stadt kolportieren zu müssen. Andererseits habe ich die Feststellung gemacht, daß ich ein Händchen dafür habe, Klatsch und Tratsch aufzuspüren.« Er grinste. »Und ich gebe zu, man weiß nie, was für schlüpfrige kleine Histörchen man in den Reihen von Bostons sogenannter Oberschicht aufdecken kann.« Er hielt den Kopf schief. »Sie haben sich dort ganz schön lange nicht mehr blicken lassen, was, Mr. O'Connor?«

Morgan hatte seinen Mund zu einer grimmigen schmalen Linie zusammengepreßt. »Ich war niemals in diesem Kreis, und das wissen Sie verdammt genau.«

Porter kicherte rauh. »Wie dem auch sei, Mr. O'Connor, ich bin andererseits immer darauf vorbereitet, aus jeder Situation, die sich ergibt, einen Nutzen zu ziehen. Und manchmal ergeben sich solche Gelegenheiten an den unmöglichsten Orten ... Da ich von Ihrer Freundschaft zu Dr. Marks wußte, habe ich mich natürlich gefragt, ob Sie seiner Abendeinladung Folge leisten werden.«

Morgan widerstand dem Drang aufzuspringen, den Mann an der Gurgel zu packen und ihn zu schütteln. »Was haben Sie gemacht?« fragte er mit angewidert heruntergezogenen Mundwinkeln. »In den Büschen gehockt und jeden Gast ausspioniert?«

»Ich gebe zu, ich habe mich nicht einmal in den Büschen versteckt«, erwiderte Porter mit schlüpfrigem Grinsen. »Es ist erstaunlich, was man so alles zu sehen bekommt ... In der Tat also, gestern abend auf der Terrasse sah ich, wie Sie sich mit einem gewissen englischen Paradiesvogel ... sollen wir sagen ... in inniger Umarmung befanden?«

»Ein geheimer Kuß ist wohl kaum ein Staatsverbrechen.« Morgan versuchte, sich unter Kontrolle zu bringen.

»Nein«, stimmte Porter zu. »Aber ich muß gestehen, daß ich wegen dieser kleinen Schönheit recht neugierig war und deshalb ein bißchen länger geblieben bin. Natürlich habe ich auch gehört, daß sie eine entfernte Cousine von Dr. Marks sein soll, die hier zu Besuch ist. Ich war nur recht irritiert, als sie zu ziemlich später Stunde sein Haus verließ, und deshalb bin ich ihr gefolgt.«

Morgan ballte seine Hände vor seinem Körper zu Fäusten.

»Stellen Sie sich meine Überraschung vor, als sie hierher kam, zu Ihrem Haus! Ich beobachtete, wie sie hineinging und kurz darauf im ersten Stock das Licht einschaltete – stellen Sie sich das vor!«

»Lassen Sie mich raten«, sagte Morgan kurz angebunden. »Sie haben also hier verweilt, weil Sie *neugierig* waren.« Voller Abscheu betonte er das Wort.

Porter lehnte sich mit blasiertem, selbstgerechtem Gesichtsausdruck in seinem Stuhl zurück. Er genoß diese Situation. »Ja, das war ich«, antwortete er.

»Dann müssen Sie ja auch gesehen haben, daß ich sehr viel später nach Hause kam. Das sollte doch wohl erklären, daß ich nicht mit der Dame zusammen war.«

»Das haben Sie gesagt, Mr. O'Connor, ausschließlich Sie. Natürlich bin ich noch länger geblieben, und heute morgen hatte ich das Glück, auf einen jungen Kerl zu treffen, der dem Gärtner half. Ich habe mit ihm gesprochen und ihn gefragt, ob er schon einmal die besagte junge Dame gesehen hätte – oh, er war sehr hilfsbereit! Er erzählte mir, daß die Lady tatsächlich schon seit Wochen hier lebt. Er erzählte mir, daß sie krank gewesen ist, stellen Sie sich das einmal vor ... Ein unverheiratetes junges Mädchen, das hier, unter Ihrem Dach, wohnt! Es hätte alles Mögliche passieren können, und niemand hätte vermutet, daß sie überhaupt hier ist! Was würden die Leute wohl sagen, wenn sie das erführen! Ich bin sicher, Sie wissen, daß die Bostoner Gesellschaft sehr nachtragend sein kann.«

Morgan war sehr ruhig geworden. »Sie Bastard«, zischte er zwischen den Zähnen hervor. »Was wollen Sie von mir?«

Porters Augen funkelten unangenehm. »Leider habe nicht ich, sondern mein älterer Bruder unser Familienunternehmen geerbt. Ich nehme an, Ihr eigener Bruder wird zweifellos wissen, wie es ist, der Jüngere zu sein. Man hat nie genug Geld ...« Er nannte eine unverschämt hohe Summe.

»Die Hälfte davon«, schnaubte Morgan.

»Einverstanden! Ich werde am späten Nachmittag bei Ihrer Bank Station machen.« Porter schien recht stolz auf sich selbst zu sein und reichte ihm die Hand.

Morgan ignorierte das. Wenn er diesen Mann berührte, würde er ihn in Stücke reißen. Statt dessen ging er zur Tür und rief nach Simmons. »Begleiten Sie diesen Mann nach draußen«, sagte er bestimmt.

Allein in seinem Arbeitszimmer drückte er gedankenverloren seine Fingerspitzen aneinander. Das war nicht das Ende, dachte er bei sich. Wenn Porter das nächste Mal wieder Geld brauchte, würde er mit neuen Beschuldigungen zurückkehren. Und noch mehr versteckten Drohungen. Gütiger Himmel, er konnte mit einem Skandal leben. Aber was war mit Elizabeth?

Das törichte Mädchen war wild entschlossen, in Boston zu bleiben. Und selbst wenn sie nicht blieb, würde allein ihre Herkunft als Tochter eines englischen Grafen schnell für Interesse sorgen. Die Schande würde ihr auf den Fuß folgen und die Gerüchteküche würde brodeln. Egal wo sie lebte, ihr Ruf wäre ruiniert und ihr Leben zerstört.

Er hätte sich nicht um sie kümmern sollen. Bei Gott, hatte er ja auch nicht. Er war wohl kaum ihr Erretter. Denn, wie er stark vermutete, haßte sie ihn zutiefst.

Aber sie hat sonst niemanden, sagte eine innere Stimme zu ihm, niemanden, der sich um sie kümmert.

Verständlicherweise hatte er nicht den Wunsch, wieder eine feste Bindung einzugehen, und schon gar nicht mit einer Frau, die blind verliebt in seinen Nichtsnutz von Bruder war! Er sollte klug genug sein, solche Verrücktheiten zu meiden, maßregelte er sich. Großer Gott, er hatte seine Lektion gelernt – der einzige Grund, warum er mit Amelia zusammengeblieben war, hatte darin bestanden, einen Skandal zu vermeiden, und das hatte sich als Fiasko erwiesen.

Er konnte es drehen und wenden, letztlich kam er immer wieder zum gleichen Entschluß. Es gab nur einen Weg, um Elizabeths Ruf zu retten und größeres Unheil zu verhindern ...

Der Allmächtige mochte ihnen beistehen!

Elizabeth gelang es, Morgan am nächsten und beinahe auch an dem darauffolgenden Tag aus dem Weg zu gehen – oder vermied er es, ihr zu begegnen? Wie dem auch war, es war unwesentlich, solange sich ihre Wege nicht kreuzten. Oh ja, sie wußte genau, daß das irgendwann der Fall sein würde, und sie fürchtete diesen Moment, denn was sollte sie sagen? Sollte sie sich dafür entschuldigen, daß sie ihn geschlagen hatte? Nein! Er hatte es verdient, denn er hatte sie so ... so gräßlich behandelt. Andererseits war es schwierig, so zu tun, als wäre nichts passiert, als hätte er sie nicht geküßt – du meine Güte, nicht einmal, sondern sogar bei zwei Gelegenheiten! Der Gedanke, warum er das getan hatte, verschaffte ihr ein flaues Gefühl in der Magengegend – und so war es kaum verwunderlich, daß ihr der gegenwärtige Zustand recht gelegen kam.

Am späten Nachmittag hatte sie kaum noch etwas zu tun. Sie schlenderte in die Bibliothek und nahm beiläufig zur Kenntnis, daß sie mit überaus edlen Folianten bestückt war. Aber sie war zu unruhig, um sich dort niederzulassen, und ertappte sich bei dem Wunsch, Stephen möge vorbeischauen.

Seit seinem Ball vor einigen Tagen hatte sie ihn nicht mehr gesehen. Trotz des für sie entsetzlichen Abschlusses der Party bemerkte sie, daß sie sich prächtig amüsiert hatte. Mit einem entseelten Lächeln auf ihren Lippen summte sie einen Walzer, schwenkte ihre Arme und wirbelte im Kreis herum.

Herzhafter Applaus überraschte sie.

Elizabeth hielt unverzüglich inne. Wie eine Marionette, der man die Fäden durchtrennt hat, ließ sie ihre Arme herabsinken. Noch bevor sie sich umgedreht hatte, um dem Eindringling gegenüber zu stehen, wußte sie, daß er es war – Morgan.

Vor Verlegenheit stieg ihr die Glutröte ins Gesicht, sie erhitzte ihren ganzen Körper. Das war allerdings die einzig verräterische Spur, als sie ihren Unmut äußerte.

»Du hättest anklopfen können«, sagte sie kühl.

»Klopfen? In meinem eigenen Haus? Dafür sehe ich keine Veranlassung.«

Dutzende abschätziger Bemerkungen spukten in ihrem Kopf herum. Sie preßte ihre Lippen fest aufeinander, um das Faß nicht zum Überlaufen zu bringen.

»Also los«, sagte er sanft. »Es besteht kein Grund für falsche Rücksichtnahme. Du bist immer noch wütend auf mich, nicht wahr? Du siehst aus, als würdest du mich am liebsten mit den wüstesten Beschimpfungen überhäufen, also warum tust du es dann nicht und bringst es hinter dich?«

Der Teufel sollte diesen Mann holen, denn er schien immer zu wissen, was sie dachte! »Weil ich zu sehr eine Lady bin, als daß ich ein Sterbenswort äußerte!«

»Ja«, sagte er leise und wirkte plötzlich vollkommen sachlich. »Das bist du, Elizabeth. Das bist du wirklich.« Er hielt inne. »Hast du die Morgenzeitung gelesen?«

Elizabeth schüttelte ihren Kopf. Diese Frage kam ihr ziemlich merkwürdig vor – und das ausgerechnet aus seinem Munde.

»Dann komm. Ich muß dir etwas zeigen.«

Er winkte sie zur Tür. Dann hakte er sie unter und

schlenderte mit ihr in Richtung Arbeitszimmer. Elizabeth mußte gegen den Drang ankämpfen, sich zu wehren und wegzulaufen. Auf einmal fühlte sie sich unglaublich schwach – beinahe wie ein Lamm, das zur Schlachtbank geführt wurde.

Er ging zu seinem Schreibtisch und zeigte mit einem Finger auf die Zeitung, die dort geöffnet zuoberst lag. Er ließ ihren Arm los, und sie trat eilig einen Schritt zurück.

Er schenkte dem keinerlei Beachtung. »Ich vermute, du wirst die Klatschspalte des *Chronicle* heute besonders interessant finden, Elizabeth.«

Sofort wurde sie hellhörig. Es machte sie stutzig, daß er sich so seltsam verhielt. »Ich wüßte nicht, warum«, sagte sie unverblümt. »Es tut mir leid, aber ich kann mich kaum noch an die Leute erinnern, die ich bei Stephen kennengelernt habe.«

»Das meine ich damit nicht. Ich werde dir allerdings die Arbeit abnehmen, den Artikel selbst zu lesen. Weißt du, die heutige Zeitung enthält eine Ankündigung, die meine Zukunft betrifft.« Er hielt inne. »Gratulationen werden gerne entgegengenommen, Elizabeth. Ich werde bald heiraten.«

Nun, damit konnte sie gut leben. »Oh, mein Lieber«, sagte sie frech. »Bleibt mir nur noch, deiner Auserwählten mein Beileid auszusprechen.«

»Ja, aber weißt du, die Sache sieht folgendermaßen aus.« Ein Grinsen, das man nur als teuflisch hätte bezeichnen können, umspielte seine Lippen. »Du, meine Süße« – sein Ton war sanft – »nun, du bist meine Auserwählte.«

Kapitel 8

Sein Lächeln hätte sie warnen sollen. Oh ja, sie hätte sich denken müssen, daß er etwas im Schilde führte ...!

Für den Bruchteil einer Sekunde konnte sie ihn nur anstarren. Dann schnappte sie selbst nach der Zeitung; in Windeseile überflog sie die Nachricht. Dort stand:

Der Bostoner Schiffsarchitekt Morgan O'Connor gibt sich die Ehre, seine baldige Eheschließung mit Lady Elizabeth Stanton, Tochter des verblichenen Earl of Chester, bekanntzugeben. Das Paar plant, noch innerhalb dieses Monats zu heiraten.

Elizabeth hob den Kopf. Entsetzt starrte sie ihn an. »Wer hat das getan? Wer würde es wagen, eine solche Bekanntgabe zu machen?«

»Ich habe das bekanntgegeben«, sagte er ruhig.

»Warum?« schrie sie ihn an. »Als irgendeinen ... besonders makabren Scherz?«

»Das ist kein Scherz, Elizabeth. Ich beabsichtige wirklich, dich zu heiraten.« Sein Gesichtsausdruck war ziemlich ernst und ließ keinen Zweifel daran, daß er zu seinen Worten stand.

Der Boden unter ihren Füßen schien zu schwanken. »Das kannst du ... du nicht so gemeint haben«, sagte sie mit schwacher Stimme. »Du willst mich doch nicht ... nicht heiraten.« Es fiel ihr schwer, dieses Wort auszusprechen.

»Oh doch, das will ich.«

Elizabeth war völlig außer sich. Sie schwankte, und ihr war auf einmal schwindlig.

Morgan legte ihr den Arm um die Schulter und führte sie zu einem Stuhl, wo er sie fürsorglich hinsetzte.

»Komm schon. Das ist alles halb so schlimm.« Leichte Belustigung schwang in seiner Stimme mit.

Elizabeth preßte ihre eiskalten Hände gegen ihre flammendroten Wangen. Sie schloß ihre Augen und versuchte, ihre Fassung wieder zu erlangen. Als sie sie wieder öffnete, war sie immer noch sprachlos.

Eine herrische Stimme erklang über ihrem Kopf. »Was ist denn los? Es ist doch alles gar nicht so schlimm. Atme tief durch und beruhige dich erstmal.«

Sie folgte seinem Rat, ließ die Hände in ihren Schoß sinken und überlegte fieberhaft. Unbewußt bemerkte sie, wie ihre Hände zitterten. Um sie ruhig zu halten, faltete sie sie zusammen. Als sie sich schließlich wieder gefaßt hatte, sagte sie das erste, was ihr in den Sinn kam: »Du bist verrückt!«

»Ich versichere dir, das bin ich nicht.«

»Aber ... um Himmels willen, warum dann? Ich ... ich kann mir nicht vorstellen, warum du mich heiraten solltest!«

Er lächelte gequält. »Darf ich dich daran erinnern, daß du nach Boston gekommen bist, um zu heiraten?«

»Aber doch nicht dich!« sagte sie aufgebracht.

Seine Gesichtszüge erstarrten zu Stein. Zu spät erkannte Elizabeth ihre beleidigenden Worte.

»Es ist einfach so, daß ich das Ganze nicht verstehe.« Ihre Stimme zitterte genauso wie ihre Hände. »Das kommt so plötzlich, so« – sie suchte nach den passenden Worten – »so unerwartet.«

Ihr Herz schien zu zerspringen. Ihn heiraten. Das war einfach zu viel für sie. Wie konnte sie diesen fremden, eigenbrötlerischen Mann heiraten, der seinem Bruder so unähnlich war? Sie mochte die Art nicht, wie er sie behandelte. So merkwürdig. Als wäre sie nicht sie selbst. Besonders, als er sie geküßt hatte.

Die Erinnerung erschien wieder vor ihrem geistigen Auge – seine Lippen auf den ihren, heiß und fordernd. Zart berührte sie ihren Mund.

Plötzlich redete er wieder. Kühl. »Jene Nacht, Elizabeth ... unser gemeinsamer Kuß? Ich hoffe, du verstehst, daß es nur aus der Gunst des Augenblicks heraus geschah.« Sein Blick traf den ihren, er war kühl und abschätzig. »Ich habe viele Frauen geküßt«, meinte er schulterzuckend. »Also, daß wir uns richtig verstehen, ich bin nicht in dich verliebt.«

Elizabeth erstarrte. Niemals hatte sie ihn mehr verabscheut als in diesem Augenblick! »Dann«, schnappte sie zurück, »verstehe ich ehrlich gesagt nicht, warum du so edelmütig sein solltest!«

»Edelmütig? Ich bin tatsächlich edelmütiger, als du denkst. Und ich sehe keinen Grund, warum du nicht die Wahrheit wissen solltest. Verstehst du, man hat uns unglücklicherweise in jener Ballnacht auf der Terrasse gesehen. Ja«, fuhr er fort, während sie fassungslos ihre Augen aufriß, »als wir gerade in diesen Kuß versunken waren.«

»Wer hat uns beobachtet?«

»Ein skrupelloser Mann namens Thomas Porter.«

Elizabeth versuchte ihm zu widersprechen. »Ich erinnere mich an niemanden dieses Namens«, begann sie.

»Oh, er war kein Gast.« Morgans Lippen wurden schmal. »Er ist ein Reporter des *Chronicle*, der sich auf Klatschgeschichten spezialisiert hat. Wie dem auch sei, er hat mich gestern morgen aufgesucht und mir in epischer Breite dargelegt, was er gesehen hat. Leider hat er mir die Geschichte nicht abgenommen, daß du Stephens Cousine bist, die ihn aus England besucht – besonders deshalb nicht, weil er dich spät in der Nacht bis hierher verfolgte. Am nächsten Morgen sprach er mit dem jungen Kerl, der dem Gärtner hilft, und erfuhr, daß du schon seit einiger Zeit in meinem Haus wohnst.« Seine teuflischen Brauen zogen sich zusammen. »Muß ich noch mehr sagen, Elizabeth? Er wies mich auf den Skandal hin, der ausgelöst würde, wenn die Öffentlichkeit von diesem Vorfall erführe. Alles in allem war er sehr daran interessiert, mich zu erpressen. Ich hatte leider keine andere Wahl, als dem Folge zu leisten und muß hinzufügen, es hat mich eine stolze Summe gekostet.«

»Du hast ihn bezahlt?« rief sie. »Aber du weißt doch, daß ich kein Geld habe. Ich kann es dir nicht zurückgeben ...«

»Ich hasse es, im Mittelpunkt eines Skandals zu stehen«, meinte er kurz angebunden. »Aber ich käme zweifellos noch besser weg als du, Elizabeth. Wenn du immer noch darauf bestehst, in Boston zu bleiben, ist dein Ruf ruiniert, auch wenn du die Tochter eines Grafen – oder besser gesagt, gerade weil du die Tochter eines Grafen bist. Die Leute vergessen nicht so schnell. Man wird sich über deine Moralvorstellungen auslassen. Wenn es dir wirklich gelingt, eine Anstellung als Gouvernante zu finden, wird es der Hausherr als sein gutes Recht empfinden, dir nach Herzenslust nachzustellen und dich zu nehmen, wann immer er will; auf dem nächsten Bett oder gegen eine Wand gelehnt ...«

»Keinen Ton mehr!« schrie sie ihn an. Seine Offenheit schockierte sie. Gegen eine Wand gelehnt ... Gab es wirklich Menschen, die so etwas taten? Nein. Anständige Menschen taten dergleichen nicht. Aber Morgan hatte recht – sie wäre nichts anderes als ein leichtes Mädchen. Sie war immer noch verwirrt. »Aber die Bekanntgabe ... Wann hast du ...«

»Ich habe sie gestern nachmittag gemacht.«

Sie sah ihn mit großen verzweifelten Augen an. »Aber warum? Warum hast du bekanntgegeben, daß wir ... daß du und ich ...« Ihre Stimme versagte.

»Weil ich nicht die Absicht habe, daß mich dieser Bastard namens Porter für den Rest meines Lebens bluten sehen soll. Und genau das wird passieren, wenn wir nichts dagegen unternehmen. Wenn wir erst verheiratet sind, kann er uns nichts mehr anhaben.«

Elizabeth schwieg. Er hatte alles wohl überlegt. Und

jetzt mußten sie beide ihr Opfer bringen. Oh, sie machte sich da nichts vor. Es ging zweifellos um seinen eigenen Ruf, der ihn weitaus mehr interessierte als der ihre.

Sie blickte auf ihre Hände, die sie jetzt in ihrem Schoß gefaltet hatte. »Ich kenne dich kaum«, sagte sie mit ganz leiser Stimme. Und das wenige, das ich von dir weiß, kann ich nicht ausstehen, fügte sie im stillen hinzu.

Sein Lachen klang sarkastisch. »Du kennst mich weitaus besser als Nathaniel.«

Nathaniel. Für einen kurzen Moment flackerte unbändige Hoffnung in ihr auf. Wenn sie einfach nur wartete, würde Nathaniel sicherlich wiederkommen ... Aber Morgan hatte recht. Eine Mann konnte weitaus besser mit einer schlechten Reputation leben als eine Frau.

Wieder einmal las er ihre Gedanken, als wären es seine eigenen. »Großer Gott«, sagte er angewidert. »Keine Menschenseele weiß, wo Nathaniel sich aufhält und wann er zurückkehren wird. Ich dachte, das wäre dir klargeworden. Selbst wenn er morgen zurückkehrte und ihr beiden würdet heiraten, was dann? Du hast es vorgezogen, mir keinen Glauben zu schenken, als ich dich darauf hinwies, daß er nicht der Mann ist, für den du ihn hältst. Die Möglichkeit ist nicht abwegig, daß du eines Morgens aufwachst, und das Bett neben dir ist leer. Was wäre dann? Was wäre, wenn du dann Kinder hättest?«

Elizabeth wurde blaß. Ein Baby. Darüber hatte sie natürlich nicht nachgedacht. »Ich ... ich verstehe. Selbstverständlich. Es ist nur, daß ich« – plötzlich brach es aus ihr hervor – »dich einfach nicht liebe! Und ...«

»Die Liebe macht die Ehe nur komplizierter.«

Erschüttert über soviel Kälte starrte Elizabeth ihn an. Er klang so gefühllos. So zynisch und selbstherrlich. Oh, sie wußte, daß es wahrhaft selten war, aber sie wollte einen Ehemann, den sie lieben konnte, und der sie genauso innig liebte wie sie ihn.

»Wenn das so ist, dann hast du sicher ebensowenig Lust mich zu heiraten wie ich ...«

»Andererseits, Elizabeth, freunde ich mich mehr und mehr mit dem Gedanken an.«

Sie öffnete ihren Mund, schloß ihn wieder und öffnete ihn erneut. Was für ein Mann war er bloß? Gerade als sie dachte, sie hätte eine dunkle Ahnung von seinen Motiven ...

»Das ist nicht dein Ernst.« Die Vorstellung, daß er wirklich den Wunsch hatte, sie zu heiraten, fand sie ziemlich beunruhigend.

»Doch, mein voller Ernst.« Er war zum Fenster gegangen. Als er innehielt, sah sie, wie die kalten Sonnenstrahlen über seine harten Gesichtszüge glitten; sein Gesicht hätte in Stein gemeißelt sein können. Sein Profil verriet weder, was er dachte, noch was er fühlte. Und sie wurde das Gefühl nicht los, daß er vieles tief in seinem Inneren verbarg, was er besser nicht preisgab ...

Er wandte sich zu ihr. »Ich bin ein reicher Mann, Elizabeth – wohlhabend, erfolgreich, so achtbar wie jeder andere. Ich habe das Aussehen eines Ehrenmannes und mir die entsprechenden Manieren angeeignet. Ich habe ein Haus, um das mich viele beneiden würden. Ich bin ein guter Gesprächspartner. Doch die Bostoner Gesellschaft ist nicht besonders erpicht auf einen Menschen von meiner armseligen Herkunft. Im Gegensatz zu den meisten von ihnen habe ich mein Geld selbst erarbeitet – und es nicht geerbt. Kurz gesagt, auch wenn ich mich in den gehobenen gesellschaftlichen Kreisen bewege, ist mir ihre Anerkennung bislang immer noch verwehrt geblieben.«

Elizabeth war irritiert. »Und du glaubst, daß eine Eheschließung mit mir daran etwas ändern würde?«

»Höchstwahrscheinlich.«

»Aber ... wieso?«

Ein schwaches Lächeln umspielte seinen Mund. »Um

es offen zu sagen, ich habe nicht die entsprechenden Voraussetzungen. Genau wie in England ist auch hier in Boston die Abstammung das Wesentliche, egal wieviel Geld jemand hat. Aber meine Herkunft – meine ›Kinderstube‹, oder deren Fehlen – ist etwas, woran ich nichts ändern kann. Und deshalb kam mir der Gedanke, eine für mich vorteilhafte Ehe einzugehen. Und eine Heirat mit dir, einer englischen Adligen ..., nun, es gäbe niemanden, der es wagen würde, dann noch auf mich herabzusehen.«

Elizabeths Gesichtsausdruck war leicht irritiert. »Ist das wirklich wichtig?« fragte sie ganz leise. »Es ist doch richtig, was du gesagt hast. Du bist ein wohlhabender Mann und so ehrbar wie jeder andere. Was macht es da schon aus, wie die anderen darüber denken?«

Sein Lächeln wurde unmerklich härter. »Dann möchte ich dich einmal dasselbe fragen«, antwortete er. »Was wäre, wenn du ins Theater gingst und du genau wüßtest, daß hinter deinem Rücken alle über dich redeten? Würdest du weiterhin am gesellschaftlichen Leben teilhaben wollen? Oder würdest du dich zurückziehen und hinter verschlossenen Türen dein Leben führen, aber niemals Teil dieser Welt sein? Was wäre, wenn du jetzt nach draußen gingest und jemand dich als Hure bezeichnete?«

Sie rang nach Luft. Er konnte wirklich grausam sein! Doch sie wußte genau, daß ein solches Leben für sie vollkommen unerträglich war.

Ihr Schweigen war ihm Antwort genug.

»Das dachte ich mir. Auch du könntest es nicht ertragen.« Morgans Stimme klang barsch. »Du hast mich nach dem Warum gefragt. Nennen wir es Stolz. Nicht mehr und nicht weniger.« Er hielt inne. »Also sag' mir, Elizabeth. Wie lautet deine Antwort? Wirst du mich heiraten?«

Als sich ihre Augen trafen, schwirrten Hunderte von Gedanken in ihrem Kopf herum. Was wußte sie wirklich von ihm? Nur sehr wenig. Er hing nicht besonders an

Nathaniel. In Wahrheit vermutete sie, daß er seinen Bruder überhaupt nicht mochte. Aber er hatte sie bei sich aufgenommen, als sie krank gewesen war. Er hatte dafür gesorgt, daß sie wieder gesund wurde. Widerwillig mußte sie sich eingestehen, daß er sich überaus großherzig verhalten hatte.

Aber ihn heiraten ...!

Seine Stimme unterbrach ihren Gedankenfluß. »Du bist hierhergekommen, um ein neues Leben anzufangen, Elizabeth. Ich biete dir diese Chance.«

Sie senkte den Kopf. Allen guten Vorsätzen zum Trotz standen ihr Tränen in den Augen. Ihr Herz schmerzte. Das war kaum die Heirat, von der sie immer geträumt hatte.

Sie biß sich auf die Lippe und versuchte, die Tränen zu unterdrücken. Mit demütig gesenktem Kopf bemühte sie sich zu antworten. »Nun gut«, sagte sie mit leiser, erstickter Stimme. »Ich ... ich werde dich heiraten.«

Der Hochzeitstermin wurde auf vierzehn Tage später festgesetzt.

Am Tag, nachdem das Aufgebot im *Chronicle* erschienen war, informierte Morgan sie über die Vorkehrungen, die Stephen getroffen hatte, um sie bei seiner Tante Clara Fleming, die am Nachmittag zuvor aus Paris zurückgekehrt war, unterzubringen.

Elizabeth fühlte sich sehr unglücklich bei dem Gedanken, bei einer Fremden zu wohnen, doch sie akzeptierte die Notwendigkeit. Allerdings empfand sie es als Ironie des Schicksals, denn die Dinge hätten sich vielleicht ganz anders entwickelt, wenn Clara die letzten Monate in Boston verbracht hätte und nicht in Europa; dann hätte sie bei Clara wohnen können, und Thomas Porter hätte niemals ausspionieren können, wie sie Morgans Haus betrat. Und eine Heirat mit ihm hätte sich dann ebenfalls vermeiden lassen ...

So aber nahte der Hochzeitstag mit erschreckender Geschwindigkeit.

Clara hatte ihr großzügig Unterkunft und die Benutzung ihrer Kutsche angeboten. Obwohl ihr Haar weiß wie Schnee war, war sie eine ungeheuer aktive Person. Sie war so oft unterwegs, daß Elizabeth mit Stephen darüber scherzte, daß sie Clara nur beim Betreten und Verlassen des Hauses sähe.

Schließlich blieb nur noch ein Tag bis zur Hochzeit.

Den Nachmittag brachte sie mit der Näherin damit zu, die letzte Anprobe ihres Kleides vorzunehmen. Als Morgan sie darüber informierte, daß er die beste Schneiderin von ganz Boston für ihr Brautkleid engagiert hatte, hatte Elizabeth protestiert, weil sie die Notwendigkeit für ein neues Kleid überhaupt nicht einsah.

»Wie du bereits einmal betont hast«, erinnerte sie ihn, »ist meine Garderobe kaum die einer Armen.«

Sein Lächeln war entsetzlich herrisch und ihr nur allzu vertraut. »Trotzdem«, hatte er gesagt, »wirst du ein Brautkleid bekommen, wie es einer Lady deines Standes gebührt.«

Sie schaute ihn fragend an, denn sie hatte die leichte Betonung auf *Lady* bemerkt. Machte er sich über sie lustig? Sie hatte fast den Eindruck. Doch als er ihren Blick mit leicht gehobenen Brauen erwiderte, sah sie darin nichts weiter als kühle Höflichkeit.

Das Kleid war allerdings bezaubernd; das war unbestreitbar. Als sie vor dem großen Ankleidespiegel in ihrem Zimmer stand, erkannte sie sich kaum wieder. Kaskaden cremefarbener Seide ergossen sich über den Boden; sie wirkte zerbrechlich wie eine Puppe. Als die Schneiderin den Faltenwurf korrigierte, klatschte ihre Assistentin in die Hände. »Oh, mein Fräulein, ich habe noch niemals so ein prächtiges Kleid gesehen! Sie werden sicherlich Mr. O'Connors Herz zum Schmelzen bringen!«

Wie denn? fragte sich Elizabeth beiläufig. Sie war fast davon überzeugt, daß er überhaupt kein Herz hatte.

Als die Schneiderin endlich gegangen war, hing sie das Kleid weg, während ihr Mut mit jeder Sekunde mehr dahinschwand. Als das Zimmermädchen kam, um ihr anzukündigen, daß Stephen in der Halle auf sie wartete, war sie versucht, sich zu entschuldigen. Aber sie wußte, er würde dann annehmen, daß etwas nicht stimmte, und sie wollte ihn nicht beunruhigen.

Irgendwie gelang es ihr, den Tee mit ihm einzunehmen, ohne ihn ihre Traurigkeit spüren zu lassen. Als er seine leere Tasse aus feinstem Chinaporzellan auf der Untertasse absetzte, blickte sie ihn an.

»Also«, sagte er aufmunternd. »Nun sag' mir mal, Elizabeth, ist die Braut für ihren Hochzeitstag gerüstet?«

Das hätte er nicht sagen sollen. Ein brennender Schmerz schnürte ihr die Kehle zu. Sie konnte nicht verhindern, woran sie als nächstes dachte. Warum hatte Nathaniel nicht zu seinem Wort gestanden? Warum hatte er sie im Stich gelassen? Was war mit ihr, daß er sie nicht liebte? Denn dessen war sie sich plötzlich sicher.

Sie senkte den Kopf, aber es war bereits zu spät. Stephen blickte sie forschend an. »Aber, Elizabeth, du siehst aus, als könntest du jeden Augenblick in Tränen ausbrechen!«

Genauso fühle ich mich auch, wäre es beinahe aus ihr herausgeplatzt.

Mitfühlend legte er eine Hand auf ihre Schulter. »Erzähl's mir«, bat er sie. »Elizabeth, ist irgend etwas nicht in Ordnung? Wenn ich dir irgendwie helfen kann ...«

Sie schüttelte ihren Kopf. »Es ist nichts«, murmelte sie.

Seine Augen waren ernst vor Betroffenheit.

Sie schluckte den Kloß in ihrem Hals hinunter. »Es ist nur ... nur alles so anders, als ich es mir bei meiner Abreise in London vorgestellt hatte.« Ihre Stimme war nur ein leises Flüstern, so viel Mühe bereitete ihr das Sprechen. »Ich kam hierher, um Nathaniel zu heiraten. Ich habe niemals damit gerechnet, daß ich seinen Bruder heiraten würde. Ich habe niemals damit gerechnet, einen ... einen Fremden zu heiraten!«

Stephens Griff wurde ein wenig fester. »Elizabeth ...«

Von der Türschwelle kam ein Geräusch. Sie blickten beide auf und sahen ihn gleichzeitig – Morgan. In Windeseile hatte Stephen sich erhoben.

»Morgan«, sagte er freimütig. »Wir haben gerade über dich gesprochen.«

Morgans Blick blieb an Elizabeth haften. »Verstehe.« Schließlich blickte er Stephen an. »Würdest du uns bitte entschuldigen, Stephen? Elizabeth und ich müssen noch einige Dinge besprechen.«

Stephen war wie immer ganz der Gentleman. »Ja, aber natürlich.« Er sah auf seine Taschenuhr. »Es ist ohnehin an der Zeit, daß ich euch verlasse. Ich muß noch einige Patienten besuchen, bevor ich nach Hause zurückfahre.«

Elizabeth lächelte und begleitete ihn bis in die Eingangshalle, dabei war sie sich die ganze Zeit über Morgans unnachgiebiger Prüfung bewußt.

Sie war kaum wieder in den Salon zurückgekehrt, als Morgans herrische Stimme bereits wie ein bohrendes Messer auf sie eindrang. »Ich hoffe nur, du hast wenigstens den Anstand besessen, nicht mit ihm auszugehen.«

Elizabeth kochte. »Und was wäre, wenn ich es getan hätte?«

Sein Blick war vernichtend. »Ich glaube, es wäre unklug, einen weiteren Skandal zu riskieren, Elizabeth. Muß ich dich daran erinnern?«

Als hätte sich eine Faust in ihr Rückgrat gebohrt, versteifte sie sich. Sie hatte nichts getan, was eine solche Zurechtweisung rechtfertigte. »Stephen ist ein guter Freund«, sagte sie schließlich scharf.

»Und ich bin der Mann, mit dem du bald verheiratet sein wirst. Ich will dir deinen Freund nicht wegnehmen,

Elizabeth. Ich weiß, daß du in einem Land alleingelassen bist, das so weit von deiner Heimat entfernt ist. Aber ich möchte nicht, daß irgend jemand dein Verhalten in Frage stellt. Deshalb sollten wir dafür sorgen, daß er auch weiterhin nur dein Freund bleibt.«

»Mein Verhalten ...« Wütend und voller Abscheu starrte sie ihn an. »Muß ich dich daran erinnern, daß es zunächst einmal dein Verhalten war, das für diese ... diese Farce einer Hochzeit verantwortlich ist? Thomas Porter hätte mir niemals nachspioniert, wenn du mich nicht geküßt hättest ...«

»Habe ich aber getan. Und jetzt müssen wir beide die Konsequenzen tragen.«

Oh, er blieb immer so hohl, so gefaßt, und sie war plötzlich sehr verärgert über ihn. »Bist du deshalb gekommen?« fragte sie. »Um mich zu beschuldigen, ich würde mich mit Stephen rumtreiben?«

»Ich habe dich überhaupt nicht beschuldigt. Ich vertraue Stephen, doch zu dir muß sich mein Vertrauen noch aufbauen.«

Elizabeth war sprachlos vor Zorn ..., aber das war noch nicht alles.

»Unsere Hochzeit beruht auf einem Abkommen«, fuhr er fort, »einem Abkommen, das uns beiden nutzt. Du wirst mir Türen öffnen, die ich für immer verschlossen geglaubt hatte. Im Gegenzug dafür werde ich dir ein Zuhause und finanzielle Sicherheit bieten. Aber ich warne dich, ich lasse mich nicht zum Narren machen.«

»Zum Narren?« konterte sie. »Da du mich offensichtlich bestenfalls für geistesgestört hältst, solltest du mir das einmal näher erklären.«

»Gerne. Ich werde keine anderen Männer in deinem Leben dulden. Um es ganz offen zu sagen, ich dulde keine Liebhaber.«

Elizabeth hatte es vor lauter Wut die Sprache verschlagen. Wie konnte er es wagen, ihre Moral so in Frage zu stellen? Wie konnte er es wagen, sie so zu kommandieren, als wäre er ... als wäre er ihr Gebieter!

Er griff in seine Jackentasche und holte eine schmale längliche Schachtel hervor. »Nun, laß uns von etwas anderem sprechen. Eigentlich bin ich gekommen, um dir das zu geben.« Mit einer Fingerspitze öffnete er den Verschluß der Schatulle. »Ich dachte, du könntest sie morgen tragen.«

Eingebettet in Samt lag dort ein Strang schimmernder weißer Perlen. Unter anderen Umständen hätte sie gejauchzt vor Freude, denn sie waren unvergleichlich schön. So aber zügelte sie ihr Temperament. Wie konnte er es wagen, sie zu entkleiden und sie dann mit Perlen zu schmücken!

Noch bevor sie etwas sagen konnte, hatte er sie umgedreht und den Verschluß an ihrem Hals befestigt. Er griff nach ihrem Ellbogen und schob sie vor den ovalen, goldgerahmten Wandspiegel.

Hinter ihr stehend legte er den Kopf zur Seite.

»Nun?« fragte er sie. »Was hältst du davon?«

Ihre Blicke trafen sich im Spiegel – ein zorniges und ein kühl forschendes Augenpaar. »Hübsch«, brachte sie zwischen den Zähnen hervor.

Eine seiner diabolischen Brauen schoß nach oben. »Komm' schon, Elizabeth. Ist das alles, was du dazu zu sagen hast?« Während er sprach, wanderte sein Blick zu dem Perlenband ... und dann noch tiefer.

Elizabeth fröstelte. Der herzförmige Ausschnitt ihres Kleides war nicht übermäßig tief, aber auf einmal kam es ihr vor, als könnte er geradewegs durch sie hindurchsehen. Und er war ihr so nah – beängstigend nah! Der Duft seines Rasierwassers benebelte sie beinahe. Sie spürte, wie der Wollstoff seiner Jacke gegen ihren Rücken strich und seine Körperwärme langsam durch sie hindurchdrang.

»Hübsch«, sagte sie wieder, und diesmal klang es etwas euphorischer. Sie wollte sich ihm mit hastigen Schritten entziehen, aber er hielt sie fest. Seine Hände umklammerten ihre Ellbogen. Zu ihrem Entsetzen stand sie ihm jetzt frontal gegenüber.

»Nun, ich glaube, deine guten Manieren lassen zu wünschen übrig, Elizabeth. Meinst du nicht, daß ein extravagantes Geschenk wie dieses hier etwas mehr Dankbarkeit verlangt?«

»Ja, selbstverständlich! Ich wollte nicht unhöflich sein.« Eine schlanke Hand strich nervös über die Perlen. »Ich danke dir. Ich danke dir wirklich sehr.«

Schmale Lippen formten sich zu einem Lächeln, das nur quälend war. »Ich hatte eigentlich«, murmelte er, »an einen sichtbareren Dankesbeweis gedacht.« Er tat so, als beobachtete er sie. »Einen Kuß vielleicht. Ja, ich glaube, ein schlichter Kuß würde reichen.« Er wandte seinen Kopf und bot ihr eine seiner Wangen dar.

Elizabeth sog geräuschvoll die Luft ein. Er spielte mit ihr – ja, und er war sich dessen voll bewußt! Und da sie wollte, daß er sie in Ruhe ließ, wußte sie, daß sie ihm nachgeben würde. Um sich Mut zu machen, holte sie tief Luft, schloß ihre Augen und stellte sich auf Zehenspitzen.

Doch ihre Lippen fanden nicht die rauhe Haut seiner Wange. Statt dessen fand sie sich in seiner Umarmung an seiner starken, breiten Brust wieder. Und jeglicher Protest von ihr wurde von seinen Lippen unterdrückt.

In der Tat war das nicht der Kuß, wie sie ihn sich vorgestellt hatte. Seine Lippen preßten sich fest und fordernd auf ihren Mund. Wie ein Schock durchfuhr es sie, als sie ein flüchtiger Gedanke daran erinnerte, daß es schon einmal so gewesen war ... Es war lächerlich, aber sie fühlte sich schwerelos, und ihr war so schwindlig. Obwohl sie gegen dieses Gefühl – und gegen ihn – ankämpfen wollte, besaß sie weder den Willen noch die Kraft dazu. Sie bewegte ihre Hände, die wie eingefangen zwischen ihren beiden Körpern lagen, als wolle sie ihn abweisen. Doch dann öffnete sie ihre Lippen und gab seinem heftigem Drängen nach. Sie verschmolz mit seinem Körper, als wäre sie ein Teil von ihm.

Abrupt ließ er sie los. Die Spannung zwischen ihnen erreichte einen dramatischen Höhepunkt, als sie einander in die Augen blickten. Elizabeth befiel das seltsame Gefühl, daß er genauso verwirrt war wie sie. Doch dann umschlangen seine Finger ihre Hände, die auf seiner Brust lagen. Sein Griff wurde fester, und er trat einen Schritt zurück ... oder schob er sie von sich? Ihr war immer noch schwindlig, als sie beobachtete, wie er zur Tür schlenderte.

Dort blieb er stehen. »Übermorgen bist du meine Frau, Elizabeth. Vergiß nie, ich lasse mich nicht zum Narren halten.«

Die Kälte seiner Worte jagte ihr einen eisigen Schauer über den Rücken. Als er gegangen war, schluchzte sie fast vor Wut und Ärger. Was war bloß los mit ihr, daß sie diesem kalten, hartherzigen Mann, der ihr unterstellte, einem anderen schöne Augen zu machen, erlaubte, sie zu berühren – sie zu umarmen und zu küssen! – und der sie dann küßte, als wäre sie sein Eigentum! Sie verstand ihn nicht ...

Aber sie verstand sich in diesem Augenblick auch selbst nicht.

Kapitel 9

Der nächste Morgen – und damit der Tag ihrer Hochzeit – nahte viel zu schnell.

Elizabeth erhob sich von ihrem Bett, ging barfuß zum Fenster und warf ihre zerzauste Haarpracht nach hinten. An Schlaf war in der letzten Nacht nicht zu denken gewesen. Sie war immer noch so müde, als wäre sie gerade erst zu Bett gegangen. Als sie durch die Spitzengardinen lugte, sah sie einen grauen und bewölkten Himmel. Donnergrollen begrüßte sie.

Ein trübsinniger Tag ... für eine trübsinnige Braut.

An der Tür klopfte es. Dann wurde sie einen Spaltbreit geöffnet, und eine der Hausangestellten blickte sie neugierig an. »Gnädige Frau? Kann ich Ihr Bad einlassen?« Es war Mary, das lustige junge Dienstmädchen, das sie seit zwei Wochen betreute.

»Ja. Danke, Mary.« Leider wollte sich ein Lächeln so gar nicht einstellen.

Obwohl das Bad ihre müden Gliedmaßen erfrischte, konnte es ihre Lebensgeister nicht wecken. Hätte Mary nicht fröhlich sinnloses Zeug geschwatzt, während sie ihr beim Ankleiden half und ihre Frisur richtete, wäre es im Raum totenstill gewesen.

Schließlich war sie fertig. Mary hatte darauf bestanden, daß sie sich vor dem Spiegel in ihrem Zimmer begutachtete. Das Mädchen stand mit weit aufgerissenen Augen bewundernd neben ihr. »Oh, gnädige Frau«, sagte sie atemlos, »Sie sehen aus wie ein Engel. Wirklich.«

Elizabeth starrte ihr Ebenbild im Spiegel an. Ihr Haar war zu einer Hochfrisur zusammengesteckt, und einzelne, weiche Locken umrahmten das Oval ihres Gesichts. Ihre Gesichtshaut war zart gerötet, aber nicht – wie Mary dachte – vor Glück, sondern weil ihre Nerven zum Zerreißen gespannt waren. Ein ängstliches und von Verzweiflung überschattetes Augenpaar blickte zurück.

»Hier, gnädige Frau, das hätte ich fast vergessen. Ihre Perlen.« Mary befestigte den Verschluß an Elizabeths Nacken. Sie seufzte verträumt. »Oh, Madam, er muß sie wirklich lieben, wenn er Ihnen ein solch schönes Collier schenkt.«

Nein, dachte Elizabeth. Es gab keine Liebe. Keine Pflicht oder Schuldigkeit. Sie lachte voller Bitterkeit. Was würde Mary denken, wenn sie wüßte, daß diese Hochzeit schlicht und ergreifend Morgans Reaktion auf eine Erpressung darstellte – und eine Methode war, seinen Status innerhalb der Bostoner Gesellschaft zu erhöhen?

Auf einmal überkam sie der drängende Wunsch, sich voller Ekel die Perlenkette vom Hals zu reißen.

Aber das wagte sie nicht.

Viel zu bald wurde sie nach unten geführt. Stephen, der ihr angeboten hatte, sie zur Kirche zu begleiten, wartete schon auf sie. Morgan hatte ihn darum gebeten, Trauzeuge zu sein. Als sie die Eingangshalle betrat, ergriff er ihre beiden Hände. Mit einem Blick bewundernder Zustimmung sah er sie von oben bis unten an. »Du raubst mir den Atem«, sagte er lächelnd.

Elizabeth errötete. Sie dachte sofort an Morgan. Würde sie auch ihm den Atem rauben? Ach, was für eine dumme Frage! Die meiste Zeit sah er geradewegs durch sie hindurch. Erstaunt war sie allerdings, daß ihr dieser Gedanke einen schmerzhaften Stich versetzte. Warum sollte sie darüber nachdenken, was er von ihrer äußeren Erscheinung hielt? Insgeheim schalt sie sich dafür. Ihre Heirat war lediglich dazu da, um den Schein zu wahren. Ein Arrangement, wie er sich auszudrücken pflegte.

Das schien die einzig mögliche Lösung gewesen zu sein. Aber jetzt war sie sich nicht mehr so sicher, ob es die richtige war.

Stephen bot ihr seinen Arm. »Sollen wir?«

Es kostete sie ihre ganze Willenskraft, diesen Arm zu ergreifen – und noch schlimmer war es für sie, das Haus zu verlassen.

In der Kutsche war sie ganz still, ihre Stimmung war ebenso desolat wie das Wetter. Stephen betrachtete sie aufmerksam. »Ich habe das Gefühl, daß Morgan nicht besonders begeistert darüber war, uns beide gestern nachmittag zusammen vorzufinden. Deshalb hielt ich es für das beste zu gehen.« Er hielt inne. »Ich hoffe, er hat dir keine Schwierigkeiten gemacht.«

Elizabeths Gedanken wanderten geradewegs wieder zu seinem Kuß. »Er machte kein Geheimnis aus der Tatsache, daß er dir vertraut«, sagte sie, bevor sie überhaupt nachdenken konnte. »Aber er besaß allen Ernstes die Unverfrorenheit, mir zu unterstellen, daß ich vielleicht ...« Sie unterbrach sich, weil sie plötzlich erkannte, was sie beinahe ausgeplaudert hätte.

Stephen legte den Kopf zur Seite. »Untreu sein könnte?« beendete er den Satz.

Elizabeth schoß das Blut in die Wangen. »Um ehrlich zu sein, ja.«

Er kicherte, doch seine Heiterkeit war nur von kurzer Dauer. Sein Lächeln verflog. »Morgan kann manchmal recht unausstehlich sein«, sagte Stephen ruhig. »Aber er gehört nicht zu den Männern, die sich vor Verantwortung drücken. Er ist nicht wie ...« Er hielt mitten im Satz inne.

Nun war es an ihr, diesen Satz zu beenden. »Wie Nathaniel?« vermutete sie.

»Jetzt bin ich derjenige, der versuchen sollte, keine Schwierigkeiten heraufzubeschwören«, meinte Stephen höflich. »Ich will dich nicht verletzen, Elizabeth. Aber wenn ich am ertrinken wäre und mir Morgan und Nathaniel ihre Hände zur Rettung entgegenstreckten, wurde ich zweifellos die von Morgan nehmen.« Sein

Gesichtsausdruck war ernst. »Du kannst dir keinen besseren Mann wünschen, Elizabeth.«

Er schien zu zögern. Sie hatte das merkwürdige Gefühl, daß er noch mehr sagen wollte, aber plötzlich stoppte die Kutsche.

Sie waren an der Kirche angelangt.

Ihre Beine waren wie taub, als sie der Kutsche entstieg. Und wenn nicht Stephen hinter ihr gewesen wäre, hätte sie ohne Zweifel die andere Richtung eingeschlagen und wäre so schnell sie nur konnte weggelaufen.

Viel zu schnell begann die eigentliche Zeremonie. Auf ein Zeichen von Stephen setzte sie sich in Bewegung.

Der Weg zum Altar erschien ihr endlos. Abwesend bemerkte sie, daß die Kirche zwar nicht überfüllt, aber doch gut besetzt war. Und dann sah sie ihn ...

Morgan.

Groß und auf geheimnisvolle Weise anziehend wartete er vor dem Altar auf sie. Elizabeth konnte ihren Blick nicht von ihm wenden; seine Gegenwart stellte alles andere in den Schatten.

Wie üblich war sein Gesicht maskenhaft starr und ernst. Selbst als sie die letzten Stufen, die sie noch voneinander trennten, erreicht hatte, gaben seine Gesichtszüge kein Gefühl der Zuneigung oder Ablehnung preis.

Ihre Knie begannen zu zittern. Panik durchfuhr sie. Sie konnte das nicht tun. In dem Moment, als ihre Beine unter ihr versagten, ergriff er sie. Ein kräftiger Arm umschlang sanft ihre Taille und zog sie – sehr, sehr nah! – an seine Seite. Eine schlanke braune Hand griff nach der ihren. Sie war heiß wie Feuer, doch ihre Hand fühlte sich an wie Eis. Alles, was sie noch aufrecht hielt, war der Druck seiner Hände, die die ihren fest umschlungen hielten.

Als sie sich das Jawort geben mußten, das sie für immer aneinander binden sollte, waren seine Worte klar und bestimmt.

Sie konnte nur flüstern.

Dann war alles vorbei. Der Geistliche erklärte sie zu Mann und Frau. »Sie dürfen die Braut küssen«, erklärte er.

Tränen standen in ihren Augen, Tränen, die sie nicht zurückhalten konnte. Heute war ihr Hochzeitstag, der Tag, von dem sie so manche Nacht geträumt hatte, aber sie hatte sich noch niemals so ... so elend gefühlt! Sie hatte geheiratet, nicht aus Liebe, sondern aus Zwang.

In ihrer Kehle saß ein schmerzhafter Kloß; sie hob ihren Kopf und gab sich alle Mühe, ihre Tränen zurückzuhalten, damit Morgan sie nicht sah. Aber an seinem finsteren Blick erkannte sie, daß er sie bereits durchschaut hatte.

Und sein Kuß war auch nicht die zarte, sanfte Lippenberührung, die sie erwartet hatte. Nein, er küßte sie tief und fest und so lange, daß sich der Geistliche schließlich räusperte.

Morgan hob den Kopf. Elizabeth war erstaunt, als sie das merkwürdige Glitzern in seinen Augen wahrnahm – Triumphgefühl? Seine Hand auf der ihren, drehte er sich um und geleitete sie nach draußen. Elizabeth fühlte sich so benommen, als passierte das alles nicht ihr, sondern einer anderen Frau.

Eine kleine Gruppe von Menschen hatte sich am Fuße der Steintreppe versammelt. Elizabeth nahm sie kaum wahr. Morgan jedoch hielt an und hob ihrer beider Hände hoch.

Ein Mann hatte sich von der Gruppe gelöst. »Passen Sie gut auf sich auf, Lady«, rief er, »sonst finden Sie sich irgendwann wie die andere im Grab wieder!«

Neben ihr erstarrte Morgan zu Stein. Er ließ ihre Hand fallen. Was hätte passieren können, würde sie niemals erfahren, denn plötzlich tauchte Stephen auf. Als wollte er ihn zurückhalten, streckte er eine Hand nach Morgan aus. »Laß mich das erledigen«, sagte er und wandte sich bereits der Treppe zu.

Elizabeth stutzte. »Was zum Teufel ...«

Morgan hatte sich bereits wieder in seiner Gewalt. »Reg dich nicht auf«, sagte er kurzangebunden. »Da ist nichts, worüber du dir Gedanken machen solltest.« Während er sprach, zog er sie bereits in Richtung der Kutsche.

Schon bald darauf befanden sie sich wieder in seinem Haus, das voller Leben war. Die darauffolgenden Stunden vergingen wie im Fluge. Überall waren Dienstboten. Sehr zu ihrem Mißfallen blieb Morgan ihr ständig auf den Fersen und stellte sie allen Gästen vor. Schon bald verschwammen die Namen und die Gesichter. Da war sein Bankier, Wilson Reed. Sein Anwalt, Justin Powell. Und ein Dutzend andere.

Auf einem Tisch hatte man Roastbeef, Schinken, Brot und Gemüse angerichtet. Elizabeth konnte kaum essen, doch sie nahm dankbar das Glas Wein, das Stephen ihr in die Hand drückte. Als sie endlich allein war, schlüpfte sie durch die großen Schiebetüren hinaus auf die Terrasse. Ihr Kopf pochte entsetzlich, und sie fühlte einen stechenden Schmerz in ihrer Brust. Mit gesenkten Blick betrachtete sie den goldenen Reif an ihrem Finger, sie drehte ihn hin und her; er erschien ihr so schwer wie ihr Herz.

Plötzlich lief ihr eine Gänsehaut über den Rücken.

Noch bevor sie langsam den Kopf hob, wußte sie, er war in ihrer Nähe.

Er stand keine drei Meter von ihr entfernt. Mit vor der Brust verschränkten Armen beobachtete er sie abschätzig. »Tut's dir schon leid?« fragte er sie.

Bei seinem beißenden Tonfall hob sie abrupt den Kopf und starrte ihn hochmütig an.

Er lächelte beinahe verbindlich. »Nun, so ist es besser, Elizabeth. Ich dachte schon fast, ich hätte einen Trauerkloß geheiratet.«

Ein vernichtender Kommentar lag ihr auf der Zunge.

»Du wirst vielleicht noch begreifen, daß du mehr bekommst, als du verdient hast.«

Seine Brauen hoben sich fragend, und sein Blick glitt über die Rundung ihrer Brüste. Nachdem er sie lange und ausgiebig betrachtet hatte, meinte er herausfordernd: »Soll das eine Behauptung sein, Elizabeth? Oder ein Versprechen?«

»Keins von beiden!«

»Schade, denn ich finde die Vorstellung äußerst reizvoll. Allerdings, ich …«

»Morgan?« Die Tür wurde aufgerissen. Es war Stephen. »Da seid ihr. Kommt beide wieder herein. Justin möchte einen Toast auf euch aussprechen.«

Elizabeth war froh, dem Folge leisten zu können. Sie raffte ihre Röcke und schritt hinter den beiden Männern ins Innere des Hauses zurück.

Man reichte ihnen sogleich ein Glas Champagner. Morgans Anwalt, Justin Powell, klopfte ihm anerkennend auf die Schulter, als sie den Raum betraten. »Na, na, Sie sollten nicht so egoistisch sein, was Ihre Braut betrifft! Dafür haben Sie später noch genug Zeit, oder?« Er lachte schallend.

Elizabeths Lächeln war eher kläglich. Es lag auf der Hand, daß Justin sich köstlich amüsierte – und ziemlich betrunken war. Seine Nase und seine Wangen waren stark gerötet.

Er hob sein Glas. »Und jetzt, ein Toast«, fuhr er fort. »Auf viele gemeinsame Jahre« – er blinzelte – »und viele Kinder.«

Elizabeth gefror das Lächeln auf ihren Lippen. Vor Verlegenheit bekam sie einen hochroten Kopf, denn sie hatte versucht, diesen Aspekt ihrer Ehe weit von sich zu weisen. Zu ihrem Entsetzen fühlte sie, wie Morgans Blick auf ihr ruhte.

Sie konnte ihn jetzt nicht ansehen – wirklich, sie konnte nicht! Weil ihr die Worte fehlten und sie nicht wußte, was sie tun sollte, senkte sie ihren Blick und versuchte zu lächeln.

Von diesem Moment an wich Morgan nicht mehr von ihrer Seite. Wie zufällig strich seine Hand über ihren Arm, berührte ihre Schulter oder umfaßte ihre Taille. Und wo er sie berührte, schien ihre Haut zu glühen.

Immer wieder sah sie auf seine andere Hand, die den Kristallkelch festhielt. Sein Glas war noch fast voll, wohingegen sie ihres schon leergetrunken hatte. Seine Finger waren lang, gebräunt und kräftig, doch er umfaßte den Stiel des Glases damit fast zärtlich. Ihr Mund wurde trocken und ihre Gedanken schwirrten ruhelos umher.

Natürlich wußte sie grundsätzlich, wie der Zeugungsakt vonstatten ging. Aber da sie keine Mutter hatte, die sie hätte aufklären können, wußte sie darüber hinaus sehr wenig. Während ihrer Jahre auf einer Londoner Mädchenschule hatte sie Gerüchte gehört, die unmöglich wahr sein konnten. Und nach dem Klatsch zu urteilen, gehörte Küssen dazu. Und Berührungen auch …

Sie konnte ihre Augen nicht von Morgans Händen abwenden. Wie würden sich diese Hände auf ihrer Haut anfühlen? Und sein Körper … würde er genauso sein wie der Mann selbst, hart und unerbittlich?

Ihre Gedanken schweiften ab. Würde sie nackt sein? Herr im Himmel, oder er?

»Elizabeth.«

Der Klang ihres Namens rüttelte sie aus ihrem Tagtraum. Ihre Augen trafen sich.

»Ja?« Ihre Stimme klang hoch und dünn und war ihr irgendwie fremd.

Er nahm ihr das leere Glas aus der Hand und setzte es zusammen mit seinem eigenen, das immer noch unberührt war, auf das Tablett eines vorübergehenden Dienstmädchens. Er beugte sich zu ihr hinunter und flüsterte ihr ins Ohr: »Genug für dich, Liebes. Es würde mir gar nicht gefallen, wenn du in unserer Hochzeitsnacht einen Schwips hättest.«

Elizabeth wurde blaß. Bis jetzt hatte sie das Gefühl gehabt, daß dieser Abend nicht enden wollte. Und jetzt wünschte sie sich, daß er nicht so bald vorbei sein sollte!

Der Hauch eines Lächelns umspielte seine Lippen. »Es war ein langer, anstrengender Tag«, stellte er fest. »Da die meisten Gäste bereits gegangen sind, habe ich Annie gebeten, dich nach oben zu begleiten.«

Sie konnte vor Angst kaum sprechen, so groß war der Kloß in ihrem Hals. »Wie du meinst«, sagte sie kaum hörbar.

»Elizabeth?«

Sie hatte sich bereits abgewandt und blickte über ihre Schulter. »Ja?«

»Ruh dich ein wenig aus. Ich muß noch einige Dinge mit Justin besprechen. Es wird vielleicht eine Weile dauern.«

Elizabeth hätte vor Freude in die Luft springen können. Nimm dir ruhig viel Zeit, dachte sie im stillen.

Mit glühendem Gesicht erwartete Annie sie am Treppenaufgang. Elizabeth zerriß es beinahe das Herz. Natürlich dachte diese junge Frau an die vollkommene Romanze, warum sie und ihr Dienstherr geheiratet hatten. Auf der Treppe ging Annie immer eine Stufe vor ihr. Als sie auf der Galerie angelangt waren, wandte sich Elizabeth instinktiv nach rechts. Das Zimmer, das sie bislang bewohnt hatte, war nur ein paar Schritte weit entfernt.

Annie hielt sie am Arm fest. »Oh, nein, Madam. Nicht in diese Richtung.«

Elizabeth runzelte ihre Stirn. »Aber mein Zimmer ist dort ...«

»Jetzt nicht mehr, gnädige Frau.« Obwohl sie errötete, war Annies Lächeln einfach zu komisch – oder wäre es unter anderen Vorzeichen gewesen. »Sie haben jetzt das Zimmer neben dem von Mr. O'Connor. Ich habe bereits

Ihre ganzen Sachen dort in den Kleiderschrank umgepackt.« Sie verbeugte sich leicht. »Kommen Sie bitte, gnädige Frau. Hier entlang.«

Elizabeth schlurfte hinter ihr her, dabei waren ihre Gedanken genauso schwerfällig wie ihre Schritte.

Es war ein großer, hübscher Raum. Ein cremefarbener Teppich bedeckte den Boden. Die Vorhänge und die Tagesdecke waren aus blaßblauer Atlasseide. Eine passende Rüsche war um den Toilettentisch drapiert. Zu jeder anderen Zeit hätte Elizabeth vor Begeisterung in die Hände geklatscht.

Jetzt allerdings interessierte sie intuitiv nur die Tür an der einen Wand, die zu Morgans Zimmer führen mußte.

Diese Tür besaß kein Schloß.

»Ich dachte mir, daß Sie vielleicht ein erfrischendes Bad nehmen möchten«, sagte Annie fröhlich. »Das Wasser ist immer noch sehr heiß, Madam.«

Mit Annies Hilfe war sie bald von ihrem Brautkleid befreit. Das Mädchen hatte recht. Das Wasser war glühendheiß, doch Elizabeth war es noch niemals so kalt gewesen! Annie bemerkte die Angst ihrer neuen Dienstherrin nicht und schnatterte munter drauflos, während sie ihr den Rücken wusch. Als sie fertig war, hielt sie Elizabeth ein flauschiges Badetuch hin.

»Ich hoffe, es macht Ihnen nichts aus, daß ich schon Ihr Nachtkleid bereitgelegt habe. Ich habe es selbst ausgesucht«, erklärte Annie.

Elizabeth schluckte, als sie das reinseidene Negligé sah, das bereits auf ihrem Bett ausgebreitet lag. »Ist es nicht ein bißchen zu kühl für solch ein dünnes Nachthemd, oder?«

Annie schaute betrübt.

»Aber es ist natürlich sehr hübsch«, fügte Elizabeth hastig hinzu.

Nun strahlte Annie wieder. »Und Sie haben doch jemanden, der Sie wärmt, nicht wahr?«

Zarte Seide wurde Elizabeth über den Kopf gestreift und in Form gezogen. Elizabeth seufzte, als sie ihr Ebenbild im Spiegel betrachtete – die Konturen ihres Körpers waren deutlich sichtbar.

Sie schlang ihre Arme um ihren Körper. »Ach du meine Güte, nach dem schönen heißen Bad ist es mir jetzt aber richtig kalt geworden. Ich glaube, ich brauche auch noch einen Umhang, Annie.«

Annie gab einen vielsagenden Seufzer von sich und ging zum Kleiderschrank. Dann legte sie ihr den Umhang über die Schultern – und noch mehr Holz auf das Kaminfeuer.

Dann war Elizabeth allein und vernahm nur noch das Ticken der vergoldeten kleinen Uhr, die neben ihrem Bett stand ... und ihr eigenes Herzklopfen.

Ruhelos ging sie hin und her, dabei hatte sie immer den einen Gedanken: Ein Mann hatte das Recht, das Bett mit seiner Ehefrau zu teilen. Das wurde so erwartet – war eine Pflicht. Und wenn er wollte, mußte sie ihn immer wieder erdulden ... Dieser Gedanke machte sie rasend. Vielleicht wäre es wirklich ein Segen, wenn sie ein Kind bekäme. Vielleicht würde Morgan sie dann in Ruhe lassen ...

Sie hatte versucht, jeden Gedanken an die herannahende Nacht zu vermeiden. Solange sie nicht darüber nachdachte, war sie immer noch in weiter Ferne. Aber jetzt holte sie die Wirklichkeit mit jeder Minute schneller ein.

Sie legte sich hin, konnte jedoch nicht einschlafen. Die Uhr tickte langsam, aber so laut und unaufhörlich, daß sie hätte schreien können. Ihre Ohren horchten auf jeden Laut, der Morgans Herannahen ankündigte.

Aber sie hörte nichts.

Schließlich stand sie auf und wickelte den Umhang fester über ihr Nachthemd. Noch bevor sie darüber nachdachte, hatte sie den Raum passiert und eine Hand an der Türe, die zu Morgans Zimmer führte. Sie hielt den Atem an, drehte langsam den Türknauf und drückte die Tür vorsichtig auf.

Gedämpftes Licht erhellte den Raum. Dem Himmel sei Dank, er war leer. Von einer inneren Neugier beflügelt, schlich Elizabeth weiter hinein in das Reich ihres neuen Ehemannes.

Das Mobiliar war sehr maskulin gehalten. Ein großes Bett mit vier wuchtigen Pfosten dominierte die gegenüberliegende Wand, und dieses Bett war es auch, das Elizabeths Aufmerksamkeit für einen langen Augenblick gefangenhielt.

»Ich muß sagen, Elizabeth, das ist eine überaus gelungene Überraschung.«

Kapitel 10

Es war Morgan.

Für einen Moment, der ihr wie eine Ewigkeit vorkam, konnte sie sich nicht rühren. Ihre Füße waren schwer wie Blei. Mit zitternden Händen griff sie sich an den Hals. Ihr Brustkorb wollte plötzlich zerspringen.

Langsam drehte sie ihren Kopf zu ihm, obwohl sie genau wußte, daß ihre Wangen flammend rot waren. Sie war so angespannt, und er stand so lässig da! Und genauso lässig legte er auch seine Jacke und Weste ab und warf seine Sachen dann sorglos auf den Stuhl neben der Tür.

»Es ... es tut mir leid.« Verzweifelt versuchte sie, Haltung zu bewahren und eine Erklärung zu finden. Doch was sollte sie sagen, wo sie doch an einem Ort erwischt worden war, den sie niemals hätte betreten dürfen ... gütiger Himmel, sein Schlafzimmer! »Ich ... ich wollte nicht stören.«

»Aber das ist doch keine Störung.« Während er sprach, rollte er seine Hemdsärmel auf und entblößte seine muskulösen Unterarme, die mit einem dunklen seidigen Haarfilm bedeckt waren. Er wirkte unglaublich männlich – oh, das war nicht zu leugnen! – unglaublich stark ..., und sie fühlte sich plötzlich unglaublich schwach.

Er spürte ihren Blick und sah auf. Elizabeth war entsetzt, als sie bemerkte, daß er sie ertappt hatte.

»Wo sollte eine junge Ehefrau in ihrer Hochzeitsnacht auch sonst sein?« Er grinste – und es war zweifelsohne ein teuflisches Grinsen! »Wenn ich allerdings gewußt hätte, daß du hier auf mich wartest, wäre ich schon Lichtjahre früher gekommen.«

Sie rang nach Atem, denn allein schon die Vorstellung, daß sie …! »Da bist du im Irrtum.«

»Tatsächlich. Und wieso?«

Zur Hölle mit diesem Mann! Mußte er sie so zum Narren halten? Sie war völlig verunsichert. »Ich muß mich entschuldigen«, sagte sie und faltete nervös ihre Hände. »Es tut mir leid, aber ich bin nur schrecklich neugierig gewesen.«

»Wirklich. Ich hoffe, dir gefällt dein Zimmer?«

Sie nickte.

»Wenn du willst, kannst du es auch neu gestalten.«

»Aber nein! Es ist wirklich schön.«

Eine dicke Braue zog sich nach oben, als hätte er eigentlich etwas anderes erwartet.

Die Anspannung stieg, als sie beide weiter schwiegen. Ihr Blick traf auf die Zwischentür, die zu ihrem Zimmer führte.

Er stand genau zwischen ihr und dieser Tür, so daß er ihre Flucht verhinderte. Sein Blick folgte dem ihren. Einer seiner verhärmten Mundwinkel verzog sich zu einem unmerklichen Lächeln.

»Möchtest du mich schon wieder verlassen, Elizabeth?«

Sie antwortete zögernd. »Ja. Ich … ich bin sehr müde.«

»Ach, komm. Jetzt sind wir doch Mann und Frau« – sein Lächeln wurde ironisch – »und endlich allein.«

Ihre Selbstbeherrschung kehrte zurück. »Du weißt sehr genau, daß ich nicht in dein Zimmer gekommen bin, um mich dir anzubieten!«

Er trat einen Schritt näher. »Das tut nichts zur Sache, wir sind verheiratet. Und als dein Ehemann, Elizabeth, kann ich dir sagen, daß ich deine Einwilligung nicht brauche, wenn ich mir nehme, was mir nach unserem heutigen Gelübde rechtmäßig zusteht.«

Ihr Magen krampfte sich schmerzhaft zusammen,

denn diese Tatsache traf sie wie ein Schlag ins Gesicht. Diese Bestie! Warum mußte er sie daran erinnern?

Hochmütig hob sie ihr Kinn. »Und, hast du das vor?« fragte sie steif.

Er reagierte prompt. »Und du, willst du das?«

»Wohl kaum.« Erst als sie die Worte gesagt hatte, erkannte sie, wie vernichtend sie geklungen hatten. Ein Blick auf seinen angespannten Gesichtsausdruck bewies ihr, daß sie einen gravierenden Fehler begangen hatte.

»Und was wäre, wenn ich auf meine Rechte bestehen würde?«

»Ich hoffe, daß du das nicht tun wirst.« Ihr Gesichtsausdruck war ebenso bittend wie ihr Tonfall.

Er achtete nicht darauf, sondern trat noch näher an sie heran. Sein Blick schweifte über sie und blieb an der Rundung ihrer Brüste hängen. Erst da bemerkte sie, daß sich ihr Umhang geöffnet hatte.

Sie raffte ihn vor ihrer Brust zusammen. Ihr Herz klopfte so schnell, daß sie glaubte, es würde zerspringen. »Du hast gesagt, daß unsere Eheschließung ein Arrangement ist.« Ihre Stimme war tonlos. »Sozusagen rein geschäftlich. Ich ... ich sehe keinen Grund, warum es etwas anderes sein sollte.«

»Also, eine rein formale Eheschließung?«

»J-ja.«

»Verstehe. Würde es dir trotzdem gefallen, wenn ich dich jetzt küßte?«

»N-nein!« Ihre Ablehnung war ihr viel zu schnell über die Lippen gegangen.

Plötzlich stand er vor ihr. »Doch.« Er griff sie bei den Armen und drückte sie fest an sich. Sein Mund kam dem ihren bedrohlich nahe. »Und ich bin nach wie vor gern bereit, es dir zu beweisen.«

Der Herrgott möge ihr beistehen, er tat es.

Zunächst hielt sie ihre Lippen fest zusammengepreßt. Doch seine Lippen auf ihrem Mund waren so unglaublich wissend, sanft ... und unglaublich geduldig. Sie spürte, wie sich ihr Widerstand nach und nach in Luft auflöste.

Er hatte recht. Sie mochte es, wenn er sie küßte.

Ihre Vernunft lehnte sich auf, doch ihre Gefühle gaben sich ihm bereitwillig hin. Er forderte nicht – er überzeugte sie auf subtile Art – seine Lippen fühlten sich angenehm warm auf den ihren an. Sein Kuß weckte in ihr eine ungeahnte Begierde, gegen die sie nicht ankämpfen konnte. Sie verspürte ein so unbeschreibliches Gefühl in ihrem Inneren, daß sie sich wünschte, dieser Kuß würde niemals enden ...

Aber warum? Warum fühlte sie so? Ihr Puls dröhnte in einem atemberaubenden Rhythmus durch ihre Venen. Ein unerklärlicher Reiz durchfuhr ihren ganzen Körper. Mit Nathaniel war es nie so gewesen, dachte sie. Nie! Im Grunde ihres Herzens war sie empört darüber, daß sie diesem Mann hoffnungslos ausgeliefert war.

Der Mann, der jetzt dein Ehemann ist, flüsterte ihr eine pedantische leise Stimme im Geiste zu. Sie konnte einfach nichts dafür. Sie mußte sich schuldig fühlen, weil sie bei Nathaniels Bruder solche Gefühle beschlichen.

Vorsichtig öffneten seine Finger ihren Umhang und schoben ihn mit unbeirrbarem Willen beiseite. Seine Berührungen waren genauso kühn und frech wie der Mann selbst; mit seiner Handfläche streichelte er die sanfte Wölbung ihrer Brust, dieses Fleisch, das noch kein anderer Mann vor ihm berührt hatte.

Die Realität ergriff wieder die Oberhand, und leichte Panik befiel sie. Wenn sie ihn jetzt nicht stoppte, würde er von selbst nicht aufhören. Sie war zwar unerfahren in diesen Dingen, erkannte aber intuitiv die Gefahr.

Sie entzog ihm ihre Lippen und stemmte sich gegen seinen Brustkorb. »Nein, nein, ich will das nicht!«

Er war so unerschütterlich wie ein Felsblock. Langsam hob er seinen Kopf.

»Ich ... ich kann das nicht tun. Verstehst du mich denn nicht? Ich kann nicht!«

Sein Blick schien sie zu verbrennen. »Was kannst du nicht?« fragte er mit gefährlich leiser Stimme.

Verzweiflung übermannte sie. »Ich kann nicht mit dir schlafen!«

»Du kannst nicht mit mir schlafen«, wiederholte er ihre Worte.

»Nein!« schrie sie aufgebracht. »Ich kann nicht mit dir schlafen. Ich will auch nicht mit dir schlafen! Jetzt nicht. Nicht heute nacht. Und überhaupt ...« Abrupt brach sie ab.

Ihren Worten folgte eine bedrohliche Stille.

»Niemals?« Tonlos sprach er genau das aus, was sie gedacht hatte.

Erst jetzt erkannte Elizabeth, daß seine Gesichtszüge zu Eis erstarrt waren. Sie nickte und war nicht in der Lage, ihren Blick von seinem Gesicht abzuwenden. Er hatte sein Kinn energisch nach vorn geschoben, und seine Lippen waren nur noch ein schmaler Strich.

Er ließ sie abrupt los. »Mein liebes Mädchen, ich will dich zu nichts zwingen.«

Sein Ton war so schneidend wie sein Blick. Elizabeth rang nach Luft und stolperte einen Schritt zurück. »Aber unten hast du doch gesagt ...«

»Ich sagte, daß du deine erste Nacht als Ehefrau nicht mit einem Schwips verbringen solltest.«

»Das heißt, du willst nicht ...« Sie stockte, weil ihr die passenden Worte fehlten.

»Nein, will ich nicht. Aber ich will die Wahrheit erfahren, Elizabeth.« Noch bevor sie sich ihm entziehen konnte, umfaßten starke Hände die weiche Haut ihrer Oberarme und zogen sie zu sich hoch. »Also sag' mir die Wahrheit. Würdest du dich auch verweigern, wenn Nathaniel jetzt vor dir stände und nicht ich?«

Sie senkte ihre Augenlider. Sie hatte nicht grausam

sein wollen, doch warum hatte sie jetzt das merkwürdige Gefühl, ihn sehr verletzt zu haben?

Nein. Das war absurd. Unmöglich.

Er war unerbittlich. Mit seinen Fingerknöcheln hob er ihr Kinn an. »Antworte mir, Elizabeth. Würdest du Nathaniel abschlagen, was du mir jetzt verweigerst?«

»Nein!« schrie sie, obwohl sie in Wahrheit noch gar nicht darüber nachgedacht hatte. Zorn und Ärger platzten aus ihr hervor. Sie schüttelte ihren Kopf, und ihre Augen blitzten. »Ich habe weder diese Ehe noch dich gewollt!« rief sie wütend. »Wenn du glaubst, daß ich dich gern geküßt habe, dann hast du recht. Aber nur weil ich mir vorstellte, du wärest Nathaniel. Verstehst du mich? Ich stellte mir vor, du wärest Nathaniel!«

»Ich verstehe«, sagte er kurz. »Wenn ich also meine fleischlichen Gelüste nicht mit dir teilen kann, hast du doch sicherlich nichts dagegen, wenn ich meine Befriedigung woanders suche.«

Ihre Brust hob und senkte sich. »Ich wäre nur allzu dankbar.«

Er ließ sie so plötzlich los, daß sie nach hinten stolperte. »Dann brauchst du dir weiter keine Sorgen zu machen«, informierte er sie knapp. »Ich habe eine Geliebte, und du hast mir ganz klar zu verstehen gegeben, daß es dir lieber ist, wenn ich mit ihr statt mit dir schlafe. Also nimm's leicht, Elizabeth. Du wirst deine Hochzeitsnacht allein verbringen, wohingegen ich die meine in weitaus befriedigenderer Gesellschaft verbringen werde.«

Er wandte sich ab. Seine Bewegungen waren unbeherrscht, fast heftig, als er nach seinem Mantel griff und das Zimmer verließ.

Als sie allein war, starrte Elizabeth, erschüttert über seinen Zornesausbruch, noch lange auf die Tür, durch die er sie gerade verlassen hatte. Angstgefühle machten sich in ihrer Magengegend breit. Tausend Fragen schossen ihr durch den Kopf. Sie war noch einmal davongekommen ... aber für wie lange? Und warum hatte sie das unangenehme Gefühl, daß diese Sache noch nicht abgeschlossen war?

Im Augenblick konnte sie nur beten – und hoffen, daß er seinen Entschluß nicht rückgängig machte.

In dieser Nacht kehrte Morgan nicht zurück.

Aber er ging auch nicht zu Isabelle.

Statt dessen wanderte er ziellos umher. Zu dieser späten Stunde waren die Straßen einsam und verlassen. Das laute Klappern seiner Schritte war das einzige Geräusch. Nebelschwaden hüllten ihn ein, und bald war er bei den Docks angelangt.

Eine heftige Brise zog auf. Morgan starrte auf die See und spürte weder Kälte noch Feuchtigkeit. Alles in ihm war gefühllos und verbittert.

Die Muskulatur in seinen Wangenknochen war angespannt. *Ich wollte weder diese Hochzeit noch dich!*

Als er sie in seinem Raum ertappte, hatte er einen Moment lang gedacht ... Aber nein. Er war ein Dummkopf, dachte er nicht ohne Groll. Sie war wegen Nathaniel nach Boston gekommen. Sie hatte Nathaniel gewollt.

Wenn du dachtest, daß ich dich gern geküßt habe, hattest du recht. Aber nur weil ich mir vorstellte, du wärest Nathaniel ...

Diese hinterhältige Täuschung brachte sein Blut wieder in Wallung. Doch warum wußte er nicht. Um ganz ehrlich zu sein, hatte er sie ebenfalls belogen. Und sich selbst auch.

Er wollte sie.

Von dem Augenblick an, als er sie zum erstenmal in seinem Zimmer gesehen hatte, mit ihren riesigen und fragenden Augen, hatte er sie gewollt. Er hatte sich danach gesehnt, sie zu seiner Frau zu machen. Tief in seinem Inneren war er davon überzeugt, daß ihm das gelungen wäre, wenn er versucht hätte, sie mit glutvollen Küssen und leidenschaftlichen Umarmungen zu verwöhnen. Irgendwann hätte sie ihm nachgegeben. Vielleicht nicht direkt ...

Aber allein schon der Gedanke, daß sie voller Sehnsucht an Nat dachte, wenn er sie nahm ... Bitterkeit schoß ihm durch Mark und Bein. Das hatte ihn mehr als alles andere von seinem Vorhaben abgehalten. Er hatte noch niemals in seinem Leben eine Frau gegen ihren Willen genommen; und seine Ehefrau war die letzte, die den Anfang machen sollte!

Aber tief unter seiner einstudierten Gleichgültigkeit war er zornig – zornig darüber, daß sie ihn betrogen hatte. Daß Nathaniel ihr das antat – und auch ihm! Daß er so schwach war, obwohl er wußte, daß sie sich nach Nathaniel sehnte!

Er wollte, daß sie willig war – gütiger Himmel, sie würde willig sein. Selbst jetzt versetzte schon allein der Gedanke, tief in ihre weibliche Wärme vorzudringen, alle seine Gliedmaßen in Bereitschaft. Er dachte kurz an Isabelle, dann verwarf er diese Idee sogleich wieder – nicht wegen irgendwelcher Moralvorstellungen. Doch die Vorstellung, Elizabeth zu verlassen und schnurstracks zu Isabelle zu gehen, erschien ihm vollkommen abgeschmackt.

Nein, er war nicht ganz ehrlich gewesen, auch oder gerade sich selbst gegenüber nicht. Es war nicht Elizabeths Ruf gewesen, weshalb er für diese Ehe gestimmt hatte; er hatte es für sich selbst getan. Ja, und unbewußt trachtete ein Teil von ihm vielleicht nur danach, Nathaniel wegzunehmen, was dieser ihm weggenommen hatte ...

Der Wind wurde stärker, und die See toste. Mit grimmig verkniffenem Mund starrte Morgan hinaus in die Finsternis.

So viel zum Thema Hochzeit, dachte er voller Sarkasmus. Und zum Thema Liebe.

Elizabeth schlief nicht sehr gut. Ihre Nächte verbrachte sie fieberhaft lauschend, wann ihr Ehemann nach Hause kam und wann ihre Schlafzimmertür weit aufschwingen würde ...

Ihre Nerven waren zum Zerreißen gespannt, so daß sie bei dem leichtesten Geräusch oder Schritt im Flur aufschreckte.

Es war allerdings bald ersichtlich, daß sie sich umsonst beunruhigte. Ihr Ehemann hatte – aus welchem Grund auch immer – nicht das Bedürfnis nach ihrer Gesellschaft. Er kam regelmäßig sehr spät nach Hause. Oft erst nach Mitternacht. Manchmal war sie sich fast sicher, daß er nachts gar nicht heimkehrte.

Genau wie letzte Nacht.

Wo konnte er nur gewesen sein? Bei seiner Geliebten?

Der Gedanke zehrte an ihr, auch wenn sie sich einredete, daß es ihr egal war, in welchem Bett dieses Ekel die Nacht verbrachte – solange es nicht ihres war.

Aber da war diese nagende Ungewißheit. Einerseits war sie froh, daß er sie nicht dazu gezwungen hatte, das Bett mit ihm zu teilen. Allein der Gedanke an seine Geliebte versetzte ihr jedoch einen schmerzhaften Stich – aber warum sie sich darüber aufregte, konnte sie sich nicht erklären!

Allerdings war ihr die Vorstellung, daß sich ein Mann außerhalb seiner Ehe vergnügte, von ganzem Herzen zuwider. Elizabeth war sich fast sicher, daß ihr Vater so etwas niemals getan hätte – weder bei ihrer Mutter noch später bei Clarissa –, denn er schätzte Ehrlichkeit und Harmonie viel zu sehr, als daß er sie zur Farce gemacht hätte.

Dann fand sie eines Morgens auf ihrem Frühstückstablett eine mit kräftiger männlicher Handschrift hingekritzelte Notiz:

Ich habe Opernkarten für heute abend. Sei um sieben Uhr fertig.

In einem ihrer seltenen Gefühlsausbrüche zerknüllte Elizabeth den Zettel und warf ihn quer durchs Zimmer. »Das werden wir sehen, mein guter Mann«, fauchte sie. »Du wirst die Oper allein besuchen müssen.« Sie war wütend – er besaß noch nicht einmal die Höflichkeit, sie persönlich zu informieren!

Oder sie überhaupt erst einmal zu fragen.

Gegen sechs Uhr hatte sie sich soweit beruhigt. Vielleicht würde sie ein netter gemeinsamer Abend einander wieder näherbringen.

Sie kleidete sich mit großer Sorgfalt, denn sie wollte hervorragend aussehen. Annie kämmte ihr Haar straff nach hinten und steckte es hoch, um damit die schlanke Silhouette ihres Halses vorteilhaft zu betonen. Ihre tiefblaue seidene Abendrobe war nicht neu, aber sie gehörte zu Elizabeths Lieblingskleidern. Der Halsausschnitt war weit offen geschnitten und gab ihre schlanken Schultern frei. Am Hals trug sie die Perlenkette, die ihr Morgan geschenkt hatte.

Schließlich war sie fertig. Eines der Dienstmädchen war bereits zweimal von unten hochgeschickt worden, um ihr mitzuteilen, daß Morgan in der Halle auf sie wartete. Als sie die Treppe hinunter schritt, sah sie ihn, wie er in dunkler Abendgarderobe unruhig auf und ab ging.

In dem Moment, als sie die letzte Treppenstufe erreichte, drehte er sich um und bemerkte sie. Sein Blick glitt über ihren Körper, angefangen von ihrem Haar bis zu ihren Schuhspitzen und wieder zu ihrem Gesicht zurück. Elizabeth hielt den Atem an und wartete.

Ihre Augen trafen sich. In seinem Blick erkannte sie nichts – keine Freude. Weder Zustimmung noch Ablehnung. Nur kühle Gleichgültigkeit. Sie hätte ebensogut ein Möbelstück sein können.

Irgend etwas in ihrem Inneren krampfte sich zusammen, aber sie war entschlossen, sich nichts anmerken zu lassen. Ein kleiner Schritt und er stand vor ihr und reichte ihr seinen Arm. Abwesend legte sie ihre weißbehandschuhten Finger auf seinen Ärmel.

Bis sie schließlich vor der Oper eintrafen, hatten sie noch kein einziges Wort miteinander gewechselt.

Trotzdem war Elizabeth entschlossen, diesen Abend nicht von schlechter Stimmung überschatten zu lassen. Als sie der Kutsche entstieg, gelang ihr sogar ein Lächeln. Schon bald darauf waren sie von einer Menschenmenge umgeben. Zu ihrer größten Freude waren ihre Sitzplätze ausgezeichnet. Sie konnte mitten auf die Bühne schauen.

Der Vorhang hob sich. Von diesem Augenblick an lehnte sich Elizabeth nach vorn und hatte ihren gleichgültigen Ehemann vergessen. Sie war ganz im Bann des Stückes, das dort unten gegeben wurde. Der Part der Heldin wurde von einem glockenhellen Sopran gesungen, deren Stimme wie reinstes Gold klang.

Die Pause kam viel zu schnell. Zusammen mit den anderen Operngästen erhoben sie sich und gingen ins Foyer, wo Erfrischungen serviert wurden. Der Duft von Parfüm und Eau de Cologne schwebte in der Luft, genauso wie die sphärischen Klänge der Musik. Morgan brachte ihr ein Glas Wein, doch sie mußte feststellen, daß er selbst nicht trank.

Er reichte ihr das Glas, wobei sich ihre Fingerspitzen nicht berührten. »Ich hatte keine Ahnung, daß du eine solche Musikliebhaberin bist«, bemerkte er mit hochgezogenen Brauen.

Ihre Nerven schienen plötzlich zu versagen. Wie könntest du auch? wäre es beinahe aus ihr herausgeplatzt. Doch schnell besann sie sich eines besseren und lächelte ihn schüchtern an. »Mein Vater liebte die Oper. Wenn wir in London waren, besuchten wir die Oper, wann immer es möglich war.«

»Du hast deinem Vater sehr nahe gestanden, nicht wahr?«

Ihr Lächeln verschwand. »Ja, sehr«, antwortete sie leise.

Einige Männer gesellten sich mit ihren Ehefrauen zu ihnen, und machten sich gegenseitig bekannt. Überall blitzten Juwelen. Elizabeth fiel auf, daß man sie mit unverhohlenen Blicken der Anerkennung bedachte. Nur ihr Ehemann schien das nicht zu bemerken. Die anderen Frauen waren überaus höflich, tauschten sich über die neueste Mode aus und wollten wissen, wie ihr der gesellschaftliche Zirkel Bostons gefiele ...

Das letzte Paar hatte sich gerade von ihnen verabschiedet, als Morgan ihr ins Ohr flüsterte: »Bostoner Geldadel!«

»Ah«, meinte sie feierlich. Dann überzogen sich ihre hübschen Lippen mit einem Lachen, das sie nicht mehr unterdrücken konnte. »Eine ganz schön arrogante Bande, findest du nicht?«

Ihre Augen trafen sich, und sie sahen sich lange an. Sein Blick wirkte überrascht, dann wurde er von etwas wie forschender Neugier ersetzt, so daß ihr Herz aussetzte und sie den Atem anhielt.

Dann nahm sie über seine Schulter hinweg eine dunkelhaarige Schönheit wahr, die ihn unverhohlen anstarrte. In ihrem gewagten weitausgeschnittenen Kleid aus violetter Seide wirkte sie anziehend und irgendwie fremdartig. Doch ihr schimmernder roter Mund war spitz und verkniffen. Selbst aus der Entfernung spürte Elizabeth ihr Mißfallen.

Morgan hatte ihre Verwirrung bemerkt. »Diese Frau starrt dich an, als würde sie dich zum Teufel wünschen«, sagte sie zerstreut. »Kennst du sie?«

Er hatte sich umgedreht und war ihrem Blick gefolgt. »Ja«, sagte er knapp. »Aber das geht dich nichts an.«

Was auch immer zwischen den beiden gewesen war, hätte nicht sein sollen. Sie unterdrückte einen stechenden Schmerz in der Magengegend. Plötzlich war ihr klar ...

Diese Schönheit war seine Geliebte.

Ganz sicher war sie sich, als sie der vernichtende Blick

der Frau traf und ihr diese dann demonstrativ den Rücken zuwandte.

Ihre ausgelassene Stimmung schlug in Verzweiflung um, und sie wurde wieder an ihre unglückliche Zukunft erinnert. Den Rest den Abends verbrachte sie in absoluter Niedergeschlagenheit.

Erst als sie schon fast zu Hause angelangt waren, sprach sie ihn an. »Ich hasse den Raum neben deinem Zimmer«, erklärte sie ihm. »Ich möchte wieder mein altes Zimmer beziehen.«

Ein Blick auf sein Gesicht sagte ihr, daß sie einen Fehler gemacht hatte. Sein Profil war hart und unerbittlich.

»Das steht außer Frage«, antwortete er überaus heftig.

Darauf reagierte sie weitaus mutiger, als sie sich das zugetraut hatte. »Warum?«

Er wandte sich ihr zu und war so aufgebracht, daß sie ängstlich zurückschrak. »Weil das Gerede innerhalb des Hauses geben würde – und schließlich auch außerhalb. Und ich werde verdammt noch mal keinen weiteren Klatsch über uns beide zulassen!«

Elizabeth traute ihren Ohren nicht. »Klatsch!« entrüstete sie sich. »Und was ist mit dir? Glaubst du denn, sie wissen nicht, wann du nachts nach Hause kommst? Und wie oft dein Bett morgens noch unberührt ist?«

»Da hatte ich den Eindruck, daß es dir nichts ausmachte, in welchem Bett ich schlief, solange es nicht dein Bett war.«

Darauf fiel ihr keine Retourkutsche ein – aber was war er doch für ein Miststück, das gegen sie zu verwenden!

Und er hatte vor, sie noch weiter zu quälen.

»Könnte es sein, Elizabeth, daß du dich allein in deinem Bett einsam fühlst? Ach, das ist wohl kaum möglich, denn du warst ja diejenige, die nichts mit mir zu tun haben wollte, oder?«

Aufsässig schob sie ihr Kinn vor. »Diese Ehe ist eine Farce. Deshalb sehe ich keinen Grund dafür, so weiterzumachen. Und damit du es weißt, ich ... ich werde dafür sorgen, daß meine Sachen wieder in mein altes Zimmer kommen!«

Seine Hände umklammerten ihre Schultern. Er zog sie an sich – so nah, daß sie seinen Atem an ihrer Wange spürte. Seine Augen waren zu glühenden Schlitzen verengt.

»Du hast deine Privatsphäre und ich habe meine, Elizabeth. Aber du wirst weiterhin den Raum neben mir bewohnen.«

Sie schrie auf, weil sie wütend darüber war, daß er über ihr Leben bestimmen konnte, das ihr wie ein einziger Scherbenhaufen vorkam. Dann versuchte sie sich aus seinem Griff zu befreien, aber er hielt sie fest. »Dann verlange ich, daß an der Zwischentüre ein Schloß angebracht wird!«

Trotz des Dämmerlichts konnte sie sehen, wie sich die Muskulatur seines Gesichts anspannte. Gefährlich ruhig erklärte er ihr dann: »Ich will ganz ehrlich zu dir sein, Elizabeth. Ich dulde es nicht, wenn in meinem eigenen Hause Türen vor mir verschlossen werden. Außerdem dachte ich, wir wären fertig mit diesem Thema. Wenn ich dich wirklich wollte, könnte mich auch kein Schloß von dir fernhalten.«

Während er noch sprach, hielt die Kutsche vor seinem Haus. Die Türe wurde geöffnet, und Morgan sprang heraus. Elizabeth unterdrückte ihren Wutausbruch, weil sie wußte, daß der Kutscher jedes Wort mithörte. Sie hätte auch gern auf Morgans Hilfe beim Verlassen der Kutsche verzichtet, aber das ließ er nicht zu. Er hob sie herab, dann hakte er sie an ihrem Ellbogen unter.

»Laß mich los«, fuhr sie ihn an, als sie das Haus betreten hatten.

Seine Finger um die zarte Haut ihres Arms geklammert schleppte er sie förmlich zur Bibliothek. »Diese Diskussion ist noch nicht beendet.«

Innerlich fauchte sie. In ihrem ganzen Leben war ihr noch niemals eine solche Arroganz begegnet!

Auf einmal trat Simmons auf sie zu. »Sir«, begann er, »ich muß Ihnen mitteilen, daß Ihr ...«

»Nicht jetzt, Simmons.«

Er führte sie in die Bibliothek und schloß sogleich die Tür hinter ihnen. Elizabeth befreite sich aus seinem Griff und drehte sich blitzschnell zu ihm um.

Aus ihrem Augenwinkel nahm sie auf der anderen Seite des Zimmers eine Bewegung wahr. Bevor sie noch etwas sagen konnte, hörte sie das heisere Gelächter eines Mannes.

»Ich muß schon sagen, Morgan, daß du wirklich einen ausgezeichneten Brandy hast – zu schade, daß du ihn nicht magst.«

Alles schien in Zeitlupe zu passieren. Aus dem Schaukelstuhl neben dem Kamin erhob sich lässig eine Silhouette. Kaltes Entsetzen packte Elizabeth. Sie konnte nur noch schockiert und vollkommen ungläubig starren.

Gütiger Himmel, es war Nathaniel.

Kapitel 11

Sie konnte weiß Gott nicht sagen, wer von ihnen beiden überraschter war – sie oder Nathaniel.

Sein Lächeln verflog, und eisiges Schweigen machte sich zwischen ihnen breit.

Es war Morgan, der schließlich als erster wieder sprach. »Wenn ich das richtig sehe, hast du es dir bereits bequem gemacht, Nathaniel.« Er griff nach Elizabeths Hand und hob sie hoch. »Darf ich dir meine Frau vorstellen, die frühere Lady Elizabeth Stanton, einzige Tochter des Earl of Chester. Aber ich vergaß ..., ihr beiden kennt euch ja schon, nicht wahr?«

Sie konnte spüren, wie die Verwirrung von Nathaniel Besitz ergriff. Er schüttelte den Kopf, als könnte er sich damit Klarheit verschaffen. »Elizabeth«, sagte er rauh. »Gütiger Himmel, wie um alles in der Welt ...«

»Sie kam vor ungefähr zwei Monaten hier an.« Morgans Tonfall war eisig. »Aber das konntest du natürlich nicht wissen.«

Nathaniel konnte seinen Blick nicht von Elizabeth wenden. Er setzte seinen Cognacschwenker ab und streckte eine Hand aus. »Elizabeth«, sagte er in flehendem Ton, »sag mir, daß das nicht wahr ist. Du hast ihn nicht geheiratet!«

Elizabeth schüttelte unmerklich ihren Kopf. »Ich ... es ist wahr«, stotterte sie. »Wir haben vor ungefähr zwei Wochen geheiratet.«

»Wie konntest du das tun? Verdammt nochmal, Elizabeth, warum?«

Der Schmerz in Nathaniels Stimme brachte sie fast um. Sie wäre zu ihm gegangen, doch Morgan hielt ihre Taille umschlungen. Genau in dem Moment, als sie sich bewegen wollte, zog er sie mit eisernem Griff fester an sich. Sie wollte etwas sagen, aber Morgan kam ihr zuvor.

»Wir sind Mann und Frau, Nathaniel. Und daran vermag niemand etwas zu ändern!«

Wie vom Blitz getroffen veränderte sich Nathaniels Gesichtsausdruck. Wutentbrannt schnaubte er: »Halt dich da besser raus, Morgan. Geh jetzt besser. Ich möchte mit Elizabeth allein sprechen.«

»Nein.« Das war alles, was Morgan dazu sagte. Aber dieses eine Wort sprach Bände.

Auf einmal war die Atmosphäre spannungsgeladen. Nathaniel ging ziellos durch den Raum. »Verdammt nochmal, Morgan, das ist eine Sache zwischen ihr und mir ...«

»Jetzt nicht mehr.«

Nathaniel ballte seine Hände zu Fäusten. »Du Bastard!« herrschte er ihn an. »Ich habe sie vor dir gekannt. Sie gehört mir! Sie ist wegen mir hierhergekommen, und ich habe alle Rechte ...«

»Du hast überhaupt kein Recht, Nathaniel, und sie gehört auch nicht dir. Verstehst du, ich kenne die Wahrheit. Ich weiß, daß du dich als reicher Bostoner Schiffsbauer ausgegeben hast, der ein Haus am Beacon Hill besitzt – ist doch seltsam, was wir beide alles gemeinsam haben, nicht wahr? Ich weiß, wie du Elizabeth den Hof gemacht hast, daß du ihr deine Liebe geschworen und um ihre Hand angehalten hast, aber im Grunde genommen war alles eine einzige Lüge.«

Die Sekunden wurden langsam zu Minuten. Nathaniel widersprach nicht, statt dessen blickte er seinen Bruder an und eine verräterische Röte stieg ihm in die Wangen.

»Das spielt jedoch alles keine Rolle mehr«, fuhr Morgan fort, »weil Elizabeth jetzt mit mir verheiratet ist. Und als meine Ehefrau gibt es nichts in ihrem Leben, das nicht auch mich betrifft. Wenn du uns also bitte entschuldigen würdest, wir hatten einen langen und anstrengenden Tag. Und da ich sicher bin, daß du mich richtig verstehst« – ein schiefes Lächeln umspielte seine Lippen –, »wir können unsere gemeinsame Nacht kaum erwarten.«

Elizabeth stand wie vom Donner gerührt. Schnell griff Morgan nach ihrem Ellbogen, zerrte sie aus dem Raum und dann die Treppe hinauf. Als sie vor ihrem Zimmer stand, riß sie sich von ihm los. »Das war primitiv!« platzte sie heraus.

»Er weiß, wo die Tür ist.«

Elizabeth war außer sich. Obwohl ihre Wangen noch immer flammendrot waren, fand sie trotzdem den Mut, ihm ihre Meinung ins Gesicht zu schleudern. »Das über uns hast du nur gesagt, um ihn ... um ihn zu ärgern!«

Morgan antwortete ihr nicht. Er öffnete die Tür und wies ihr mit einem Nicken, daß sie ihm ins Zimmer folgen sollte.

Elizabeth betrat den Raum. »Du könntest wenigstens eine Spur von Menschlichkeit zeigen!«

Die Tür schloß sich hinter ihnen. Er lehnte sich mit vor der Brust verschränkten Armen dagegen und beobachtete sie mit kühler Gleichmütigkeit. »Es tut mir leid, daß dir mein Benehmen nicht zusagt, Gnädigste«, sagte er betont. »Aber ich frage mich, ob dir wirklich klar ist, warum mein Bruder heute abend hierhergekommen ist.«

»Das frage ich mich bei dir genauso!«

»Ich kann dir versichern, daß er bestimmt nicht gekommen ist, weil er das Bedürfnis hatte, mich zu sehen. Doch das ist dir sicherlich auch aufgefallen.«

Das war es in der Tat. Die Atmosphäre zwischen den beiden Brüdern war vergiftet, aber sie konnte sich den Grund dafür nicht erklären. Sie ging zu ihrem Toilettentisch, blickte in den Spiegel und wollte ihr Perlencollier ablegen. »Vielleicht ist er gekommen, weil er sich einen Rat von dir erhofft hat ...«

Morgan trat hinter sie und sprach zu ihrem Spiegelbild. »Glaube mir, Elizabeth, das war es nicht. Er ist nur aus einem einzigen Grund gekommen.« Seiner Stimme war absolut keine Gefühlsregung anzumerken.

Sie kämpfte noch immer mit dem Verschluß ihrer Perlenkette. »Und, darf ich fragen, aus welchem Grund?«

Plötzlich waren seine Hände da und schoben ihre beiseite. Ihr Herz machte einen Satz, denn seine Berührung auf der nackten Haut ihres Nackens war warm und weich. »Der Grund?« meinte er tonlos. »Geld.« Im nächsten Augenblick hatte er die Perlen auf die Kommode gelegt.

Da erst bemerkte Elizabeth, daß sie den Atem angehalten hatte. Seine Nähe hatte eine beunruhigende Wirkung auf ihre Nerven – und ihren Puls. Schnell trat sie zur Seite, um etwas Distanz zu gewinnen.

Unerschütterlich antwortete sie ihm: »Du hast eine sehr geringschätzige Meinung von deinem Bruder.«

»Geringschätzig? Das ist gar kein Ausdruck, wenn es um Nathaniel geht.« Morgans Lachen war alles andere als heiter. »Irgendwann wirst du begreifen, was ich damit meine.«

»Warum lehnst du ihn eigentlich so ab?« wollte sie wissen.

Morgans Lippen wurden schmal. »Ich lehne ihn nicht ab. Ich sehe ihn nur, wie er wirklich ist. Und das solltest du auch tun.«

Elizabeth biß ihre Zähne zusammen. »Ich bin ganz gut in der Lage, selbst zu denken, danke. Und ich fange an zu verstehen, warum ihr beide euch nicht ausstehen könnt – ihr seid euch zu ähnlich.« Ihre Röcke knisterten, als sie sich zu der Verbindungstür zwischen ihren Zimmern umdrehte. »Also, wenn es dir nichts ausmacht, es war wirklich ein langer und anstrengender Tag.«

»Dann will ich dich nicht länger aufhalten.« Mit leicht sarkastischem Unterton wünschte er ihr eine gute Nacht.

Doch er ging nicht durch die Verbindungstür zwischen ihren Zimmern. Statt dessen schlenderte er in Richtung Korridor ... Einen Augenblick später hörte sie, wie eine Tür knallte. Dem folgte bald darauf Hufgetrappel.

Das versetzte Elizabeth einen kurzen Stich ins Herz. Morgan war sich seiner Sache mit Nathaniel ganz sicher. Und sie war sich ganz sicher, wohin er gegangen war ...

Zurück zu seiner Geliebten.

Am nächsten Morgen stand Elizabeth sehr spät auf. Als sie aufwachte, war sie noch sehr müde, denn sie war erst gegen Morgen endlich eingeschlafen. Deshalb verschmähte sie auch ihr Frühstück und wartete statt dessen auf das Mittagessen.

Während sie allein im Speisezimmer zu Mittag aß, trat Simmons mit einem kleinen Silbertablett an sie heran. »Das ist gerade für Sie abgegeben worden, gnädige Frau.«

Elizabeth tupfte sich mit einer Serviette die Lippen ab und griff dann nach dem kleinen Leinenumschlag auf dem Tablett. »Danke, Simmons«, sagte sie lächelnd. Weil sie dachte, daß es sich dabei vermutlich um irgendeine Einladung handelte, wollte sie den Brief zunächst beiseite legen. Doch dann fiel ihr auf, daß nur ihr Name auf dem Umschlag stand.

Als sie vorsichtig den Umschlag öffnete, machte sich ein mulmiges Gefühl in ihrer Magengegend breit. Ihr Lächeln verschwand, als sie die Nachricht überflog.

Sie war von Nathaniel.

Er wollte sie sehen. Er hatte ihr eine Anschrift in der Hansen Street mitgeteilt und bat sie, ihn dort am Nachmittag zu treffen.

Elizabeth biß sich auf die Unterlippe und hatte ihr Mittagessen völlig vergessen. Instinktiv wußte sie, daß Morgan sicherlich nicht erfreut war, wenn er von diesem Brief erfuhr. Aber wie hätte sie ablehnen können? Morgan hatte ihr am Abend zuvor keine Möglichkeit gelassen, mit Nathaniel zu sprechen. Zweifellos wollte Nathaniel nur eine Antwort von ihr ...

Und sie hatte einige Fragen an ihn.

Sie stand auf, schickte nach Simmons und bat darum, daß Willis, der Kutscher, die Kutsche anspannen sollte. »Ich habe mich entschlossen, einen kleinen Bummel zu machen«, erklärte sie ihm.

Innerhalb einer Stunde war sie bei der besagten Adresse angelangt. Sie hielt ihren Hut fest, den der Wind von ihrem Kopf zu reißen drohte, und sagte Willis, daß sie für den Nachhauseweg eine Mietdroschke nehmen wollte. Er schien verwirrt darüber, daß er nicht auf sie warten sollte, aber sie blieb unnachgiebig. Sie wartete, bis die Pferde hinter der nächsten Ecke verschwunden waren, dann hastete sie den Bürgersteig entlang auf ein kleines rotes Backsteingebäude zu.

Ihr fiel auf, daß die Gegend nicht besonders einladend aussah. Grasbüschel wuchsen aus der Hausmauer hervor. Über ihr war eine Fensterscheibe zerbrochen, die Vorhänge hatten ein schmutziges Gelb, und der Messingtürklopfer war eingerostet, als sie zweimal damit gegen die Tür hämmerte.

Im Inneren des Hauses hörte sie Schritte, dann riß Nathaniel die Tür auf. »Elizabeth! Ich wußte, du würdest kommen!« Sein Lächeln war einladend und herzlich.

Als Elizabeth eintrat, fühlte sie sich auf einmal ganz schlecht. Irgend etwas war jetzt anders, dachte sie vage, ... alles war anders.

Nathaniel wies ihr den Weg zu einem kleinen Salon.

Trotz der schäbigen, abgewetzten Möbel war Nathaniel jedoch genau wie immer: tadellos und sorgfältig nach der neuesten Mode gekleidet. Er breitete seine Arme weit aus. »Wie du siehst«, erklärte er feierlich, »erlaubt mein Bruder mir einen großartigen Lebensstil.«

»Es sollte eigentlich nicht Sache deines Bruders sein,

dich zu unterhalten!« Dieser beißende Kommentar entfuhr ihr, noch bevor sie überhaupt nachdenken konnte.

Sein Lächeln verblaßte. »Er hat es geschafft, nicht wahr? Er hat dich gegen mich aufgehetzt!« fluchte er wütend. »Verdammt nochmal, Elizabeth. Wie konntest du das tun? Wie konntest du mich so hintergehen?«

Vor Zorn und Entsetzen fehlten Elizabeth zunächst die Worte. »Dich hintergehen ... Das habe ich nicht getan! Das weißt du genauso so gut wie ich! Wir hatten vereinbart, daß ich zu dir käme, wenn mein Vater wieder gesund wäre. Nun, Papa ist gestorben, Nathaniel. Trotzdem habe ich mein Wort gehalten. Ich kam nach Boston, so bald ich dazu in der Lage war.«

Nathaniel besaß die Gabe, sich dumm zu stellen. »Es ... es tut mir leid. Aber ich wußte nichts von deinem Vater.«

»Wie konntest du auch?« funkelte sie ihn an. »Nathaniel, du warst doch derjenige, der versprach, er würde warten! Das hast du aber nicht getan, und deshalb bist du mir eine Erklärung schuldig. Dein Bruder hat sogar einen Detektiv damit beauftragt, dich zu finden!«

»Als ich aus London zurückkehrte, habe ich Boston bald darauf wieder verlassen«, erwiderte er schnell. »Ich war in New York, um einen Freund zu besuchen, den ich jahrelang nicht mehr gesehen hatte.«

»Und warum hast du mich darüber nicht informiert? Ich hatte dich in Boston erwartet!«

»Ich hätte es tun sollen, Elizabeth. Das ist mir jetzt klar. Aber, um ehrlich zu sein, ich hatte dich nicht so bald erwartet. Ich wußte nur, daß sich die Erkrankung deines Vaters noch monatelang hinziehen konnte.«

»Hat sie aber nicht!« Mit einer Spur von Bitterkeit sprach sie diese Worte.

Er sagte lange Zeit nichts. »Das erklärt aber nicht, warum du Morgan geheiratet hast.«

Elizabeth faltete ihre Hände. »Als ich ankam, fuhr ich

zu seiner Adresse, weil ich glaubte, es wäre dein Haus. Aber ich war sehr krank und brach zusammen, als ich deinem Bruder und nicht dir gegenüberstand. Er und sein Freund Dr. Marks haben sich um mich gekümmert.«

Nathaniel schnaubte. »Und du hast ihn aus lauter Dankbarkeit geheiratet?«

»Aus reiner Notwendigkeit«, erwiderte sie kurz. »Ich hatte keine andere Wahl. Ich konnte nicht nach England zurückkehren, Nathaniel – ich will nicht zurück. Du warst nicht da, und ich hatte niemanden, an den ich mich wenden konnte. Ich hatte wenig Geld und ...«

»Wenig Geld! Elizabeth, dein Vater war wohl kaum arm zu nennen. Er hat dir sicherlich einiges vererbt ...«

»Papa hat Clarissa fast alles vermacht – nur der Landsitz in Kent sollte am Tag meiner Hochzeit an mich gehen. Aber Clarissa sollte für mich den Bräutigam aussuchen.« Sie hielt inne. »Und der einzige Kandidat, den Clarissa akzeptierte, war Lord Harry Carlton. Als ich mich gegen diese Eheschließung wehrte, wurde ich enterbt.«

»Du hast gar nichts geerbt?« fragte Nathaniel bestürzt.

Diese Reaktion drehte ihr den Magen um. Äußerlich ruhig und gelassen betrachtete sie ihn. »Exakt.«

»Du willst also damit sagen, daß du nach Boston kamst, obwohl du wußtest, daß du enterbt warst?«

Da erkannte Elizabeth auf einmal, daß nicht sie es gewesen war, der Nathaniels Zuneigung gegolten hatte ...

Es war das Scheckbuch ihres Vaters gewesen. Darüber hinaus war es Ironie des Schicksals, daß sein Bruder sie nicht aufgrund von Reichtum geheiratet hatte, sondern nur deshalb, weil sie *Lady* Elizabeth Stanton war, die Tochter des Earl of Chester.

»Dann hast du nicht mich geliebt – sondern die Aussicht auf mein Erbe.«

»Elizabeth, natürlich nicht! Wie kannst du so etwas nur sagen?«

Sie ließ sich durch seinen erschütterten Gesichtsausdruck nicht beirren. »Du bist nicht derjenige, dem hier übel mitgespielt wurde, Nathaniel. Ich habe niemals so getan, als wäre ich wohlhabend. Oder mich mit dem Eigentum meines Bruders gebrüstet. Ich habe nicht versprochen, auf denjenigen zu warten, den ich heiraten wollte.«

»Ich weiß«, sagte er schnell. Er setzte sich hin und fuhr sich mit den Händen durch sein blondes Haar. »Es ist nur, ich ... ich habe dich einfach nicht so schnell hier erwartet«, wiederholte er noch einmal.

»Laß uns wenigstens ehrlich zueinander sein, Nathaniel. Du hast mich überhaupt nicht erwartet.« Es war merkwürdig, aber der Schmerz, mit dem Elizabeth gerechnet hatte, stellte sich bei ihr nicht ein.

Nathaniels Gesichtsausdruck hellte sich plötzlich auf. »Wenn du nach England zurückkehrtest, würde Clarissa dir vielleicht verzeihen. Du könntest dich von Morgan scheiden lassen ...«

Scheidung! Allein der Gedanke war skandalös! »Nein, Nathaniel. Nein. Das kann ich nicht. Ich habe nichts Unrechtes getan und werde mich auch nicht so verhalten.«

Sie bemühte sich, ihre wachsende Entrüstung zu verbergen, was ihr nicht ganz gelang. »Ich werde mit Sicherheit nicht vor Clarissa klein beigeben, nur weil es um Geld geht! Wie auch immer, dein Bruder und ich sind verheiratet.«

Nathaniel erhob sich. Er suchte ihren Blick und fragte dann zaghaft: »Elizabeth, hat er dich etwa ...?«

Mehr mußte er nicht sagen. Elizabeth errötete heftig. Sie konnte seine Frage nicht bejahen. Gütiger Himmel, sie konnte aber auch nicht nein sagen.

Nathaniel zog seine eigenen Schlüsse. Sein Gesicht nahm leicht aggressive Züge an. »Er hat dich dazu gezwungen, ihn zu heiraten, nicht wahr? Natürlich. Ich kenne Morgan, und er ...«

»Nein. Das hat er nicht.« Sie fühlte sich dazu verpflichtet, ihren Ehemann zu verteidigen, obwohl sie sich eigentlich wie eine Heuchlerin vorkam, die nicht in der Lage war, die wahren Beweggründe für ihre Beziehung offenzulegen. »Ein skrupelloser Mann fand heraus, daß ich in Morgans Haus wohnte. Er drohte mit Erpressung. Morgan glaubte, er könne den Skandal abwenden, indem er mich heiratete. Er hielt um meine Hand an, weil er mich vor dem Ruin bewahren und meinen guten Ruf schützen wollte; dabei hat er keinen Gedanken auf sich verschwendet. Du siehst also, Nathaniel, daß ich die Wahl hatte. Ich habe deinen Bruder aus freien Stücken geheiratet.«

Nathaniels Gesicht war zu Stein erstarrt. »Gott, das klingt exakt nach Morgan«, knurrte er. »Stets der Retter und Erlöser.«

»Du kannst es drehen und wenden, es ist vorbei. Ich jedenfalls könnte mir nicht mehr ins Gesicht sehen, wenn ich nicht zu meinem Wort stehen würde.« Sie schielte zur Tür. »Bitte entschuldige mich. Ich muß jetzt nach Hause, es ist schon spät.« Sie drehte sich um und durchquerte das Zimmer, wobei ihre Absätze energisch auf den Holzdielen klapperten.

Nathaniel war sofort bei ihr. Durch und durch Gentleman hielt er ihr eilig die Tür auf. Doch bevor sie ihn verlassen konnte, wandte er sich ihr zu. »Elizabeth, ich möchte, daß du weißt ... Ich hatte wirklich vor, dich zu heiraten. Ehrenwort. Wenn ich nicht so plötzlich hätte abreisen müssen ...«

»Warum bist du denn so schnell abgereist?«

Er seufzte und versuchte erneut, sich zu rechtfertigen. »Elizabeth, ich schwöre, wenn ich es dir sagen könnte, würde ich es tun. Aber ich kann nicht.«

»Nein, Nathaniel. Du willst nicht. Darin besteht der Unterschied. Das siehst du sicherlich ein.«

Darauf antwortete er ihr nicht. Erst als sie sich an ihm

vorbeidrückte, sagte er: »Bitte Elizabeth. Geh nicht. Ich weiß, daß du mit Morgan nicht glücklich bist. Mein Gott, er ist ...«

»Er ist jetzt mein Ehemann«, unterbrach sie ihn höflich. »Und es ist vorbei, Nathaniel.« Sie nickte leicht mit dem Kopf. »Jeder von uns hat seine Wahl getroffen, und damit müssen wir jetzt leben. Mach es für uns alle nicht noch schwieriger. Du mußt diese Heirat akzeptieren, wie« – sie schluckte tapfer – »wie ich es getan habe.«

Mehr konnte sie nicht sagen. Sie wandte sich zum Gehen und war froh, als sie Sekunden später die Tür hinter sich ins Schloß fallen hörte.

Als sie nach Hause in ihr Zimmer zurückgekehrt war, legte sie ihren Schal ab und legte ihn aufs Bett, dann rieb sie sich mit den Händen über ihre schmerzenden Schläfen. Vielleicht würde ihr ein heißes Bad guttun, dachte sie erschöpft. Was das Abendessen anging, wurde sie es einfach in ihrem Zimmer einnehmen.

Schon bald darauf saß sie in dem großen Holzzuber und wurde von Dampfwolken eingenebelt. Weil sie allein sein wollte, schickte sie Annie fort, dann legte sie ihre Arme auf die Seitenwände und lehnte sich zurück. Doch so sehr sie sich auch bemühte, sie fand einfach keine Ruhe.

Akzeptiere diese Heirat, wie ich es getan habe.

Sie stöhnte. Was zum Teufel hatte sie dazu bewogen, so etwas zu sagen!

Akzeptiere diese Heirat, wie ich es getan habe.

Ach, wenn sie das doch getan hätte ... wenn sie es doch nur könnte.

Hinter ihr knarrten die Türangeln. Elizabeth runzelte die Stirn. Weil sie glaubte, Annie hätte sie mißverstanden, rief sie: »Ich brauche deine Hilfe nicht. Ich komme sehr gut allein zurecht.«

Darauf folgte keine Antwort, nur ein paar Schritte und

das Rascheln von Kleidung ... »Aber ich biete sie dir gern an«, hörte sie eine ironisch klingende Stimme, die sie nur allzu gut kannte.

Sie war direkt hinter ihr. Elizabeth schoß pfeilgerade nach vorn, umschlang mit den Armen ihre Knie und zog sie fest an ihren Körper. Ihr Herz raste. Ihr Ehemann kniete sich neben die Wanne und tröpfelte mit einem Schwamm Wasser auf ihre nackte Schulter – als wenn er sein ganzes Leben nichts anderes getan hätte und er dazu absolut berechtigt wäre!

Ist er, flüsterte ihr eine unliebsame innere Stimme zu. Schließlich war er ihr Mann.

»W-was tust du da?« stammelte sie.

»Ich wasche dir den Rücken in der Hoffnung, daß du mir eines Tages den gleichen Gefallen erweist.«

Und gütiger Himmel, er tat es wirklich – und so sanft, daß es ihr den Atem raubte. Er zog sein Jacket aus und rollte seine Hemdsärmel auf. Der Schwamm wurde ins Wasser geworfen, und er landete neben ihrer rechten Hand. Sorgfältig seifte er sich beide Hände ein, dann wusch er jeden Zentimeter ihres Rückens – angefangen von ihrem Nacken bis zu den beiden Grübchen in ihrem Hüftbereich. Sein Griff war fest, und wo er sie berührte, glühte es wie Feuer. Elizabeth war wie betäubt und konnte sich nicht rühren.

Außerdem konnte sie nicht vergessen, was er gesagt hatte.

Ich wasche dir den Rücken in der Hoffnung, daß du mir eines Tages den gleichen Gefallen erweist. Es war unverfroren genug, daß er in ihrem Bad war und sie wusch. Aber allein schon der Gedanke, ihn so zu berühren, mit ihren Fingerspitzen über die Muskulatur seiner Kehrseite zu streichen ..., wo sie doch noch niemals einen nackten Mann gesehen hatte!

Aufgebracht dachte sie nach. Schließlich lehnte er sich zurück. Aus ihren Augenwinkeln sah sie, wie er sich erhob. »Das Wasser wird kalt, Elizabeth. Meinst du nicht, du solltest aus der Wanne steigen?«

Das erste, was ihr einfiel, platzte aus ihr heraus. »Wie kann ich denn? Du würdest mich ja nackt sehen!«

»So, werde ich. Aber ich habe dich bereits nackt gesehen, erinnerst du dich?«

Es wäre ihr lieber gewesen, wenn er sie nicht daran erinnert hätte. »Wir führen keine normale Ehe«, sagte sie stockend.

»Das ist richtig«, stimmte er ihr zu, und sie vernahm einen warnenden Unterton in seinen Worten. »Zwei Wochen verheiratet und du hast immer noch nicht mit deinem Ehemann geschlafen.«

Ihr drehte sich der Magen um. Irgendwie gelang es ihr, vorsichtig über ihre nackte Schulter zu blicken. Er hatte sich erhoben und beobachtete sie jetzt ernst und forschend.

»Bitte«, sagte sie und bemühte sich um Würde – und das in einer solch prekären Situation! »Du hast mir versprochen, ich würde meine Privatsphäre behalten.«

Er lächelte sie spöttisch an. »Ja, Elizabeth. Das habe ich.« Er griff nach seinem Jacket. »Ich werde dir Annie schicken. Simmons werde ich ausrichten lassen, daß er das Abendessen in ... sagen wir einer Viertelstunde servieren soll?«

Abwesend nickte sie, denn ihre Gedanken rasten mit ihr davon. Er hatte also vor, diesen Abend zu Hause zu verbringen ... und durchkreuzte damit ihren Plan auf ein ungestörtes Abendessen allein in ihrem Zimmer. Sobald er gegangen war, stand sie auf und trocknete sich in Windeseile ab. Sie gab sich keine Mühe, ein Kleid auszusuchen, sondern überließ die Wahl Annie. Und das Mädchen entschied sich für ein burgunderrotes Seidenkleid, das ihr goldblondes Haar hervorragend zur Geltung brachte.

Morgan wartete bereits im Speisezimmer. Als sie hereinstürmte, warf Elizabeth einen Blick auf die Uhr – sie kam zu spät. Er rückte ihr einen Stuhl zurecht und dabei entschuldigte sie sich für ihre Verspätung. Entsprechend höflich und untadelig war sein Verhalten ihr gegenüber während des gesamten Essens.

Es war beim Kaffee – eine Sitte, der sie absolut nichts abgewinnen konnte –, als er sich ihr zuwandte und sie aufmerksam beobachtete.

»Simmons sagte mir, daß du heute nachmittag einen Bummel gemacht hast. Was hast du denn gekauft?«

Elizabeth verhaspelte sich. »Es ... es tut mir leid, aber ich merkte auf einmal, daß ich gar nicht in der Stimmung für einen Stadtbummel war«, sagte sie schwach. »Es war dumm von mir, allein loszuziehen.«

»Das denke ich auch.« Kalte graue Augen fixierten sie. »In diesem Fall hättest du Nathaniel darum bitten können, dich zu begleiten.«

Elizabeth sah ihn flehend an. Was sie in seinem zornigen Blick wahrnahm, brachte ihren Herzschlag zum Stocken. »Du weißt es doch längst«, sagte sie leise. »Du weißt, daß ich Nathaniel getroffen habe.«

»Ja, Elizabeth, das weiß ich. Und ich muß sagen, du bist kaum der geborene Lügner, wie es Nathaniel ist.«

Sie konnte ihren Blick nicht von seinem Gesicht wenden. Noch nie hatte sie ihn so wütend gesehen! Sie begann zu zittern und legte ihre Hände zusammengefaltet in ihren Schoß, damit sie ruhig blieben.

»Ich wette, ihr beiden hattet ein angenehmes Wiedersehen.« Sein Tonfall klang alles andere als angenehm.

Sie schüttelte den Kopf. »Nein, so ... so war es nicht ...«

»Wie war es dann?«

»Du kannst sicherlich verstehen, daß er eine Erklärung verdiente«, sagte sie so ruhig, wie es ihr eben möglich war.

»Eine Erklärung. Ja, ich vermute, das kann ich verstehen. Aber ich frage mich, Elizabeth« – meinte er in schneidendem Ton –, »was er sonst noch bekommen hat?«

Die schönen weichen Konturen ihres Mundes verhärteten sich. »Du verletzt das Ehrgefühl deines Bruders, indem du ihm so etwas unterstellst«, wies sie ihn zurecht.

»Mein Bruder besitzt kein Ehrgefühl.«

Wie um sich Mut zu machen, atmete sie tief ein. »Versetz' dich einmal in seine Situation. Ich sollte ihn heiraten. Dann kam er nach Hause und entdeckte statt dessen, daß ich bereits verheiratet war – zu allem Überfluß auch noch mit seinem Bruder. Er hat allen Grund zu erfahren, warum.«

Angewidert verzog Morgan seinen Mund. »Du bist ihm keine Rechenschaft schuldig, Elizabeth. Er hat dich hintergangen, und dafür nimmst du ihn auch noch in Schutz! Aber Nathaniel kann Leute gut für dumm verkaufen. Es ist eine Schande, daß du das immer noch nicht begriffen hast. Aber das wirst du noch. Irgendwann wirst auch du es begreifen!«

In diesem Moment begriff Elizabeth. Es war nicht so, daß Morgan Nathaniel nicht mochte. Es war auch keine Intoleranz oder Wut ...

»Mein Gott«, meinte sie unverblümt. »Du haßt ihn. Du haßt deinen Bruder ...«

Tief in ihrem Inneren hoffte sie, er würde es abstreiten. Ihr versichern, daß sie sich irrte, wenigstens das ...! Aber nichts von alledem passierte. Statt dessen offenbarte ihr sein Schweigen die brutale Wahrheit.

Sie war zugleich überrascht und entsetzt. Was für einen Mann hatte sie da geheiratet, der seinen eigenen Bruder verabscheute?

Sie baute sich vor ihm auf und blickte ihn hochmütig an. »Du kannst von Nathaniel halten, was du willst«, sagte sie energisch, »und von mir auch. Das spielt überhaupt keine Rolle, denn ich kenne die Wahrheit. Ja, ich habe Nathaniel getroffen. Ich hätte dir meine Beweggründe nicht verschweigen sollen, aber ich wußte, daß du sie nicht nachvollziehen konntest. Aber das war Sinn und Zweck meines Besuchs, ich wollte ihm erklären, warum wir geheiratet haben. Es war kein Rendezvous – ich habe nichts Unrechtes getan. Und ich habe mir nichts vorzuwerfen. Wenn du mich jetzt bitte entschuldigen würdest – ich möchte den Rest des Abends in meinem Zimmer verbringen –, denn im Augenblick ziehe ich das Alleinsein deiner Gesellschaft vor.«

Sie wartete nicht auf seine Zustimmung oder Ablehnung, sondern drehte sich auf dem Absatz um und verließ ihn stolz wie eine Königin.

Bis sie in ihr Zimmer kam, war ihr Zorn in Frustration umgeschlagen. Sie zog Nachthemd und Morgenmantel an, dann stand sie bewegungslos vor ihrem Ankleidespiegel. Aber sie sah dort nicht ihr Ebenbild; es war Morgan, den sie schemenhaft wahrnahm – seine harten Gesichtszüge, sein verbitterter Mund.

Sie hatte Gewissensbisse. Es tat ihr wirklich leid, daß sie Simmons angelogen hatte. Aber Morgans Mißfallen – und seine verschleierten Anschuldigungen – hatte sie nicht verdient.

In ihrem Kopf schwirrten unzählige unbeantwortete Fragen umher. Warum war er ihr gegenüber so unverhohlen mißtrauisch? Es war genau, wie sie gesagt hatte – sie hatte nichts getan, was ein solches Verhalten gerechtfertigt hätte. Lag es einfach in seiner Natur, daß er so argwöhnisch war? Oder hatte er einmal eine schlimme Erfahrung gemacht, die ihn dermaßen geprägt hatte?

Gedankenverloren bemerkte sie nicht, daß die Zwischentür leise geöffnet und geschlossen wurde. Erschrocken blickte sie auf, als sie die Silhouette ihres Mannes im Spiegel hinter sich wahrnahm.

Er trug nur einen Morgenmantel, der so locker um seine Taille gebunden war, daß er vorn aufsprang und seine dichten dunklen Brusthaare entblößte.

Ihre Blicke trafen sich. Seine Augen waren dunkel und rätselhaft, ihre waren vor Überraschung weit aufgerissen.

Hastig fragte sie ihn: »Was willst du hier?«

Er schüttelte nur den Kopf. »Es tut mir leid, Elizabeth, aber du hast dich getäuscht. Der Abend ist noch nicht vorüber« – hier machte er eine vielsagende Pause –, »weder für dich noch für mich.«

Als er eingetreten war, hatte sie bereits die böse Ahnung befallen. Ihr Pulsschlag schien auszusetzen. Ihr Mund war wie ausgetrocknet. »W-was meinst du damit? Was hast du vor?«

Um seine Mundwinkel spielte ein gefährliches Lächeln. »Was ich schon in unserer Hochzeitsnacht hätte tun sollen«, sagte er sanft.

Kapitel 12

Tief in seinem Unterbewußtsein war Morgan klar gewesen, daß es so kommen mußte. Er hatte es von Anfang an gespürt, doch seit dem ersten Mal, als er sie geküßt hatte, gegen dieses Gefühl angekämpft ...

Jetzt mußte er kapitulieren.

Er haßte sie jedoch dafür, daß sie ihm das antat und ihn so quälte. Daß sie die Leidenschaft in ihm erweckte, aber ihr Herz seinem Bruder schenkte ... Wieviele Nächte hatte sie in diesem Bett zugebracht und an Nat gedacht? Von ihm geträumt? Sich gewünscht, daß sie mit Nathaniel verheiratet wäre und nicht mit ihm?

Das alles ... und vieles andere quälte ihn und zehrte ihn innerlich aus.

Bei Gott, sie gehörte ihm. *Ihm*. Sie war mit ihm verheiratet und nicht mit Nathaniel.

Er trat einen Schritt vor. Es wurde schließlich Zeit, daß das auch seiner hochmütigen kleinen Braut einleuchtete.

Und tatsächlich stand Elizabeth voller Vorahnung wie benommen da. Es schien ihr gewaltige Anstrengungen zu bereiten, ihre Lippen zu bewegen.

»Geh bitte.«

»Nein, Liebste.« Unschlüssig lächelte er. »Diesmal nicht.«

Ihr Herz raste. »Was willst du denn?«

Seine dunkelgrauen Augen starrten sie hypnotisierend an. »Dich«, meinte er sanft.

Verwirrt stammelte sie: »Wa ... warum?«

Er schüttelte nur den Kopf. »Was für eine dumme Frage, Elizabeth. Du bist meine Frau. Muß ich noch mehr dazu sagen?«

»Aber du ... du hast gesagt, daß du mich gar nicht liebst.«

»Gütiger Himmel, Mädchen. Ein Mann und eine Frau müssen sich doch nicht lieben, um ein Bett zu teilen – und die Freuden ihrer Sinne zu genießen.«

Eiskalt durchzuckte es sie. »Du hast nicht das Recht ...«

»Im Gegenteil. Ich habe alle Rechte. Ich bin dein Ehemann. Du bist meine Frau. Oder hattest du das bereits vergessen, als du Nat heute nachmittag trafst?«

Elizabeth schloß ihre Augen und bemühte sich verzweifelt, ihre Panik unter Kontrolle zu bringen. Vielleicht war das alles nur ein böser Traum! Doch als sie die Augen öffnete, war er immer noch da.

»Deshalb bist du hier, nicht wahr?« Sie sprach leise und abgehackt. »Weil ich Nathaniel heute getroffen habe. Ich ... ich habe genau beobachtet, wie du ihn gestern angesehen hast. Es ist genauso, wie ich es gesagt habe. Du haßt ihn. Und jetzt willst du deine Wut an mir auslassen!«

»Nein, in diesem Punkt liegst du falsch, Schätzchen. Ich bin nicht wütend. Aber es gibt etwas, das ich nicht tolerieren kann. Ich will nicht, daß Nathaniel mit dir schläft« – er fixierte sie vielsagend – »und ich nicht.«

Er war so kalt, hatte sich und seine Gefühle genau unter Kontrolle.

Und das machte ihr fast noch mehr Angst.

Sie preßte ihre Lippen aufeinander, damit sie nicht zitterten. Sie hatte das Gefühl, als stände sie vor dem höchsten Gericht, das sie in eine ihr unfaßbare fremde Welt der Dunkelheit und Kälte verdammte.

Er hatte eine Hand nach ihr ausgestreckt und hielt sie fest. Seine Handflächen waren erschreckend groß und warm. Auf einmal fühlte sie sich klein und hilflos wie nie zuvor.

Wie um ihn abzuschütteln hob sie eine Hand, aber

diese Geste war bestenfalls halbherzig. »Bitte, ich will nicht ...«

»Aber ich, Elizabeth.«

Er hielt ihre Hand fest und legte sie sich auf seine Schulter. Genauso verfuhr er auch mit ihrer anderen Hand, dann umschlossen seine Arme ihre Taille. Er zog sie an sich – so fest, daß sie kaum genug Atem schöpfen konnte, ohne ihren Körper gegen den seinen pressen zu müssen.

»Nun sag mir, Elizabeth, was ist so unwiderstehlich an meinem Bruder? Hat er dir den Kopf verdreht? Dich verführt?« Das sagte er fast beiläufig. Sie wollte ihm antworten, dabei bemerkte sie, daß seine Augen gebannt an ihren Lippen hingen.

»Ist ja auch egal«, murmelte er. »Jetzt bist du bei mir.« Er faßte ihr unters Kinn und hob ihr Gesicht zu dem seinen hoch. Mit weit aufgerissenen Augen erkannte Elizabeth, was er vorhatte, aber da war es zu spät.

Sein Mund berührte den ihren, doch es war nicht dieses besitzergreifende Drängen, das sie erwartet hatte, sondern süß und zärtlich. Jeglicher Protest erstarb auf ihren Lippen, und es gab nur noch die Glut seines Kusses. Und wenn er beabsichtigt hatte, Nathaniel aus ihren Gedanken zu vertreiben, so war ihm das über alle Maßen gelungen.

Nathaniel hatte sie niemals so geküßt, dachte sie schwach, immer wieder, bis ihre Sinne so verwirrt waren, daß sie nicht mehr denken konnte. Sie nahm nur noch unbewußt wahr, wie seine Fingerspitzen sachte den Gürtel ihres Morgenmantels öffneten und sich weiter vortasteten. Ihr Körper schien zu verglühen – Allmächtiger, aber insgeheim genoß sie diesen Schmerz – insbesondere, als ihre Brustwarzen fest und hart wurden. Und tief in ihrem Inneren spürte sie ein seltsames Verlangen.

Immer wieder küßte er sie, als wäre er am verhungern und sie seine Rettung. Vor nie gekannter Wollust erzitterte sie am ganzen Körper. Wenn er auf sein Recht bestanden und sie einfach genommen hätte, hätte sie geschrien und sich gewehrt. Aber statt dessen liebkoste er sie mit seinen forschenden Lippen, und gegen diese Kunst der Überzeugung war sie machtlos.

Seine Zunge spielte vorwitzig mit der ihren. Ihr entfuhr ein Seufzer des Verlangens, und sie wußte nicht, warum. Als er schließlich seinen Kopf hob, konnte sie sich nur noch stöhnend und mit weichen Knien an ihn klammern, innerlich war sie vollkommen aufgewühlt.

Jetzt war sie nackt.

Nachthemd und Morgenmantel lagen in einem einzigen Knäuel zu ihren Füßen. Schweigend stand sie da; sie war sich dessen bewußt, daß er einen Schritt zurückgetreten war und daß seine zinngrauen Augen über ihren nackten Körper glitten – wobei sie keinen Zentimeter ausließen. Wellen der Scham durchzuckten sie. Sie erzitterte unter seinem forschenden Blick – denn sie war sich sicher, daß ihr Gesicht – ihr ganzer Körper – flammendrot waren. Impulsiv wollte sie ihre Arme schützend vor ihren Busen legen, denn diese uralte Geste konnte sie nicht unterdrücken.

Er ließ es nicht zu. Mit eisernem Griff umklammerten seine Hände ihre Armgelenke und schoben sie wieder nach unten. Zärtliches männliches Lachen drang an ihr Ohr. »Nein, Elizabeth. Heute nacht ist jeder Jungmädchenprotest tabu.«

Ihr Verstand sagte ihr, daß sie ihn nicht hindern konnte; es war zwecklos, es überhaupt zu versuchen.

Und das wußte Morgan ebenfalls.

Glühendheiß pochte das Blut in seinen Adern, schoß in seine Lenden und brachte seine Männlichkeit in Erregung. Sie war noch schöner als in seiner Erinnerung, und ihre Haut schimmerte wie die Perlen, die er ihr geschenkt hatte. Ihre langen schlanken Gliedmaßen verliehen ihr etwas Zartes und Zerbrechliches, und doch hatte noch keine andere Frau ihn je so erregt. Ihre Brüste waren klein, aber fest und appetitlich rund, ihre Brustwarzen hatten die Farbe reifer Beeren. Sie besaß eine unglaublich schmale Taille, doch ihre Hüften waren weiblich gerundet. Unterhalb ihres Bauchnabels bewachte ein dreieckiges goldblondes Vlies den Eingang zum Paradies. Voller unstillbarem Verlangen hob er sie hoch und trug sie auf das Bett.

Als er sich neben sie legte, straffte sich jeder Muskel ihres Körpers. Dann schlang er seine Arme um sie und zog sie fest an sich heran. Heiß und leidenschaftlich preßten sich seine Lippen erneut auf ihren Mund. Nur diesmal gab er sich nicht allein mit ihren Lippen zufrieden ...

Eine seiner schlanken gebräunten Hände umschloß ihren Busen. Zutiefst erschrocken über soviel Kühnheit zog Elizabeth ihren Mund weg. Vollkommen unvorbereitet traf sie der Anblick, der sich ihr bot – die Rundung ihrer zarten Brüste paßte in seine Handfläche, als wäre sie wie für ihn geschaffen.

Schockiert beobachtete sie, wie sein Daumen langsam um ihre Brustwarze kreiste, eine wollüstige, beinahe qualvolle Liebkosung. Ihre Brustwarzen wurden hart wie Stein und schmerzhaft prall. Ihr entfuhr ein unterdrücktes Seufzen, doch das bemerkte sie kaum.

Aber da war noch mehr.

Sein Mund tastete sich langsam und suchend zu ihrer Halsbeuge vor. Für eine kurze Ewigkeit schwebte er über ihrer vorwitzigen Brustwarze. Ihr Atem ging schnell und flach. Seine Zunge berührte sie, und dieses Gefühl durchfuhr sie wie ein Blitzschlag. Dann umschlossen seine Lippen eine ihrer prallen pinkfarbenen Brustwarzen ... liebkosten erst eine und dann die andere.

Elizabeth unterdrückte einen Schrei. Ihre Finger gruben sich in das feste Fleisch seiner Schultern, aber sie unterbrach ihn nicht. Gütiger Himmel, das konnte sie gar nicht. Alles um sie herum schien vergessen. Ihr Zorn auf ihn. Alle Gründe, warum sie niemals gewollt hatte, was jetzt passierte. Es gab nichts mehr außer den wollüstigen Qualen, die er ihrem Körper bereitete. So beschämend – so verrückt – es auch sein mochte, sie zitterte vor einer solchen Erregung, wie sie sie nie zuvor gefühlt hatte.

Morgan erging es nicht anders.

Noch niemals hatte die Leidenschaft so in ihm gewütet, daß er wie von Sinnen war und nur noch sein hartes Glied tief in ihr versinken lassen wollte. Wie Feuer pulsierte das Blut unter seiner Haut, seine Hand glitt tiefer, verfing sich in ihrem goldenen Vlies und forschte immer weiter.

Seine Hände tasteten sich zu ihren intimsten Zonen vor. Einer seiner Zeigefinger suchte und fand ihren geheimen Eingang. Erstaunt schrie sie auf. Ihre Nägel vergruben sich in seiner Schulter. Er biß die Zähne zusammen. Allmächtiger, sie war so schmal ... Eine innere Stimme flüsterte ihm zu, daß sie noch unschuldig war. Nein. Das konnte nicht sein. Um ehrlich zu sein, sie war gut gebaut. Aber sie hatte sich Nat hingegeben, denn er konnte sich nicht vorstellen, daß Nat sie sich nicht genommen hatte.

Er ließ sie los. Mit einer Handbewegung schüttelte er seinen Morgenmantel ab und warf ihn zu Boden.

Entblößt gab er seine Männlichkeit frei.

Als sie ihm ihren Kopf zuwandte, sah Elizabeth das entschlossene Lächeln, das seinen Mund umspielte. Sie mußte schlucken, als sie ihn betrachtete. Sein Brustkorb war breit und mit dunklen Locken behaart. Seine Hüften waren unglaublich schmal, sein Bauch flach wie ein Brett.

Dann glitt ihr Blick tiefer.

Sie unterdrückte einen Schrei, denn sein Glied ragte steif aufgerichtet aus einem dunklen gelockten Dschungel hervor. Sie konnte ihren Blick auch nicht davon abwenden, als er sich wieder neben sie legte.

Sie zitterte, und es war nicht vor Erregung, sondern weil sie wirklich Furcht hatte. Sie öffnete ihre Lippen, aber diese wurden sogleich von seinem Mund versiegelt. Sein großer muskulöser Brustkorb erdrückte sie fast. Sie spürte, wie sich sein Glied glühendheiß wie eine eiserne Lanze gegen ihre Schenkel drückte. Als er sich auf sie legen wollte, überkam sie erneute Panik.

Irgendwie gelang es ihr, ihren Mund von ihm zu lösen. »Bitte, bitte nicht!« Das war keine Ablehnung, sondern nackte Verzweiflung.

Er beachtete sie nicht.

»Bitte! Ich muß dir sagen ...«

»Jetzt nicht«, drang sein leises heiseres Flüstern an ihr Ohr.

»Aber ich habe noch nie ...«

»Psst«, sagte er undeutlich. Er hakte seine Finger mit den ihren ein und legte sie neben ihren Kopf. Die Kraft seiner Schenkel öffnete ihre Lenden weit und verletzbar.

Ein brennender Schmerz, und er war tief – tief! – in ihr.

Es ging so schnell, daß sie es nicht verhindern konnte. Sie riß ihre Augen auf und schrie plötzlich herzzerreißend auf. Sie wollte ihn beiseitestemmen, aber er lag auf ihr wie ein unerschütterlicher Felsblock. »Bitte«, sagte sie zitternd. »Bitte!«

Über ihr war Morgan augenblicklich erstarrt, sein Gesicht nahm einen beinahe schmerzerfüllten Zug an.

Sie hämmerte ihm mit ihren Fäusten gegen die Schulter. »Was hast du getan?« brachte sie mit erstickter Stimme hervor. »Was hast du nur getan?«

»Elizabeth! Beweg dich nicht!«

Aber Elizabeth war außer sich und hörte ihn nicht. Ihre Abwehrreaktion ließ sie allerdings nur allzu deutlich spüren, wie tief er in sie eingedrungen war. Schließlich gab sie verzweifelt auf.

Sein Penis glitt aus ihr heraus, aber der brennende

Schmerz ließ nicht nach. Sie kniff ihre Augen fest zusammen und wandte sich mit dem Gesicht zur Wand. Sie nahm kaum wahr, daß er wie schuldbewußt ihren nackten Körper zudeckte und dann aufstand, um seinen Bademantel überzustreifen.

Das Bett ächzte unter seinem Gewicht. »Verdammt, Elizabeth! Das hättest du mir sagen sollen.«

Elizabeth wurde steif. Nach allem, was passiert war, wagte er es jetzt auch noch, ihr Vorwürfe zu machen? Sie drehte sich um und sah ihn an, dabei umklammerte sie die Decke, um ihre nackten Brüste zu verbergen. »Das habe ich ja versucht!« schrie sie. »Aber du hast mir nicht zugehört!«

»Wenn ich gewußt hätte ...«

»Was hättest du dann getan? Mich in Ruhe gelassen?« Ihre Stimme nahm einen leicht hysterischen Tonfall an. »Es hätte keinen Unterschied gemacht, und das weißt du auch!«

Morgan atmete tief und heftig ein. Er streckte eine Hand nach ihr aus, um ihre Schulter zu berühren. »Elizabeth ...«

Sie schrak zurück. »Faß mich nicht an«, sagte sie mit erstickter Stimme. »Bitte laß das. Geh ... geh jetzt besser.«

Sein Gesicht erstarrte. Jede Gefühlsregung in ihm war mit einem Mal verschwunden. Seine ausgestreckte Hand ballte sich zur Faust. »Selbstverständlich.« Mit einem Schwung erhob er sich.

Als er ging, lag sie zusammengekauert da, ein weinendes Häufchen Elend.

Gegen Morgen war die Brandykaraffe in der Bibliothek so gut wie leer.

Kapitel 13

Als Elizabeth am nächsten Morgen aufstand, fühlte sie sich müde, zerschlagen und schmerzerfüllt. Die Erinnerung an die letzte Nacht überschattete alles. War das der Grund, warum Frauen so selten über diese intimen Dinge sprachen? Ihr wurde heiß und kalt, denn was letzte Nacht passiert war, hatte sie noch in äußerst lebhafter Erinnerung.

Sie hatte einen Kloß im Hals. Zeitweilig hatte es den Anschein gehabt, als wäre es ein aufregendes und ihr unbekanntes Vergnügen. Wenn sie darüber nachdachte, wie Morgan sie berührt hatte – und wo er sie berührt hatte –, befiel ihren Körper eine wohlige Gänsehaut.

Aber dieses Gefühl war zerstört worden, als er tief in sie eindrang, von einem Teil von ihr Besitz ergriff, was noch nie ein Mann gewagt hatte ... Sie würde sich niemals wieder im Spiegel anschauen können. Sie würde ihn niemals wieder anschauen können, ohne daran erinnert zu werden, was zwischen ihnen passiert war.

Aber schließlich kam es doch anders. Wenn sie ihm begegnete, war sie stets nervös und angespannt. Er war immer kühl und zurückhaltend.

Und seit jener Nacht blieb sein Bett fast immer unberührt – darin war sich Elizabeth fast sicher.

Dann richtete ihr Simmons eines Abends aus, daß Morgan sie in seinem Arbeitszimmer zu sprechen wünschte. Als der alte Mann wieder gegangen war, suchte sie fieberhaft nach einer Entschuldigung, um diese Begegnung zu vermeiden. Leider fiel ihr nichts Passendes ein.

Widerstrebend und sich vollkommen im unklaren darüber, warum er sie sehen wollte, marschierte sie los. Innerlich war sie ein einziges Nervenbündel.

Als sie klopfte, tauchte plötzlich ein Bild vor ihr auf – ihr lasziver Körper ausgestreckt auf dem Teppich vor seinem Schreibtisch und Morgan über ihr ... Wie sie dazu kam, wußte sie nicht, denn es war absolut skandalös und widerwärtig, so zu denken. Allerdings war die Vorstellung auch so lächerlich, daß sie sich etwas beruhigte. Ein Ehemann käme wohl kaum auf die Idee, seine Frau im Arbeitszimmer ... geschweige denn auf dem Teppich ... zu verführen!

Ihr Klopfen klang überraschend energisch. Auf sein Geheiß öffnete sie die Tür.

Er saß an seinem Schreibtisch und blickte auf, als sie den Raum betrat. Als ihre Augen sich trafen, war das sicherlich der Augenblick in ihrem Leben, den sie am meisten gefürchtet hatte. Sein Gesicht war ausdruckslos; vermutlich plagten ihn nicht solche Schuldgefühle wie sie.

»Elizabeth, komm setz' dich.« Er bat sie zu sich und deutete auf den Stuhl vor seinem Schreibtisch.

Als sie sich niedergelassen hatte, begann er: »Ich habe leider versäumt, es früher mit dir zu besprechen, aber Simmons hat mich daran erinnert. Ich möchte auf jeden Fall, daß du eigenverantwortlich die Verwaltung der Haushaltsgelder übernimmst. Für diesen Zwecke habe ich bei meiner Bank ein Konto eingerichtet, auf dem ein entsprechender Betrag hinterlegt ist ...«

Sein Verhalten war höflich formal. »Und solltest du einmal mehr benötigen, so habe ich noch eine beträchtliche Summe Bargeld in diesem Schreibtisch.« Er wies auf die Schreibtischschublade zu seiner linken. »Das Geld ist ganz hinten in einer kleinen Metallkassette versteckt. Der Schlüssel dazu befindet sich unter der rosa Porzellanvase auf dem Kaminsims.« Er deutete in Richtung Kamin. »Wenn du aus irgendeinem Grund noch mehr Geld brauchst, dann solltest du es nicht scheuen, mich zu fragen.«

Elizabeth faltete die Hände in ihrem Schoß und dankte ihm leise.

»Ich habe ebenfalls ein Konto für deine persönlichen Belange eingerichtet. Wenn es dir recht ist, werde ich jede Woche einen entsprechenden Betrag einzahlen.« Er nannte ihr eine Summe, die sie außerordentlich hoch fand.

Sie schüttelte ihren Kopf. »Das ist bestimmt nicht notwendig!« sagte sie schnell. »Ich brauche doch nichts. Ich habe doch bereits mehr, als ich brauche!«

Eine seiner dunklen Brauen schoß nach oben. »Es geht nicht darum, ob du etwas brauchst, Elizabeth. Ich weiß doch genau, daß Frauen irgendwelche Kinkerlitzchen lieben, warum solltest du darauf verzichten?« In sachlichem Ton fuhr er fort: »Außerdem bin ich sehr wohl in der Lage, dir das zu bieten, was du gewohnt bist.«

Elizabeth senkte ihren Blick und fühlte sich, als hätte er sie damit bestrafen wollen. Und warum sah er sie so durchdringend an? Doch wenn sie weiter protestierte, wäre er sicher beleidigt.

»Dann danke ich dir für deine Großzügigkeit«, sagte sie leise.

Wie zustimmend nickte er leicht mit dem Kopf und erhob sich dann. Elizabeths Blick folgte seinen Bewegungen. Als er hinter dem Schreibtisch hervorkam und sich ihr näherte, stockte ihr der Atem. Er wirkte auf einmal viel größer und muskulöser als sonst. Sie schämte sich, als sie sich dabei ertappte, daß sie daran dachte, wie er unbekleidet ausgesehen hatte – an seinen großen schlanken Körper, seine Muskeln, seine behaarte Brust.

Er ließ sich auf der Ecke des Schreibtischs nieder, streckte seine Beine aus, verschränkte seine Arme vor der Brust und betrachtete sie intensiv. Seine Nähe war verwirrend. Sie mußte sich bremsen, daß sie nicht pausenlos nervös auf ihrem Stuhl hin und her rutschte. Als er für einen erschreckend langen Augenblick seine Augen auf ihrem Mund ruhen ließ, bäumte sich alles in ihr auf.

Sein Ton war jedoch rein sachlich, als er sprach. »Ich möchte in der übernächsten Woche eine Abendeinladung geben«, fuhr er fort. »Mein Anwalt und mein Bankier werden unter den Gästen sein und auch ein gewisser James Brubaker. Mr. Brubaker ist Schiffsarchitekt. Ich bin davon überzeugt, daß seine Segelschiffe in Zukunft sehr gefragt sind, und deshalb bin ich an einer Zusammenarbeit mit ihm sehr interessiert.«

Elizabeth hörte ihm genau zu. Es war das erste Mal, daß Morgan mit ihr über berufliche Dinge sprach. Das gefiel ihr; vielleicht hatte sie schließlich doch sein Vertrauen gewonnen.

Sie nickte. »Brubaker würde Schiffe entwerfen und du würdest sie bauen?«

»Genau.« Er hielt inne. »Wirst du dich um die Vorbereitungen kümmern?«

»Natürlich«, meinte sie sofort.

»Da ist noch etwas. Brubaker stammt aus Liverpool, und ich kann mir denken, daß ihm die Gesellschaft seiner Landsleute gefallen würde.«

Elizabeths Lächeln gefror. Ihr Enthusiasmus sank. »Ich verstehe. Und diese Aufgabe soll mir zufallen?«

Ein angedeutetes Grinsen umspielte seinen Mund. »Ich verlange doch nicht mehr als das, was eine englische Lady sicherlich gelernt hat – charmant, herzlich und gastfreundlich zu sein.«

Ihre ganze Freude war verflogen. Eine Lady. Warum mußte es bei ihm immer so vernichtend klingen?

»Außerdem«, fuhr Morgan fort, »kann es nicht schaden, wenn Brubaker den Abend in angenehmer Erinnerung behält. Vielleicht steht er meinem Vorschlag dann positiver gegenüber.« Er hielt inne. »Ich wäre dir wirklich dankbar, wenn du mich dabei unterstützen würdest.«

Oh, sie hätte es doch wissen müssen! War das nicht der eigentliche Grund, warum er sie geheiratet hatte? Um ihm Türen zu öffnen, die ihm sonst vielleicht verschlossen geblieben wären?

Bitterkeit stieg in ihr auf. Sie war keine geliebte und verehrte Ehefrau. Sie war nichts anderes als eine Trophäe, die er mit sich führte. Eine Schachfigur, die er nach Belieben einsetzen konnte.

Aber er hatte auch nie etwas anderes vorgegeben, ermahnte sie sich. Nie.

Warum verletzte es sie dann trotzdem so sehr?

In schweigender Zustimmung nickte sie mit dem Kopf. Was blieb ihr auch anderes übrig?

Die darauffolgenden Tage vergingen mit fieberhaften Vorbereitungen. Einladungen mußten geschrieben und verschickt werden. Sie besprach das Menü mit dem Koch. Das Silber mußte poliert, Böden und Möbel gewachst werden, damit alles spiegelblank wurde.

Am Tag der Einladung war Elizabeth schließlich so nervös wie am Tag ihrer Hochzeit. Sie hatte die Nacht zuvor kaum geschlafen und war im Morgengrauen aufgestanden, weil noch vieles zu erledigen war. Am späten Nachmittag zog sie sich für ein kleines Nickerchen in ihr Zimmer zurück. Als sie aufwachte, war sie zwar immer noch müde, jedoch ein bißchen erholt – aber es war mittlerweile schon höchste Zeit.

Annie hatte ihr der Himmel geschickt! Innerhalb weniger Minuten hatte das Mädchen ihr ein heißes Bad eingelassen. Als sie gebadet hatte, frisierte Annie ihr das Haar und half ihr beim Ankleiden. Das burgunderrote Kleid mit dem weiten runden Halsausschnitt, der ihre Schultern und ihr Dekolleté freigab, stand ihr vorzüglich.

Als sie die Treppen hinabschritt, wartete Morgan bereits ungeduldig auf sie. Sie hob ihre Röcke an und trat vor ihn.

»Es tut mir leid. Ich habe nicht bemerkt, daß es schon so spät war«, sagte sie stockend.

Sein Blick musterte sie intensiv von Kopf bis Fuß und ließ kein Detail aus.

Sein einziger Kommentar lautete jedoch nur: »Du siehst gut aus.«

»Du auch«, wollte sie erwidern, denn er wirkte äußerst anziehend, aber ihr blieb keine Zeit für eine Antwort. Sie war gerade noch rechtzeitig gekommen, denn als sie den Mund öffnete, klingelte es auch schon.

Innerhalb der nächsten Viertelstunde trafen alle ein. In dem Bewußtsein, daß sie zum ersten Mal Gastgeberin war, mischte sie sich unter die Gäste, denn sie wollte, daß es ein voller Erfolg wurde.

Oder wollte sie nur Morgans Anerkennung?

Sie wischte den nagenden kleinen Zweifel als Unsinn beiseite. Warum um alles in der Welt sollte sie wollen, daß Morgan stolz auf sie war? Er interessierte sich nicht für sie und sie sich nicht für ihn.

Sagte sie sich.

Als das Essen zu Ende war und alle Gäste sich mit Kaffee und Brandy in den Salon begeben hatten, wurde sie freier und entspannter. Auf Morgans Bitte hin war sie ausgesprochen aufmerksam zu Mr. James Brubaker, den sie während den Abendessens als Tischherrn neben sich plaziert und mit dem sie sich nachher noch angeregt unterhalten hatte. Im Grunde genommen fand sie das alles gar nicht so dramatisch.

Irgendwie hatte sie sich unter Mr. Brubaker einen älteren, imposanteren Mann vorgestellt. Aber sie schätzte, daß er kaum älter als Morgan sein konnte. Blond und pausbäckig – ein bißchen zu dick – war Brubaker ein ruhiger, aber liebenswerter Mensch.

Er war Witwer, hatte vor nicht allzu langer Zeit seine Frau und seinen Sohn bei einem Kutschenunfall verloren. Augenscheinlich hatte er seine Frau über alles geliebt.

»Meine Frau und Gregory fehlen mir sehr«, sagte er traurig, »aber ich danke Gott trotzdem für jede Stunde, die ich mit den beiden verbringen durfte.«

Elizabeth fühlte mit ihm. Sie spürte einen schmerzhaften Stich in ihrer Brust, denn auch sie hatte gehofft, eine solche Harmonie in ihrer Ehe zu finden. Sie konnte nicht anders, sie mußte an das Testament ihres Vaters denken. Hätte er so gehandelt – ihr Glück in Clarissas Hände gelegt –, wenn er gewußt hätte, welches Schicksal sie erwartete?

Sehr zu ihrem Mißfallen schweiften ihre Gedanken ab. Was hätte ihr Vater von Morgan gehalten? Hätte er ihm als Ehemann mehr zugesagt als Nathaniel? Innerlich stöhnte sie auf. Ihr Vater war ein gerechter Mann gewesen; ein Mann, der Ehrlichkeit und Wahrheit über alles stellte.

Letztlich war jedoch an allem nichts zu ändern. Nathaniel hatte sie belogen, Morgan jedoch war immer ehrlich zu ihr gewesen ...

Manchmal sogar quälend ehrlich.

Und jetzt – jetzt ließ er seine Augen nicht von ihr. Im Speisezimmer. Im Salon. Von seinem Platz am Kamin, wo er mit seinem Bankier sprach.

Fehlte irgend etwas?

Es wurde sehr spät. Sie und Morgan begleiteten die Gäste zur Tür und wünschten jedem eine gute Nacht. Elizabeth fürchtete ein wenig den Augenblick, als der letzte Gast das Haus verließ.

Dann waren sie allein, sie und Morgan. Angst stieg wieder in ihr hoch, aber sie war entschlossen, sie nicht zu zeigen. Sie zwang sich zu einem Lächeln und sagte leichtherzig: »Das hat gut geklappt, findest du nicht?«

Der Blick ihres Mannes war wie ein Eishauch. »Brubaker schien dich ganz reizend zu finden.« Dem folgte Schweigen. »Ich muß sagen, dir schien deine Aufgabe zu gefallen.«

Elizabeth schob ihr Kinn vor, verhielt sich aber einlenkend. »Ich dachte, du hättest das so gewollt.«

»Ich glaube, es war ein Erfolg, denn ich treffe ihn morgen früh. Aber um mich zu wiederholen, ich sagte, daß du bezaubernd sein solltest« – sein Tonfall war beißend –, »aber nicht ihn bezaubern solltest.«

Elizabeth richtete sich kerzengerade auf. Nur aus Furcht gelang es ihr, ihre Wut zu zügeln. »Ich habe getan, worum du gebeten hast – nicht mehr und nicht weniger.«

Als sie beiseite treten wollte, klammerten sich seine Finger um die zarte Haut ihres Oberarms. »Ich sage dir, Elizabeth, daß ich nicht das Kind eines anderen unter meinem Dach haben will. Weder das von meinem Bruder noch irgend ein anderes.«

Elizabeth riß sich los. »Wenn du eine so geringe Meinung von mir hast, warum hast du mich dann geheiratet?« Plötzlich überkam sie der Mut zu sagen: »Ach, verzeih mir! Es war ja wegen meiner hervorragenden Abstammung. Trotzdem behandelst du mich wie ein – ein dahergelaufenes Flittchen, obwohl du genau weißt, daß das nicht stimmt!«

Sein Gesichtsausdruck nahm einen schuldbewußten Zug an. Für einen Moment verspürte Elizabeth ein Gefühl des Triumphes.

»Ich weiß, daß das vor unserer Hochzeit nicht der Fall war«, gab er schließlich zu. »Aber ich weiß auch, was ich nicht zulassen werde.«

»Oh ja, du hast dich ganz klar ausgedrückt. Du hast gesagt, daß du keine Liebhaber duldest. Ich«, erklärte sie ihm hitzig, »aber ebensowenig.«

Er blickte sie so entgeistert an, als wäre sie verrückt geworden. »Was genau meinst du damit?«

»Ich bin nicht so dumm, wie du vielleicht denkst!« herrschte sie ihn an. »In der Oper hat dich eine Frau beobachtet. Als ich dich fragte, wer sie sei, hast du mir gesagt, daß mich das nichts angeht. Aber leider geht mich das etwas an, denn ich weiß genau, daß sie deine Geliebte ist – und daß du jede Nacht bei ihr verbringst!«

Er gab es nicht zu, stritt aber auch nichts ab. »Muß ich dich an unsere Hochzeitsnacht erinnern? Du hast mir doch eindeutig erklärt, daß ich mein Vergnügen woanders suchen könnte.«

Beherzt entgegnete sie ihm: »Trotzdem verlange ich, daß du mit ihr Schluß machst! Und würdest du mich jetzt bitte entschuldigen, ich möchte mich gern zurückziehen.«

Morgan sagte nichts. Als er ihr nachblickte, wie sie hocherhobenen Hauptes den Raum verließ, war sein Gesicht jedoch zu Stein erstarrt.

Langsam ging er in die Bibliothek, setzte sich dort mit weit von sich gestreckten Beinen in einen der Samtsessel und knöpfte sein Hemd auf. Um ihn herum war es finster, finster wie seine Gedanken. Obwohl er schläfrig war, lief sein Verstand auf Hochtouren.

Egal, wo er sich gerade aufgehalten und mit wem er gesprochen hatte, seine Gedanken waren den ganzen Abend mit ihr beschäftigt gewesen. Seiner Frau. Die Frau, die ihn auf jede nur erdenkliche Weise ablehnte.

Je länger er dort saß, um so größer erschienen ihm seine Probleme.

Er hatte eine prüde Puritanerin geheiratet, entschied er schließlich frustriert. Aber sie sah gar nicht so aus. Ihre entblößten Schultern hatten ihn den ganzen Abend gereizt. Er konnte nicht anders, er mußte wieder an jenen Augenblick denken, als er sie genommen hatte; dieser Moment war in seinem Gedächtnis festgeschrieben. Er hatte das Gefühl, tief in ihrem heißen, engen Körper gefangen zu sein, nicht vergessen. Herrgott, er hätte diesen begonnenen Akt nur zu gerne beendet! Sie zu verlassen war die härteste Strafe gewesen, die ihm jemals auferlegt worden war. Er hatte sich gewünscht, vor Lust immer und immer wieder in ihr zu explodieren.

Auch jetzt schoß das Blut wieder heiß und verlangend durch seinen Körper.

Aber sie war ihm genauso verschlossen wie eh und je.

Er biß die Zähne zusammen. Es mußte doch nicht so sein.

Bei Gott, es würde nicht mehr so sein.

Jeweils zwei Stufen auf einmal nehmend raste er nach oben.

Mit einem schlichten hochgeschlossenen Muselinenachthemd bekleidet saß Elizabeth vor ihrem Toilettentisch. Ihr gelöstes Haar fiel ihr wie ein goldener Vorhang über die Schultern. Sie bürstete die glänzenden Strähnen und hoffte, daß sich ihre aufgebrachten Gefühle durch die monotone Bewegung beruhigen würden.

Sie wußte nicht, ob sie sich für ihren Wutausbruch gratulieren oder ob sie sich schämen sollte.

Einerseits war sie froh, es endlich gesagt zu haben, so daß Morgan ihre Abneigung gegenüber seiner Geliebten erfahren hatte und er nun wußte, sie werde keinen untreuen Ehemann dulden. Andererseits hatte sie seine Reaktion irritiert. Hast du nicht nur auf einen Grund gewartet, flüsterte ihr eine unüberhörbare innere Stimme zu, damit du fliehen konntest?

Ich bin nicht geflohen, rechtfertigte sie sich insgeheim.

Sie hielt in ihren Überlegungen inne und seufzte tief. Der Mann, den sie geheiratet hatte – mußte sie sich schließlich eingestehen –, war schon ein schwieriger Mensch.

Und gerade jetzt.

Die Flurtür wurde geöffnet. Elizabeth fröstelte, denn eine böse Ahnung jagte ihr einen Schauer über den Rücken. Aber dennoch genoß sie den Zorn, der in ihr aufkeimte. Wenn sie über ihr Gespräch im Salon nachdachte, besaß er doch wohl kaum die Dreistigkeit, in ihr Zimmer vorzudringen!

Vier Schritte, und er war direkt hinter ihr. Elizabeth spürte seine Anwesenheit, drehte sich jedoch nicht um. Ihre Blicke trafen sich im Spiegel. Ihr Blick war ängstlich und vorsichtig; zu ihrem Mißfallen waren seine Augen unergründlich.

»Was willst du von mir?« fragte sie kurz angebunden.

»Ich würde meinen, das müßte dir klar sein. Ich möchte mit dir sprechen.«

»Hat das nicht bis morgen Zeit? Können wir das nicht woanders besprechen?«

Ein gefährliches Lächeln umspielte seine Lippen. »Nein, hat es nicht. Haben wir nicht. Um ehrlich zu sein, meine liebe Frau, gibt es keinen Platz auf dieser Welt, wo ich jetzt lieber wäre und« – sein Lächeln wurde starr – »keinen Ort, an dem du dich verstecken könntest.«

Kapitel 14

Elizabeths Herz machte einen Satz. Mit wachsender Furcht beobachtete sie, wie er mit auf dem Rücken verschränkten Armen langsam im Raum auf und ab schritt. Sein makelloses weißes Oberhemd stand am Hals offen und gab sein lockiges dunkles Brusthaar frei. Als sie ihn betrachtete, schnürte ihr die Angst beinahe die Kehle zu.

»Du hast mich verlassen, bevor wir unsere Diskussion beendet hatten, Elizabeth.«

Sie antwortete ihm nicht. Die Hand mit der Haarbürste sank in ihren Schoß, und ihre Fingerknöchel waren schneeweiß.

»Unser sogenanntes Arrangement funktioniert nicht wie erwartet. Stimmst du mir darin zu?.«

Elizabeth zögerte zunächst, dann nickte sie.

»Dann glaube ich, wird es Zeit, daß wir zu unseren Rollen stehen. Du hast beschlossen, die Spielregeln vorzugeben. Einverstanden.« Für den Bruchteil einer Sekunde herrschte Stille, dann fuhr er sanft fort: »Aber ich muß leider gestehen, daß ich selbst auch einige Forderungen habe.«

Auch wenn er leise sprach, so spürte sie doch eine nicht zu leugnende Entschlossenheit in seiner Stimme – oh, wie sie plötzlich ihre überstürzten Worte bereute.

Sie mußte sich dazu zwingen zu reagieren. »Welche zum Beispiel?«

Er war so nah hinter ihr stehengeblieben, daß der Stoff seines Hemdes ihr Haar berührte. »Wir sind jetzt über einen Monat verheiratet.« Seine Worte zeugten von kalter Entschlossenheit. »Um ehrlich zu sein, Elizabeth, ich erwarte mehr von meiner Frau.«

Das machte sie rasend. »Vielleicht erwarte ich auch mehr von einem Ehemann!« brauste sie auf.

»Hervorragend. Ich bin mehr als willig, meine Pflichten als Ehemann zu erfüllen.« Seine Augen fixierten die Erhebungen ihrer nackten Brüste, die sich durch ihr Nachthemd abzeichneten.

Ein vielsagendes Glitzern lag in seinem Blick, dessen Bedeutung unmißverständlich war. Wieder konnte sie beinahe spüren, wie die glühende Lanze seiner Männlichkeit in ihr Fleisch eindrang, als wollte er sie zweiteilen ...

Panik durchfuhr sie. Sie konnte das nicht noch einmal ertragen ... nie wieder! Mit einem Schrei erhob sie sich. »Das ist es nicht, was ich meine ...«

»Aber ich meine es so.« Seine starken Hände umfaßten ihre Schultern und zwangen sie, ihn anzuschauen. Er musterte sie von Kopf bis Fuß und gab ihr das Gefühl, nackt zu sein.

Dann ließ er sie los. »Außerdem fühle ich mich getäuscht. Du hast heute abend ein rotes Kleid getragen – rot ist die Farbe der Leidenschaft. Doch welche Hingabe erwartet mich Nacht für Nacht?« Er verzog die Lippen. »Meine anständige Bostoner Ehefrau – meine überaus anständige englische Ehefrau, die kälter ist als die rauhe See.«

Elizabeth antwortete ihm nicht. Was hätte sie auch sagen sollen? Statt dessen starrte sie ihn mit weit aufgerissenen Augen verunsichert an.

Ein ausgestreckter Finger zupfte unwillig am Halsausschnitt ihres Nachthemdes. »Zieh es aus«, ordnete er barsch an.

Selbst wenn sie gewollt hätte, Elizabeth konnte sich nicht rühren. Sie versuchte, ihre Angst zu unterdrücken, denn sein Blick war zutiefst bedrohlich. Die Atmosphäre zwischen ihnen schien Funken zu sprühen.

Er runzelte die Stirn. »Oder hast du lieber, wenn ich es tue.«

Elizabeth wurde blaß. Sie nahm ihren ganzen Mut zusammen, um es ihm mit gleicher Münze heimzuzahlen.

»Was bist du eigentlich für ein Mann, der solche Forderungen stellt?«

Morgan biß die Zähne zusammen. Innerlich zitterte Elizabeth, denn sie hatte noch niemals eine solche Gefahr verspürt. »Ich nehme, was mir gehört – Geben und Nehmen lautet meine Devise.« Sein Tonfall war unangenehm. »Und ich bin ein weitaus besserer Ehemann, als du es dir vorstellst!«

Wütend fuhr sie ihn an: »Nein! Du nimmst dir mit Gewalt, was ich freiwillig geben würde!«

»Und wem würdest du es geben? Nathaniel?« Er schnaubte. »Vielleicht solltest du ihn einmal fragen, warum er nicht hier war, als du aus England ankamst, und warum er dann letztlich doch gekommen ist. Ich vermute, die New Yorker Witwe ist seiner überdrüssig geworden. Oder vielleicht auch umgekehrt.«

Starr vor Entsetzen und leichenblaß begriff sie seine Worte. Er hatte gewußt, daß sich Nathaniel in New York aufhielt. Er hatte es gewußt.

»Du hast ihn also doch gefunden«, sagte sie schwach. »Du wußtest genau, wo er war, nicht? Und hast mich angelogen, als du behauptet hattest, der von dir engagierte Detektiv hätte keine Spur von ihm entdeckt.« Zorn übermannte ihre Stimme. »Was war ich nur für ein Dummkopf, daß ich glaubte, du wärest ehrlich zu mir!« Sie schüttelte den Kopf. »Aber du hast wirklich recht. Ich liebe Nathaniel. Ich habe nie aufgehört, ihn zu lieben. Und ich ... ich beabsichtige, mich so bald wie möglich von dir scheiden zu lassen!«

Morgan schwieg. Eiseskälte trat in seine Gesichtszüge, doch seine Augen brannten wie glühende Kohlen.

Ohne überhaupt darüber nachzudenken, was sie sagte, fuhr sie wütend und ungestüm fort: »Hast du mich verstanden? Ich liebe nicht dich, sondern Nathaniel! Zum Teufel mit dir! Verflucht!«

Für Morgan klang das wie ein Echo aus seiner Vergangenheit. Ich liebe nicht dich, sondern Nathaniel! Erst Amelia. Und jetzt Elizabeth. Beide verachteten ihn. Treulose Ehefrauen ... und ein durchtriebener Bruder. Alle drei waren hinterhältig und verlogen ...

Etwas in ihm setzte einen Moment lang aus. Ohne irgendeine Vorwarnung schossen seine Arme nach vorn. Blind vor Wut – und Leidenschaft – zog er sie an sich.

»Nein«, meinte er wütend. »Zum Teufel mit dir.«

Er preßte seine Lippen auf ihren Mund. Seine Finger strichen über ihr Haar. Lange goldene Strähnen glitten durch seine Hände, als er sie bei seinem Kuß immer noch festhielt. Er wand eine Strähne fester um sein Handgelenk und zog sie noch näher an sich.

Sein Mund war schrecklich fordernd und unerbittlich, so daß ihr leiser Aufschrei von seinen Lippen erstickt wurde. Sie konnte auch nicht protestieren, als er sie hochhob und auf das Bett legte. Sie spürte das Gewicht seines Körpers neben sich. Wieder beugte er sich über sie, und sie sah, daß seine Gesichtszüge von Zorn – und etwas Unerklärlichem – überschattet waren.

Seine brutale Umarmung bereitete ihr körperliche Schmerzen. Jede seiner Berührungen war männlich besitzergreifend. Sie konnte es an seinen Zärtlichkeiten spüren – wo immer es ihm gefiel, liebkosten seine Hände ihren Körper.

Diesmal würde er sicherlich nicht aufhören. Das war Elizabeth klar. Warum also noch protestieren? Er würde nichts darum geben. Und sie konnte sich auch nicht gegen ihn zur Wehr setzen. Selbst wenn sie es versuchte, würde sie den kürzeren ziehen.

Ihr Nachthemd war über ihre Schenkel gerutscht und gab ihre nackten schlanken Beine frei. Sie war völlig passiv, während ungeduldige Finger sich an den Knöpfen ihres Nachthemdes versuchten. Sie seufzte, als sie gegen die aufsteigenden Tränen ankämpfen mußte.

»Du erzählst mir, daß du mich ablehnst, Elizabeth. Du

beleidigst mich mit Worten. Aber warum vermittelt mir dein Körper stets das Gegenteil?«

Elizabeth hatte eigentlich erwartet, daß er brutal von ihr Besitz ergreifen würde. Statt dessen spürte sie, wie seine Finger immer wieder sanft die Spitzen ihrer Brüste berührten, sein Liebesspiel war zärtlich, aber herausfordernd und erregend. Sie wußte, daß er sie beobachtete, und schämte sich, denn zu ihrer großen Bestürzung richteten sich ihre Brustwarzen auf. Jede der beiden kleinen Knospen wurde zu einer festen, harten Spitze.

Er grinste.

Mit einer heftigen Bewegung hatte er ihr das Nachthemd abgestreift.

Seine schlanke gebräunte Hand streichelte ihren Bauch. Ihr ganzer Körper erbebte.

Plötzlich wurde sein Blick stahlhart. »Du hast noch nie meinen Namen gesagt, Elizabeth.«

Ihre Blicke trafen sich. Das konnte sie nicht, dachte sie hilflos. Der Kloß in ihrem Hals machte ihr das Sprechen unmöglich.

Sein Blick fixierte sie. »Sag' ihn«, drängte er. »Sag' meinen Namen.«

Ihre Lippen zitterten, und sie schluckte. Die Stille zwischen ihnen wurde immer bedrohlicher, bis sie schließlich mit einem leisen erstickten Seufzer ihr Gesicht von ihm abwandte.

Ein kalter stechender Schmerz durchfuhr Morgans Körper. Er nahm ihr Kinn in seine Hände und zwang sie, ihm ihr Gesicht zuzuwenden. Dann bedeckte er ihren Mund mit einem schmerzhaften Kuß. Vielleicht war es so besser, dachte er aufgebracht, ohne daß Beleidigungen zwischen ihnen ausgetauscht wurden.

Aber da war noch etwas zwischen ihnen. Warm, naß und salzig ...

Er hob abrupt den Kopf. Ihre riesigen grünen Augen glitzerten vor Tränen.

Sein Körper wurde steif wie ein Brett. »Verdammt, Elizabeth«, schleuderte er ihr wütend entgegen. »Zum Teufel mit dir!«

Das war zuviel für Elizabeth. Alles in ihr stürzte wie ein Kartenhaus zusammen. Sie fing an zu weinen. Herzzerreißend. Unkontrolliert. Sie wandte sich von ihm ab und krümmte sich wie ein Häufchen Elend.

Wenn es etwas gab, womit Morgan gerechnet hätte, so war es wütender Protest. Aber mit Sicherheit nicht das hier. Ihr jämmerliches Weinen zerriß ihm fast das Herz.

Und, gütiger Himmel, er wußte nicht, was er tun sollte. Er war vollkommen ratlos, denn er hatte wenig Erfahrung im Umgang mit der emotionalen Seite einer Frau. Amelia war sich ihrer Ausstrahlung und ihrer Schönheit immer viel zu sicher gewesen, als daß sie Verletzbarkeit gezeigt hätte. Und jetzt erst fiel ihm auf, daß er Elizabeth in die gleiche Schublade gesteckt hatte. Er hatte nie daran gedacht, daß sie verletzbar sein könnte.

Beschwörend hob er eine Hand. »Elizabeth«, sagte er, und dann noch einmal: »Elizabeth.«

Sie hörte ihm nicht zu. Es war seltsam, aber instinktiv erkannte Morgan, daß sie mit ihren Gedanken fern war, daß er sie nicht erreichen konnte.

Er legte seine warmen Hände auf ihre Schultern. Dann versuchte er, sie umzudrehen. Als er ihren Körper in seine Arme nahm, schmiegte sie sich mit einem herzzerreißenden Schluchzen an ihn, als wäre er das Rezept gegen ihre Tränen und nicht deren Verursacher.

Er deckte sie beide mit der Tagesdecke zu. Sie weinte immer noch herzerweichend. Unbewußt hielt er sie fest umschlungen. Sein Körper brannte immer noch vor Verlangen, doch er hielt sie fest; schließlich sank ihr Kopf in seine Armbeuge, und ihre Tränen rannen über seine Haut ...

... Und brachten das Herz zum Schmelzen, das er für kalt und unnahbar gehalten hatte.

Schließlich versiegten die Tränen. Ihr unruhiger Atem wurde langsam und gleichmäßig. In seiner festen beschützenden Umarmung schlief sie friedlich ein, als wäre das schon immer so gewesen.

Er allerdings fand keinen Schlaf. Seine Gedanken rasten, kreisten um die Frau, die ihn keinen Frieden finden ließ. Er wußte sich keinen Rat und lag in dieser Nacht noch lange wach.

Am nächsten Morgen erwachte Elizabeth später als sonst. Sie gähnte und streckte sich und konnte sich nur verschwommen erinnern ... bis sie bemerkte, daß sie splitternackt war!

Mit einem leisen Aufschrei blickte sie auf das Kopfkissen neben sich, das in der Mitte eine leichte Ausbuchtung aufwies.

Mit einem Mal kamen ihr die Ereignisse der letzten Nacht wieder unerbittlich ins Gedächtnis. Morgan war so wütend gewesen – so wild entschlossen!

Sie erinnerte sich, wie sie ihre Augen geöffnet hatte – das war so gegen Morgengrauen gewesen, denn es wurde draußen bereits hell – und verschlafen auf ihre schmale Hand geschaut hatte, die auf seinem dunklen lockigen Brusthaar geruht hatte. Sie war leicht aufgeschreckt, und im nächsten Augenblick hatte sie ein tiefes Murmeln an ihrem Ohr wahrgenommen und eine federleichte Berührung seiner Lippen an ihren Schläfen.

»Schlaf' weiter«, hatte er geflüstert.

Oder hatte sie das nur geträumt?

Welcher Teufel hatte sie da geritten? Sie brauchte sich nicht zu fragen, warum sie zusammengebrochen war – das war offensichtlich. Aber es war verrückt, Trost und Zuflucht in den Armen zu finden, die sie eigentlich in Besitz nehmen wollten. Noch am Tag zuvor hätte sie geschworen, daß Morgan O'Connor zu den Männern zählte, die wenig Mitgefühl besaßen. Sie war davon überzeugt gewesen, daß Trost für ihn ein Fremdwort war.

Sie zog die Decke höher ans Kinn. Als er letzte Nacht in ihr Zimmer gekommen war, hatte seine emotionale Ausstrahlung alles um ihn herum in Schwingungen versetzt. Allein der Gedanke daran ließ sie erschauern. Er schien so entschlossen, ihren Körper besitzen zu wollen – ihm seinen Willen aufzuzwingen.

Warum hatte er sie dann in Ruhe gelassen? Diese Frage beschäftigte sie. Und warum war er nicht einfach gegangen, als sie zu weinen begann? Statt dessen war er bei ihr geblieben und hatte sie im Arm gehalten ...

Und er war nicht zu seiner Geliebten gegangen.

Das fand sie über alle Maßen positiv.

Trotzdem waren ihre Gedanken den ganzen Morgen über von Melancholie überschattet – und auch von Schuldgefühlen.

Was hatte sie zu Nathaniel gesagt? Akzeptiere diese Heirat, wie ich es getan habe.

Hatte sie nicht, erkannte sie jetzt.

Vermutlich war es Zeit, daß sie endlich damit anfing.

Dieser Gedanke erwischte sie eiskalt. Vielleicht sollten sie und Morgan das zwischen ihnen schwebende Mißtrauen endlich einmal ablegen. Die letzten Wochen hatten doch nur aus Anspannung und Ärger bestanden. Sie wollte nicht, daß es so weiterging, dachte sie im stillen.

Es gab nur eine Lösung.

Am frühen Nachmittag ließ sie die Kutsche vorfahren. Willis, der Kutscher, half ihr hinein. »Wohin möchten Sie, Madam?« fragte er sie höflich, als sie Platz genommen hatte.

»Zu Mr. O'Connors Schiffswerft, bitte.«

Er wirkte überrascht. »Zur Werft, gnädige Frau?«

Sie lächelte ihn an. »Ja. Bitte beeilen Sie sich. Ich bin ein wenig in Sorge.« Das stimmte wirklich, dachte sie mit einem heimlichen Lächeln. Nicht, weil sie das hier tat, sondern weil sie es hinter sich bringen wollte!

Kurze Zeit später hielt die Karosse in der Nähe der Bucht. Es war ein klarer, warmer Tag mit einem wolkenlosen blauen Himmel.

Willis öffnete die Tür und war ihr beim Aussteigen behilflich. »Soll ich auf Sie warten, Madam?«

Elizabeth überlegte fieberhaft. »Könnten Sie in einer Stunde zurückkehren?« So hatte sie genug Zeit, um allen Mut zusammenzunehmen.

Über dem Tor hing ein riesiges Schild mit der Aufschrift O'CONNOR SCHIFFSWERFT. Sie straffte ihre Schultern und trat hindurch.

Auf dem Hof standen zwei halbfertige Schiffskörper, die von Gerüsten umgeben waren. Geschäftig rannten Handwerker die Planken auf und ab. Das Lärmen der Werkzeuge und die gelegentlichen Rufe der Männer erfüllten die Luft.

Auf einmal berührte sie ein großer bärtiger Mann mit buschigen grauen Brauen am Ellbogen. »Kann ich Ihnen irgendwie behilflich sein, gnädige Frau?« Tiefe eingefurchte Linien durchzogen seine Stirn, doch seine Augen schauten freundlich und hilfsbereit.

Elizabeth blickte ihn dankbar an. »Ja. Ich möchte Mr. O'Connor sprechen.«

Etwas flackerte in seinen Augen auf. »Sind Sie Mrs. O'Connor?«

Elizabeth nickte. Sie mußte sich erst noch daran gewöhnen, mit diesem Namen angesprochen zu werden.

Sein bärtiges Gesicht entblößte weiße Zähne. »Ich bin Roger Howell, Madam, der Assistent Ihres Mannes.«

Er hatte bereits ihre Hand ergriffen und schüttelte sie heftig. Sie lächelte. »Ich freue mich, Sie endlich kennenzulernen, Mr. Howell. Ist mein Mann in seinem Büro?«

Howell deutete auf ein Schiff, das nicht weit von ihnen vor Anker lag. »Er ist an Bord der *Windcloud*, Madam. Wir mußten einige Reparaturen vornehmen, und er hat dann einen kurzen Probelauf durchgeführt.«

Elizabeth folgte seinem Blick. Sie konnte nicht anders, sondern hielt vor lauter Überraschung den Atem an. Auf so kurze Entfernung sah das Schiff riesig aus, und dennoch wirkte es schlank und schnittig. Segel aus schneeweißem Leinen gaben ihm das Aussehen eines majestätischen weißen Seevogels, der sich gerade in die Lüfte schwingen wollte.

Doch der elegante Clipper fesselte sie nur kurz. Ihr Blick war auf die schlanke vertraute Silhouette an Deck gerichtet.

Und er starrte geradewegs zu ihr hin.

Zur Freude seines Assistenten hob sie ihre behandschuhte Hand und winkte ihrem Mann zu.

Doch der winkte nicht zurück.

Allerdings blieben ihr für Zweifel keine Zeit. »Hier entlang, kommen Sie bitte mit mir.« Howell hatte sie bereits am Ellbogen gepackt. »Warum warten Sie nicht in Mr. O'Connors Büro?«

Er ging mit ihr über den Hof zu einem Gebäude, passierte mit ihr einen kleinen Eingangsbereich und führte sie dann in ein geräumiges Büro. Selbst wenn sie nicht Morgans Jacke gesehen hätte, die er nachlässig über einen Stuhl gehängt hatte, wäre ihr sofort klar gewesen, daß dies sein Reich war – der vertraute Duft seines Eau de Cologne hing in der Luft. Mr. Howell bot ihr einen Stuhl an und zog sich höflich zurück.

Die Tür wurde mit einem gewaltigen Schwung geöffnet. Als Morgan eintrat und den Raum durchquerte, um zu seinem Schreibtisch zu gelangen, waren ihre Nerven wieder zum Zerreißen gespannt.

Sein Gesichtsausdruck zeigte weder Freude noch Überraschung. In ungeduldiger Erwartungshaltung verschränkte er die Arme vor seiner Brust.

Elizabeth überkam plötzlich der starke Wunsch zu fliehen, aber dafür war es jetzt zu spät.

Nur mit Mühe gelang ihr ein Lächeln. »Ich hoffe, es macht dir nichts aus, daß ich hergekommen bin.«

Er reagierte mit kühler Gleichgültigkeit. »Nein, keineswegs.«

Offensichtlich hatte er nicht vor, es ihr einfach zu machen. »Ich ... ich dachte, wir sollten miteinander reden.«

»Worüber?«

Seine Direktheit brachte sie aus der Fassung. »Über ... gestern abend.«

Die Stille wurde beinahe unerträglich, doch dann sagte er: »Wenn ich dich daran erinnern darf, Elizabeth, als ich gestern abend mit dir reden wollte, warst du nicht in der Stimmung.«

Heftig warf sie ihren Kopf nach hinten. Ihre wütenden Blicke trafen sich. »Und darf ich dich daran erinnern, daß ein gemeinsames Gespräch so ziemlich das letzte war, was dir vorschwebte!« brauste sie auf, bevor sie sich noch zügeln konnte.

Er kniff seine Lippen zusammen. »Ja«, meinte er barsch. »Du hast mir deine Gefühle recht geschickt zu verstehen gegeben.«

Zu spät erkannte Elizabeth ihre Unbesonnenheit. Ein brennender Schmerz schnürte ihr die Kehle zu. Sie hätte im Boden versinken mögen und war wieder den Tränen nahe. Warum? rief sie im stillen. Warum bestand zwischen ihnen immer diese Spannung – diese Distanz? Das hatte sie nicht beabsichtigt, sonst wäre sie doch niemals zu ihm gefahren!

Sie suchte seinen Blick, dann wandte sie sich ab. Sie mußte sich dazu zwingen, daß ihre Hände ruhig in ihrem Schoß liegen blieben ..., sie mußte den Mut aufbringen, auch wenn sie wußte, daß es zwecklos war.

»Es tut mir leid«, sagte sie mit leiser Stimme. »Ich bin zu dir gekommen, um mich für mein Verhalten gestern nacht zu entschuldigen. Ich war schockiert – und wütend –, weil du wußtest, daß Nathaniel in New York war, und du es mir nicht gesagt hast. Aber ich hätte dich niemals so beleidigen dürfen.«

Sie hielt inne und versuchte, ihre gefühlsmäßige Erregung in den Griff zu bekommen. Seltsamerweise war er derjenige, der ihr Schweigen brach.

»Du hattest allen Grund, wütend zu sein, Elizabeth«, sagte er bedächtig. »Ich will mich nicht rechtfertigen. Ich bin mir noch nicht einmal sicher, ob ich es erklären kann. Vielleicht hätte ich dir Nathaniels Aufenthaltsort nicht verschweigen dürfen. Aber wenn ich wieder mit der gleichen Situation konfrontiert wäre, könnte ich nicht mit Bestimmtheit sagen, ob ich heute anders reagieren würde. Aber ich glaube, du hast mein Verhalten falsch verstanden. Ich wollte weder dich – noch ihn – verletzen.« Er machte eine Pause. »Wenn überhaupt, dann wollte ich dich vor etwas bewahren.«

Sie runzelte ihre Stirn. »Und wovor?«

»Vor der Wahrheit«, sagte er leise. »Er war dort mit einer anderen Frau zusammen, Elizabeth. Wie hätte ich dir das erklären sollen?«

Qualvoll verzog sie ihr Gesicht. »Das ist jetzt nicht mehr wichtig«, sagte sie mit erstickter Stimme. »Was geschehen ist, ist geschehen. Ich habe nicht Nathaniel, sondern dich geheiratet. Und ... ich muß leider sagen, daß du recht hattest. Ich ... ich bin dir keine gute Ehefrau gewesen. Ich muß sogar gestehen, daß ich schrecklich versagt habe.«

»Wieso?« fragte er sie unumwunden.

Sie senkte ihren Kopf. Wie gebannt blickte sie auf ihre gefalteten Hände, denn sie konnte ihn nicht anschauen – sie konnte einfach nicht!

»Ich habe dir etwas versprochen – ich habe vor Gott gelobt, deine Ehefrau zu sein. Und das werde ich. Weil ... weil ich jetzt weiß, daß es falsch war von mir, dich in unserer Hochzeitsnacht« – sie zögerte unmerklich – »abzuweisen. Und ... letzte Nacht auch.« Ihre Stimme war nur noch ein Flüstern. »Aber ich ... ich werde das nicht mehr tun.«

Morgan war augenblicklich still geworden. Er traute seinen Ohren nicht. Aber dann übermannte ihn ein Triumphgefühl – Triumph und das Verlangen, sie in seine Arme zu schließen, sie leidenschaftlich zu küssen und sich seinem Begehren vollkommen hinzugeben.

Augenblicklich stand er vor ihr, griff sie unter den Ellbogen und zog sie zu sich hoch. Er spürte, daß sie am ganzen Körper zitterte, und sehnte sich danach, sie zu beruhigen. Aber die Gefühle in seiner Brust waren genauso verworren wie seine Gedanken.

Er hob ihr Kinn zu seinem Gesicht hoch. Er traute sich kaum zu atmen, als er seinen Kopf senkte. Ihre Lippen berührten sich kurz, es war nur die Andeutung einer Liebkosung. Und dann ... immer heftiger.

Sie seufzte leicht, und ihre geschlossenen Augenlider flatterten. Allmählich wurde sein Kuß inniger.

Hingebungsvoll verschmolzen ihre Lippen mit den seinen. Ein starker Arm legte sich um ihre schmale Taille. Mit einem leisen Stöhnen zog er sie ganz nah an seine Schenkel. Für einen kurzen Moment wurde sie starr, aber wider Erwarten entzog sie sich ihm nicht. Seine andere Hand glitt zu ihrem Busen und umfaßte besitzergreifend die verlockende Erhebung ihrer Brüste. Mit seinem Daumen umkreiste er ihre Spitzen, immer und immer wieder.

Das war ein Versuch – ein Versuch, für den er sich innerlich schalt –, aber er konnte nicht anders. Er spürte das Echo ihres unregelmäßigen Atems in seinem Mund. Da wußte er genau, daß er sie in Erregung versetzt hatte ...

Unter seiner Handfläche wurde ihre Brustwarze hart und steif. Elizabeth stöhnte leicht.

Sein Brustkorb hob und senkte sich und sein Herz pochte wie wild. Widerwillig unterbrach er ihren Kuß. Er versuchte, ruhig zu werden und preßte ihren Kopf in seine Armbeuge.

»Ich habe eine kleine Hütte an der Nordküste Bostons.« Seine Worte kamen zögernd. »Ich habe mir gedacht ..., wir könnten die nächste Woche dort verbringen ..., nur du und ich.«

Er lehnte sich zurück, damit er sie anschauen konnte. Dann betrachtete er intensiv ihr Gesicht. »Was hältst du davon?«

Über ihre Wangen huschte eine leichte Röte. Wortlos nickte sie.

Morgan brauchte keine weitere Einladung. Wie ein Ertrinkender, dem der rettende Anker zugeworfen wird, küßte er sie wieder, lange und leidenschaftlich. Als es ihm gelungen war, ihre Zunge aus der Reserve zu locken und sie scheu versuchte, auch seinen Mund zu erkunden, entfuhr ihm ein wohliges Stöhnen.

Und seine Hände wurden besitzergreifender.

Aus tiefster Kehle seufzte er. Es war himmlisch! Aber es war höllisch, wenn sie ihn nicht bremsen würde. Aber er wollte nicht weiter darüber nachdenken und diese Vorstellung vertiefen. Nicht jetzt. Und nicht hier.

Außerdem begehrte er sie zu sehr. Er wollte sie nicht noch einmal verängstigen, wenn sie doch bereit war, sich ihm hinzugeben.

Und er wünschte sich, daß ihre Vereinigung diesmal für beide erfüllend sein sollte.

Trotzdem dauerte es noch sehr, sehr lange, bis er schließlich seinen Kopf hob und nur das eine zu ihr sagte: »Wir brechen morgen früh auf.«

Kapitel 15

Die Küste war felsig und zerklüftet, aber Elizabeth genoß diese wilde ungezähmte Schönheit. Wie ein Kind, das zum ersten Mal von zu Hause fortfährt, schaute sie unermüdlich durch das Fenster auf die vorüberziehende Landschaft. Es war ein ziemlich bewölkter Tag, aber das konnte ihre Laune nicht verderben. Mit gelöstem Gesichtsausdruck saß ihr Mann ihr gegenüber und hatte seine langen Beine weit von sich gestreckt. Auch wenn sie die meiste Zeit ihrer Reise geschwiegen hatten, war es keine unangenehme Stille, die sie umgab.

Als sie eine Landspitze passierten, beugte er sich vor. »Da«, sagte er leise und streckte seinen Zeigefinger aus. »Siehst du das?«

Elizabeth beugte sich nach vorn und folgte seinem Finger. Tief unter ihnen sah sie, wie sich ein schmaler Sandstreifen durch eine Bucht zog. Außerdem sah sie auf eine kleine grasbewachsene Insel.

Sie runzelte die Stirn. »Nein ...«, begann sie.

In diesem Moment schob sich die Sonne hinter den Wolken hervor, und ihre Strahlen tauchten das Wasser unter ihnen in flüssiges Silber. Dann erblickte sie es – ein quadratisches, verwittertes graues Haus am Rande eines Tannenwäldchens. An den drei für sie sichtbaren Seiten war es von einer Veranda umgeben. Es gab sogar eine verschwiegene kleine Bank, von der man den Blick auf das Meer genießen konnte.

Sie konnte nicht anders, vor Freude und Überraschung mußte sie die Luft anhalten. Es war wunderschön – und das sagte sie ihm auch.

Morgan antwortete nicht, aber sie spürte, wie glücklich er darüber war.

Als sie angekommen waren, half Morgan Willis beim Entladen ihres Gepäcks und der Vorräte. »Wenn wir sonst noch irgend etwas brauchen«, erklärte er, »ist die Stadt ja ohnehin nur einen halben Kilometer entfernt.«

Nachdem sie alles ausgeladen hatten, sprang Willis wieder auf den Kutschbock und lüftete kurz seinen Hut. »Genießen Sie Ihren Aufenthalt«, rief er.

Er sollte sie erst nach einer Woche wieder abholen.

Trotzdem sie ihm zum Abschied fröhlich zuwinkte, wurde Elizabeth diesen einen Gedanken nicht los. Sie war jetzt mit Morgan sieben Tage lang allein ...

Und sieben Nächte.

Sie holte tief Luft. Gott sei Dank schien Morgan an ihrem Verhalten nichts aufzufallen. Er suchte fieberhaft in seiner Jackentasche nach dem Schlüssel. »Vielleicht bist du enttäuscht«, warnte er sie, als sie die Treppen hochstiegen. »Es ist sehr klein und durchaus nicht luxuriös.«

Elizabeth fühlte sich getroffen. Meinte er wirklich, daß sie so anspruchsvoll war? Sie hatte niemals auf irgend etwas herabgesehen – und würde das auch nie tun! Warum konnte er das nicht begreifen? Sie war den Tränen sehr nahe, aber dann beruhigte sie sich wieder. Schließlich wollte sie ihren Aufenthalt nicht mit einem negativen Auftakt beginnen.

Als sie das Innere des Häuschens betreten hatten, waren diese Gedanken vergessen. Sicher, die ganze Hütte hätte spielend im Salon seines Hauses am Beacon Hill Platz gefunden. Gegenüber dem Kamin standen zwei bombastische Stühle und ein Sofa. Als sie den neben dem Hauptfenster eingelassenen Sitzplatz bemerkte, lachte sie vor Begeisterung. Aufgrund der dicken Polsterkissen hatte man einen Blick bis weit über den Ozean hinaus.

Dann besichtigten sie die Schlafräume. Es gab zwei, hatte Morgan ihr erklärt. Den kleineren der beiden hatte er in ein Büro umfunktioniert, damit er arbeiten konnte, wenn er hier war. Das andere Zimmer war hell und freundlich im Licht der Nachmittagssonne.

Dort stand allerdings nur ein Bett.

Diese Erkenntnis sprang ihr regelrecht ins Gesicht, und dann konnte sie ihren Blick nicht mehr von dem riesigen, mit weich fließenden Decken übersäten Ungetüm abwenden.

Mit einer plötzlichen Gleichmütigkeit, die sie sich selbst kaum erklären konnte, beobachtete sie, wie Morgan ihre Taschen von der Veranda holte und sie auf das Bett stellte. Dann wandte er sich ihr zu.

»Möchtest du dich jetzt ein wenig draußen umsehen?«

Ihr Nicken kam ihr gleichsam wie eine Befreiung vor.

»Ich ziehe mich kurz um«, sagte er, »und dann können wir losgehen.«

Mit einem leichten Baumwollhemd und einer Hose bekleidet, die sicherlich auch seine Arbeiter getragen hätten, traf er sie einige Minuten später auf der Veranda. Für einen Augenblick erschien es ihr merkwürdig, ihn so lässig angezogen zu sehen; doch obwohl ihm seine Kleidung eine unverwechselbare männliche Ausstrahlung verlieh, war seine Anwesenheit weitaus weniger furchterregend als sonst. Vielleicht war es aber einfach so, daß die Spannung, die immer die Atmosphäre zwischen ihnen vergiftet hatte, jetzt aus irgendeinem Grund nicht mehr vorhanden war. Als sie neben ihm herging, fand sie, daß diese Veränderung wirklich positiv war.

Eine lange schmale Steintreppe führte hinunter zum Strand, wo sich sanfte Wellen brachen. Als sie dort ein winziges Boot vor Anker liegen sah, riß Elizabeth ihre Augen weit auf vor Freude.

»Oh, ein Boot!« rief sie.

»Ein Dinghi«, korrigierte er sie.

Sie rümpfte die Nase und schaute dann schwärmerisch zu der benachbarten Insel. »Glaubst du, daß wir mit dem Boot dorthin fahren und die Insel auskundschaften können?«

Er zögerte. »Kannst du schwimmen?«

Sie preßte eine Hand an ihre Kehle und meinte in gespieltem Entsetzen: »Was! Heißt das, du würdest mich nicht beschützen und retten?«

Morgans Magen verkrampfte sich, als hätte ihn eine Faust getroffen. Er vermutete, daß seine hübsche junge Braut keine Ahnung davon hatte, welch reizenden Anblick sie bot – ihre leuchtend grünen Augen, die vom Wind geröteten Wangen, Strähnen goldblonden Haares, die sich an ihren Schläfen und in ihrem Nacken kräuselten. Das erhebende Gefühl, sie so nah an seiner Seite zu wissen, weckte ein hungriges Verlangen in seinen Lenden, ein Verlangen, von dem er hoffte, daß es sich im Moment nicht weiter manifestierte!

Gütiger Himmel, dachte er. Und wer beschützt mich vor dir? Als sollten seine Qualen weitergehen, kam plötzlich eine starke Brise auf und die Erhebungen ihrer vollen jungen Brüste zeichneten sich unter ihrem Kleiderstoff ab.

Er biß die Zähne zusammen, um den Versuchungen, die seinen Körper bedrängten, zu widerstehen. »Nun?« fragte er noch einmal und runzelte die Stirn, »kannst du schwimmen?«

Sie schnitt eine Grimasse. »Wenn du es unbedingt wissen willst«, antwortete sie mit einem übertriebenen Seufzer, »wie ein Fisch.«

Er lächelte schief. »Wie könnte ich es dir in einem solchen Fall abschlagen?«

Wenige Minuten später ruderten sie gemächlich zu der kleinen Insel. Eine halbe Stunde lang gingen sie dort spazieren, und Elizabeth war ganz begeistert, als sie ein Erdbeerbeet entdeckte. Nicht weit davon war ein hübsches Fleckchen unter einer knorrigen alten Eiche, das sie für ein späteres Picknick auserkor.

Als sie sich schließlich wieder auf den Heimweg machten, stand die Sonne wie ein glühender kupferner Ball am Horizont. Genau wie bei ihrer Ankunft nahm Morgan sie ohne einen Ton zu sagen in seine Arme und hob sie in das Dinghi. Er hatte seine Schuhe ausgezogen und seine Hosenbeine sowie seine Hemdsärmel hochgekrempelt. Der harte Zug um seinen Mund war viel entspannter. Er wirkte jünger und weniger ernst. Seine Oberarmmuskeln spannten sich immer wieder an, als er die Ruder mit Leichtigkeit bediente und sie beide in perfekter Harmonie durch die Wellen glitten.

Elizabeth legte den Kopf schief. »Ich muß sagen«, bemerkte sie, »das sieht gar nicht so schwierig aus.«

Seine dichten Brauen schossen nach oben. »Willst du es einmal versuchen?«

Ein Grübchen zeigte sich in ihrem Mundwinkel. »Um ehrlich zu sein«, gab sie zu, »furchtbar gern.«

Sie tauschten ihre Plätze. Als Elizabeth aufstand, schwankte sie leicht. Sofort griffen ihr starke Hände behutsam unter die Arme, hielten sie fest und geleiteten sie zu dem freigewordenen Platz. Bis sie schließlich saß, war sie außer Atem – zweifellos vor Aufregung, sagte sie sich.

Morgan zeigte ihr, wie man die Ruder griff. »Das ganze Geheimnis besteht darin, daß man sie als verlängerte Arme ansieht. Du mußt tiefe, weite Kreise ziehen«, unterwies er sie. »Eintauchen und durchziehen, nach oben und retour, und das alles in einer fließenden Bewegung.«

Elizabeth nickte zustimmend. Sie biß sich vor lauter Eifer auf die Lippe, als sie ein Ruder vorsichtig zu Wasser ließ.

Ein entspanntes Lächeln umspielte seinen Mund. »Es geht so schnell nicht kaputt, Elizabeth.«

Die verdammten Ruderpinne waren leider sehr viel schwerer, als sie erwartet hatte und absolut unhandlich. Sie kämpfte mit dem Paar, dabei hatte sie voller Konzentration die Stirn gerunzelt, als sie versuchte, seine Anweisungen zu befolgen – eintauchen und durchziehen. Eintauchen und durchziehen.

Zurückgelehnt schaute Morgan ihr zu und schüttelte nur noch den Kopf, als er ihre zunehmende Frustration bemerkte.

Ein Ruder klatschte unsanft auf den Wellen auf und eine Ladung Wassertropfen sprühte ihr ins Gesicht. »Oh!« jammerte sie.

»Was ist denn passiert, meine hochwohlgeborene Londoner Lady?« neckte er sie. »Du bist doch nicht aus Zucker, daß du schmilzt?«

Elizabeth konnte nur mit Mühe ihre Entrüstung zurückhalten. Er machte sich wohl über sie lustig?

Zehn Minuten später hatte sie das rechte Ruder losgelassen, und es glitt aus seiner Verankerung. Ohne nachzudenken schoß sie nach vorn und versuchte, danach zu schnappen. »Nein!« rief sie. »Oh, nein!« Nur Morgans schnelle Reaktion rettete die beiden – sie und das Ruder. Eine Hand bekam den Griff den Ruders zu fassen; und seine andere schlang er fest um ihre Taille und zog sie neben sich.

Plötzlich konnte er nicht mehr an sich halten – er lachte schallend und aus vollem Herzen.

In diesem Moment passierte etwas Seltsames. Elizabeth wurde ganz still, dann berührten ihre Hände seine Lippen. »Du hast gelacht«, sagte sie leise und verwundert. »Ich habe dich noch nie lachen gehört. Und ich habe dich auch noch nie so wie jetzt lächeln gesehen.« Wie eine unbewußte Liebkosung glitt ihre Hand über die scharfen Konturen seines Gesichts, und ihre Fingerspitzen berührten die harten Linien um seinen Mund.

Sein Lächeln gefror. Ihre Blicke trafen sich und blieben eine halbe Ewigkeit aneinander hängen. Langsam wurde sein Griff um ihre Taille fester. Und plötzlich glaubte sie, wirklich dahinzuschmelzen, aber nicht durch das Wasser, sondern durch die Glut seiner Augen, die sie zu verbrennen suchte.

Sie würde niemals erfahren, was noch alles hätte passieren können. Ihr Boot wurde von einer riesigen Woge nach oben geschleudert und brach damit den merkwürdigen Zauber, der über ihnen lag.

Morgan sah hinaus in die Brandung. »Es wird wohl etwas stürmischer«, mutmaßte er und griff in die Riemen. »Wir sollten sehen, daß wir zurückkehren.«

Als sie das Ufer erreicht hatten, vertäute Morgan das Dinghi, und Elizabeth machte sich auf den Weg zurück zur Hütte. Es war ein schöner warmer Tag gewesen, und sie war immer noch erhitzt von der Anstrengung. Im Schlafzimmer goß sie sich aus einer Kanne Wasser in eine mit Blüten bemalte Schüssel. Sie knöpfte das Oberteil ihres Kleides auf und streifte es über ihre Schultern bis zu den Hüften hinunter. Dann wusch sie sich mit einem Lappen ihr Gesicht und ihren Hals sowie den Ansatz ihrer Brüste, der aus ihrem Mieder hervorlugte.

Hinter sich hörte sie ein leises Geräusch. Elizabeth drehte sich halb um und sah Morgan im Türrahmen stehen. Seine Augen glitten von ihrem Gesicht zu ihrem Nacken hinunter.

Doch sie hielten nicht inne.

Sie spürte, wie sich ihr Brustkorb schneller hob und senkte. Ihr Puls raste. Vor kurzem noch hätte sie seine Anwesenheit als Eindringen in ihre Privatsphäre empfunden. Als er sie jetzt betrachtete, flüchtete sie nicht vor ihm; Protest war das letzte, was ihr in den Sinn kam. Sie dachte nur noch daran, ob er ihren Körper wohl mochte. Sie hoffte, daß ihm das gefiel, was er dort sah ...

Seltsamerweise war er derjenige, der sich zuerst abwandte.

Ihr Abendessen war einfach: frisches, am Morgen gebackenes Brot, ein dickes Stück Käse und Hähnchen, das der Koch für sie eingepackt hatte.

Später saßen sie in der Dämmerung zusammen auf der Veranda und beobachteten, wie die Sonne als dunkelroter Ball unterging. Dann zeigten sich die Sterne am Firmament. Nach diesem Tag überkam Elizabeth ein Gefühl wohliger Zufriedenheit.

»Hier ist es so friedlich«, seufzte sie. »Ich glaube, ich könnte für immer hier leben.«

»Die Sommer sind wunderschön«, meinte Morgan mit einem schwachen Lächeln. »Aber die Winter sind sehr hart. Es stürmt, und der Wind heult wie ein Wolfsrudel.« Er machte eine kurze Pause. »Ich mag die Winterstürme. Es kommt mir dann so vor, als wäre ich wieder auf hoher See.«

»Du bist zur See gefahren?«

Er nickte. »Ich habe mit fünfzehn als Schiffsmaat angeheuert.«

Elizabeth betrachtete ihn mit schiefgelegtem Kopf. »Ich wußte nicht, daß du Matrose warst.«

Er grinste. »Ich könnte kaum als Schiffsarchitekt arbeiten, wenn ich nicht Seemann gewesen wäre«, meinte er trocken.

Elizabeth lachte. »Ja, das denke ich mir.« Sie schwieg und hielt ihr Gesicht der abendlichen Brise entgegen.

Morgan runzelte die Stirn. »Ist dir kalt?«

»Ein bißchen.«

Ohne zu zögern legte er seine starken Arme um sie. Sie spürte, wie sie sich an seinen muskulösen Brustkorb anlehnte. Ein schwaches Lächeln umspielte ihre Lippen, denn er wich nicht zurück. Im Gegenteil, er umarmte sie fester. Dann saßen sie eng umschlungen, und er hatte seine Hände auf die ihren gelegt.

»Fehlt sie dir?« fragte sie kurz darauf.

»Die Seefahrt?«

»Ja.« Ihre Stimme klang leicht außer Atem.

»Heute nicht mehr so sehr«, gab er zu. »Zuerst bin ich wegen des Geldes zur See gefahren. Ich musterte bei einem alten durchtriebenen Kapitän namens Jack McTavish an.« Er lachte in sich hinein. »Glaub mir, ich habe mir jeden Pfennig, den ich bekam, sauer verdient. Und es gelang mir, das meiste davon zu sparen, damit Nathaniel auf eine anständige Schule gehen konnte. Erst viel später habe ich erkannt, daß ich nie wieder in meinem Leben so frei und unbekümmert war.«

Bei der Erinnerung wurde seine Stimme rauh.

»Die meisten Mitglieder der Besatzung freuten sich darauf, wenn das Schiff den Hafen ansteuerte und festmachte. Aber ich sehnte mich immer danach, wieder auf See zu sein, zu spüren, wie das Schiff durch die Wellen preschte, und das donnernde Geräusch der vom Wind aufgeblähten Segel zu hören. Es gab nichts Vergleichbares – die Brise in meinem Haar, das vom Wetter gegerbte Gesicht und der Salzgeruch in der Luft.«

Lebhaft sah sie das alles vor sich, doch genauso spürte sie auch seinen Atem in ihrem Haar, sein Gesicht an ihrer glühenden Wange und den vertrauten Duft seines Eau de Cologne.

Nachdem sie für kurze Zeit geschwiegen hatten, sagte er: »Ich dachte, du würdest das verachten.«

Seine Stimme hatte ganz seltsam geklungen, irgendwie fremd. Stirnrunzelnd wandte sich Elizabeth halb zu ihm um, so daß sie sein Gesicht sehen konnte. »Was?« fragte sie.

»Die Tatsache, daß du von Geburt an etwas Besonderes bist, Lady Elizabeth, du jedoch mit einem Mann verheiratet bist, der einmal ein ganz gewöhnlicher Seemann war.«

Ihr Blick glitt über seine Silhouette. Die Muskulatur seiner Oberarme war knochenhart geworden. Obwohl er nichts von seinen Gefühlen preisgab, ahnte sie sogleich, daß ihre Antwort entscheidend war.

Für sie beide.

»Keineswegs«, erwiderte sie mit unerschütterlicher

Bestimmtheit. »Du warst noch ein Kind, als du zur See fuhrst und hast doch mutig und eigenverantwortlich für deine Zukunft entschieden. Ich bewundere deinen Mut.«

Er starrte sie so lange und durchdringend an, daß sie sich von seinem Blick verunsichert fühlte. Sie hatte gedacht – und gehofft, er würde sie küssen, aber er tat nichts dergleichen!

Ihre Gefühle gerieten ins Wanken. Warum sollte er auch? dachte sie heftig. Er hatte ihre Ehe nicht gewollt. Er war genauso hineingeschlittert wie sie. Jetzt, da sie ihren Ehemann besser kennenlernte, erkannte sie, daß er sich nicht vor Verantwortung drückte. Er war ihr nichts schuldig, und doch hatte er das Richtige – das Ehrenhafte – getan und sie geheiratet. Und dabei hatte er sein eigenes Lebensglück aufs Spiel gesetzt.

Sie versuchte zu lächeln, aber es gelang ihr nicht. »Es tut mir leid«, sagte sie zerknirscht. »Ich habe alles nur schlimmer gemacht, nicht wahr? Ich habe nicht nur mein eigenes Leben verpfuscht, sondern auch deins und das von Nathaniel.«

Dichte Brauen zogen sich verärgert zusammen. »Elizabeth ...«

»Nein, bitte, ich ... ich muß das loswerden. Es tut mir leid. Ich weiß nicht, was ich noch sagen soll, außer ... daß es mir leid tut. Wenn es mich nicht gäbe, wärest du wahrscheinlich bei ihr« – ein heftiger Schmerz durchfuhr ihr Herz – »du wärest zweifellos mit ihr zusammen.«

Morgans Stirn war in tiefe Falten gelegt. »Mit wem?«

Sie wandte ihr Gesicht ab. »Mit der Frau aus der Oper.« Sie zögerte. »Und ich kann auch verstehen, warum. Sie ... sie ist wirklich wunderschön.«

Vorsichtig griffen seine Finger nach ihrem Kinn. Dann zog er ihr Gesicht zu sich hoch. »Sie ist nicht meine Geliebte, Elizabeth.«

Sie schüttelte ihren Kopf. »Bitte«, sagte sie kaum hörbar. »Ich will es gar nicht wissen.«

»Ich möchte aber, daß du es weißt«, erwiderte er. »Ich habe dich in einem Irrglauben gelassen, und dafür muß ich mich entschuldigen. Aber ich möchte, daß du die Wahrheit erfährst.«

Die Wahrheit. Warum hatte sie davor soviel Angst? Ihr Herz hämmerte wie wild, so daß ihr Brustkorb fast schmerzte. Sie wollte die Wahrheit nicht hören, verstand er das nicht? Sie würde sie zu sehr verletzten. Doch etwas in seinen Augen zwang sie dazu, seinem Drängen nachzugeben. Es gelang ihr auch nicht, ihren Blick von ihm abzuwenden.

Er hielt ihr Kinn immer noch fest, und seine Daumenspitze streichelte vorsichtig über ihren Jochbogen.

Er hielt seinen Blick starr auf sie gerichtet. »Ich will dich nicht anlügen, Elizabeth. Wir hatten eine Beziehung, aber was uns verband, war rein physischer Natur – die Hingabe unserer beiden Körper. Aber seit du in mein Haus gekommen bist, Elizabeth, habe ich sie nicht mehr angerührt.«

Die Welt schien vor ihren Augen zu verschwimmen. »Aber die ganzen Nächte, in denen du verschwunden warst ... Ich dachte, du wärest bei ihr ...«

Aufgebracht antwortete er: »Das war ich nicht. Nach der Eröffnung meines Geschäfts habe ich anfangs oft bis spät in die Nacht hinein gearbeitet und mir deshalb eine Liege in den Raum neben meinem Büro gestellt. Bis vor kurzem hatte ich sie allerdings jahrelang nicht mehr benutzt.«

Verwundert schüttelte sie leicht den Kopf. »Da bist du also gewesen? Dort hast du die ganzen Nächte verbracht?«

Er nickte und sah sie durchdringend an. »Am Anfang bin ich dorthin gegangen, weil ich wütend war, wütend darüber, daß du mich abgewiesen hast. Später dann, weil ich die Versuchung, dich so nah neben mir zu wissen, nicht mehr ertragen konnte. Du wolltest, daß an der Zwischentüre ein Schloß angebracht wurde. Ich habe ernsthaft darüber nachgedacht, deiner Idee zuzustimmen, weil ich mir selbst nicht traute. Deshalb habe ich das einzige getan, was mir in meiner Situation sinnvoll erschien. Ich bin weggegangen.«

Elizabeth war sprachlos.

»Gott, wenn du wüßtest, wieviele Stunden ich wach in jenem Zimmer gelegen und an dich gedacht habe.« Seine Stimme war sehr leise geworden. »Ich wollte dich so sehr, daß ich manchmal dachte, ich würde darüber verrückt.«

Er wollte sie. Das war unmöglich. Sie konnte es nicht glauben. Ihr Verstand war noch damit beschäftigt, all das zu verarbeiten, was er ihr erzählt hatte, doch ihr Körper entwickelte bereits seinen eigenen Willen. Ihre Fingerspitzen glitten plötzlich über die rauhe Haut seiner Wange und streichelten ihn sanft und zärtlich.

»Wirklich?« flüsterte sie.

Er stand da und hielt sie in seinen Armen, dann setzte er sie vor sich auf den Boden. Ihre Beine lagen zwischen den seinen, und seine Hände hielten ihre Taille umschlungen.

Mit ernstem Gesichtsausdruck nickte er. »Wenn du möchtest« – er blickte sie intensiv an –, »kann ich es dir beweisen.«

Kapitel 16

Auf einmal zitterte sie am ganzen Körper. Sie starrte auf seinen Adamsapfel, wo ein dichtes dunkles Haarbüschel zu sehen war. »Wie?« Die Frage rutschte ihr heraus, bevor sie überhaupt nachdenken konnte.

Sein durchdringender Blick musterte sie. »Ich glaube, das weißt du bereits, Elizabeth.«

Allerdings, und obwohl sie dagegen ankämpfte, wandte sie verwirrt ihre Augen ab. Sie wollte ihm ganz nah sein, wollte, daß er sie mit seinen starken Armen festhielt, nicht nur zum Trösten, sondern aus einer tiefen Leidenschaft heraus. Und doch war ein Teil von ihr immer noch von Zweifeln geplagt.

Seine starke Hand glitt zu ihrem Nacken. Seine Berührung war angenehm und beruhigend. Einen Finger unter ihr Kinn gelegt hob er ihr Gesicht zu dem seinen hoch. Der Kuß, mit dem er ihre Lippen bedeckte, war sanft und unermeßlich zärtlich. Seine Berührungen waren wie eine Droge, eine Sucht, die sie zum Leben brauchte. Sie schlang ihre Arme um seinen Hals und schmiegte sich eng an ihn. Er küßte sie immer wieder, bis sie meinte, sie müsse verglühen.

Sie konnte sich nicht daran erinnern, daß er sie ins Schlafzimmer getragen hatte. Erst da spürte sie die weiche Matratze unter ihrem Körper. Morgan legte sich neben sie und sein Mund wurde fordernder. Wie eine unbewußte Einladung öffnete sie ihre Lippen. Mit einem schwachen Geräusch sog er ihren Atem tief in sich ein.

»Ich will dich«, murmelte er in ihren Mund. »Ich will deinen nackten Körper neben mir spüren.«

Seine Stimme bebte vor Verlangen. Ein wohliger

Schauer durchzuckte ihren Körper. Ihr Herz pochte rasend, doch sie wehrte sich nicht, als seine Hand vorsichtig die Knöpfe ihres Kleides öffnete. Sie spürte die kühle Luft auf ihrer Haut, als er es über ihre Hüften nach unten streifte, bis sie schließlich nur noch mit Mieder und Unterrock bekleidet war. Leichte Furcht flackerte in ihr auf, doch es gelang ihr, diese beiseite zu schieben.

Als seine Hand jedoch das Band berührte, das zwischen ihren Brüsten befestigt war, wurde sie starr.

Langsam hob er den Kopf. »Was ist denn?« fragte er sanft. »Was hast du denn?«

In einer abwehrenden Geste hatte sie ihre Hand halb erhoben und stotterte: »Ich ... ich möchte das ... wirklich. Aber ich bin ...«

Sie konnte nicht weitersprechen. Schleppend zogen sich die Minuten dahin.

Ihr Brustkorb hob und senkte sich mit rasender Geschwindigkeit. Er war immer noch da, und seine Fingerknöchel berührten das seidene Tal zwischen ihren Brüsten. Elizabeths Mund war wie ausgedörrt, denn sie spürte die Spannung in seinen Fingern. Für den Bruchteil einer Sekunde schoß es ihr durch den Kopf, daß er ihre Zurückhaltung wieder mißverstehen könnte.

Seine Augen fixierten sie. »Ängstlich?« beendete er ruhig ihren Satz.

Vor ihrem geistigen Auge stieg wieder ein Bild auf, das sie irritierte. »Ich ... ich will gar nicht ängstlich sein. Ich ... ich mag es, wenn du mich küßt. Es ist ... wie im siebten Himmel. Und ich mag es, wenn du mich ... in deinen Armen hältst. Aber ich werde immer wieder daran erinnert, daß ...«

»Ich weiß«, unterbrach er sie mit leicht grimmigem Gesichtsausdruck.

»Vielleicht liegt es an mir. Vielleicht stimmt etwas

nicht mit mir, sonst hätte das doch nicht passieren können.« Elizabeth schüttelte mit halberstickter Stimme ihren Kopf. »Denn da war Blut ...«

»Nur beim ersten Mal, Elizabeth, nur beim ersten Mal. Und ich versichere dir, daß alles in Ordnung ist.« Er nahm ihre zitternde Hand und führte sie an seine Lippen. Sie intensiv betrachtend rieb er seine Wange an ihren Fingerknöcheln.

»Ich mag es auch sehr, dich in meinen Armen zu halten, Elizabeth. Und ich will dich damit nicht erschrecken, aber ich möchte dich so gerne nackt in meinen Armen spüren. Daß uns nichts mehr voneinander trennt, Elizabeth. Nicht deine oder meine Kleider. Keine Scham oder Reue. Und vor allen Dingen keine Furcht.«

»Aber ... du willst doch mehr!« entfuhr es ihr unbewußt.

»Ja. Aber diesmal ist alles anders, Elizabeth. Ich verspreche dir, es ist nicht mehr wie damals.« Seine Stimme klang leise und überzeugend. »Es wird dir keine Schmerzen mehr bereiten, sondern nur noch Vergnügen.«

Hin und hergerissen zwischen Begehren und Verzweiflung wußte Elizabeth nicht, was sie sagen sollte. Die Stille wurde unerträglich.

Schließlich brach Morgan ihr Schweigen. »Wäre es einfacher für dich, wenn ich mich zuerst entkleidete?«

Elizabeth atmete tief und nachdenklich ein. »Ja. Nein«, entfuhr es ihr in einem Atemzug. »Oh, bitte verzeih' mir, aber ich ... ich weiß es einfach nicht!«

Morgan schien über ihr zu schweben. Die Spannung zwischen ihnen wurde unerträglich. Als sie schon glaubte, sie könnte es nicht länger ertragen, stand er auf und ging zum Kamin. Sein Gesichtsausdruck war ernst und entschlossen.

Sie wechselten kein einziges Wort. Aber das war auch nicht notwendig.

Als hätte er alle Zeit der Welt, begann Morgan sich zu entkleiden; die Konturen seines Körpers wurden vom Dämmerlicht der Beleuchtung eingehüllt. Er sah sie nicht an, sondern blickte geradewegs aus dem Fenster. Langsam und ohne Hast zog er sich aus und offenbarte ihr, was sie zu sehen wünschte.

Und bei Gott, sie konnte ihren Blick nicht abwenden. Hilflos klebten ihre Augen an seinem Körper. Seine Schultern erschienen ihr so breit wie die Türöffnung, seine Rückenmuskulatur war gut entwickelt, und seine Haut hatte die Farbe reifer Walnüsse. Als er seine Hose ablegte, bemerkte sie seinen festen, runden Hintern. Betont langsam wandte er sich zu ihr um.

Und sein Körper erwachte – direkt vor ihren Augen.

Elizabeth schnappte nach Luft. Mitten zwischen seinen Hüften stand seine erigierte Männlichkeit, groß und hart. Was er mit ihr vorhatte, war einfach unmöglich. Sie konnte beinahe spüren, wie er wieder in sie eindrang und sich tief in ihr empfindliches Fleisch bohrte.

Sie wandte ihren Kopf ab. Doch auch als sie in eine andere Richtung blickte, nahm sie immer noch seine starke und maskuline Silhouette wahr.

»Nein, Elizabeth. Sieh nicht weg.«

Sie war sprachlos – und mutlos dazu. Ein Knarren und dann gab die Matratze nach, als er sich wieder neben sie legte. Er berührte sie nicht, aber sie hatte ein Gefühl, als wenn er es täte.

Sie blickte zur Wand, zur Decke, überall hin, nur nicht zu ihm.

Seine Stimme stahl sich durch die Dunkelheit. »Bin ich wirklich so unansehnlich, daß du meinen Anblick nicht ertragen kannst?«

»Du bist nicht unansehnlich. Im Gegenteil, du bist sogar recht attraktiv«, antwortete sie unbedacht.

»Und warum schaust du mich dann nicht an?«

Widerwillig gab sie seinem Drängen nach. Morgan lag auf einen Ellbogen gestützt und betrachtete sie. Dabei fiel ihm auf, daß ihr Blick an seiner Nasenspitze einhielt.

»So ist es schon besser«, sagte er sanft. »Nun denn, ich möchte dir einen Vorschlag machen. Wenn dir irgend etwas von dem, was ich tue, unangenehm ist, dann sag' es mir, und ich höre sofort auf.«

Sie befeuchtete mit der Zungenspitze ihre Lippen. »Tust du das wirklich?«

»Das habe ich doch schon einmal so gemacht, oder?« Ihr Gesichtsausdruck sagte ihm, daß sie das bezweifelt hätte, wenn er nicht so furchtbar ernst gewesen wäre. Gott, wenn sie doch nur wüßte, wie sehr er sie begehrte! Mit jeder Faser seines Körpers. Insgeheim hoffte er, daß er das Richtige tat, und, noch wichtiger, daß er den richtigen Zeitpunkt gewählt hatte. Denn wenn das nicht der Fall war, befürchtete er, daß er sich diesmal nicht mäßigen könnte.

»Ich glaube, ich kann mit ziemlicher Gewißheit behaupten, daß deine Erfahrung mit Männern – nackten Männern – recht dürftig ist. Deshalb möchte ich dir folgenden Vorschlag machen, Elizabeth. Warum befriedigst du nicht einfach deine Neugier?«

Sie riß ihre Augen weit auf. »Ich bin überhaupt nicht neugierig!« entfuhr es ihr. »Vermutlich habe ich weitaus mehr gesehen, als ich jemals sehen sollte.«

Er lachte vor sich hin. Doch dann verschwanden die Lachfältchen um seine Augen. »Dann laß mich es tun«, sagte er ruhig. Damit sie Zeit hatte, es sich noch anders zu überlegen, nahm er ganz langsam ihre Hand und legte sie neben sich in Höhe seines Brustkorbs. »Sag' mir, Elizabeth, ist das so schrecklich?«

»Nein«, gab sie unumwunden zu.

»Und das?« Er hielt den Atem an und führte ihre Hand zu seiner Brust. Auch als er seine Hand wegnahm, zog sie die ihre nicht zurück. Im Gegenteil, ihre Hand streichelte das dunkle lockige Brusthaar, wobei sie hin und wieder seine Haut berührte.

Welch ein Fortschritt, dachte er zufrieden.

Vorsichtig griff er nach ihrer Hand, führte sie zu seinem Mund und drückte ihre Fingerspitzen gegen seine Unterlippe.

Er sah sie an. »Und das? Ängstigt dich das?«

»Nein. Aber du weißt doch, daß ich es mag, wenn du mich küßt.«

Heißes Verlangen stieg in ihm auf. Er biß die Zähne zusammen, um sich zu mäßigen. Gütiger Himmel, wenn sie nur wüßte, wie sie ihn erregte! »Und ich würde mich freuen, wenn du mich küßtest«, sagte er in ernstem Ton.

»Jetzt?« hauchte sie und der Ausdruck in ihren riesigen Augen war unwiderstehlich. Er mußte ein Lächeln unterdrücken.

»Jetzt«, stimmte er zu und legte sich auf den Rücken.

Überraschenderweise nahm sie seine Einladung an. Sie beugte sich über ihn und preßte ihre Lippen auf seinen Mund. Morgan ließ sie ruhig gewähren und blieb ganz passiv. Und plötzlich berührten sich ihre Zungen. Wie ein Stromschlag durchfuhr es ihn. Seine Männlichkeit erwachte, doch Gott sei Dank nahm sie keine Notiz davon. Willig spielte er bei diesem Geplänkel mit.

Für Elizabeth war es eine Erfahrung, wie sie sie noch nie in ihrem Leben gemacht hatte. Ihr Kuß war endlos, intensiv und erregend; sie gaben sich dem Augenblick hin und vergaßen alles um sich herum. Und diesmal protestierte sie nicht, als er ihr Mieder nach unten schob.

Denn plötzlich wollte auch sie es – an seiner Seite liegen, ihre Brüste an seiner haarigen muskulösen Brust und ihre Hüften an die seinen gepreßt. Bald darauf waren sie beide nackt.

Mit seinen Daumen spielte er an ihren aufknospenden Brustwarzen. Sie schmiegte ihre Brüste in seine Handflächen und dachte, sie würde vor Begehren vergehen, als er sie mit seinen Lippen berührte. Wogen der Leidenschaft übermannten ihren Körper. Er gab ihr, wonach sie sich sehnte. Seine Zunge erkundete vorsichtig das dunkle Dreieck zwischen ihren Schenkeln. Langsam, mit kreisenden Bewegungen erregte er sie. Sie hielt seinen Kopf in ihren Händen und grub ihre Finger in sein seidiges dunkles Haar, als er sie schließlich in seinen Mund nahm und sie aussaugte.

Sie schien verrückt zu werden vor Wonne, doch dann hob er schließlich seinen Kopf. »Faß mich an«, sagte er rauh.

Seine Absicht war unmißverständlich. Er ergriff ihre Hand und führte sie über seinen flachen Bauch ...

»Ja. Ja. Faß mich an, Elizabeth. Faß mich an.«

Elizabeths Puls raste, doch sein rauhes Flüstern zwang sie dazu, ihm zu folgen. Seine schlanke Hand führte die ihre mit unerschrockener Entschlossenheit. Die aufregende Reise nahm erst ihr Ende, als ihre Handfläche sein aufgerichtetes Glied fühlte. Mit leichtem Druck seiner Hand brachte er sie dazu, es für einen endlos währenden Moment umschlossen zu halten.

Es war enorm, dick und groß. Tief in ihrem Inneren fragte sie sich, warum sie nicht einfach ihre Hand wegzog und das Bett verließ. Aber jetzt hatte die Neugier, die sie so abgestritten hatte, Besitz von ihr ergriffen. Sie lockerte ihren Handgriff und berührte seine Haut so sanft wie eine Feder. Sie war überrascht von seiner Wärme und Härte, die gewölbte Spitze jedoch schien in Seide gehüllt zu sein.

»Siehst du?« Seine Stimme klang seltsam erregt. »Es gibt nichts, wovor du dich fürchten müßtest. Das ist keine Waffe. Ich brauche dich einfach mehr, als mein Körper ertragen kann.«

Sie betrachtete ihn. Seine Augenlider waren geschlossen. Seine Nackenmuskulatur war angespannt. Mit ihren Fingerspitzen bewegte sie die Haut seines Penis scheu hin und her; dabei beobachtete sie Morgans Reaktion. Selbst wenn es um ihr Leben gegangen wäre, hätte sie die eine Frage nicht zurückhalten können. »Du ... magst das?« flüsterte sie.

Statt einer Antwort stöhnte er. Wieder umklammerte er ihre Hand, doch nur um ihr zu beweisen, welche Lustgefühle sie in ihm erweckte.

Ein seltsames Machtgefühl stieg ihr zu Kopf. Er wurde von ihren Liebkosungen genauso erregt wie sie, und dieses Wissen machte sie kühn und ließ sie erröten.

Doch sie sollte nicht nur Genuß verschaffen, sondern ihn auch selbst empfinden. »Halt«, sagte er mit einem merkwürdigen kurzen Lachen. »Jetzt bist du dran!«

Er küßte sie. Seine Fingerspitzen streichelten über ihren Bauch. Kühn bahnte er sich durch das goldene Vlies über ihren Schenkeln seinen Weg. Elizabeth zuckte, als sein forschender Finger ihr zartes Fleisch durchbohrte und seinen Weg nach innen suchte.

Und er hörte nicht auf. Mit seinem Daumen streichelte er ihre Klitoris, bis sie den Höhepunkt ihrer Erregung erreichte. Sie wand sich und stöhnte unter seinen Berührungen. Zu ihrem Entsetzen bemerkte sie die warme Feuchtigkeit, die sich durch sein Streicheln in ihrer Vagina bildete.

Beinahe zu Tode erschreckt grub sie ihre Fingernägel in seine harten Oberarme und jammerte: »Hör' auf! Bitte, ich glaube ...«

Er begriff, was sie meinte, und schüttelte sachte den Kopf. »Es ist alles in Ordnung, Liebste. Das bedeutet, daß du mich willst. Und das tust du, nicht wahr?«

Der unsichere Unterton in seiner Stimme, der so absolut untypisch für ihn war, brachte sie innerlich zum Schmelzen. Sie streichelte seine Wange. »Ja«, flüsterte sie mit brüchiger Stimme. »Ich will dich. Ja.« Sie umschlang ihn mit ihren Armen und klammerte sich an ihn.

Das genügte ihm als Zustimmung. Er zog sie ihn einer

heftigen Umarmung an sich. Sie schmiegte sich an ihn und, während er sie auf den Rücken drehte, gab sie sich seinem heißen fordernden Kuß hin.

Sie spürte die glühende Spitze seines Gliedes zwischen ihren Schenkeln, aber jede Furcht kam jetzt zu spät. Als sein Penis in sie eindrang, spürte sie sein erregtes Atmen in ihrem Mund. Sie holte vorsichtig Luft, weil sie wieder den stechenden Schmerz erwartete, der schon einmal ihren Körper durchzuckt hatte.

Schließlich hatte er ganz und gar Besitz von ihr ergriffen. Er bewegte sich nicht, sondern wartete, bis sie mit dem Gefühl seiner erigierten Männlichkeit in ihrer Vagina vertraut war. Sie war erstaunt über dieses Eindringen, doch ihr ganzer Körper nahm ihn in sich auf. Und es war genauso, wie er gesagt hatte: auch wenn er tief in ihr drinnen war, spürte sie keinen Schmerz, sondern nur das unbeschreibliche Gefühl seines Geschlechts in ihrer engen und warmen Scheide.

Langsam hob er den Kopf und blickte sie mit leuchtenden grauen Augen an. »Wie geht es dir?« fragte er sie mit fester Stimme.

Statt einer Antwort zog sie seinen Kopf zu sich hinunter.

Er fing an, sich langsam zu bewegen und immer tiefer in sie einzudringen. Wieder und wieder. Sie hielt den Atem an, als seine Männlichkeit immer wieder in sie hineinglitt und ihr ein überwältigendes Gefühl bescherte.

Ihr Blick verschwamm. In ihrer Brust machte sich ein so süßes, ja beinahe schmerzhaftes Gefühl breit. Morgan O'Connor war nicht unbedingt ein zärtlicher Mann. Aber er war leidenschaftlich in jedem Kuß, in den langsamen, verlangenden Liebkosungen ihres Körpers, in den vorsichtigen Bewegungen seiner Hände, die ihr weiteren Schmerz ersparen sollten ... Händen, die ein solches Lustempfinden erzeugen konnten, wie sie es niemals geahnt hatte.

Mit jeder seiner Bewegungen schoß ihr das Blut siedendheiß durch den Körper. Ein heftiges Begehren durchzuckte sie. Sie vergrub ihre Finger in seinem dunklen Haar, streichelte seinen Nacken und glitt mit ihrer Hand über seinen muskulösen Rücken.

Eine innere Leidenschaft ergriff von ihr Besitz. Ihr Körper stand in Flammen. Sie stemmte sich mit ihren Hüften gegen seinen Körper und bewegte sich in seinem Rhythmus. Nur er konnte ihr geben, was sie verlangte.

»Morgan«, schrie sie an seinem Hals. »Morgan.«

Jetzt hatte sie ihn zum ersten Mal bei seinem Namen genannt – und beide erkannten das.

Über ihr wurde er augenblicklich ruhig. Doch dann brach es aus ihm hervor. Er küßte sie heiß und innig. Seine Hände drückten die ihren.

Immer wieder bewegten sie sich im Takt; fester und fester, mit einer Verzweiflung, die von Lust und Leidenschaft herrührte und viel zu lange von ihnen geleugnet worden war. Er stieß tiefer, fast wie von Sinnen, aber Elizabeth gab ihm nach. Kurze heftige Atemgeräusche füllten die Luft ... seine und ihre.

Seine Finger glitten ihren Rücken hinab. Er grub seine Hände in ihr Hinterteil. »Du gehörst zu mir«, murmelte er gierig. »Und das weißt du auch, nicht wahr?«

Seine Leidenschaft war mitreißend. Er brachte sie auf den Höhepunkt ihrer Erregung. Wogen der Ekstase brachen über ihr zusammen. Lustschreie gellten aus ihrem Mund. Als er seinen Orgasmus bekam und in ihr ejakulierte, stand ihr Unterleib in Flammen.

Später strichen seine Finger sanft durch ihr seidiges Haar, das über dem Kopfkissen ausgebreitet lag. Langsam stützte er sich auf seinen Ellbogen auf, senkte seinen Kopf zu ihr hinunter und küßte sie lange und intensiv. »Meine Frau«, flüsterte er in einem Tonfall tiefster Befriedigung in ihren Mund. Doch das machte ihr nichts aus.

Nein, wirklich nicht. Schließlich hatte er es mit einem Lächeln gesagt ...

Morgan schlief als erster von ihnen ein; sein Kopf an ihre Brust geschmiegt, hielt er mit einem Arm ihre Taille geschlungen.

Er lächelte immer noch.

Elizabeth weinte vor Freude.

Kapitel 17

Sie verbrachten ihre Tage heiter und zufrieden, ihre Nächte glühten vor Leidenschaft. Sie unterwarf ihm ihren Körper, und Morgan gab sich ihr bedingungslos hin. Für jeden von ihnen war es eine Zeit der Entdeckung, der Erfahrung und eine Oase der Ruhe nach all den vorangegangenen Mißverständnissen.

Morgan unterstützte ihre scheuen Erkundigungen mit anerkennenden Worten und zärtlichem Liebesgeflüster. Elizabeth errötete jedesmal fürchterlich, wenn sie darüber nachdachte, was sie alles miteinander anstellten! Wenn sie nachts einschliefen, hielten sie sich eng umschlungen – eine erotische Komplizenschaft. Genauso wachten sie am nächsten Morgen auf ...

Und es dauerte immer eine gewisse Zeit, bis sie dann schließlich aufstanden.

Elizabeth kam es vor, als habe ein Sonnenstrahl tief in ihrem Inneren ein heftiges Leuchten hervorgerufen. Und Morgans Verhalten war viel entspannter. Er schien mit sich selbst und ihr zufrieden zu sein. Die Härte, die sie immer bei ihm bemerkt hatte, war auf einmal verschwunden. So hatte sie diesen Mann noch nicht erlebt ...

Ein Mann, den sie lieben konnte.

Hoffnung flackerte in ihr auf. Sie betete darum, daß diese Tage den Grundstein für ihre gemeinsame Zukunft legten. Dann wäre ihre Ehe mit Morgan nicht der insgeheim gefürchtete Kampf.

Denn sie könnte auch ganz anders sein ... Sie sandte Stoßgebete gen Himmel, daß es so sein möge.

Als Morgan eines Nachmittags zum Fischen gegangen war, beschloß sie, in die Stadt zu schlendern. Die darauffolgenden Stunden verbrachte sie an den Ständen auf dem örtlichen Markt, betrachtete hier und da einen hübschen Schal und lobte voller Freude die schönen, aus kleinen Seemuscheln aufgezogenen Ketten.

Als sie gerade wieder nach Hause zurückkehren wollte, entdeckte sie am Ende einer Reihe einen kleinen Stand, an dem einige gerahmte Gemälde unterschiedlichster Größe ausgestellt waren. Davor saß in ausgebleichtem Hemd und zerknitterten Hosen ein junger Mann, der einen Skizzenblock und Zeichenkohle in der Hand hatte.

Konzentriert hatte er die Stirn gerunzelt. Ihr war bereits aufgefallen, daß er sie, seit sie ihn beobachtete, mehrmals kurz und intensiv gemustert hatte, bevor er seinen Blick wieder auf den Block senkte.

Neugierig marschierte sie in seine Richtung. Er war so mit seiner Arbeit beschäftigt, daß er sie erst wahrnahm, als sie vor ihm stand. »Ich hoffe, es macht Ihnen nichts aus«, sagte sie freundlich und beugte sich über ihn, um zu sehen, was er da zeichnete.

Es war ein Bild von ihr.

Elizabeth schaute es interessiert an. Sie trug ein weißes Band in ihrem Haar, das ihr offen über die Schultern fiel. Ihr Gesichtsausdruck war ein wenig nachdenklich.

Der junge Mann lächelte schwach. »Und ich hoffe, es macht Ihnen auch nichts aus.«

Sie deutete mit dem Kopf auf die Bilder hinter ihm. »Sie sind recht begabt.«

»Danke.«

Dann schaute sie sich jedes seiner Bilder an. Doch es war das letzte Gemälde, an dem ihr Blick haften blieb, ein prachtvoller Clipper auf hoher See. Breitbeinig, das Gesicht gegen den Wind gestreckt, stand dort die Gestalt eines Mannes an Bord, dessen starke Hände in die Taue griffen.

Was hatte Morgan gesagt? »Aber ich sehnte mich immer danach, wieder auf See zu sein, zu spüren, wie das

Schiff durch die Wellen preschte, und das donnernde Geräusch der vom Wind aufgeblähten Segel zu hören. Es gab nichts Vergleichbares – die Brise in meinem Haar, das vom Wetter gegerbte Gesicht und der Salzgeruch in der Luft.«

Sie konnte nicht anders, sie mußte den Atem anhalten. Der Künstler hatte in seinem Bild die ganze Anmut des Schiffes, die wild bewegte See und den beherzten Stolz des Kapitäns eingefangen.

Im Nu stand sie davor. »Das ist wunderschön«, sagte sie atemlos. »So lebensnah. Sie müssen selber viele, viele Male zur See gefahren sein.«

Der Mann lachte vor sich hin. »Ein paarmal«, gab er zu. »Aber ich ziehe festen Boden unter den Füßen vor. Mein Vater ist der Seemann in unserer Familie. Er ist einer der Fischer im Ort.«

Elizabeth klatschte impulsiv in die Hände. »Wieviel kostet es?« Ihre Gedanken rasten mit ihr davon. Sie hatte nur wenig Geld bei sich, aber sie hatte noch keinen einzigen Pfennig von dem ausgegeben, was Morgan auf ihr Konto einzahlte.

Sobald sie wieder in Boston waren, könnte sie ihm das eventuell fehlende Geld nachschicken.

»Möchten Sie es kaufen?«

»Oh ja! Sehr gern.« Sie seufzte. »Aber ich habe Angst, daß ich zu wenig Geld bei mir habe. Ich komme aus Boston, und mein Mann und ich machen hier Urlaub. Aber wenn Sie es für mich noch einige Tage aufheben könnten, würde ich unseren Kutscher mit der entsprechenden Kaufsumme zurückschicken.«

Der junge Mann strich sich über die Wange. »Nun, es war ziemlich vermessen, Sie einfach ohne Ihre Erlaubnis zu zeichnen.« Er hielt inne. »Ich mache Ihnen einen Vorschlag. Vielleicht können wir handelseinig werden? Ich schenke Ihnen das Bild, wenn Sie mir noch solange Modell sitzen, bis ich meine Skizze vollendet habe.«

»Abgemacht!« Elizabeth hätte beinahe vor Freude aufgejauchzt. »Obwohl ich sagen muß, daß ich bestimmt das bessere Geschäft mache.«

Erfreut über seinen Handel grinste der Maler breit. Er stellte sich ihr als Andrew vor. Sie schüttelten sich die Hände, und vor der Küste als Hintergrundmotiv wies er ihr dann einen Stuhl zu.

Eine halbe Stunde später schlenderte Elizabeth zurück nach Hause. Das in Packpapier gehüllte Gemälde hielt sie wie einen Hauptgewinn fest vor ihre Brust gedrückt.

Als sie die Hütte erreichte, kam Morgan ihr vom Strand entgegen. Schon bei seinem Anblick machte ihr Herz einen Satz. Sein Haar war vom Wind zerzaust, er ging barfuß, seine Hosenbeine waren bis unters Knie hochgerollt, und sein Oberkörper war nackt.

»Du siehst ganz anders aus als an dem Tag, an dem wir uns kennenlernten«, neckte sie ihn. Sie sah ihn von oben bis unten an. Er stand eine Treppenstufe unter ihr, und um ihm in die Augen sehen zu können, mußte sie ihren Kopf in den Nacken legen. »Jetzt, da ich weiß, daß du zur See gefahren bist, könnte ich mir dich mit Leichtigkeit als Pirat vorstellen.«

»Als Pirat?« Sein schiefes Lächeln ging ihr durch Mark und Bein. »Elizabeth, du beleidigst mich. Allein der Gedanke, daß ich so ruchlos sein könnte!«

»Denk doch einmal nach, ich glaube, es paßte zu dir! Denn meine Knie zitterten jedesmal, wenn du mit mir sprachst!«

Er lächelte doch, oder? »Sicher, bei deiner Herkunft kann man dir nichts übelnehmen.«

Elizabeth sah ihn tadelnd an. Entdeckte sie da nicht in seiner Stimme einen Unterton von ... na was? Reue? Traurigkeit?

»Was meinst du damit?« fragte sie spitz.

»Daß du eine Lady bist.« Schlanke Hände umfaßten ihre Taille. Er blickte sie an. »Meine Lady.«

Seine rauhe Stimme erregte sie bis tief unter die Haut. Er mußte sie nur anschauen, und schon fühlte sie sich schwach und schwindlig.

Sein Blick fiel auf das Paket, das sie immer noch vor ihrer Brust hielt. »Was hast du da gekauft?«

»Das kann ich dir nicht verraten«, erwiderte sie.

»Ach komm, hör auf. Ich möchte sehen, ob ich mit deinem Geschmack einverstanden bin.«

»Das will ich doch ernsthaft hoffen!« Ihre Augen sprühten Funken. »Ich habe es gesehen und sogleich an dich gedacht. Da wußte ich, ich mußte es haben.«

Eine seiner Brauen schoß fragend nach oben. »Das klingt ziemlich aufregend.« Sein Gesichtsausdruck wurde einlenkender. »Warum packst du es nicht aus und ziehst es an. Dann werden wir sehen, hmmm?«

Ihre Lippen verzogen sich vor diebischer Freude. »Oh, es ist nicht für mich. Es ist für dich.«

»Für mich!« Er war wirklich überrascht. »Warum?«

Sie lächelte über seine Verblüffung. »Muß es denn immer einen Grund geben?«

Sie konnte es sich nicht erklären, aber für Sekundenbruchteile veränderten sich seine Gesichtszüge. »Nun dann«, sagte er, »warum kannst du mir dann nicht sagen, was es ist?.«

»Weil du es dir einfach selber anschauen mußt.« Sie setzte sich auf die oberste Stufe der Verandatreppe und wies auf den Platz neben ihr. Als er sich setzte, drückte sie ihm ihr Geschenk in seine Hände.

Er zögerte ... eine Ewigkeit, so schien es! Sie fragte sich bereits, ob er es überhaupt öffnen würde. Schließlich wickelte er das Paket so langsam und vorsichtig aus, daß sie es niemals vergessen würde.

Dann hielt er das Bild in seinen Händen. Seine Reaktion jedoch entsprach kaum dem, womit sie innerlich gerechnet hatte. Noch nicht einmal die Andeutung eines Lächelns umspielte seine Züge. Ohne sich zu rühren, starrte er einfach nur das Bild an, und es erschien ihr wie eine Ewigkeit.

Sie schluckte. Obwohl sie sich so sicher gewesen war, erkannte sie jetzt, daß er es nicht mochte! Sie mußte die Tränen zurückhalten und fühlte sich innerlich so zerknirscht, war jedoch entschlossen, es ihm nicht zu zeigen.

»Oh Liebling, es ... es tut mir so leid, Morgan. Es war vorschnell von mir zu glauben, daß es dir gefallen würde.« Ihr Lächeln kostete sie alle Mühe. »Ich bringe es zurück. Oder noch besser, du tauschst es um. Dann kannst du dir das aussuchen, was dir wirklich gefällt.«

Sie sprang auf und hatte nur den einen Gedanken zu fliehen, bevor sie sich noch mehr aufregte. Doch der starke Arm ihres Ehemannes umschloß ihre Taille und zog sie wieder zu sich hinunter.

»Nein Elizabeth! Nicht! Ich ... ich finde es wunderschön, wirklich!«

Sie kämpfte mit Mühe gegen ihre Verletztheit an. »Findest du nicht«, sagte sie bestimmt. »Aber das ist schon in Ordnung ...«

»Nein, ist es nicht! Das Bild gefällt mir, das schwöre ich beim Tode meiner Mutter. Es ist nur, daß ...« Er senkte seinen Kopf und gab ein kehliges kleines Lachen von sich. »Gott, ich verderbe wieder alles!«

Sie beobachtete ihn. Er klang so fremd, so gar nicht er selbst. »Nein, tust du nicht. Bitte, Morgan«, drängte sie. »Erzähl' es mir.«

Sie sah, wie sich die Sehnen in seiner Kehle beim Schlucken zusammenzogen. Und sie sah den seltsamen Glanz in seinen Augen ... Sie stutzte. Nein, nein, das konnte einfach nicht sein ...

»Ich ... ich weiß nicht, was ich sagen soll, Elizabeth.« Er sah sie beim Sprechen nicht an; seine Worte kamen gequält. »Es ist einfach, daß ... daß mir bis heute noch nie jemand etwas geschenkt hat ...«

Jetzt dämmerte es ihr. Elizabeths Herz zog sich schmerzhaft zusammen, als er ihr dieses Bekenntnis machte. Ihre eigene Kindheit war so voller Liebe und wundervoller Erinnerungen gewesen, die von Morgan jedoch nur unglücklich. Als sie ihn betrachtete, sah sie wieder den armen kleinen Jungen vor sich, der seine Kinderzeit in einer verkommenen Hafenkneipe verbringen mußte. Aber sie sah auch den Mann, der er nun geworden war – der Mann, der das alles hinter sich gelassen hatte, der seinen Lebensweg gefunden und sein Glück gemacht hatte.

Sie legte ihre Handflächen auf seine Wangen und zog sein Gesicht zu sich hinüber.

»Nun, jetzt ist es passiert«, sagte sie sanft. »Und ich bin froh, daß ich diejenige war, die daran gedacht hat.«

Ihre Blicke trafen sich, und etwas Unfaßbares, das sie sich nicht erklären konnten, geschah mit ihnen – doch das war wertvoller als alles Gold der Welt.

Morgan setzte das Bild ab und nahm sie in seine Arme. Er lehnte seine Stirn gegen die ihre. »Ich auch«, sagte er mit rauher Stimme. Sein Lächeln wurde noch eine Spur breiter. »Ich hoffe nur, du hast mich damit nicht an den Rande des Ruins gebracht.«

Elizabeth hob stolz die Nase. »Wenn es dich interessiert, es hat mich keinen Pfennig gekostet. Der Maler hat mir das Gemälde als Honorar dafür geschenkt, daß ich ihm einige Minuten lang Modell gesessen habe.« Sie lachte und der glockenhelle Klang wurde von der Brise fortgetragen. »Obwohl ich mir nicht vorstellen kann, warum er ausgerechnet mich malen wollte.«

Morgan schon. Er fand für ihren Liebreiz keine Worte. Ihre Schönheit war mehr als nur ein anziehendes Gesicht. Es war ihre Anmut und ihre Herzenswärme, die andere in ihren Bann zog.

Um ehrlich zu sein, hatte er mit solchen Gefühlen nur sehr wenig Erfahrung. Er hatte soviele Menschen gekannt, die absolut skrupellos gewesen waren und immer zuerst an sich gedacht hatten. Doch seine Mutter war Elizabeth sehr ähnlich gewesen, selbstlos und großzügig. Und wie stand es um ihn selbst? Er schämte sich zutiefst, denn während der letzten Jahre war alles, was er jemals an Mitgefühl besessen hatte, verschwunden, als wäre es nie dagewesen ...

Er hatte das Lachen verlernt.

Aber Elizabeth hatte es ihm wieder beigebracht.

Er hatte verlernt zu leben.

Und sie hatte ihm diese Lebensfreude wieder geschenkt.

Ihm schnürte sich die Kehle zu. Die vergangene Woche war die unbeschwerlichste – und glücklichste – in seinem ganzen bisherigen Leben gewesen.

Das hatte er Elizabeth zu verdanken.

Und wenn er sie verlieren würde? Eine schreckliche Ahnung keimte in ihm auf. Nein. Nein! Das konnte nicht sein. Das durfte nicht sein.

Widerwillig reisten sie wenige Tage später wieder nach Boston zurück.

Beide hatten keine Vorstellung davon, was sie dort erwarten würde.

Als Elizabeth und Morgan das Haus betraten, wurde die Eingangshalle von ihrem fröhlichen Gelächter erfüllt. Er hob sie hoch und wirbelte sie im Kreis herum, bis ihr schwindlig wurde und sie nach Atem rang. Einer nach dem anderen kamen alle Dienstboten und bestaunten ihren Herrn und seine Frau absolut ungläubig.

»Genug!« japste Elizabeth. »Morgan, bitte, ich kann nicht mehr!«

Morgans Augen leuchteten vor Vergnügen, als er sie schließlich absetzte. »Dann werde ich dich eben tragen müssen«, neckte er sie. Es überraschte sie, mit welcher Leichtigkeit er sie umherschwingen konnte.

Elizabeths Protest war nur halbherzig gemeint, denn

ihr lächelndes Gesicht glühte. Sie drückte ihren Kopf an seine Schulter und seufzte vor Zufriedenheit.

Dann verschwand das Hauspersonal wieder, und jeder von ihnen hatte ein wissendes kleines Lächeln auf dem Gesicht.

Aber sie waren trotzdem nicht allein.

»Was für eine gelungene Vorstellung«, dröhnte eine tiefe männliche Stimme. »In der Tat, wirklich gelungen.«

Am Fuße der Treppe blieb Morgan abrupt stehen. Seine kostbare Last immer noch auf den Armen tragend drehte er sich um.

Nathaniel stand in der Türe zur Bibliothek und prostete ihnen mit einem Glas zu, das mit einer goldbraunen Flüssigkeit gefüllt war. »Ich hatte bis jetzt noch nicht das Vergnügen, den Frischvermählten einen Toast auszusprechen.«

Plötzlich wurden Morgans Arme stahlhart. Elizabeth merkte, wie er sie langsam zu Boden gleiten ließ.

Nathaniels Grinsen war anzüglich. Wieder hob er sein Glas. »Hoffentlich hast du mit dieser Ehe mehr Glück, Morgan.« Sein Blick streifte Elizabeth. »Elizabeth. Liebste Elizabeth, was soll ich nur sagen? Ich hoffe, daß mein Bruder dich glücklicher macht als Amelia!«

Elizabeth wurde schwindlig. Das Blut war aus ihren Schläfen gewichen. Mit großen Augen fixierte sie das verkniffene Gesicht ihres Mannes.

»Amelia?« wiederholte sie schwach. »Wer um alles in der Welt ist Amelia?«

Kapitel 18

Im Raum war es so still, daß man eine Stecknadel hätte fallen hören können.

»Es geht nicht darum, wer sie ist, sondern wer sie war!« Nathaniel grinste seinen Bruder überheblich an. »Das solltest du ihr eigentlich erklären, Morgan. Um ehrlich zu sein, bin ich sehr überrascht, daß du das bislang noch nicht getan hast.«

Oh, er war hinterhältig. Morgan beobachtete seinen Bruder voller Zorn. Dieser Schweinehund Nathaniel wußte doch nur zu genau, daß er nicht darüber sprechen würde!

Kalte Wut packte ihn. Er brannte darauf, Elizabeth die Wahrheit zu erzählen. Doch tief in seinem Unterbewußtsein hörte er immer noch die Stimme seiner Mutter.

»Dein Bruder ist so jung ... Er braucht jemanden, Morgan, jemanden wie dich. Hilf ihm. Beschütze ihn.«

Groll machte sich in ihm breit. Fast alles, was er getan hatte, hatte er für Nat getan. Für Nat, hatte er sich immer wieder gesagt, wenn er eigentlich aufgeben wollte. Nur für Nat.

Ein Anflug von Sarkasmus überkam ihn. Vielleicht war er egoistisch, vermutlich sogar! Oh, ihre Mutter hatte sich Sorgen gemacht. Aber sie hatte ihn alleingelassen, allein mit einem Bruder, um den er sich kümmern sollte, und einem Vater, dem alles egal war. Und seit ihrem Tode hatte nicht einer jemals an ihn gedacht. An seine Gefühle. An seine Zufriedenheit. Seine Zukunft.

Niemand ... außer Elizabeth.

Und jetzt konnte er beinahe zusehen, wie dieses Glück wieder zerrann. Das war nicht gerecht, bäumte er sich innerlich auf. Es war einfach nicht gerecht.

Er ballte seine Hände zu Fäusten und bedachte seinen Bruder mit einem vernichtenden Blick. »Du Schwein.« Aus seiner Stimme klang kalte Verachtung. »Verschwinde.«

Elizabeth war erstaunt, daß ein einziges Wort so vernichtend klingen konnte.

Nathaniel feixte ihn an. »Ach komm, Morgan. Es besteht überhaupt kein Grund für diese Feindseligkeit ...«

Morgan trat noch einen Schritt näher an ihn heran. »Verschwinde«, stieß er zwischen den Zähnen hervor, »oder ich werde dich mit meinen eigenen Händen vor die Tür setzen, so wahr mir Gott helfe!«

Unbewußt stellte sich Elizabeth zwischen die beiden Männer. »Morgan! Um Gottes Willen ...«

»Ich werde dir deine Frage beantworten, Elizabeth, wenn wir keine Zuhörer haben.« Er sah Nathaniel, der versuchte, die Rolle des ungebetenen Gastes zu spielen, mit stechendem Blick an.

»In Ordnung, wenn das so ist«, sagte er und zupfte an seinen Manschetten, »komme ich wieder, wenn mein Besuch euch willkommener ist.«

Morgan biß die Zähne zusammen. »Komm erst wieder, wenn du eingeladen bist«, sagte er kalt.

Auch wenn er Nathaniel verärgert hatte, so ließ dieser sich jedenfalls nichts anmerken. Fröhlich pfeifend marschierte er zur Tür hinaus.

Er hatte ihnen gehörig die Laune verdorben. Ihre tiefgrünen Augen blickten verwirrt und verletzt in ein Augenpaar, das tiefgrau wie ein trostloser Winterhimmel war.

Wortlos deutete er zur Bibliothek. Elizabeth versteifte sich, als er nach ihrem Ellbogen griff und sie mit sich zog.

Als sie dort angelangt waren, löste sie sich schnell aus seinem Griff.

Morgans Mund war zu einer dünnen Linie zusammengekniffen, aber er sagte nichts, als sie von ihm wegtrat.

Elizabeths Schweigen war trügerisch, denn ihre Gefühle gingen beinahe mit ihr durch. Einerseits war sie wütend auf Nathaniel, weil er Morgan provoziert hatte, obwohl dieser weder sie noch seinen Bruder hintergangen hatte. Doch noch wütender war sie auf Morgan.

Sie war vollkommen durcheinander. Was hatte Nathaniel zu Morgan gesagt? »Hoffentlich hast du mit dieser Ehe mehr Glück.«

Plötzlich dämmerte es ihr, und diese Erkenntnis brachte sie den Tränen nahe. Aber sie wollte es aus seinem Munde hören.

Sie verbarg ihre Hände hinter ihrem Kleid, damit er nicht sah, daß sie zitterten. »Wer war sie, Morgan?« fragte sie. »Wer war Amelia?«

Sein Gesicht nahm einen reuevollen Zug an. Trotzdem antwortete er ihr nicht.

Elizabeth war außer sich. »Sag es mir, verdammt! Wer war sie? Deine Frau?«

Er senkte den Kopf. »Ja.«

Elizabeth kämpfte gegen einen Schmerz, der sie beinahe ohnmächtig machte. Kein Zweifel, diese Frau hatte er nicht geheiratet, weil er dazu gezwungen war. Kein Zweifel, er hatte sie geheiratet, weil er sie liebte ...

Ihr Schmerz währte nur kurz und wurde statt dessen von Wut überlagert. »Und wo ist sie jetzt?«

»Sie ist tot«, meinte er so sachlich, als wäre er völlig geistesabwesend. Plötzlich gingen ihre Gefühle mit ihr durch. Mein Gott! jagte es ihr durch den Kopf. Was war er für ein Mann, der so emotionslos reagieren konnte?

»Dann warst du also Witwer?«

Wieder diese Gleichgültigkeit. »Ja.«

Elizabeth wurde ganz still. Alles in ihr hatte sich auf einmal verhärtet. Sie fühlte sich betrogen. Als zweite Wahl, obwohl sie tief in ihrem Inneren wußte, daß es dumm war von ihr, so zu denken. Schließlich war die andere Frau tot!

Morgans Lippen bewegten sich. »Sag' jetzt nichts. Aber du wärest lieber bei Nathaniel, nicht wahr? Du hättest lieber ihn geheiratet!«

»Im Augenblick wäre es mir am liebsten, wenn ich weder ihn noch dich jemals kennengelernt hätte!« rief sie.

Seine Kinnpartie zuckte. »Siehst du denn nicht, was er getan hat? Er wollte uns beide doch nur gegeneinander aufhetzen!«

Elizabeths Augen sprühten Funken. »Schieb das jetzt nicht Nathaniel in die Schuhe. Dafür kann er nichts. Ich möchte nur eines wissen, Morgan. Hättest du mir das jemals erzählt? Sei ehrlich.«

Schuldbewußtsein spiegelte sich in seinem Blick wider. »Ich weiß es nicht«, sagte er erschöpft. »Ich habe ehrlich gesagt nicht darüber nachgedacht.« Er hielt inne und streckte seine Hand nach ihr aus. »Elizabeth, bitte, du mußt verstehen ...«

Sie ignorierte sein leises Bitten und wehrte seine Hand ab. »Laß das! Erzähl' mir jetzt bitte nicht, es wäre um meinetwillen gewesen. Erzähl' mir nicht, du habest gedacht, es sei besser für mich, die Wahrheit nicht zu erfahren. Ich erinnere mich noch an einige deiner ersten Worte, als ich hier ankam. Du sagtest, daß manche Leute Nathaniel für einen Lügner und Betrüger halten. Aber du bist auch keinen Deut besser!«

Sie wartete seine Antwort nicht ab, sondern drehte sich auf dem Absatz um und ging in Richtung der Doppeltüren. Als sie sie aufgerissen hatte, wandte sie sich noch einmal zu ihm hin.

»Hast du sie geliebt?«

Sie hätte damit rechnen müssen, daß er ihr eine Antwort schuldig blieb.

»Sag es mir!« Sie schrie förmlich.

»Ja.«

»Und, hat sie dich auch geliebt?«

Sein Lächeln war reiner Zynismus. »Ich glaubte, daß sie mich liebte. Aber Amelia liebte nur sich selbst.«

Der Schmerz, den Elizabeth empfand, schnürte ihr beinahe die Kehle zu. Tränen verschleierten ihren Blick. Als er sie so sah, gab Morgan einen leisen Fluch von sich und wollte zu ihr.

Elizabeth schüttelte entschlossen ihren Kopf. »Nein. Faß mich nicht an. Bitte« – ihre Stimme versagte – »laß' mich allein.« Mit einem unterdrückten Schluchzen raffte sie ihre Röcke und rannte blindlings aus der Bibliothek.

In dieser Nacht war das Haus totenstill.

Der Frieden und die Nähe, die sie in der Hütte geteilt hatten, waren zerstört.

Die Zeit heilt irgendwann alle Wunden. Elizabeths Gefühle blieben jedoch zerrissen, denn sie war keineswegs stolz auf ihren Ausbruch, auch wenn Morgan ihr seine erste Ehe beileibe nicht hätte verschweigen dürfen.

Es schmerzte, wenn sie daran dachte, daß Morgan mit einer anderen Frau zusammen gewesen war. Eine andere Frau geliebt hatte, obwohl sie sich immer wieder vor Augen führte, daß er niemals wirklich behauptet hatte, sie zu lieben. Schließlich erkannte sie, daß es egoistisch und engstirnig von ihr war, so zu denken. Morgan hatte eine armselige Jugend voller Mühsal gehabt. Was ging es sie an, daß er verheiratet gewesen war – oder daß er seine Frau geliebt hatte? Diese Frau war tot. Was auch immer Amelia ihm bedeutet hatte, konnte sie ihm kaum verübeln.

Und doch schwirrten Hunderte von Fragen in ihrem Kopf herum. Woran war sie gestorben? War sie krank gewesen? Ein Unfall vielleicht?

Beim Frühstück am nächsten Morgen stellte sie ihm genau diese Frage. Er ließ augenblicklich seine Serviette fallen und sprang vom Stuhl auf. »Ich habe nicht die Zeit, darüber zu diskutieren«, sagte er kurz angebunden. »Ich habe heute morgen eine Besprechung.« Mit diesen Worten verschwand er und ließ sie verwirrt und wütend zurück.

Später ging sie seinen Kalender im Arbeitszimmer durch. Sie fand keinen solchen Termin.

Langsam schleppte sich der Vormittag dahin. Am Nachmittag hatte sie das Gefühl, lange genug in ihren vier Wänden zugebracht zu haben. In der Hoffnung, ihre innere Ruhe wiederzufinden, entschloß sie sich zu einem Spaziergang. Bald darauf stand sie vor Stephens Haus, und bevor sie noch nachdenken konnte, war sie bereits die Stufen zur Eingangstür hochgestiegen und hatte geläutet.

Eine kleine füllige Haushälterin mit schlohweißem Haar öffnete ihr die Tür. »Hallo. Kann ich etwas für Sie tun?«

Elizabeth lächelte sie an. »Das hoffe ich. Ist Dr. Marks zuhause?«

»Er ist in seinem Büro im hinteren Teil des Gebäudes. Haben Sie einen Termin bei ihm?«

»Leider nein.«

»Nun, das macht nichts«, sagte die Frau knapp. Sie ließ Elizabeth eintreten. »Ich glaube, er hat im Moment keinen Patientenbesuch. Ich bin sicher, er freut sich, Sie zu sehen.«

Als die Frau sie zu Stephens Büro führte, hatte Elizabeth das unangenehme Gefühl, hinter Morgans Rücken zu handeln.

Allerdings hatte er ihr keine andere Wahl gelassen. Sie mußte etwas über Amelia erfahren.

Als Stephen sie sah, lächelte er sie erfreut an. »Gut, gut«, meinte er und schloß die Tür hinter ihr. »Ich kann mir nur einen Grund denken, warum du gekommen bist, Elizabeth. Wir fühlen uns morgens etwas unwohl, nicht wahr?«

»Keineswegs«, antwortete sie mit fragend zusammengezogenen Brauen. »Warum sollte ich?«

»Nun«, sagte er ziemlich verdutzt, »ich dachte, die Familie würde sich bald vergrößern.«

Sie sah ihn immer noch verständnislos an.

Er grinste breit. »Normalerweise sucht eine Frau, die ein Kind erwartet, einen Arzt auf.« Dabei starrte er wie gebannt auf ihren flachen Bauch.

Schließlich begriff sie seine Andeutungen. »Du sprichst von ... einem Baby?«

»So könnte man das Resultat einer Geburt bezeichnen, mein liebes Mädchen«, lachte er vor sich hin. »Und da du eine verheiratete Frau bist, nehme ich an, daß du weißt, was der Geburt eines Kindes vorausgeht.«

»Natürlich weiß ich das!« entfuhr es ihr zutiefst errötend, denn sie erkannte, was sie gerade zugegeben hatte. Aber auch wenn sie jetzt genau wußte, was zu einer Schwangerschaft führte, hatte sie nie darüber nachgedacht, daß ihr das passieren könnte.

Stephen warf seinen Kopf nach hinten und lachte schallend. »Hervorragend. Ich könnte es nämlich nicht ausstehen, derjenige sein zu müssen, der dir das jetzt noch erklären soll.«

Die Hände in die Hüften gestemmt gab sie Entrüstung vor. »Wenn das ein anderer gesagt hätte, Stephen Marks, hätte ich ihm für diese Unverschämtheit ins Gesicht geschlagen.«

Er tätschelte ihre Schulter. »Es wäre schade, wenn ich mich irrte«, sagte er fröhlich. »Aber was soll's. Früher oder später passiert es jeder Frau – vermutlich früher, als du denkst.«

Elizabeth stieg wieder die Röte ins Gesicht. »Stephen, du bist ... unmöglich.«

»Das weiß ich, Elizabeth. Das weiß ich.« Er verschränkte seine Arme vor der Brust und setzte sich mit einer Hüfte auf die Ecke seines Schreibtisches. »Dann sag' mir doch, was führt dich her, wenn es nicht meine Tätigkeit als Arzt ist?«

So sehr sie sich auch bemühte, sie konnte ihren Unmut nicht verbergen. Ihr Lächeln war verschwunden. Sie hielt die Lider gesenkt und zupfte an den Falten ihres Kleides.

Stephen seufzte. »Laß mich raten. Es hat etwas mit Morgan zu tun. Was hat er jetzt wieder getan, um dich in einen solchen Zustand zu versetzen?«

»Das kann man wohl kaum einen ›Zustand‹ nennen.« Ihr Versuch eines Lächelns ging ziemlich daneben. »Und es geht nicht darum, was er getan hat, sondern vielmehr darum ... was er nicht getan hat.«

Stephen erwies sich als äußerst höflicher Zuhörer. »Und worum geht es da?«

Sie spürte einen Riesenkloß in ihrer Kehle und konnte deshalb kaum reden. »Ich habe gerade von Amelia erfahren.«

Mehr brauchte sie nicht zu sagen. Stephens Gesichtsausdruck war schlagartig sehr ernst. »Hat Morgan von ihr gesprochen?«

Sie nickte. »Aber nur, weil Nathaniel ihren Namen erwähnte. Natürlich habe ich mich gefragt, wer sie war ... Aber er hat mir nur gesagt, daß sie seine Frau war und daß sie gestorben ist.«

Stephen sprach sehr leise. »Ich verstehe.«

»Also dachte ich mir, da du Morgans engster Freund ... und zudem Arzt bist ... dachte ich, vielleicht ... war sie krank?«

Stephen versuchte erst gar nicht, seinen Widerwillen zu verbergen. »Elizabeth«, meinte er kopfschüttelnd, »ich bin mir nicht sicher, ob ich dich darüber aufklären sollte. Wenn ich dir etwas sagen darf, dann nur das eine, daß Morgan vermutlich mit Recht sehr wütend auf uns beide sein wird.«

»Das ist mir klar, Stephen. Wirklich, es ist mir unangenehm, dich in eine solche Position hineinzumanövrieren. Aber, um ehrlich zu sein, ist es völlig zweitrangig, ob

Morgan wütend auf mich ist. Er ... er interessiert sich sowieso nicht für mich«, schloß sie mit kaum hörbarer Stimme.

»Ich glaube dir keine Minute, daß das stimmt, Elizabeth.«

»Du kannst es mir glauben, Stephen.« Der Schmerz in ihrer Seele spiegelte sich im Klang ihrer Stimme wider. »Eine Zeitlang habe ich gedacht, daß er mich vielleicht mag ... Wir haben eine Woche zusammen in seiner Hütte verbracht. Er ... er war dort so anders! Aber jetzt ...« Sie senkte ihren Blick und schüttelte mutlos und verzweifelt den Kopf.

Stephen fixierte sie. »Er ist mit dir in der Hütte gewesen?«

»Ja.« Sie sprach leise und undeutlich.

»Dann glaube ich wirklich, daß du ihn – und dich – ganz gewaltig unterschätzt, Elizabeth. Dieses Häuschen ist sein Refugium vor der Welt. Meines Wissens hat er bislang noch niemanden dorthin mitgenommen. Ich weiß zum Beispiel mit Bestimmtheit, daß Amelia nie dort war. Ich erinnere mich noch daran, wie sie tagelang schmollte, weil er nicht mit ihr dorthin fahren wollte. Ich war auch noch nie dort!«

»Du hast Amelia also gekannt?«

»Ja.«

»Dann erzähl' mir von ihr, Stephen.« Sie blickte ihn flehend an. »Bitte, erzähl' mir von ihr.«

Er seufzte. »Amelia war eine aufsehenerregende Frau«, fing er an und nahm hinter seinem Schreibtisch Platz. »Schön und lebensbejahend. Sehr gewandt und auf gesellschaftlichem Parkett bewandert wollte sie stets im Mittelpunkt stehen. Ich glaube, es gab niemanden, den sie nicht hätte betören können.«

»Führten sie eine glückliche Ehe?« Es schmerzte sie, das zu fragen, aber sie mußte es einfach wissen.

»Am Anfang ja. Aber später« – er zögerte – »Morgan

hat darüber niemals ein Wort verloren, ich glaube es jedoch nicht.«

»Wann ist sie gestorben?«

»Vor ungefähr fünf Jahren.«

»Was ist passiert? War sie krank? Das hast du mir nicht gesagt«, erinnerte sie ihn.

Er war hin und her gerissen. »Elizabeth ...«

»Stephen«, drängte sie ihn, »bitte, ich muß es wissen!«

Er atmete seufzend aus. »In Ordnung«, meinte er schließlich. »Sie wurde getötet.«

»Getötet? Wie? Bei einem Unfall?«

Unerträgliche Stille machte sich breit. »Sie wurde ermordet«, sagte er dann. »Amelia wurde ermordet.«

Sie riß ihre Augen auf. Für den Bruchteil einer Sekunde glaubte sie, sie hätte sich verhört. »Ermordet«, wiederholte sie. »Aber ... wie?«

»Sie wurde erwürgt. Man hat sie im Schlafzimmer gefunden.«

Elizabeths Kinnladen sank nach unten. »Mein Gott«, sagte sie erschüttert. »Wer wäre zu so etwas fähig ...«

»Da ist noch etwas, Elizabeth.«

Etwas in seinem Ton ... Sie hielt den Atem an und zitterte plötzlich am ganzen Körper. »Ja?«

Er sprach stockend. »Morgan wurde des Mordes verdächtigt und angeklagt.«

Kapitel 19

Morgan wurde des Mordes verdächtigt und angeklagt.
Die Worte hingen bleischwer in der Luft. Hätte Elizabeth gestanden, hätten ihre Beine unter ihr versagt. Eine undeutliche Erinnerung kam ihr in den Sinn. Sie hatte plötzlich wieder ihren Hochzeitstag vor Augen, als eine kleine Gruppe von Leuten wartend vor der Kirche gestanden hatte. Sie erinnerte sich an den einen Mann, der sich von der Gruppe gelöst hatte und an sie herangetreten war. »Passen Sie gut auf sich auf, Lady, sonst finden Sie sich irgendwann wie die andere im Grab wieder!« hatte er gerufen.
Wie die andere ...
Damals hatte sie den Sinn dieser Andeutung nicht begriffen, aber jetzt fiel es ihr wie Schuppen von den Augen.
Die andere ...
... war Amelia gewesen.
Sie zitterte am ganzen Körper. Ihr Gesichtsausdruck spiegelte ihr Entsetzen wider. Unbewußt rang sie mit den Händen. »Lieber Gott, ich habe Morgan gefragt, ob er sie liebte und ob sie ihn liebte. Er sagte ... er sagte, daß Amelia nur sich selbst geliebt habe.« Ein unterdrückter Schmerzensschrei entfuhr ihr. »Er schien wütend zu sein.«
Stephen ergriff ihre Hände und zog sie hoch. »Hör mir zu. Elizabeth. Er war es nicht. Morgan hat Amelia nicht umgebracht. Dazu wäre er überhaupt nicht fähig.«
»Aber wie kannst du dir da so sicher sein?« rief sie. »Wie kannst du das wissen?«
»Glaube mir, Elizabeth, ich weiß es. Ich fand ihn,

kurz nachdem er den leblosen Körper entdeckt hatte. Amelia war bereits tot, aber er bemühte sich fanatisch, sie wiederzubeleben. Und ich war bei ihm, als er verhaftet wurde. Ich sah die Furcht in seinen Augen – die Furcht, daß man ihn für schuldig erklären könnte –, aber er sagte kaum einen Ton, um sich zu verteidigen! Ich weiß, daß er einen Schock hatte. Er hatte beschlossen, Amelia zu verlassen. Wir hatten am selben Abend darüber gesprochen, wie er ihr das erklären sollte ... Und dann nach Hause zu kommen, ihre Leiche zu finden und des Mordes bezichtigt zu werden ...! Aber Gott ist mein Zeuge, denn ich weiß, daß er Amelia nicht umgebracht hat.«

Elizabeth blickte ihm in die Augen. Stephen war absolut überzeugt von dem, was er sagte, und er kannte Morgan besser als jeder andere. Die Spannung wich aus ihrem Körper. Ihre Reaktion bemerkend drückte Stephen tröstend ihre Hände, dann ließ er sie los.

»Was passierte dann?« flüsterte sie.

Stephen verzog sein Gesicht. »Es gab ein Gerichtsverfahren. Gott, was für eine üble Geschichte! Aber vor dem eigentlichen Verhandlungstag wurde die Anklage zurückgenommen. Der Staatsanwalt machte die Eingabe, daß man Morgan in Wahrheit nichts beweisen konnte.« Er machte eine kurze Pause. »Kurz gesagt, Elizabeth, sein einziges Verbrechen bestand darin, daß er Amelias Leiche gefunden hat.«

Elizabeth schüttelte sich. Es mußte doch entsetzlich für ihn gewesen sein, so erniedrigt zu werden!

»Leute, mit denen er seit Jahren in Geschäftsbeziehungen stand, kehrten ihm auf einmal den Rücken. Gott sei Dank waren seine Arbeiter ihm gegenüber loyal. Es grenzt an ein Wunder, daß er nicht alles verloren hat, aber es ist Morgan gelungen, alle Klippen zu umschiffen. Wenn er nicht Werftbesitzer gewesen wäre, hätten sich viele Bostoner Bürger das Maul über ihn zerrissen. Aber schließlich erkannten die Geschäftsleute der Stadt doch, daß sie es sich nicht leisten konnten, keine Geschäfte mit ihm zu machen.«

Elizabeths Gesicht war sehr ernst. Sie rief sich ins Gedächtnis zurück, was Morgan an dem Tag geäußert hatte, als er um ihre Hand anhielt. Er hatte gesagt, daß er es haßte, im Mittelpunkt eines Skandals zu stehen.

Gütiger Himmel, wen wunderte das.

Als sie wieder nach Hause zurückgekehrt war, stand Simmons schon wartend in der Eingangstüre. »Dem Himmel sei Dank, sie sind wieder da, Madam!« Er nickte in Richtung der Bibliothek. »Der Chef sitzt da drinnen und macht sich Sorgen, wohin Sie gegangen sein könnten. Er fragt schon seit Stunden nach Ihnen!«

Elizabeth reichte ihm ihren Sonnenschirm. »Danke, Simmons.« Stolzen Schrittes marschierte sie geradewegs in die Bibliothek.

Sie hatte nicht den Eindruck, daß er sich Sorgen machte. Man hätte eher sagen können, er kochte vor Wut. Er sprang hinter dem Schreibtisch auf und eilte auf sie zu, seine Augen schimmerten wie flüssiges Silber.

»Wo zum Teufel warst du?« fuhr er sie an.

»Es besteht kein Grund, wütend zu sein«, sagte sie in ruhigem Ton. »Ich habe bloß einen Spaziergang gemacht.«

»Du bist fast drei Stunden lang unterwegs gewesen!« Sein Gesicht war verzerrt, als er sie ansah.

Unter seinem anklagenden Blick versagte ihr fast die Stimme. »Ich war auch bei Stephen.«

Seine Augen verengten sich zu Schlitzen. Mit fragend zusammengezogenen Brauen ging er wieder zurück zu seinem Schreibtischstuhl. »Warum? Bist du krank?«

Jetzt kam der schwierige Teil. »Nein«, gab sie zu. Sie nahm einen tiefen Atemzug und faßte sich ein Herz. »Er hat mir erzählt, wie Amelia zu Tode kam.«

Er biß die Zähne zusammen. Innerlich stöhnte Elizabeth, denn sie konnte sich vorstellen, wie schwierig es für ihn war, seine Gefühle zu kontrollieren. Sein Gesicht wurde starr und zwischen seinen wütend zusammengekniffenen Lippen stieß er hervor: »Ich hätte mir denken müssen, daß er ...«

»Wenn du unbedingt wütend sein mußt, dann sei es wegen mir, aber nicht wegen Stephen.« Elizabeth bemühte sich verzweifelt, ihren – und seinen – Freund zu verteidigen.

Morgans geballte Faust donnerte auf den Schreibtisch. Seine Augen zuckten wie Blitze. »Verdammt, ihr beiden hattet kein Recht, hinter meinem Rücken zu tratschen!«

Elizabeth wurde blaß, gab jedoch nicht auf. Bevor er noch ein Wort sagen konnte, fuhr sie ihn an: »Wir haben nicht hinter deinem Rücken getratscht. Um ehrlich zu sein, verstehe ich nicht, warum du mir nicht selber sagen konntest, wie sie gestorben ist. Aber du wolltest einfach nicht darüber sprechen. Und es lag nicht daran, daß du es mir nicht sagen konntest«, folgerte sie. »Du wolltest es mir einfach nicht sagen!«

»Das ändert nichts an der Sache. Du hättest nicht zu Stephen gehen dürfen.«

»Du hättest mir erst gar keinen Anlaß dafür geben dürfen«, warf sie ein.

»Was hat er genau gesagt?« fragte er plötzlich.

Sie schnappte nach Luft. »Alles«, sagte sie und blickte ihn mit einer solchen Kühnheit an, die sie beileibe nicht empfand. »Er hat mir von deiner Verhaftung erzählt und von der Abweisung der Anklage. Und er hat mir immer wieder versichert, daß du Amelia nicht getötet hast.«

Sein Ton war verletzend. »Was? Erzähl' mir bloß nicht, daß du nicht bereit warst, das Schlimmste von mir anzunehmen!«

»Natürlich nicht!« antwortete sie entrüstet.

»Und was ist jetzt? Glaubst du immer noch, daß ich sie nicht getötet habe?« Plötzlich stand er vor ihr, seine Augen glühten, die Konturen seines Gesichts wurden vom Zwielicht der Nachmittagssonne erhellt. Unter seinem bohrenden Blick hatte sie das Gefühl, sie wäre am Fußboden festgenagelt.

Seine langen, schlanken Hände umfaßten ihre schmalen Schulterblätter. Er zog sie – so nahe! – an sich, daß ihr Mund trocken wurde, als sie seine männlich starke Ausstrahlung wahrnahm. Ihr Herz setzte aus, als es ihr für den Bruchteil einer Sekunde durch den Kopf schoß, daß er mit diesen Händen nur ihren Hals umschließen und zudrücken müßte ...

»Nun, Elizabeth«, flüsterte er leise und eindringlich und liebkoste dabei ihr Ohrläppchen. »Glaubst du mir immer noch, daß ich unschuldig bin?«

Mit den Spitzen seiner Daumen zeichnete er die zarte Linie ihres Schlüsselbeins nach, und diese Berührung war so sanft, daß sie schwach wurde. Sie konnte nicht anders, sie mußte sich an die Nacht in der Hütte erinnern, in der er sie zur Frau gemacht hatte ...

Zu seiner Frau.

Diese Hände, die so stark und doch so zärtlich waren, konnten, auch wenn sie provoziert wurden, niemandem Gewalt antun. Das erkannte sie mit einer Gewißheit, die alles andere in den Schatten stellte.

Nein, dachte sie, und es versetzte ihr einen schmerzhaften Stich in der Magengegend. Er stellte keine Bedrohung für ihre Person dar ...

Sondern für ihre Gefühle.

Sie liebte ihn. Gütiger Himmel, sie liebte ihn wirklich.

Ihre Hand glitt zärtlich durch das dunkle Haar in seinem Nacken. Dann beugte sie seinen Kopf zu sich herunter und flüsterte in seinen Mund: »Ja.«

Seine Arme erdrückten sie fast. Heiß und leidenschaftlich erwiderte er ihren Kuß. Sie konnte darin seine Verzweiflung spüren, aber genau wie er hatte auch sie diesen Beweis gebraucht. Wild und verlangend flackerte ihr Begehren auf, und bald darauf befanden sie sich in einem Strudel der Leidenschaft.

Sie fühlte seine erwachende Männlichkeit, die sich gegen ihren geheimnisvollen Kelch der Lust drückte. Heißes Verlangen durchzuckte sie. In einem erotischen Tanz, der sie beide halb wahnsinnig machte, rieb sie ihre Hüften an seinem steifen Glied. Er riß an ihrem Kleid, und sie machte sich in wilder Hast an seinen Sachen zu schaffen.

Bald darauf war sie nackt. Morgan riß sich sein Hemd vom Leib. Sie grub ihre Fingernägel in den Stoff seiner Hose und zog sie ihm über die Hüften, bis sie seinen erigierten Penis befreit hatte.

Sie wußten nicht mehr, wie sie auf den Teppich gerieten, ein innig verschlungenes Knäuel aus Armen und Beinen. Er bahnte sich mit Küssen einen Weg von ihrem Busen über ihren schlanken Bauch bis hin zu dem goldenen Dreieck zwischen ihren Schenkeln. Mit seinem Schulterblatt stemmte er ihre Beine weit auseinander.

Elizabeths Herz klopfte ihr bis zum Hals. Es war undenkbar. Gütiger Himmel. Er würde doch nicht ...

Sie spürte seinen heißen Atem und dann die feuchte Wärme seiner Zunge. Eintauchend und kreisend. Lutschend und schmeckend. Er leckte an ihrer tief verborgenen Klitoris. Ihre Finger umklammerten die Teppichfasern. Glühende Hitze durchfuhr ihren Körper. Reine Sinnesfreude schoß durch ihre Adern, bis sie einen furiosen Höhepunkt erreichte.

Ihr Orgasmus war so intensiv, daß sie in ihrer Ekstase laut aufschrie. Morgan drehte sich plötzlich auf den Rücken und setzte sie rittlings auf sich. Er legte seine Hände um ihre Taille, hielt sie aufrecht und unterstützte wortlos ihre Bewegungen. Sie erbebte ein zweites Mal, als seine Hände die Innenseiten ihrer Oberschenkel streichelten. Sie war wie von Sinnen. Eine sanfte, fließende Bewegung und er war ganz in ihr, und bewegte sich so rhythmisch, bis beide vor Lust stöhnten.

Das Gefühl war unbeschreiblich. Die zarte Haut ihres Bauches rieb gegen seinen muskulösen Körper. Nie in ihrem Leben hätte sich Elizabeth vorgestellt, daß eine Frau so auf einem Mann reiten könnte – und auch nicht, daß ihr das gefallen würde! Aber sie war eine gelehrige Schülerin, als er ihre Hände auf seinen Brustkorb legte. Ihre Finger glitten durch sein dunkles lockiges Brusthaar. Mit seinen Daumen erregte er ihre Brustwarzen, bis diese hart und fest waren. Elizabeth stöhnte und bewegte sich instinktiv auf und nieder, weil sein Penis sie fast um ihren Verstand brachte.

Ihre Hüften trafen sich im Gleichtakt. Elizabeth konnte nicht anders, sie mußte immer wieder dorthin sehen, wo seine Männlichkeit heiß und besitzergreifend in ihre warme Grotte stieß. Ihr Becken zuckte und wand sich unaufhörlich. Sie fühlte sich, als wäre sie aus Gummi, selbst dort an der Stelle, wo er sie so völlig besaß. Wieder näherte sie sich einem Höhepunkt und wieder schrie sie ihre Lust heraus. Mit einem heiseren Stöhnen ergoß er sich tief in ihren Körper und gelangte damit an die Schwelle der Glückseligkeit.

Als die kühle Abendluft ihre erhitzten Wangen streifte, wurde Elizabeth bewußt, was sie gerade getan hatten – und das in der Bibliothek! Sie grub ihr Gesicht in seine Halsbeuge und mußte kichern, weil ihr einfiel, daß sie sich genau dieses Bild schon einmal ausgemalt hatte.

Aber nie hätte sie gedacht, daß es jemals passieren würde – und schon gar nicht, wie es passiert war.

Gähnend rieb sie ihren Kopf an seiner Schulter. Als Morgan schließlich aus ihr glitt, war es weit nach Mitternacht. Er hüllte sie in eine Decke ein und trug sie in ihr Zimmer. Elizabeth seufzte erschöpft, als sie das Bett unter sich spürte. Sie schlug ihre Augen auf. Morgan stand nackt und in voller Größe vor ihrem Bett. Leichte Erregung durchzuckte ihren Körper.

Sie streckte ihre Hand aus.

Er sank neben sie und bald darauf waren sie wieder im siebten Himmel der Leidenschaft.

Erst lange danach durchbrach ihre Stimme die nächtliche Ruhe.

»Morgan?«

»Hmmm.« Er lag auf dem Rücken und hielt sie mit einem Arm dicht an sich gepreßt.

»Wer hat denn Amelia umgebracht?«

Innerhalb eines Atemzuges veränderte sich alles. Er hatte entspannt neben ihr geruht, und jetzt wurde sein Körper starr wie ein Brett. Sie schrie beinahe auf, als er die Decken beiseiteschlug. Mit einem Schwung waren seine Beine aus dem Bett, und als er aufstand, war jede Faser seines Körpers angespannt.

Elizabeth preßte die Decke vor ihren Busen und setzte sich auf. »Morgan. Morgan, ich bitte dich! Was habe ich denn falsch gemacht? Ich habe doch nur gedacht, Amelias Mörder wäre gefaßt worden ...«

»Ist er nicht.«

»Aber du hast es doch sicherlich versucht ...«

»Der Fall ist abgeschlossen, Elizabeth, ein für allemal.«

Sie riß ihren Mund weit auf. »Was! Soll das heißen, du willst nichts mehr damit zu tun haben?«

»Exakt.« Er schlüpfte in seine Hose. »Es ist aus und vorbei. Amelia ist tot, und nichts kann sie wieder zum Leben erwecken.«

Entsetzt und verwirrt über seine kühle Gleichgültigkeit starrte sie ihn an. »Du klingst so, als wolltest du es gar nicht wissen.«

»Will ich auch nicht«, meinte er abrupt.

»Mein Gott, sie war doch deine Frau!«

Er kniff seine Lippen zusammen. »Meine Frau. Ich soll dir Rechenschaft ablegen, Elizabeth? In Ordnung. Ich werde dir von meiner geliebten Ehefrau erzählen. Wir waren gerade einmal ein Jahr verheiratet, als sie begann, sich Scharen von Liebhabern zu halten. Als sie starb, wollte ich nur noch vergessen, was sie mir alles angetan hatte. Und deshalb wäre ich dir sehr dankbar, wenn du Stephen – oder wen auch immer – nicht noch einmal über Amelia ausfragen würdest.«

Tränen der Wut brannten in ihren Augen. »Aber ich bin doch nur zu ihm gegangen, weil ich mir Sorgen machte ...«

»Sorgen? Um wen, frage ich mich. Warst du in Sorge, ich könnte dich im Schlaf ermorden?«

»I-ich wußte doch erst, als ich mit ihm gesprochen hatte, daß sie ermordet worden ist!«

Er schenkte dem keine Beachtung. »Sag mir, Elizabeth, hättest du mich geheiratet, wenn du gewußt hättest, daß ich einmal des Mordes angeklagt war – des Mordes an meiner eigenen Frau?« Seine Mundwinkel zuckten. »Die rechtschaffene englische Lady heiratete einen gewöhnlichen Verbrecher.«

»Du bist kein Verbrecher.«

»Aber ich könnte ebensogut einer sein.« Seine Stimme überschlug sich beinahe vor Zorn. »Du kannst es mir glauben, die anständigen Bostoner Bürger haben das nicht vergessen. Warum sollte es meine hochwohlgeborene Ehefrau dann tun?«

»Hochwohlgeboren? Ich darf dich daran erinnern, daß ich fast mittellos hier angekommen bin!«

»Soweit hätte es nicht kommen müssen, Elizabeth. Du hättest nur in England bleiben und heiraten müssen. Dann wäre dir das Erbteil deines Vaters überschrieben worden. Ich stehe dir nicht im Weg, wenn du das willst. Geh' zurück nach England. Mir ist es egal, wofür du dich entscheidest.«

Elizabeth ballte ihre Hände zu Fäusten. »Das hast du sehr deutlich ausgedrückt«, zwang sie sich zu sagen und war ebenso zornig wie er. »Du erzählst mir nichts. Du fühlst nichts. Nun gut, jetzt werde ich dir etwas erzählen, Morgan O'Connor. Ich fühle mich wie ein Idiot. Ich fühle mich benutzt.«

Ihre Stimme zitterte vor Wut. »Als wir in der Hütte waren, dachte ich, daß uns etwas Gemeinsames verbinden könnte. Aber es scheint mir, daß ich nicht besser dran bin als ... als deine Geliebte! Wie hast du dich in diesem Zusammenhang noch ausgedrückt? ›Was uns verband, war rein physischer Natur – die Hingabe unserer beiden Körper.‹«

Verächtlich fuhr sie mit ihrer Hand über die zerknüllten Bettlaken. »Das war es also? Das verstehst du unter unserer Ehe?«

Sein Schweigen war erdrückend und ... sagte doch alles.

Elizabeth gab einen kurzen, unterdrückten Schrei von sich. »Nun, das ist keine Ehe«, sagte sie wehmütig. »Das ist nichts anderes als eine Strafe – für jeden von uns.«

Sie dachte, daß es nicht mehr schlimmer kommen konnte.

Am nächsten Tag war sie im Wohnzimmer mit der Aufstellung des Speiseplans für die darauffolgende Woche beschäftigt, als Simmons hereinkam und ihr meldete, daß Nathaniel sie zu sprechen wünschte.

Sie konnte nicht anders. Schlagartig fiel Elizabeth wieder Morgans Drohung ein, die er am Tag nach ihrer Rückkehr von der Hütte ausgestoßen hatte.

Komm erst wieder, wenn du eingeladen bist.

Sie biß sich auf die Lippe und fällte dann innerhalb von Sekundenbruchteilen ihre Entscheidung. Sie legte ihre Papiere zur Seite. »Bitte laß ihn herein, Simmons.«

Sekunden später stand Nathaniel vor ihr. Er war so

untadelig gekleidet wie immer, aber unter seinen Augen zeichneten sich dunkle Ringe ab. Er sah wirklich ungesund aus.

»Hallo Nathaniel.« Ihr Lächeln war umwerfend. »Bitte nimm Platz.«

Nathaniel blickte unentschlossen im Zimmer umher. »Ist Morgan in seinem Büro?«

Sie nickte und beobachtete, wie er den Stuhl nahm, der ihr gegenüberstand. Er schien offensichtlich erleichtert. »Er hat einen geschäftlichen Termin außerhalb von Boston«, erklärte sie ruhig. »Er wird erst heute abend zurückkehren.« Sie sagte ihm allerdings nicht, daß er Simmons aufgetragen hatte, ihr das zu übermitteln.

»Möchtest du Kaffee oder Tee?«

»Nein. Ich bin nur vorbeigekommen, um mich ... um mich bei dir zu entschuldigen.« Er besaß das Talent, zerknirscht auszusehen.

»Wegen dem, was vorgestern vorgefallen ist?«

»Ja.«

Elizabeth faltete ihre Hände in ihrem Schoß. »Du brauchst dich nicht bei mir zu entschuldigen, Nathaniel.« Sie hielt bewußt inne. »Aber ich denke, daß Morgan eine Entschuldigung verdient hat.«

»Morgan!« rief er theatralisch. »Warum sollte ich mich bei dem entschuldigen?«

Er sah sie aggressiv an, doch Elizabeth begegnete seinem Blick mit kühler Herablassung.

»Dein Benehmen war ungehörig und gefühllos, um nicht zu sagen unentschuldbar«, sagte sie daraufhin. »Du suchtest Streit. Du wolltest ihn im Beisein seiner Frau erniedrigen.«

»Und wenn schon? Er hat dich mir weggenommen – quasi gestohlen!«

»Nein, Nathaniel. Ich tat, was ich tun mußte – das Richtige. Ich habe Morgan aus freien Stücken geheiratet.

Das mußt du akzeptieren.« Sie blieb fest. »Es war meine eigene Entscheidung, ihn zu heiraten.«

»Du liebst ihn doch nicht, Elizabeth!«

Ihr Herz krampfte sich zusammen. Ihr Blick senkte sich. Damals nicht, dachte sie schmerzgepeinigt. Aber so wahr mir Gott helfe, jetzt liebe ich ihn.

Aber das konnte sie Nathaniel nicht erklären. Genausowenig wie sie ihm erklären konnte, daß sie ihn nie aufrichtig geliebt hatte, so wie sie Morgan liebte. Sie war berauscht gewesen. Vom Glanze Londons. Von der Lebensfreude. Von seinem Charme und seinem Lächeln.

Nein. Das würde sie ihm kaum erklären können. Sie konnte ihn nicht so dermaßen verletzen. Es war nicht ihre Art, einem anderen Menschen wissentlich weh zu tun.

Ihr fiel gar nicht auf, daß er etwas von ihrer Nachdenklichkeit bemerkt hatte. Nathaniel sprach sie darauf an.

»Siehst du? Ich hatte recht. Er macht dich unglücklich. Ich sehe, das hat er bereits! Elizabeth, er wird dich genauso behandeln wie Amelia. Dir jede Lebensfreude nehmen ...«

»Schweig'!« Das Wort klang schneidend, und ihre Augen sprühten Funken. »Noch ein Wort gegen Morgan, und ich muß darauf bestehen, Nathaniel, daß du sofort dieses Haus verläßt.«

Mürrisch kniff er seinen Mund zusammen und sagte nichts mehr. Statt dessen schnaufte er und ging, die Hände in seinen Hosentaschen vergraben, im Zimmer umher. Immer wieder auf und ab. Als er zum dritten Mal an ihr vorüberging, nahm Elizabeths empfindliche Nase den Geruch von Alkohol wahr.

Sofort sprang sie auf. »Nathaniel!« schrie sie voller Unmut. »Du hast wieder getrunken!«

Er hielt abrupt inne. Zum ersten Mal fiel Elizabeth auf, daß seine Augen rot und blutunterlaufen waren.

Ein derbes Grinsen trat in seine Mundwinkel. »Damit du es weißt, Elizabeth, es ist momentan selten, daß ich nicht trinke.«

»Nathaniel! Ich glaube kaum, daß man darauf stolz sein muß!«

Er blickte sie finster an. »Warum nicht? Ich habe nichts anderes zu tun. Und es hilft mir, die Zeit totzuschlagen.«

Sie war entsetzt. »Deshalb trinkst du? Um die Zeit totzuschlagen?«

Er zuckte die Schultern.

»Aber es gibt unzählige Dinge, die du tun könntest!«

»Was zum Beispiel?« brummte er unwirsch.

Elizabeth hatte ihre Lippen zusammengekniffen. »Etwas Nützliches«, sagte sie tadelnd. »Etwas Sinnvolles.«

»Etwas Sinnvolles? Hat Morgan es dir denn nicht erzählt?« schnaubte er. »Ich bin ein Taugenichts, Elizabeth, wie er es so gern ausdrückt.«

Die Enttäuschung schmerzte sie. Warum lagen sich die beiden ständig in den Haaren? Warum? rief eine zaghafte Stimme in ihrer Brust. Sie war sich mehr als sicher, daß es da etwas gab, was sie nicht wußte, etwas überaus Wichtiges.

»Dann beweise ihm das Gegenteil, Nathaniel! Nicht um ihm zu gefallen, sondern um vor dir selbst zu bestehen, für deinen eigenen Stolz! Es muß doch etwas geben, was du tun kannst. Du mußt etwas finden, womit du die Zeit verbringen – und deinen Verstand beschäftigen – kannst!«

»Ich bin wirklich überrascht, daß dir Morgan nichts erzählt hat. Die erstklassige Erziehung, für die er bezahlt hat, war reine Geldverschwendung. Ich bin aus jeder Position, die ich jemals bekleidet habe, entlassen worden.«

Elizabeth schüttelte den Kopf. »Trotzdem, Nathaniel, du mußt arbeiten.« Ihr Verstand arbeitete auf Hochtouren. Dann rief sie plötzlich: »Halt! Ich habe die perfekte Idee. Was wäre, wenn ich mit Morgan über eine Anstellung auf seiner Werft spräche?«

»Elizabeth ...«

Sie überhörte seinen Protest. »Es muß etwas geben, was du tun kannst«, überlegte sie laut. »Kannst du gut mit Zahlen umgehen?«

»Früher ja«, gab er zu.

»Gut! Vielleicht könntest du einen Teil seiner Buchhaltung übernehmen. Ich weiß, daß Morgan es langweilig findet ...« Sie war zuversichtlich – und überzeugt, daß das genau das Richtige für ihn war.

Je weiter der Abend fortschritt, um so zuversichtlicher wurde sie. Wenn Morgan erst einmal sah, daß Nathaniel ein wertvoller Mensch war, würde er seine Meinung über seinen Bruder bestimmt ändern. Vielleicht wäre das dann der erste Schritt zu einer Versöhnung der beiden.

Morgan kam erst sehr spät an diesem Abend zurück, aber Elizabeth hatte auf ihn gewartet. Im Erdgeschoß hörte sie seine Schritte. Die Tür zu seinem Arbeitszimmer wurde geöffnet. Er hatte das Abendessen verpaßt, deshalb hatte sie den Koch gebeten, etwas Kaltes für ihn herzurichten: ein gut bemessenes Stück Schinken, Bohnensalat und Brot. Sie nahm das Tablett und ging nach unten.

Geräuschlos betrat sie das Arbeitszimmer. Heller Lampenschein beleuchtete eine Ecke des Raums. Morgan stand am Fenster und betrachtete den nächtlichen Himmel. Einen Herzschlag lang genoß sie den Anblick seines klaren Profils im Mondlicht. Er schien sehr schwermütig zu sein. Tiefe Furchen zogen sich zu beiden Seiten seines Mundes entlang. Auch seine Haltung wirkte irgendwie melancholisch. Er erschien so unglaublich traurig, daß sie es nicht mitansehen konnte. Ihr Herz fühlte sich sogleich zu ihm hingezogen.

Das Rascheln ihres Nachtgewandes brachte ihm ihre Gegenwart zu Bewußtsein. Er drehte sich um.

Sie hielt ihm das Tablett entgegen. »Du hast das Abendessen versäumt«, sagte sie atemlos. »Ich dachte, daß du vielleicht hungrig bist.«

Einen Augenblick lang bewegte er sich nicht. Elisabeth hatte das seltsame Gefühl, ihn überrascht zu haben. Schließlich kam er auf sie zu und nahm ihr das Tablett ab. Obwohl sich ihre Fingerspitzen kaum berührten, war es doch so intensiv wie ein Stromschlag.

»Ich habe tatsächlich Hunger«, mußte er zugeben.

Sie lächelte und war unglaublich erleichtert. Nach ihrem Wutanfall in der vorangegangenen Nacht hatte sie befürchtet, er würde sie distanziert und unfreundlich empfangen. Während er nun hinter seinem Schreibtisch Platz nahm, setzte sie sich auf den Stuhl ihm genau gegenüber. Beim Essen plauderte sie munter über das warme Wetter, über Simmons Rheumatismus und die Abendeinladung bei den Porters in der kommenden Woche.

Als er fertig war, schob er den Teller beiseite und erhob sich. Er kam hinter seinem Schreibtisch hervor und stellte sich genau vor sie. Bevor Elizabeth noch wußte, was geschah, hatte er sie hochgezogen.

Ihre schmalen Füße baumelten geradewegs zwischen den seinen. Er hielt noch immer ihre Hände fest.

»Danke«, murmelte er. »Das war sehr aufmerksam von dir.«

Sie lächelte zu ihm auf und war auf einmal unendlich glücklich. »Das habe ich doch gern getan«, sagte sie. »Ich ... ich wollte dir einfach etwas Besonderes bieten. Ich hoffe, es macht dir nichts aus.«

»Nein, ganz im Gegenteil.« Sein Blick glitt über ihre schönen Gesichtszüge. Ihre grünen Augen leuchteten, ihre Wangen waren leicht gerötet. Ihr Haar fiel ihr wie ein welliger goldener Wasserfall über die Schultern. Ihr

Nachthemd war kaum sichtbar unter ihrem Morgenmantel verborgen. Zarte weiße Spitzen bedeckten die Rundungen ihrer Brüste, die sich mit jedem Atemzug hoben und senkten, was ihn beinahe mehr erregte, als wenn sie nackt vor ihm gestanden hätte.

Wie ein Fausthieb in der Magengegend überkam ihn die Lust. Mehr als alles andere auf der Welt wollte er sie jetzt neben sich liegen haben, sie entkleiden und tief und fest in ihr weiches Fleisch eindringen.

Er drückte ihre Hände noch fester. Noch bevor er ein Wort sagen konnte, vernahm er ihre Stimme.

»Ich bin so froh, daß du mir wegen der gestrigen Nacht nicht böse bist.«

Gestern nacht. Gott, er konnte kaum noch denken, schon gar nicht an die gestrige Nacht. Sein Puls raste, und sein Blut kochte.

»Ich hoffe, es macht dir nichts aus, aber ich möchte dich um etwas bitten.«

Herrgott, war sie süß. Für sie hätte er alles getan, ihr sogar die Sterne vom Himmel geholt!

»Morgan, es geht um Nathaniel ... Er braucht etwas, womit er sich beschäftigen kann. Ich bin davon überzeugt, daß er etwas aus sich machen könnte, wenn er sich nur anstrengte. Und da habe ich mir gedacht ... vielleicht siehst du eine Möglichkeit, daß er für dich arbeiten kann ...«

Ihre leise Bitte war schwer verständlich, aber als er sie begriff, traf es ihn wie eine Eiswoge.

»Nathaniel? Er war hier, nicht wahr?« Auf einmal war die Atmosphäre zwischen ihnen vergiftet.

»Ja. Ich weiß, daß du ihm verboten hast hierherzukommen, solange er nicht eingeladen ist«, stellte sie schnell die Sachlage klar. »Aber er war hier, um sich zu entschuldigen.« Sie ließ allerdings offen, daß Nathaniel sich bei ihr und nicht bei Morgan entschuldigen wollte.

Morgan war gefährlich ruhig geworden. »Du möchtest, daß ich ihn beschäftige? Ihm eine Anstellung gebe?«
»Ja. Weißt du ...«
Sein Griff um ihre Handgelenke wurde noch fester, so daß sie vor Schmerz beinahe aufschrie. Dann stieß er sie praktisch von sich fort.
»Nein.«
Elizabeth blinzelte. »Morgan«, setzte sie an und hoffte, daß sie ihn umstimmen könnte. »Natürlich sieht er ein, daß er mit dir nicht Hand in Hand arbeiten kann ...«
»Er wird nicht mit mir arbeiten, Elizabeth. Er wird auch nicht für mich arbeiten. Habe ich mich klar genug ausgedrückt?«
»Aber ...«
Sein Ton klang endgültig; er war vollkommen ungehalten. »Keine weitere Diskussion mehr, Elizabeth. Er wird nicht für mich arbeiten. Das steht völlig außer Frage.«
Ihre Augen hingen wie festgenagelt an seinem Gesicht. Seine Augen blickten wütend und gefährlich. Die Atmosphäre um sie herum schien hochexplosiv zu sein. Mit einer Bewegung seines Arms deutete er auf seinen Schreibtisch, auf das Tablett und den leeren Teller, die dort standen. »Das galt alles nur dem armen Nathaniel, nicht wahr? Du hast gehofft, daß du mich damit umstimmen könntest und ich nicht nein sagen würde?«
Elizabeth war aufgebracht, daß er so abschätzig von ihr denken konnte. »Nein. Nein, natürlich nicht!«
Er verzog seinen Mund. Sein Blick musterte sie von Kopf bis Fuß. Elizabeth fühlte sich nackt und ausgeliefert, als hätte er sie mit seinen Augen ausgezogen.
»Du überraschst mich, Elizabeth. Ich dachte, du hättest mehr von einer Lady«, meinte er in beleidigendem Ton. »Sag' mal, hattest du die Absicht, mich zu verführen? Wie weit bist du bereit, für deinen geliebten Nathaniel zu gehen? Würdest du für ihn sogar deinen Körper anbieten?«

Elizabeths Zorn schäumte über. Ihre Hand schoß nach vorn, bevor sie sich eines Besseren besinnen konnte. Mit einem lauten Knall klatschte ihre Handfläche auf seine harte Wange.

Er reagierte prompt. Er riß sie an sich, und sie war ihm so nah, daß sie die eisenharten Muskeln seiner Schenkel an ihren Beinen spürte. Sein Griff war brutal, seine Hände wie Fesseln, die sich um ihre zarten Handgelenke gelegt hatten. Sein wütender Blick ging ihr durch Mark und Bein.

»Wenn ich an deiner Stelle wäre«, stieß er gepreßt hervor, »wäre ich beim nächsten Mal vorsichtiger. Denn ich verspreche dir, meine liebe Frau, wenn das noch einmal passiert, kommst du mir nicht ungeschoren davon.«

Elizabeth gelang es, sich seinem Griff zu entwinden. Ihre Brust war wie zugeschnürt. »Zum Teufel mit dir«, brach es aus ihr hervor. »Nathaniel ist dein Bruder! Du bist ihm zumindest eine Chance schuldig!«

Morgans Gesichtsausdruck war entschlossen. »Bei Gott«, sagte er ernst, »ich schulde ihm gar nichts mehr!«

Elizabeths Stimme zitterte voller angestauter Wut. »Dann bist du einfach herzlos, gefühllos! Wenn ich einen Bruder oder eine Schwester hätte, gäbe es nichts, was das Band zwischen uns zerstören könnte. Ich würde alles tun, um ihnen zu helfen, wohingegen du – ich glaube, du würdest alles tun, um Nathaniel zu schaden! Wie kannst du nur deinen eigenen Bruder hassen – dein eigenes Fleisch und Blut? Wie, frage ich dich?«

Diese Frage hing im Raum, und die Spannung zwischen ihnen wuchs. Als sie erkannte, daß er ihr darauf eine Antwort schuldig bleiben würde, lief sie mit einem unterdrückten Aufschrei aus dem Arbeitszimmer.

Morgan blieb, wo er saß, sein ganzer Körper war wie taub. Obwohl sein Gesichtsausdruck absolut leer wirkte, schien sich eine unsichtbare Hand quälend um sein Herz zu legen.

Ich hasse Nathaniel nicht, antwortete er schließlich. Er ist mein Bruder. Mein Bruder ...

Wie der Hieb eines Schwertes durchzog ihn ein Schmerz von der Kehle bis in seinen Magen. Denn in diesen beiden Worten lag soviel Übel, soviel Leid ...

Er sackte förmlich zusammen und fuhr sich mit einer Hand übers Gesicht – eine Geste tiefster Bestürzung.

Nein, dachte er energisch. Er haßte Nathiel nicht. Er liebte ihn. Trotz allem, was ihre Vergangenheit an Häßlichkeiten geprägt hatte, liebte er ihn immer noch ...

Das war das Schreckliche an dem Ganzen.

Kapitel 20

Es gab noch einen anderen Mann in Boston, der auf Nathaniel O'Connor nicht besonders gut zu sprechen war. Nur daß dessen Absichten weitaus niederträchtiger und gefährlicher waren.

Vielleicht sogar tödlich.

Sein Name war Jonah Moreland. Er war in Boston angekommen, nachdem er zunächst einige Zeit in New York verbracht hatte; ursprünglich jedoch war er aus London angereist. Nach der kurzen Zeit, die er dort verbracht hatte, vertrat er nun die Meinung, daß die Yankees taktlos und überheblich waren, in seinen Augen quasi das unzivilisierteste Volk auf Gottes weiter Erde.

Und der eine Mann, den er hier suchte, hob sich von dieser Masse auch nicht unbedingt positiv ab.

Aber die schnelle und leichte Tour war nicht seine Art. Dafür liebte Jonah seinen Beruf viel zu sehr. Er bevorzugte den Nervenkitzel der Jagd, das Wortgefecht und als Höhepunkt schließlich die Beute. Das gab seiner Arbeit die entsprechende Würze. Darüber hinaus hielt er sich für absolut gerecht – und durchtrieben.

Oh ja, er würde auch Nathaniel O'Connor eine Chance geben, seine längst fälligen Schulden zurückzuzahlen. Und wenn Jonah besonders großzügig war, vielleicht auch zwei.

Aber keineswegs mehr.

Sein Auftraggeber in diesem speziellen Fall war Graf Philip Hadley. Er und Hadley hatten schon bei verschiedenen anderen Gelegenheiten zusammengearbeitet. Zugegeben, es gab kaum einen Mann, der waghalsig – oder dumm genug – war, sich mit Viscount Hadley anzulegen.

Das war Nathaniel O'Connors erster Fehler gewesen.

Sein zweiter hatte darin bestanden, daß er keine Wiedergutmachung geleistet hatte.

Und sein dritter, daß er nicht mit Vergeltung rechnete.

Es war kein Zufall, daß Jonah gerade diesen Ort gewählt hatte. Denn, um genau zu sein, war sein Opfer ein ständiger Kunde im *Crow's Nest*. Auch jetzt saß Nathaniel O'Connor wieder in einer Ecke der Kneipe, kippte seinen Schnaps wie Wasser hinunter und hatte einen Arm um das Flittchen gelegt, mit dem er schon den ganzen Abend zusammen war.

Jonahs helle Augen verengten sich zu Schlitzen. Abwesend rieb er sich die Narbe auf seiner Wange. Zweifellos hatte Nathaniel O'Connor sich für sehr schlau gehalten, als er London vor vielen Monaten fluchtartig verlassen hatte. Aber nach Jonahs Einschätzung war dieser Hurensohn unglaublich dumm.

Und außerdem erstaunlich gut einschätzbar.

Jonah blickte auf seine Taschenuhr. Wenn er sich nicht irrte, würde O'Connor bald aufstehen und das Lokal verlassen. Er würde nach Hause gehen und dort seinen Rausch ausschlafen. Am späten Nachmittag des folgenden Tages würde er exakt die gleichen Gewohnheiten wieder aufnehmen: in Begleitung einer eleganten Hure den Abend mit Glücksspiel und Saufen verbringen. Um es kurz zu machen, Nathaniel O'Connor schien ausschließlich drei Interessen zu haben – Spielen, Trinken und Frauen.

Genau in diesem Moment erhob sich O'Connor schwankend, verabschiedete sich von seinen Kumpanen und wankte zur Tür.

Jonah Moreland trank mit einem Zug seinen Wein aus, wischte sich sorgfältig den Mund mit einer Serviette ab und ließ seine Taschenuhr zuschnappen. Er blieb immer vier Schritte hinter O'Connor, als dieser die Kneipe verließ und in die Dunkelheit hinaustrat.

O'Connor bemerkte ihn nicht.

Er gab sich erst zu erkennen, als Nathaniel fast zu Hause angelangt war. Mit einer Schnelligkeit, die sein Markenzeichen war, packte er den jungen Mann am Kragen und stieß ihn in einen Verbindungsweg zwischen zwei Gebäuden.

Er hielt O'Connor sein Lieblingswerkzeug an die Gurgel, glänzend und schimmernd trotz der Dunkelheit.

Jonah grinste. »Ich muß sagen, O'Connor, du hast mir von London aus eine ganz schöne Jagd geboten.«

»W-wer sind Sie?« japste Nathaniel.

»Sagen wir, ich bin ein Gesandter des Grafen Hadley. Wußtest du, daß er für Diebe überhaupt kein Verständnis hat? Nein, ich glaube nicht, wenn ich mir anschaue, wo wir uns jetzt befinden. Ich muß dich allerdings warnen. Er war so großzügig, dir eine beträchtliche Summe zu leihen – quasi ein kleines Vermögen! Aber du kannst dir sicherlich vorstellen, daß er wenig begeistert war, als du London verlassen hast, ohne ihm einen Pfennig davon zurückzuzahlen!«

Jonah lockerte den Griff um Nathaniels Kehle. Er gestattete ihm, sich langsam umzudrehen, hielt jedoch das Messer genau auf sein Herz gerichtet. O'Connor konnte seinen Blick nicht von der dünnen hellen Narbe wenden, die Jonahs Wange von seinem Ohr bis hin zu seinem Mund praktisch in zwei Hälften teilte.

Sein Lächeln war reine Bosheit. »Du kannst dir sicherlich denken, daß das der Grund ist, warum ich hier bin. Viscount Hadley haßt unerledigte Geschäfte.«

O'Connors Stimme war nur noch ein heiseres Krächzen. »W-was wollen Sie?«

»Nur das, was dem Grafen zusteht, guter Mann. Nur, was ihm zusteht.«

»Wie schnell brauchen Sie es? Ich werde einige Zeit benötigen, um ...«

»In drei Tagen«, erwiderte Jonah kaltblütig. »Du hast

drei Tage Zeit. Ich werde mir das Geld in der Spelunke abholen, die du gerade verlassen hast. Ist das klar?«

Der Jüngere nickte, denn ihm versagte die Stimme.

»Gut.« Während er sprach, glitten seine Finger über die Schneide des Messers. »Und jetzt verschwinde, bevor ich es mir anders überlege.«

Nathaniel drehte sich auf dem Absatz um und rannte kopflos nach Hause.

Jonah grinste, klopfte den Staub aus seiner Jacke und schlenderte weiter.

Elizabeth fühlte sich miserabel.

Das Fundament ihrer Ehe hatte immer auf wackligen Füßen geruht. Aber jetzt hatte sie das Gefühl, daß es von Tag zu Tag mehr bröckelte. Sie und Morgan verhielten sich wie Fremde zueinander. Obwohl sie ihren heftigen Streit gern aus der Welt geschafft hätte, schien keiner von beiden den ersten Schritt tun zu wollen. Mehrmals versuchte sie, ihn in ein Gespräch zu verwickeln, aber er blieb abweisend und sachlich; es war ganz klar, er wollte nicht einlenken, und das machte sie um so wütender. Nein, es war unmöglich, sich so zu verhalten, als wäre nichts geschehen, wenn sie doch das Gefühl hatte, daß die Welt um sie herum zusammenbrach.

Ihr Herz fand keinen Frieden, und erst recht nicht, als sie bemerkte, daß ihr monatlicher Zyklus sich verspätete – das war noch nie passiert. Gütiger Himmel, ein Baby war das letzte, war ihr jetzt noch fehlte! Sie hatte immer noch Stephens Worte im Ohr. *Früher oder später passiert es jeder Frau – vermutlich früher, als du denkst.*

Sie schwankte zwischen Hoffnung und Verzweiflung. Ihr Kind – und Morgans Kind. Wie würde er oder sie aussehen? Ein Mädchen, dachte sie sehnsüchtig. Sie wünschte sich so sehr ein kleines Mädchen.

Aber wie stand es um Morgan? Sollte sie es ihm erzählen? Nein. Sie war sich ihrer Sache ja auch noch nicht sicher. Außerdem war jetzt nicht der richtige Zeitpunkt. Aber was wäre, fragte sie sich halb hysterisch, wenn sich der richtige Zeitpunkt niemals ergäbe?

Der Abend der Einladung bei den Porters war gekommen. Elizabeth hatte sich davor gefürchtet – und das, wie sich herausstellte, aus gutem Grund. Es lief genau auf das Fiasko hinaus, das sie geahnt hatte.

In der Kutsche hüllte sie und Morgan eisiges Schweigen ein. Sie hatte ihre Perlen in der schwachen Hoffnung getragen, daß er den Schmuck – daß er sie – bewundern würde.

Aber sie hoffte vergebens.

Kurz nachdem sie von den Porters begrüßt worden waren, hatte man ihnen getrennte Plätze zugewiesen. Morgan saß am Ende der Tafel, wohingegen sie ihren Platz neben der Gastgeberin einnahm. Er lächelte weder, noch würdigte er die Frau, die er geheiratet hatte, eines Blickes.

Nach dem Abendessen spielte im Salon Musik auf. Elizabeth lächelte und plauderte, bis sich ihr Gesicht fast taub anfühlte und nur noch wirre Gesprächsfetzen durch ihren Kopf geisterten. Ihr Blick schweifte durch den Raum. Sie hatte Morgan lange nicht mehr gesehen ...

Zuerst bemerkte sie das schöne und makellose Profil der Frau, die wieder in ein dunkelrotes Kleid gehüllt war. Elizabeth betrachtete sie genauer.

Ja, es war die Frau, die ihr bereits einmal in der Oper aufgefallen war. Seine Geliebte. Morgans Geliebte.

In diesem Augenblick trat jemand beiseite und Elizabeth erhaschte einen Blick auf ihren Begleiter.

Es war Morgan.

Ein heftiger schmerzhafter Stich durchfuhr ihr Herz. Die Welt verschwamm dunkel und trostlos vor ihren Augen. Wie sie es geschafft hatte, nicht ohnmächtig zu werden, blieb ihr stets ein Rätsel.

Als sie wieder dorthin sah, stand das Paar immer noch da. Die Frau hatte ihren Kopf zu Morgan hochgestreckt, so daß ihre Lippen fast in Höhe seines Mundes waren. Besitzergreifend lag ihre Hand auf seinem Arm.

Ein solcher Schmerz bäumte sich in ihr auf, daß sie beinahe aufgeschrien hätte. Hatte sie ihn zurück in die Arme seiner Geliebten getrieben? Hör auf! riet ihr eine innere Stimme. Er war doch jeden Abend nach Hause zurückgekehrt. In sein Zimmer nebenan ...

Und was war mit dem heutigen Abend?

»Du siehst ein wenig mitgenommen aus, Elizabeth. Fühlst du dich nicht wohl?«

Elizabeth zuckte vor Schreck zusammen. Aber es war nur Stephen.

»Nein«, sagte sie und haßte den Unterton in ihrer Stimme. Sie konnte nicht bleiben. Sie konnte es nicht ertragen, die beiden anzusehen. Wenn sie noch länger bliebe, würde sie in Tränen ausbrechen, Tränen, die vielleicht niemals wieder versiegten ...

»Um ehrlich zu sein, ich habe schreckliche Kopfschmerzen. Ich bin bestimmt keine anregende Gesprächspartnerin, deshalb gehe ich wohl besser nach Hause.« Sie versuchte zu lächeln, doch es gelang ihr nicht. »Macht es dir etwas aus, jemanden darum zu bitten, daß die Kutsche vorgefahren wird?«

»Natürlich nicht«, erwiderte er. Er hob den Kopf und blickte über die Menge. »Ich werde Morgan sagen, daß du nach Hause möchtest ...«

»Nein«, protestierte sie schnell. »Wir müssen ihm nicht auch den Abend verderben. Wenn Willis mich nach Hause gebracht hat, kann er zurückkommen und auf Morgan warten.«

Stephen runzelte heftig die Stirn. »Geht es dir wirklich gut?«

»Ja ... ja, natürlich.«

»Dann laß mich mit dir kommen, nur um ...«

»Nein, Stephen. Das ist wirklich nicht nötig. Ich muß mich nur ein wenig hinlegen, dann geht es mir schon besser. Wirklich. Ich möchte nur, daß die Kutsche vorfährt. Und sag' bitte Morgan, daß ich mich unwohl gefühlt habe ...«

Eine halbe Stunde später war sie wieder in ihrem Schlafzimmer. Nachdem Annie ihr Kleid geöffnet hatte, entließ Elizabeth sie und wollte nichts anderes, als nur noch allein sein. Sie zog Nachthemd und Morgenmantel so langsam an, als bereitete es ihr Schmerzen, sich zu bewegen.

Dann ließ sie sich vor ihrem Toilettentisch nieder und löste ihr kunstvoll hochgestecktes Haar. Würde Morgan auch heute nacht nach Hause kommen? Der Schmerz in ihrer Brust war beinahe unerträglich. Seine Geliebte – Himmel, sie wußte noch nicht einmal ihren Namen! – war so anziehend wie eine wunderschöne, duftende Blume, die in voller Blüte stand. Es bestand kein Zweifel, daß Morgan sie faszinierend und aufregend, betörend und begehrlich ... seine Frau hingegen nur als langweilige Plage empfand.

Sie blickte auf ihr Spiegelbild. Ihr Haar fiel in dicken weichen Locken über ihre Schultern. Augen von der Farbe leuchtender Smaragde starrten sie an. Ihre Haut war recht dunkel getönt, aber im Augenblick hatte sie das Gefühl, eine verwelkte Blüte zu sein. Stirnrunzelnd griff sie nach ihrer Bürste und strich sich übers Haar. Dabei bemerkte sie, daß sie ihre Perlen noch nicht abgelegt hatte. Mit ungeschickten Fingern nestelte sie an dem Verschluß herum, bis es ihr gelang, ihn zu öffnen. Sie legte die Perlen auf ihren Toilettentisch und beschloß, sie tags darauf wieder in ihre Schatulle zurückzulegen. Jetzt war sie dafür einfach viel zu müde.

In diesem Moment hörte sie ein leises Geräusch an ihrer Tür – ein Klopfen? Den Kopf zur Seite gelegt, drehte sich Elizabeth um und horchte. Morgan konnte es nicht sein. Er würde nicht klopfen. Aber da hörte sie es wieder, ein leichtes leises Klopfgeräusch.

Bevor sie noch etwas sagen konnte, wurde die Tür weit aufgerissen und Nathaniel trat ein.

Mit einem Aufschrei fuhr Elizabeth hoch und hielt den Morgenmantel über ihren Brüsten zusammen. »Nathaniel«, rief sie. »Was willst du hier? Du kannst hier nicht hereinkommen!«

»Ich mußte dich sehen, Elizabeth.« Sein Tonfall war drängend. »Als ich sah, daß du alleine nach Hause gekommen bist, wußte ich, daß es jetzt sein muß und deshalb habe ich mich durch die Küche hereingeschlichen.«

Sie schüttelte ihren Kopf. »Nathaniel, wenn du wegen der Anstellung zurückgekommen bist, dann muß ich dich leider enttäuschen. Ich habe mit Morgan gesprochen, und er ist nicht bereit ...«

Er winkte ab. »Darum geht es nicht, Elizabeth.«

Ein unangenehmes Gefühl überkam sie. Nathaniels Hut saß leicht schief, und er verhielt sich so fahrig. Er schien außer Atem zu sein, als wäre er gerannt. »Um was denn dann? Was ist passiert?«

Er drückte seinen Hut in seinen Händen und begann, auf und ab zu gehen. »Elizabeth, ich brauche Geld. Viel Geld. Ich kann Morgan nicht darum bitten, weil ich weiß, er würde ablehnen. Deshalb komme ich zu dir.«

Elizabeth war entsetzt. »Geld«, wiederholte sie ihn. »Nathaniel, wofür zum Teufel brauchst du Geld?«

»Ich habe nicht die Zeit, es dir jetzt zu erklären. Ich schwöre, ich werd's dir morgen sagen. Elizabeth, bitte, du mußt mir helfen! Gib mir, was immer du entbehren kannst!«

Ihr unangenehmes Gefühl verstärkte sich zur Gewißheit. »Du bist in Schwierigkeiten, nicht wahr?«

Er lachte kurz und rauh auf. »Ja. Ja, so kann man es nennen.«

»Was für Schwierigkeiten?«

Er fuhr sich mit den Fingern durchs Haar. »Elizabeth, mir bleibt jetzt wenig Zeit. Ich schwöre, daß ich es dir beim nächsten Mal erzählen werde. Im Moment brauche ich alles, was du an Geld flüssigmachen kannst.«

Er klang völlig außer sich; sie spürte seine Verzweiflung geradezu. Hilflos schüttelte sie den Kopf. »I-ich bin nicht sicher, ob ich dir helfen kann. Ich habe ein Konto bei Morgans Bank – ich weiß nicht, wieviel Geld dort ist, weil ich es nie gebraucht habe – aber die Bank ist bis Montag geschlossen.«

Er stöhnte auf. »Jesus Christus!« fluchte er. »Wenn ich nicht die exakte Summe mitbringe ...«

»Warte!« rief sie. »In Morgans Arbeitszimmer wird auch das Haushaltsgeld verwahrt. Ich weiß nicht, wieviel dort ist ...«

»Egal wieviel, Elizabeth, jeder Betrag wird mir helfen.«

Sie nickte. »Dann warte hier auf mich. Ich werde es holen.«

Sie flog beinahe die Stufen hinunter. In Morgans Arbeitszimmer holte sie den Schlüssel unter der Vase hervor. Hastig riß sie die Schreibtischschublade auf und öffnete die kleine Metallkassette, die ganz hinten verborgen war. Sie zerrte ein Bündel Scheine daraus hervor, dann warf sie sie wieder zu und verschloß sie. Mit zitternden Händen versteckte sie den Schlüssel wieder unter der Vase.

Als sie ihr Zimmer wieder betrat, stand Nathaniel am Fenster und sah sich um.

Wortlos hielt sie ihm das Bündel Scheine entgegen.

Er brach in schallendes Gelächter aus. »Danke«, verbeugte er sich. »Du bist wirklich ein Geschenk des Himmels.« Er nahm das Geld und stopfte es in die Innentasche seiner Jacke. Als er sich wieder zu ihr umwandte, hielt er inne. Etwas, das man vielleicht Reue hätte nennen können, überzog sein Gesicht.

Elizabeth blickte zur Tür. »Nathaniel«, drängte sie ihn, »du beeilst dich jetzt besser. Morgan kann jede Minute hier sein.«

Seine Augen leuchteten. »Einen Kuß noch«, forderte er mit dem gleichen neckenden Großmut, der ihr in London so gut gefallen hatte. »Gewähre mir noch einen letzten Kuß, Elizabeth, und dann bin ich fort.«

»Nein, Nathaniel. Das ist nicht korrekt!«

Er lachte aus vollem Hals. »Wann habe ich jemals etwas Korrektes getan? Komm, Elizabeth. Ich will doch nur einen Kuß. Und ich gehe nicht, bevor du ihn mir nicht gibst.«

Elizabeth öffnete ihren Mund, aber er ließ keinen Protest zu. Er umfaßte mit seinen Händen ihre Schultern und zog sie an sich. Dann preßte er seine Lippen auf ihren Mund.

Es war seltsam, aber sie fühlte nichts, keine Erregung, keine Zuneigung, keine süßen Schauer wie bei Morgan. Der Zauber war dahin, das erkannte sie jetzt. Der Kuß währte einen Moment länger, als es eigentlich statthaft gewesen wäre, doch sie mußte genau wissen, daß alle Gefühle, die sie einst für Nathaniel gehegt hatte, nicht mehr vorhanden waren ...

Jetzt wußte sie es.

Sie entzog sich ihm und trat zurück. »Nathaniel«, drängte sie, »du mußt dich beeilen.«

Ein kurzes Kopfnicken, ein Winken, und er verließ sie. Elizabeth beobachtete, wie er in der Dunkelheit verschwand. Als sie sich sicher sein konnte, daß er unbemerkt entkommen war, atmete sie vor Erleichterung auf. Wenn Morgan wüßte, daß Nathaniel hier gewesen wäre, würde er fuchsteufelswild ...

Morgan wußte es.

Und er war in der Tat fuchsteufelswild, denn hinter den dünnen Spitzenvorhängen hatte er die unmißverständliche Silhouette eines Mannes und einer Frau gesehen, die sich lange und innig umarmten.

Seine Augen starrten wie gebannt auf das Fenster zum

Zimmer seiner Frau. Dann hörte er das Geräusch raschelnder Zweige und trampelnder Füße.

Das war wohl Nathaniel.

Morgan ballte seine Hände zu Fäusten. Aber er verfolgte ihn nicht. Er wagte es nicht, weil er wußte, wenn er mit ihm konfrontiert war, würde er ihn in Stücke reißen.

Im Haus ging er geradewegs in die Bibliothek – und zur Brandyflasche. Seine Finger umschlossen den Hals der Karaffe; dann füllte er einen Kristallschwenker fast bis zum Rand. Er trank jedoch nicht. Seine Kieferknochen knackten. Er starrte auf die goldfarbene Flüssigkeit, als hätte sie der leibhaftige Teufel persönlich kredenzt.

Schon einmal hatte ihn seine hochmütige Frau bis zu diesem Punkt getrieben, an dem er sich selbst für seine Schwäche haßte, daß er sich so erniedrigte. Er ermahnte sich grimmig, daß er keinen Deut besser war als sein versoffener Vater – oder sein Bruder Nathaniel –, wenn er sich jetzt wieder dem Alkohol hingab.

Aber die Versuchung war zu groß und zu verlockend, als daß er dagegen ankämpfen konnte.

Er führte das Glas zum Mund, und der Brandy brannte wie Feuer, als er durch seine Kehle rann.

Als er das Glas geleert hatte, war er zwar benebelt, doch sein Zorn war noch genauso erbittert wie vorher.

Er stieg die Treppe hinauf zu seinem Schlafzimmer. Einen Moment lang starrte er wütend auf die Verbindungstür, die zu Elizabeths Zimmer führte.

Bitterkeit stieg in ihm hoch. Er erinnerte sich daran, wie sie an jenem Morgen ausgesehen hatte, ihr entblößter Körper an seiner Seite. Die nackte, zarte Haut ihrer Halsbeuge, ihre weichen Schultern so weiß und zerbrechlich, so weiblich und verletzbar. Fast wie die Frau selbst ... Aber nein ... nein, das war nicht richtig. Elizabeth war nicht verletzbar. Sie war stark und besaß ihren eigenen Willen. Genau wie Amelia.

Genau wie Amelia.

Er warf sein Jacket aufs Bett und schalt sich selbst dafür, was für ein blinder Idiot er doch war. Er war zweimal hereingefallen. Zweimal. Erst mit Amelia. Und jetzt mit Elizabeth.

Seine Wut machte ihn blind für die Realität. Vor seinem geistigen Auge sah er wieder Elizabeth und Nathaniel, die sich eng umschlangen leidenschaftlich küßten.

Direkt über ihm hing des gerahmte Gemälde des Clippers, das sie ihm geschenkt hatte. Er riß es von der Wand und schleuderte es zu Boden. Der Aufprall war so heftig, daß der Rahmen in tausend Stücke zersplitterte.

Und genauso erging es seinem Herzen.

Elizabeth wollte gerade ins Bett klettern, da hielt sie inne. Eines ihrer wohlgeformten Beine lag bereits ausgestreckt, und ihre nackten Zehen krallten sich in die flauschige Decke. Sie spitzte die Ohren in Richtung von Morgans Zimmer. Sie hätte schwören können, daß sie ein Geräusch vernommen hatte.

Alles war still.

Gelbliches Licht schien unter der Verbindungstüre hindurch. Langsam und vorsichtig schlich sie dorthin und lauschte.

Sie hörte immer noch nichts.

Den Atem anhaltend berührte sie den Türknauf. Von einem Willen besessen, gegen den sie nicht ankämpfen konnte, drehte sie ihn langsam um. Sie drückte die Tür einen Spaltbreit auf und blinzelte in den Raum. Dort auf dem Boden lag das Gemälde, das sie ihrem Ehemann geschenkt hatte und dessen Rahmen jetzt in unzählige Stücke zersplittert war.

Das war nicht aufgrund eines Mißgeschickes passiert.

Nackte Furcht machte sich in ihrer Brust breit. Das also hatte sie gehört, und dieses Wissen war wie ein Messer, das sich in ihr Herz bohrte.

Plötzlich wurde ihr die Tür aus der Hand gerissen

und ganz geöffnet. Eine große männliche Silhouette stellte sich ihr in den Weg. Mit riesigen entsetzten Augen blickte Elizabeth ihren Ehemann an.

Er betrachtete sie mit furchterregender Intensität. Seine Augen glänzten, obschon sie blutunterlaufen waren. Sie standen so nahe voreinander, daß sie nicht einmal eine Handbreit trennte; deshalb bemerkte sie auch sofort den ekelerregenden Alkoholgeruch.

Er war betrunken. Der Mann, der in all den Wochen niemals ein Glas angerührt hatte ... war betrunken.

Plötzlich packte sie das Entsetzen.

Mit einem Aufschrei wirbelte sie herum und versuchte zu entkommen. Sie war flink, aber er war schneller. Starke Arme nahmen sie gefangen und zogen sie fest an seine unnachgiebige breite Brust. Sie wehrte sich gegen seinen Griff, doch das war sinnlos. Drei Schritte und sie waren wieder in seinem Zimmer angelangt.

Sie hatte Angst, sich zu bewegen, sie hielt sogar den Atem an; dann mußte sie ihn ansehen.

Sein Gesichtsausdruck war wie immer unerschütterlich. Aber der Ausdruck in seinen Augen war schrecklich. Sie war fast bereit zu glauben, daß er Amelia getötet hatte ...

»Morgan«, schrie sie. »Was ist passiert? Warum verhältst du dich so?«

Er ließ sie los und strich dann mit kleinen Schritten um sie herum. Elizabeths Herz raste. Sie zuckte zurück, als eine kühne Fingerspitze nach vorn schoß und den zarten Bogen ihres Schlüsselbeins streichelte, doch seine Berührung war so sanft wie eine Feder ... eine Berührung, die so gar nicht zu seinen giftsprühenden Augen paßte.

Nur wenige Schritte trennten sie voneinander, aber die Kluft zwischen ihnen schien immer größer zu werden. Ihre Lippen bewegten sich kaum, als sie murmelte: »Bitte laß mich gehen, Morgan. Du bist betrunken.«

»Ja, Elizabeth. Ja, ich bin betrunken.« Er lächelte überheblich. »Aber ich frage mich ... ob es da nicht irgend etwas gibt, was du mir gerne sagen würdest, Liebste?«

Sie wurde blaß. Er wußte es. Gütiger Himmel, er wußte es ... »Oh nein«, flüsterte sie undeutlich. »Sag mir nicht, daß du uns ...«

Sein Lächeln war verschwunden. »Oh doch, Elizabeth.« Sein Ton war herablassend. »Ich habe meine tugendhafte Ehefrau in inniger Umarmung mit meinem Bruder gesehen.«

Elizabeths Mund war wie taub. Sie starrte Morgan an, denn es gelang ihr nicht, ihren Blick von ihm abzuwenden. Seine Augen schienen sich durch ihren Körper zu bohren.

»Sag mir nur eines. Wenn ich es nicht mit eigenen Augen gesehen hätte, hättest du es mir dann erzählt?«

Innerlich krümmte sie sich vor Schmerzen. Sie schluckte, doch ihre Stimme versagte.

»Ich habe ihn gebeten, nicht wieder hierher zu kommen, bis er eingeladen wird, Elizabeth. Also sag's mir ... hast du ihn in dein Schlafzimmer eingeladen?«

Schließlich kehrte ihre Stimme zurück. »Nein!« Sie schüttelte heftig den Kopf. »Morgan, es ist nicht das, was du denkst!«

»Was war es dann, Elizabeth? Wie kann man sich irren, wenn man zwei Liebende in einer Umarmung entdeckt?« Seine Stimme war schneidend. Sein stechender Blick, den er auf sie gerichtet hielt, spiegelte unbarmherzig seine Verachtung wider.

Sie starrte ihn beschwörend an. »Ich schwöre dir, Morgan, es war nicht so, wie du denkst! Sicher, Nathaniel war hier. Aber ich wußte nichts von seinem Kommen und hatte ihn auch nicht eingeladen. Er ist in Schwierigkeiten, Morgan. Er brauchte Geld, deshalb gab ich ... gab ich ihm das Bargeld, das du für die Haushaltsführung zurückgelegt hattest ...«

»Und was hast du ihm sonst noch gegeben, Elizabeth? Sag's mir!«

Die Worte trafen sie wie ein Schlag ins Gesicht. Elizabeth wurde blaß, aber sie hielt sich tapfer. Er konnte die Wahrheit doch nicht anzweifeln, oder?

»Ich belüge dich nicht, Morgan. Er ... er küßte mich. Vorher wollte er nicht gehen. Wenn du jemanden dafür zur Rechenschaft ziehen mußt, dann mich. Ich weiß, daß ich das schon eher hätte unterbinden müssen. Aber dieser Kuß hat mir eindeutig gezeigt, daß meine Gefühle für Nathaniel erkaltet sind. Verstehst du das nicht? Ich fühlte nichts! Ich habe nur an dich gedacht!«

Er hatte seine Lippen zusammengepreßt. Doch etwas flackerte in seinen Augen. »Dann zeig' es mir, Elizabeth. Komm her und zeig' es mir.«

Elizabeth erkannte, daß sie keine andere Wahl hatte. Sie mußte die Herausforderung annehmen, oder er würde ihr vielleicht nie wieder Glauben schenken.

Mit zitternden Knien ging sie langsam auf ihn zu, denn sie hatte Angst, daß ihre Beine unter ihr versagen würden. Sie befeuchtete ihre Lippen, die auf einmal ausgedörrt zu sein schienen. »Ich ... ich weiß nicht, was du jetzt von mir willst«, flüsterte sie.

Wie glitzernde Silberpunkte waren seine Augen auf sie fixiert; er war sehr aufgebracht. »Küß mich, Elizabeth. Wir sind Bruder, Nathaniel und ich. Brüder sollten alles teilen, findest du nicht? Sogar ihre Ehefrauen.«

Innerlich wand sich Elizabeth. Mußte er sie denn immer verhöhnen? Aber jetzt konnte sie ihren Entschluß nicht mehr ändern. Sonst würde er ihr vielleicht nie verzeihen.

Ihr verzeihen. Ach, das war geradezu aussichtslos. Morgan O'Connor war mit Sicherheit der nachtragendste Mann weit und breit! Er hätte ja auch Nathaniel verzeihen müssen, was immer er angestellt haben mochte! Sie wußte nicht warum, aber in ihrem ganzen Leben war sie sich einer Sache noch nie so sicher gewesen.

»Ich warte, Elizabeth.«

Innerlich bebend legte sie ihre Fingerspitzen auf seine Schultern. Dann stellte sie sich auf die Zehenspitzen und preßte ihre zitternden Lippen auf seinen Mund.

Er war kühl und reserviert, seine Lippen zu einem wütenden schmalen Strich verzerrt. Seine Haltung war unbeweglich. Sie konnte seine Anspannung spüren; sein Körper war steinhart und unnahbar. Sie verstärkte ihre Bemühungen, drückte ihre weichen Lippen auf die harte Linie seines Mundes und drängte ihn ohne Worte nachzugeben. Unbewußt glitten ihre Hände zu seinem Nakken und streichelten ihn dort. Mit ihrer Zunge streifte sie die wohlgeformten Konturen seines Mundes. Dann öffneten sich seine Lippen ganz leicht, und ihr Atem vermischte sich.

Ihr war schwindlig, als sie schließlich aufhörte. Ihre Blicke klebten aneinander. Seine Augen glühten immer noch – aber nicht vor Zorn ... sondern von einem wilden Hunger getrieben, der ihr beinahe jeglichen Mut genommen hätte.

»Zieh' mich aus.« Seine Stimme klang befehlend.

Ihr Puls raste. Sie wäre am liebsten weggelaufen, aber der Gedanke, die Initiative zu ergreifen, ließ sie nicht los und war seltsam erregend.

Ihre Finger glitten über die Knöpfe seines Hemdes. Innerlich zitternd gelang es ihr aber doch mit einiger Geschicklichkeit, sein Hemd zu öffnen. Er sagte nichts, als sie es ihm abstreifte und es zu Boden fiel.

Seine Hose kam als nächstes. Elizabeth kniete vor ihm, denn das Öffnen dieser Knöpfe war mit einigen Schwierigkeiten verbunden, da sich sein erwachendes Fleisch gegen den Hosenstoff drückte. Schließlich gelang es ihr aber doch, ein Ruck und die Hose rutschte ihm bis zu seinen Knien herunter. Sofort sprang ihr seine befreite Männlichkeit ins Auge. Seine Hose schob er mit einem Fuß beiseite.

Er wollte Elizabeth zu sich hochziehen, sie schüttelte jedoch leicht den Kopf. Schüchtern bittend blickte sie nach oben. Ihre Fingerspitzen streichelten über seine schmalen sehnigen Hüften.

Seine Hände auf ihren Schultern hielten inne. Für Sekundenbruchteile schien die Welt stillzustehen.

Sie berührte ihn mit ihrem Mund und schmeckte vorsichtig seine Haut. Mit stoßenden und kreisenden Bewegungen ihrer Zunge entdeckte sie die Geheimnisse seines Körpers. Unter ihren Berührungen schien er noch größere Dimensionen anzunehmen ...

Seine Hände krallten sich in ihr Haar. »Großer Gott«, sagte er rauh und noch einmal: »Großer Gott!«

Das Bewußtsein, ihn zu erregen, steigerte auch ihr eigenes Verlangen. Ihre Finger gruben sich in seine Hüften. Er warf seinen Kopf zurück und stöhnte seine Lust laut heraus.

Als er es nicht mehr länger ertragen konnte, nahm er sie und zog sie hoch. Er warf sie aufs Bett und stieß den Speer seiner Männlichkeit tief – tief! – in ihr seidiges Verließ. Sie klammerte sich an seine Schultern und schrie vor Verlangen. Ihre Vereinigung war wild und leidenschaftlich, voller heißer Liebesschwüre und atemloser Lustschreie ...

Die erste von vielen in dieser Nacht.

Kapitel 21

Es war wie ein Traum.

Doch Morgan erwachte und sah seine herrlich schlanke Frau, deren nackter Körper sich eng an ihn schmiegte. Obwohl sein Schädel brummte und sein Mund wie ausgedörrt war, war ihre gemeinsam verbrachte Nacht die aufregendste in seinem ganzen Leben gewesen.

Und sicherlich auch die schmerzvollste.

Wie eine bedrohliche Flutwelle holte ihn die Erinnerung wieder ein.

»Ich belüge dich nicht, Morgan. Er ... er küßte mich. Vorher wollte er nicht gehen. Wenn du jemanden dafür zur Rechenschaft ziehen mußt, dann mich. Ich weiß, daß ich das schon eher hätte unterbinden müssen. Aber dieser Kuß hat mir eindeutig gezeigt, daß meine Gefühle für Nathaniel erkaltet sind. Verstehst du das nicht? Ich fühlte nichts! Ich habe nur an dich gedacht!«

Er biß die Zähne zusammen. So leicht konnte er nicht vergessen, was er mit eigenen Augen gesehen hatte. Doch trotz allem wollte er Elizabeth vertrauen. Er wollte an sie glauben.

Aber das war leichter gesagt als getan.

Es glich alles zu sehr den Bildern aus der Vergangenheit. Amelia und Nathaniel, Elizabeth und Nathaniel. Sicher, Elizabeth hatte sich in Nathaniel verliebt, als sie ihn überhaupt noch nicht gekannt hatte. Doch weder Elizabeth noch Amelia hatten dem Charme seines nichtsnutzigen Bruders widerstehen können.

Und das konnte er einfach nicht vergessen. Was, wenn es wieder passierte? Wenn Elizabeth Nat noch einmal verfiele?

Er stützte seinen Kopf auf einen seiner durchtrainierten Arme und starrte auf die Schattenmuster, die die Sonnenstrahlen an die Decke warfen. Seine Gedanken quälten ihn entsetzlich. Er knirschte mit den Zähnen, als er sich daran erinnerte, wie ihre Hüften unter ihm erbebt waren. Eine bittersüße Wehmut befiel ihn. Ihre schönen Lippen mochten vielleicht lügen, ihr Körper jedoch nicht. Sie hatte in seinen Armen wahre Lust empfunden.

Aber hatte sie vielleicht auch in Nathaniels Armen diese Lust gespürt?

Und wie stand es um Nathaniel? Wo zum Teufel war er jetzt wieder hineingeraten? Elizabeth hatte zugegeben, daß er sich in Schwierigkeiten befand. Seine Lippen wurden schmal. Das klang einwandfrei nach Nathaniel. Er hatte immer ein Gespür dafür gehabt, sich in Unannehmlichkeiten zu stürzen. Oder war das wieder eine seiner Lügen – ein Vorwand, um Mitgefühl bei Elizabeth hervorzurufen?

Elizabeth erwachte, als er bereits gebadet und angezogen war. In seinem hellgrauen Anzug mit passender Weste sah er so stattlich und attraktiv aus, daß es ihr fast den Atem nahm. Beim Schließen seines kleinen Lederkoffers sah er zu ihr hinüber.

Als er Elizabeths fragenden Gesichtsausdruck wahrnahm, setzte er sich ganz nah neben sie auf die Bettkante, berührte sie jedoch nicht. »Ich muß heute geschäftlich nach New York«, erklärte er ihr. »Vermutlich werde ich erst in einigen Tagen zurück sein.«

Langsam setzte sich Elizabeth im Bett auf, strich sich mit den Fingern die zerzausten langen Locken aus der Stirn und bemühte sich, mit ihrer Decke ihre nackten Brüste zu verhüllen. Morgans Verhalten war nicht unfreundlich, aber er wirkte sehr ernst und reserviert.

Spontan sprach sie ihn darauf an. »Bist du noch wütend wegen gestern abend?« Sie hielt ihren Atem an und wartete; eine Ewigkeit, wie ihr schien.

Sein Blick verfinsterte sich. »Ich weiß es nicht. Mißtrauisch vielleicht.« Er betrachtete sie durchdringend. »Und, um ganz offen zu sein, Elizabeth, ich frage mich oft, wem du eigentlich treu bist – mir oder Nathaniel.«

Elizabeth hielt den Atem an. Seine Stimme hatte keinen beißenden Unterton besessen; sie hatte auch nicht das Gefühl, daß er wütend war, sondern er war einfach absolut ehrlich.

Ihre Hand berührte die seine, die auf der Tagesdecke lag. »Ich kann verstehen, warum du skeptisch bist. Aber es ist genauso, wie ich es Nathaniel bereits gesagt habe. Ich habe dich geheiratet, Morgan. Dich«, betonte sie zärtlich. »Und ich werde dir immer treu sein.« Genau wie mein Herz, dachte sie schmerzerfüllt.

Augen von der Farbe dunkler Sturmwolken musterten sie, als wollte er tief in ihre Seele hineinschauen. Elizabeth wich seinem Blick nicht aus, sondern erwiderte ihn standhaft mit ihren riesigen Augen.

Er gab ihr keine Antwort. Statt dessen fiel sein Blick auf ihre Hände. Wie gebannt starrte Elizabeth, als er ihre Hand hochhob und mit der seinen umschloß. Der Kontrast war erstaunlich. Seine Bronzehaut gegen ihren hellen Teint. Seine Finger so lang und schlank, ihre dagegen klein und zierlich.

Schließlich seufzte er auf. Der Hauch eines Lächelns umspielte seinen wohlgeformten Mund. »Ich muß jetzt los«, murmelte er. Er drückte ihr einen Kuß auf den Handrücken und erhob sich.

Sie spürte, wie ungern er sie verließ, und vor Freude machte ihr Herz einen Satz.

Als er bereits auf halbem Wege zur Tür war, rief sie seinen Namen. »Morgan.«

Er drehte sich mit der Tasche in der Hand um.

Elizabeth glitt aus dem Bett und bedeckte ihren nackten Körper mit einem Bettuch. Sie rannte auf ihn zu und blieb mit leicht geröteten Wangen vor ihm stehen. Eine schlanke Hand berührte seinen Brustkorb. »Komm bald wieder zurück nach Hause«, flüsterte sie. Sie schloß ihre Augen und bot ihm wortlos ihre Lippen dar.

Morgans freier Arm umschlang sie. Er preßte seine Lippen auf ihren Mund. Ihr Kuß geriet außer Kontrolle und entfachte einen Sturm der Begierde. Ihr Körper schmiegte sich an ihn. Und auch er konnte die in ihm aufkeimende Leidenschaft nicht verbergen.

Er straffte sich und hob seinen Kopf. Sein Blick hing wie gebannt an der lockend feuchten Versuchung ihrer Lippen. »Ich gehe jetzt besser«, murmelte er rauh.

»Ja«, flüsterte sie, »das wäre besser.« Aber dabei lächelte sie. Sie schlug die Augen auf, deren Blick halb scherzend, halb verlangend war. Dann schlang sie ihre Arme um seinen Hals.

Das Laken glitt von ihrem Körper.

Morgans Tasche fiel zu Boden.

Ein Stöhnen entfuhr seiner Brust. Mit einem Schwung nahm er sie in seine Arme und trug sie zum Bett. Erst sehr viel später verabschiedete er sich erneut ...

Elizabeth summte vor sich hin, als sie schließlich wieder in ihr eigenes Zimmer zurückmarschierte. Die Hände in die Hüften gestemmt stand Annie mitten im Raum. Ihr Gesichtsausdruck war äußerst verblüfft, als sie das Bett ihrer Dienstherrin sah, das völlig unberührt war.

Hinter ihr räusperte sich Elizabeth. Annie wirbelte herum. Mit weit aufgerissenen Augen blickte sie von ihrer Herrin zu der weit offenen Verbindungstür und dann wieder zu Elizabeth zurück. Ihr entsetzter Gesichtsausdruck war köstlich. Elizabeth konnte sich nicht beherrschen und lachte lauthals los.

»Einen wunderschönen guten Morgen, Annie.«

Das junge Dienstmädchen nahm schnell wieder Haltung an. »Ja«, verbeugte sie sich, »es ist ein wunderbarer Morgen, nicht wahr, Madam?«

Den restlichen Vormittag verbrachte Elizabeth in völliger Ruhe. Sie nahm ein entspannendes Bad und genoß die Erinnerung an die vergangenen Stunden.

Ihr Ehemann ging nicht besonders großzügig mit anerkennenden Worten um. Aber er hatte ihr leise von seiner Lust erzählt, seinem unstillbaren Hunger nach ihr, wie aufregend er die wilden und verlangenden Bewegungen ihrer Hüften fand, wie sehr er ihre Küsse liebte und ihre Hände, die über sein erregtes Fleisch glitten.

Er war auch nicht der Mann, der offen und überall über seine Gefühle sprach.

Sie stand vor ihrem Frisiertisch und hielt inne in ihren Gedanken. Unbewußt faßte sie sich mit einer Hand an ihr Herz, denn sie spürte, wie dort eine schwache Hoffnung aufkeimte.

Zum ersten Mal dachte sie darüber nach, ob Morgan vielleicht mehr für sie empfand als reine Lust. Mehr als nur das Verlangen nach einer Frau – irgendeiner Frau –, um seine männlichen Triebe zu befriedigen. Als sie nach ihrem erfüllten Liebesakt in seinen Armen gelegen hatte – es war kaum eine Stunde seitdem vergangen –, hatte es keiner Worte bedürft. Seine Arme waren so besitzergreifend. So beschützend. Aber noch bedeutender war für sie dieses Gefühl der Nähe, des Einklangs mit ihm, gewesen, das alles andere übertraf. Konnte sie nach alledem noch an seiner Liebe zweifeln?

Sie hatte Angst davor, es zu glauben ... aber auch Angst, daß er sie nicht lieben könnte.

Sie seufzte und rüttelte sich aus ihrem Tagtraum. Als sie wie zufällig auf ihren Toilettentisch blickte, bemerkte sie, daß der Deckel ihrer Schmuckschatulle offenstand. Die schwarze Samtschachtel, die darin lag, gähnte sie leer und dunkel an. Da fiel ihr ein, daß sie am Abend zuvor versäumt hatte, ihre Perlen wieder zurückzulegen.

Sie lagen nicht mehr auf ihrem Nachttisch. Sie runzelte konzentriert die Stirn und überlegte, wo sie sie hingelegt haben könnte. Sie war sich ganz sicher, daß sie die Perlen auf den Nachttisch gelegt hatte, doch sie schien sich wohl geirrt zu haben.

Aber der Schmuck blieb unauffindbar.

Aufgebracht schickte sie nach Annie, und sie durchsuchten gemeinsam jeden Schrank und jeden Winkel ihres Zimmers, alles vergeblich.

Als Annie sie wieder allein zurückließ, um ihren häuslichen Pflichten nachzugehen, versuchte Elizabeth, die Ereignisse des vergangenen Abends zu rekapitulieren. Nachdem sie die Porters verlassen hatte, war sie nach Hause gekommen und hatte sich direkt für die Nacht vorbereitet. Während sie ihr Haar bürstete, hatte sie bemerkt, daß sie die Perlen noch trug. Ja! Dann hatte sie sie abgelegt, kurz bevor Nathaniel ...

Nathaniel.

»Nein«, sagte sie schwach. »Oh, nein ...«

Ein schrecklicher Verdacht bemächtigte sich ihrer. Nathaniel war zu ihr gekommen, weil er Geld brauchte. Während sie in Morgans Arbeitszimmer ging, war er in ihrem Zimmer geblieben. Sie wollte es zunächst nicht glauben, aber was blieb ihr anderes übrig? *Nathaniel*, dachte sie. Oh, Nathaniel, wie konntest du so etwas tun.

Zehn Minuten später saß sie hochaufgerichtet und mit verbittert zusammengepreßtem Mund in ihrer Kutsche. Sie hoffte, daß sie sich täuschte und daß Nathaniel ihre Perlen nicht gestohlen hatte; sie hoffte das nicht so sehr um ihretwillen – auch wenn sie ein Geschenk von Morgan waren –, sondern um seinetwillen.

Sobald die Kutsche vor dem häßlichen Ziegelgebäude anhielt, sprang sie auch schon heraus. Willis war noch nicht einmal vom Kutschbock geklettert. Sie war so mit dem Zweck ihres Besuches beschäftigt, daß sie den großen, hageren Mann mit der braunen Melone, der gerade aus der Einfahrt hinter dem Haus hervortrat, nur eines kurzen Blickes würdigte.

Sie winkte Willis zu. »Bitte warte hier«, wies sie ihn mit knappen Worten an. »Ich bleibe nicht lange.«

Stolz aufgerichtet ging sie den Fußweg entlang. Mit jedem Schritt, der sie näher zu Nathaniels Tür führte, wuchs ihr Zorn. Wütend schlug sie den Messingtürklopfer gegen das Holz.

Doch Nathaniel öffnete ihr nicht.

Normalerweise wäre Elizabeth wieder gegangen und hätte angenommen, daß er nicht zu Hause war. In diesem Fall aber klopfte sie mit ihrer geballten Faust noch fester gegen die Tür. Wenn er gerade seinen Rausch ausschlief, hörte er sie vielleicht nicht. Und wenn dem so war, war sie entschlossen, ihn aufzuwecken. Diese Angelegenheit konnte man nicht einfach auf sich beruhen lassen!

Immer noch keine Reaktion. Elizabeth blieb hartnäckig. Willis sah von der Kutsche zu ihr herüber und winkte ihr. »Wünschen Sie meine Hilfe, Madam?«

»Nein danke, Willis.«

Sie wandte sich wieder der Tür zu. In letzter Verzweiflung packte sie mit ihren weiß behandschuhten Fingern nach dem Türknauf und versuchte, ihn umzudrehen.

Er drehte sich mit Leichtigkeit.

So. Er war also zu Hause, dieser Schuft! Elizabeth riß die Tür weit auf und trat ins Zimmer. »Nathaniel!« rief sie. »Nathaniel, ich weiß, daß du hier bist, also komm schon raus.«

Eisige Stille umfing sie.

Aber nein – aus dem hinteren Teil des Hauses hörte sie ein schwaches Geräusch. Da sie viel zu wütend war, um Angst zu haben, machte sich Elizabeth auf den Weg in den Salon.

Als sie in der Tür stand, schüttelte sie ungläubig den Kopf. Die Vorhänge waren immer noch fest geschlossen, so daß es im Raum dunkel war und sie eine Weile brauchte, bis sich ihre Augen an das Dämmerlicht gewöhnt hatten. Aber Nathaniel war nicht dort. Der faule Halunke liegt sicher noch im Bett, dachte sie angewidert. Sie wollte gerade ins Schlafzimmer gehen, um dort nach ihm zu suchen, als sie etwas hörte – ein ganz schwaches Geräusch, beinahe wie ein leises Stöhnen.

In diesem Augenblick erkannte sie, was sie beinahe übersehen hätte – ein ausladender Körper lag ausgestreckt auf dem Boden vor dem Kamin. Er lag auf dem Bauch, und sein Gesicht war von ihr abgewandt.

Sie trat zu ihm. »Nathaniel!« schalt sie. »Nathaniel, um Himmels Willen, es ist bereits Nachmittag! Besitzt du denn gar keinen Funken Verstand mehr ...«

Abrupt hielt sie inne. Sie riß ihre Augen auf, und ihr Herz klopfte ihr bis zum Hals. Auf dem Boden neben ihm war ein riesiger Fleck.

Ein Aufschrei des Entsetzens entfuhr ihr. Großer Gott, das war Blut!

Sofort war sie auf den Knien und an seiner Seite. »Nathaniel!« schrie sie und bemühte sich, ihn umzudrehen.

Es gelang ihr, ihn auf die Seite zu drehen. Dabei stöhnte er plötzlich auf. »Oh, Gott sei Dank, du lebst!« Sie schluchzte fast. Sein Gesicht war jedoch leichenblaß. Die Vorderseite seines Hemdes war dunkelrot vor Blut.

Sie sprang auf, hob ihre Röcke und rannte so schnell ins Freie, als wäre sie von Sinnen. Der Kutscher blinzelte seine Herrin erstaunt an, als sie den Gehsteig hinuntergeschossen kam. »Willis!« sie brüllte fast. – »Komm schnell!«

Kapitel 22

»Stichwunden«, brummte Stephen grimmig. »Zwei Messerstiche. Zugegebenermaßen kein schöner Anblick.«

Elizabeths Magen krampfte sich zusammen. Stephen hatte recht. Es war bestimmt kein schöner Anblick. Eine tiefe Wunde klaffte in Nathaniels Schulter, die andere zog sich unterhalb seines Rippenbogens entlang.

Sie standen in Stephens Behandlungszimmer. Nathaniel lag lang ausgestreckt auf einer schmalen Trage. Willis hatte sie mit halsbrecherischer Geschwindigkeit hierher gefahren. Voller Panik und Verzweiflung war Elizabeth dann in sein Haus gerannt. Sie war sich sicher, daß sie die Haushälterin für eine Irre gehalten hatte.

Stephen war gerade dabei, die Überreste von Nathaniels Hemd wegzuschneiden und sie dann in eine Schüssel neben dem Bett zu werfen. Dabei gelangte er an ein Stück von Elizabeths Unterrock, mit dem sie versucht hatte, die Blutungen in Nathaniels Schulter zum Stillstand zu bringen. Denn das war die gefährlichere Wunde. Mit einer Pinzette entfernte Stephen vorsichtig den Stoff und warf auch ihn in besagte Schüssel.

Frisches Blut quoll hellrot aus der Wunde. Bei diesem Anblick stöhnte sie. Leise fluchend tupfte Stephen das Blut weg. »Beide Wunden sind sehr tief«, murmelte er. »Aber diese hier besonders. Ich muß sie beide nähen, sonst kann ich die Blutungen nicht stoppen.«

Elizabeths Augen hingen wie gebannt an Nathaniel. Er sah schrecklich aus. Aus seiner Haut war nahezu jegliche Farbe gewichen, er war so weiß wie das Leinentuch, auf dem er bewegungslos ruhte; er atmete nur schwach.

»Er ist immer noch bewußtlos. Ist das normal?« Sie mußte dagegen ankämpfen, nicht hysterisch zu klingen.

Stephen stand über seinen Patienten gebeugt. »Im Augenblick besteht kein Grund zur Besorgnis. Außerdem ist es einfacher, die Wunden zu schließen, wenn er nicht bei Bewußtsein ist.« Er richtete sich auf. »Kannst du mir vielleicht behilflich sein? Sonst muß ich Mrs. Hale rufen.« Mrs. Hale war die Haushälterin und arbeitete auch gelegentlich als seine Krankenschwester.

Elizabeth schluckte tapfer. »Ich helfe dir.«

Nachdem sie ihre Hände abgeschrubbt hatte, trat sie an den Operationstisch heran und fragte sich im stillen, was als nächstes passieren würde. Mit ruhiger Hand und festem Blick hielt sie ein kleines Tablett mit Instrumenten und Verbandszeug und beobachtete Stephen bei seiner Arbeit. Seine Nadel grub sich in Nathaniels Fleisch hinein und wurde dann hinausgezogen. Wieder und wieder.

Schließlich waren die weit aufklaffenden Wunden geschlossen. Nachdem der letzte Stich getan war, war Elizabeth sehr stolz auf sich. Stephen war noch damit beschäftigt, beide Nähte mit schneeweißer Gaze zu verbinden. Es war merkwürdig, aber erst nachdem Nathaniels geschundenes, zerfetzten Fleisch behandelt war, holte sie die Wirklichkeit wieder ein. Elizabeths Magen lehnte sich auf.

»Da. Fertig. Du hast gute Arbeit geleistet, Elizabeth.« Stephen wandte sich ihr zu und mußte dabei feststellen, daß seine Aushilfsassistentin kreidebleich war. »Fühlst du dich gut?«

Ihr Lächeln zitterte so wie ihre Beine. »Es tut mir leid, aber ich fühle mich ein wenig seltsam.« Sie schwankte plötzlich. Stillvergnügt lächelnd nahm Stephen ihr das Tablett aus den Händen und schob ihr dann einen Stuhl hin.

»Setz' dich«, ordnete er an. »Und jetzt atme tief ein. Tief ein- und dann wieder ausatmen. Ja, so ist es richtig.«

Einige Minuten später war das Schwindelgefühl vorüber. Elizabeth hob den Kopf. »Fühlst du dich besser?« fragte er.

Sie nickte.

»Gut.« Stephen griff nach ihrem Handgelenk. »Du kriegst auch wieder Farbe.« Mit seinem Finger tastete er ihren Pulsschlag.

»Wirklich Stephen, es geht mir gut«, protestierte sie.

»Ich bin hier der Arzt, Elizabeth«, meinte er mit einem gutmütigen Stirnrunzeln.

»Aber ich fühle mich so idiotisch, du mußt nach mir schauen, während der arme Nathaniel ...« Ihre Stimme versagte. Sie sah wieder zu Nathaniel hin, und ihr Blick verdunkelte sich.

»Wird er wieder gesund werden?«

Stephen ließ ihr Handgelenk los und gab ihr einen aufmunternden Klaps auf die Schulter. »Ich denke, er kommt wieder in Ordnung. Die einzige Frage lautet jetzt, ob wir ihn in ein Krankenhaus schaffen sollten.«

Elizabeth biß sich auf die Lippe. »Ist das wirklich notwendig? Schon der Gedanke, ihn allein in einem Krankenhaus zu lassen, ist mir verhaßt.«

»Er wird in den nächsten Tagen ohnehin nicht viel allein machen können. Ruhe und Erholung sind das, was er braucht.«

Elizabeths Gedanken rasten mit ihr davon. »Ist er transportfähig?«

»Ja, allerdings mit größter Vorsicht.«

»Und wenn er mit zu mir nach Hause kommt? Wir haben genug Personal, das sich um ihn kümmern kann.«

»Ich habe damit keine Probleme, denn ich kann ihn dort ebenso gut untersuchen wie im Krankenhaus.« Sein Gesicht nahm einen seltsamen Ausdruck an. Sie hatte das Gefühl, daß er ihr eigentlich etwas ganz anderes hatte sagen wollen.

»Was ist los, Stephen? Sag mir, was du denkst!«

Er zögerte. »Ich frage mich nur, was Morgan dazu sagen wird.«

»Morgan ist für einige Tage nach New York gefahren. Wir können unmöglich warten, bis er zurückkehrt, und dann eine Entscheidung für Nathaniels Pflege treffen. Außerdem kann er kaum etwas dagegen haben, wenn sich sein eigener Bruder in seinem Hause erholt. Wir haben sicherlich genug Platz, und ich sehe daher nur eine Lösung. Nathaniel kommt zu uns!«

Sie war unerbittlich. Aber in Wirklichkeit war ihr Mut schlicht und einfach nur vorgeschoben. Sie wagte gar nicht daran zu denken, wie Morgan reagieren würde. Aber in einem war sie sich ganz sicher ...

Sie würde es bald erfahren.

Komm bald wieder zurück nach Hause.

Seit dem Augenblick, in dem er Boston verlassen hatte, bemühte sich Morgan, genau das zu tun.

Es ließ sich nicht abstreiten. Elizabeth hatte ihn mit ihrem reizenden Abschied überrascht – und über alle Maßen erfreut. Immer und immer wieder hatte er ihr Bild vor sich, wie ihr warmer Körper vor Erregung bebend in seinen Armen lag. Er hatte ihr Verlangen genauso schüren wollen wie seine eigene schmerzende und überquellende Lust: daß es ihm schließlich gelungen war, hatte seine kühnsten Vorstellungen übertroffen.

Die ganzen nächsten Tage kreisten seine Gedanken fast immer um sie. Wenn er einschlief, schmeckte er die Süße ihrer Küsse; und morgens wachte er vor Sehnsucht danach auf. Nach einem solchen Abschied konnte Morgan gar nicht anders. Er träumte schließlich sogar, sie wäre bei ihm.

Sie verkörperte alles, was ein Mann sich wünschen konnte – alles, was er sich wünschte.

Und das sengende Begehren, das durch seine Venen pulsierte, war mehr als nur Lust ... sehr viel mehr.

Aber das war nicht das einzige, womit sich seine Gedanken beschäftigten.

Er konnte den Zweifel, der an ihm nagte, nicht ganz beseitigen. Es ärgerte ihn, daß Nat sie geküßt hatte – daß sie es ihm sogar selbst erlaubt hatte.

Nat ist ein Gauner, ein Nichtsnutz, vernahm er eine innere Stimme.

Aber sie mußte doch nicht zulassen, daß er sie küßte, meldete sich eine andere zu Wort.

Und sie hätte es auch gar nicht zugeben müssen. Sie hätte es Nat gänzlich zuschreiben können, und das hat sie nicht getan.

Mit Sicherheit hätte Amelia so getan, als wäre sie völlig schuldlos.

Aber Elizabeth war nicht Amelia, entschied er schließlich. Und vielleicht war es an der Zeit, daß er sich nicht mehr vor der Wahrheit versteckte. Elizabeth verfügte über soviel Herzenswärme, Offenheit und Großzügigkeit, wie sie Amelia nie besessen hatte.

Elizabeth war die richtige Frau für ihn, so wie es Amelia nie war – und nie hätte sein können. Als er sich das selbst eingestand, überkam ihn eine stille Zufriedenheit, die er an sich gar nicht kannte. Zum ersten Mal in seinem Leben wußte Morgan, daß er die Chance hatte, glücklich zu werden – so glücklich wie noch nie.

Er wäre ein Idiot, wenn er dieses Glück von sich wies.

Deshalb traf er voller Vorfreude und leichten Herzens wieder zu Hause ein. Er fühlte sich wie ein Seemann bei seinem ersten Landurlaub nach Monaten auf hoher See.

Energisch setzte er seine Tasche auf dem polierten Boden ab. »Elizabeth? Simmons?« rief er. »Ich bin wieder zurück.«

Seine einzige Begrüßung war das hohle Echo seiner Stimme in der Eingangshalle.

Sein Blick verfinsterte sich. Mit einem solchen Willkommensgruß hatte er nicht gerechnet.

Doch dann trat Simmons aus der Bibliothek und eilte direkt auf Morgan zu.

»Sir! Ich wußte nicht, daß sie eingetroffen sind!« Simmons griff nach seiner Tasche. »Soll ich Ihre Sachen auspacken, Sir?«

Morgan nickte abwesend. »Ist meine Frau zu Hause, Simmons?«

»Ja, natürlich, Sir. Sie betreut den jungen Herrn Nathaniel.«

Morgan hatte bereits einen Fuß auf die Stufen gesetzt, doch dann stoppte er abrupt. Er sah wieder zu dem alten Mann. »Wie bitte?«

Simmons gestikulierte in Richtung der ersten Etage und bemerkte gar nicht, wie sich das Gesicht seines Herrn rötete. »Oben im Gästezimmer, Sir. Während Sie unterwegs waren, hatten wir hier eine ganz schöne Aufregung mit der Verletzung ihres Bruders und all dem. Aber dem Himmel sei Dank, es geht ihm jetzt schon viel besser.«

Nathaniel war verletzt worden? Sein Kinnladen klappte nach unten. Wenn das wieder einer seiner Tricks war, dann Gnade ihm Gott!

Er ging die Treppe hoch und nahm immer zwei Stufen auf einmal.

Natürlich war Elizabeth im Gästezimmer.

Mit einem flüchtigen Blick streifte er den Raum. Elizabeth saß auf der Bettkante und nahm ihm teilweise den Blick auf Nathaniels entblößten Oberkörper. Aber Morgan konnte sehr deutlich erkennen, daß ihre schlanken Finger sanft über die Schläfen seines Bruders strichen.

»Was zum Teufel geht hier eigentlich vor?«

Im Nu hatte Elizabeth sich erhoben und eilte auf ihn zu. Ihren Zeigefinger vor den Mund haltend versuchte sie mit dieser ermahnenden Geste, Morgan wieder in den Flur hinauszuschieben.

Morgan stand jedoch wie angewurzelt im Raum. »Nun?« drängte er.

»Sprich leise! Er ist endlich eingeschlafen, und ich möchte nicht, daß du ihn aufweckst!« Sie sprach flüsternd, doch ihr bestimmender Tonfall klang sehr ermahnend.

Morgan sah wieder zu Nathaniel. Zum ersten Mal bemerkte er den Verband an dessen Schulter. »Was ist passiert?« fragte er knapp.

»Die Wunden stammen von einer Messerstecherei. Er ist an der Schulter und in der Seite verletzt. Wir wissen nicht, wer ihn angegriffen hat, oder warum das passiert ist. Die Polizei ist informiert, aber sie ist der Ansicht, daß der Angreifer wohl nie gefunden wird, wenn Nathaniel ihn nicht erkannt hat.«

»Wann war das?«

»An dem Tag, als du nach New York abgereist bist.«

Morgans Augen verengten sich zu Schlitzen. »Wo ist es passiert?«

Sie schüttelte den Kopf. »Ich weiß es nicht genau. Aber ich habe ihn in seinem Haus gefunden.«

»Du hast ihn gefunden?«

Sie senkte ihren Blick. Sie hatte ihren Fehler zu spät erkannt, fiel ihm wütend auf. »Ja«, gab sie zu.

Morgans Stimme klang gefährlich ruhig.

»Was wolltest du bei ihm, Elizabeth?«

Sie faltete ihrer Hände vor der Brust, senkte den Kopf und sagte nichts.

Ihm riß der Geduldsfaden. »Ein schlechtes Gewissen, Elizabeth? Ich kann mir schon vorstellen, warum du beschämt bist.«

Sofort schoß ihr Kopf nach oben. Trotz blitzte in ihren Augen auf. »Ich bin nicht beschämt!« entgegnete sie hitzig. »Ich habe nichts Unrechtes getan. Auch wenn es dich nicht interessiert, aber vermutlich habe ich deinem Bruder das Leben gerettet!«

Er schürzte verächtlich die Lippen. »Wie löblich. Während du deinem Mann untreu bist, rettest du deinem Liebhaber das Leben.«

»Um Himmels willen! Nathaniel ist nicht mein Liebhaber! Und ich war auch nicht untreu!«

»Warum bist du dann bei ihm gewesen?«

Sie wurde zunehmend kleinlauter. »Das kann ich dir nicht sagen. Jedenfalls im Augenblick noch nicht. Wenn du noch ein bißchen Geduld hast ...«

»Ich habe das Gefühl, ich bin mehr als geduldig gewesen. Und du hältst mich nicht zum Narren, Elizabeth, denn es geht vermutlich nicht darum, daß du es mir nicht sagen kannst. Du willst es mir einfach nicht sagen.

»Das stimmt«, stellte sie sachlich fest. »Ich will es dir nicht sagen. Weil deine Anschuldigungen absolut lächerlich sind. Wenn du mich jetzt bitte entschuldigst, ich muß mich wieder um Nathaniel kümmern.« Demonstrativ kehrte sie ihm den Rücken zu.

Morgans Ton war schneidend. »Sag' mir, Elizabeth«, zischte er, »wenn ich statt Nathaniel hier läge, was würdest du dann tun? Draußen mein Grab schaufeln?«

In seinem Arbeitszimmer griff Morgan nach einer Flasche Brandy. Er wußte, daß er das nicht tun sollte; doch er konnte sich wieder einmal nicht beherrschen und stürzte ein Glas nach dem anderen hinunter.

Seine Gefühlswelt war völlig durcheinander geraten; er kochte vor Wut, daß sie Nathaniel in sein Haus gebracht hatte. Aber natürlich wollte sie ihn gern in ihrer Nähe haben ...

Tief in seinem Herzen haßte er sich für seinen Zorn. Ein Teil von ihm erkannte, daß sie keine andere Wahl gehabt hatte. Und doch kam er gegen diese blinde, irrationale Wut nicht an, die ihn innerlich zu verbrennen drohte.

Er hatte es von Anfang an gewußt, daß sie sich nichts aus ihm machte. Sie hatte ihn geheiratet, weil ihr keine andere Wahl geblieben war. Trotzdem wurde sein Zorn nicht weniger. Warum mußte er immer zurückstecken? Warum wurde Nat ihm immer vorgezogen?

Ein heftiger qualvoller Schmerz schien sich um sein Herz zu legen und es zu erdrücken. Auch seine Mutter hatte immer zuerst an Nat gedacht. Immer ...

Und jetzt Elizabeth.

Sein Gesicht nahm einen nachdenklichen Zug an. Herrgott, er liebte sie – und seit kurzem hatte er wirklich geglaubt, sie liebte ihn auch!

Seine Mundwinkel zuckten. Liebe, dachte er voller Sarkasmus. Die Liebe einer Frau war wie ein Messerstich ...

Er würde sich nicht noch einmal umgarnen lassen.

Wie lange er so dort saß, eine Hand mit dem leeren Kristallschwenker über der Sessellehne baumelnd, wußte er nicht mehr. Nur unbewußt registrierte er, daß die Eingangstür geöffnet und geschlossen wurde. Von Ferne hörte er Stimmengemurmel, dem energische Schritte folgten.

Er drehte sich noch nicht einmal um, als die Tür hinter ihm einige Zeit später geöffnet wurde.

»Ich will nicht gestört werden, Simmons. Ich dachte, das wäre klar«, rief er barsch.

»Simmons ist das vielleicht klar«, antwortete ihm eine Männerstimme trocken, »mir jedoch nicht.«

Es war Stephen. Morgan wandte sich rasch um, um seinen Freund anzusehen, dessen Gesichtsausdruck von tiefer Mißbilligung zeugte. Er machte auch keinerlei Anstalten, seinen Unmut zu unterdrücken.

»Ich muß sagen, Morgan, diesmal hast du dich selbst übertroffen.«

Morgans Lippen wurden schmal. »Halt' dich da raus, Stephen!«

»Dieses eine Mal nicht. Ich war hier, um nach Nathaniel zu sehen, und Elizabeth weinte, als ich hereinkam. Man braucht nicht besonders viel Geist, um sich vorzustellen, warum.«

Morgan betrachtete ihn herablassend und schwieg.

Aber Stephen blieb hartnäckig. »Wenn du nicht über Elizabeth sprechen willst, in Ordnung. Dann sprechen wir über dich. Du bist heute nachmittag aus New York zurückgekommen?«

»Ja.«

»Wie hast du reagiert, als du erfuhrst, was passiert ist?«

Morgan starrte ihn an. »Du bist doch der große Intellektuelle hier. Mal' es dir doch selbst aus.«

Stephen betrachtete ihn einen Moment lang. »Du warst wütend, soviel ist klar. Mein Gott, Mann, er ist dein Bruder. Du solltest froh sein, daß sie ihn noch lebend gefunden hat.«

Morgan schoß förmlich aus seinem Stuhl hoch und lief dann ruhelos im Raum umher – wie ein wildes Tier in seinem Käfig.

»Das ist exakt der Punkt«, sagte er spitz. »Sie hat ihn gefunden, Stephen. Meine Ehefrau hat ihn gefunden. In dem Moment, als ich mein Haus verließ, hatte meine Ehefrau nichts Besseres zu tun, als zu meinem Bruder zu eilen. Hast du dich vielleicht schon einmal gefragt, warum?«

»Und ist dir vielleicht schon einmal in den Sinn gekommen, daß der Grund ein vollkommen harmloser sein könnte?«

Morgan hielt inne und drehte sich abrupt zu seinem Freund um. »Wie könnte das harmlos sein?« fragte er. »Du vergißt, daß sie nach Boston gekommen ist, weil sie ihn heiraten wollte!«

»Aber sie hat ihn nicht geheiratet, nicht wahr? Morgan, sie hat einfach nur ein weiches Herz ...«

»Und nur Augen für meinen Bruder! Mein Gott, Stephen, kannst du nicht verstehen, wie ich mich fühle? Es ist alles wieder genau wie damals!«

»Das glaube ich nicht, Morgan. Ich denke, sie sieht in ihm schon den Mann, der er wirklich ist. Aber sie verhält sich neutral und verurteilt ihn nicht.«

Morgan erwiderte nichts. Obwohl sein wütender Gesichtsausdruck darauf schließen ließ, daß er es gern getan hätte. Seine Gedanken kreisten um seinen Bruder. »Er wird doch wieder gesund, oder?«

Trotz seiner Schroffheit spürte man die unterschwellige Besorgnis in seinen Worten. Stephen zögerte. »Es ist merkwürdig«, sinnierte er leise. »Aber ich habe das Gefühl, daß Nathaniels Angreifer nicht die Absicht hatte, ihn zu töten. Das klingt verrückt, aber vielleicht war es als eine Art Warnung gemeint.«

»Wenn man Nathaniel kennt, klingt es überhaupt nicht verrückt.« Es hätte alles sein können, überlegte Morgan. Spielschulden. Gezinkte Karten. Ehebruch.

Seine Augen verdunkelten sich. Niedergeschlagen meinte er dann: »Sie ist ein Dummkopf, wenn sie glaubt, daß er sich jemals ändert.«

Stephen lächelte schwach. Er schlug Morgan mit einer Hand auf die Schulter. Soviel war sicher, es gab einen Dummkopf in diesem Haus. Aber es war bestimmt nicht Elizabeth ...

Kapitel 23

Nathaniels Genesung machte rasche Fortschritte, und niemand war darüber erleichterter als Elizabeth. Das gestörte Verhältnis der beiden Brüder bedrückte sie jedoch sehr. Insgeheim hatte sie gehofft, daß dieser Vorfall in irgendeiner Form zur Versöhnung der beiden führen könnte. Aber Morgan blieb weiterhin hartnäckig und unnachgiebig. Soweit sie informiert war, hatte er auch kein einziges Mal Nathaniels Zimmer betreten, um zu sehen, wie es ihm ging.

Stephen erzählte ihr dann schließlich, daß Morgan ihn täglich nach dem Befinden seines Bruders fragte, und diese Aussage gab Elizabeth lange zu denken.

Nachdem sie sich erst absolut sicher gewesen war, daß Morgan Nathaniel haßte, war sie davon jetzt nicht mehr überzeugt. Wenn Morgan nichts um seinen Bruder gab, warum sollte er sich dann nach ihm erkundigen?

Er machte sich doch Sorgen um Nathaniel. Die Beziehung zwischen den beiden Brüdern hatte vielleicht Schaden genommen, war aber nicht völlig zerstört. Je länger sie darüber nachdachte, um so stärker kam sie zu diesem Schluß. Doch warum konnte Morgan das nach außen hin nicht zeigen? Was hatte den Bruch zwischen den beiden ausgelöst? Was konnte denn so schlimm gewesen sein, daß sie immer wie Hund und Katze aufeinander losgingen?

Nathaniel war labil, aber nicht hinterhältig. Er war nicht so charakterfest wie Morgan. Warum konnte Morgan ihm gegenüber nicht toleranter sein und ihn so akzeptieren, wie er war?

Es vergingen noch mehrere Tage, bis Nathaniel wieder in der Verfassung war, ein längeres Gespräch zu führen. Elizabeth hatte einige Fragen an ihren Schwager.

Und sie war entschlossen, die Antworten darauf zu erfahren.

Eines Nachmittags, er hatte gerade zu Mittag gegessen, betrat sie sein Zimmer. Von einem Berg Kissen gestützt saß Nathaniel aufrecht im Bett. Als Elizabeth einen Stuhl an die Bettkante schob, schoß eine seiner kastanienbraunen Brauen nach oben.

»Mann, oh Mann«, sagte er mit einem leicht scherzenden Zug um seine Augen, »es steht ernst um mich.«

Elizabeth erwiderte sein Lächeln nicht. »Ja, ich würde auch sagen, daß zwei Stichwunden ernst zu nehmen sind. Außerdem bedarf die Angelegenheit meiner Ansicht nach einer weiteren Untersuchung.«

Er seufzte. »Elizabeth, ich habe der Polizei doch schon alles erzählt, als sie gestern hier war.« Er zuckte mit den Schultern. »Ich konnte nicht sehen, wer mich verletzt hat«, fuhr er fort, »denn ich wurde von hinten angegriffen.«

»Ja, das habe ich gehört. Aber ich interessiere mich auch sehr viel mehr dafür, was du ihnen nicht erzählt hast.«

Nathaniel war offensichtlich verblüfft von ihrer Überzeugung. »Was macht dich da so sicher?«

»Nathaniel, ich bin doch kein Hohlkopf. Du bist nachts hier gewesen und wolltest Geld. Du hast zugegeben, daß du dich in Schwierigkeiten befindest. Am Tag darauf hat man dich lebensgefährlich verletzt. Das ist doch kein Zufall, also versuche nicht, mich vom Gegenteil zu überzeugen!«

Genau das hatte er eigentlich vorgehabt. Verwirrung und Schuld huschten über seine Gesichtszüge – oh, aber er war ganz der Schauspieler, daran konnte sie doch nicht rütteln! Auf einmal ließ er die Schultern hängen. »Ich glaube, ich bin dir eine Erklärung schuldig«, murmelte er.

Ihre Augen blitzten vor Zorn. »Die Wahrheit bist du mir schuldig.«

Deprimiert fuhr er sich mit einer Hand durch sein Haar. »Verdammt«, raunte er. »Ich weiß gar nicht, womit ich anfangen soll.«

Elizabeths verkniffener Mund sollte ihm eine Warnung sein. So leicht kam er ihr diesmal nicht davon!

Er seufzte. »Erinnerst du dich noch daran, als ich London so überstürzt verlassen habe?«

»Wie könnte ich das vergessen? Du hast mir etwas von geschäftlichen Gründen erzählt. Das war offensichtlich nicht der Fall.«

»Nein«, gab er zu. »Während meiner ersten Zeit in London hatte ich unglaubliches Glück an den Spieltischen. Elizabeth, ich ... ich habe kein einziges Mal verloren! Was ich auch anfaßte, verwandelte sich sozusagen in Gold, und ich ... ich wollte immer mehr.«

Ihr Blick hing wie gebannt an seinem Gesicht. »Und weiter?«

Er holte tief Atem. »Ich erfuhr von einem Mann, der Geld verlieh – Viscount Philip Hadley. Also habe ich mir von ihm zwanzigtausend Pfund geliehen, weil ich mir so sicher war, daß ich damit ein Vermögen machen würde.«

»Du wurdest also habgierig«, sagte sie leise.

Nathaniel stritt das nicht ab, sondern schüttelte nur den Kopf. »Aber das Glück verließ mich, Elizabeth. Ich habe bis auf den letzten Heller alles verloren.«

Elizabeth war entsetzt. »Das ganze Geld?«

»Eine Runde Würfeln und alles war weg ... weg!« Er stöhnte angewidert. »Also habe ich mir noch mehr geliehen.«

»Von diesem Grafen Hadley?«

»Ja. Ich hatte bereits Gerüchte gehört, daß er, sagen wir, hinterhältig sein konnte. Aber es war meine einzige Chance, ihm das Geld überhaupt zurückzahlen zu können.«

»Aber du hast wieder verloren, nicht wahr?«

Er nickte. »Hadley verlangte sein Geld zurück. Aber

ich hatte es nicht, Elizabeth. Eines Nachts jagte er mir ein paar Schläger auf den Hals. Sie griffen mich an und erklärten mir klipp und klar, wenn ich das Geld innerhalb einer Woche nicht zurückzahlte, würde es mir noch leid tun.« Seine Stimme war grimmig geworden. »Ich war verzweifelt, Elizabeth. Ich sah keine Möglichkeit, ihm das Geld zurückzuzahlen.«

Elizabeth konnte sich schon vorstellen, was als nächstes geschehen war. »Und deshalb bist du geflohen, oder?«

»Ich ... ich wußte nicht, was ich sonst hätte tun sollen. Ich wollte ihn nicht absichtlich hintergehen, ich wollte nur meine eigene Haut retten! Ich habe nicht geglaubt, daß er mich über den Atlantik bis hierher verfolgen ließe. Aber ich wollte auf Nummer Sicher gehen, denn ich stellte mir vor, daß sie davon ausgingen, ich wäre nach Boston zurückgekehrt.«

»Statt dessen bist du nach New York gefahren.«

»Ja. Ich habe dort solange gewartet, bis ich dachte, ich wäre in Sicherheit. Dann bin ich nach Boston zurückgekommen. Aber eines Abends hat mich jemand verfolgt.«

Elizabeths Magen krampfte sich zusammen. »Einer von Hadleys Leuten?«

Nathaniel war noch eine Spur blasser geworden. »Er hielt mir ein Messer an die Kehle und erklärte, er ließe mir drei Tage Zeit, bis ich ihm das Geld an einen Ort namens *Crow's Nest* zu bringen hätte.«

Elizabeth atmete geräuschvoll ein. »Dann bist du hierher gekommen, nicht wahr? Und hast mir gesagt, daß du jeden Pfennig bräuchtest, den du kriegen könntest.«

»Ja. Ich habe ihm erklärt, daß ich den Rest bald zusammenhätte. Aber ich vermute, diese Erklärung hat ihn nicht zufriedengestellt. Als ich spätabends nach Hause kam, hat er mir aufgelauert. Er wollte mir einen Vorgeschmack dessen geben, was passieren würde, wenn ich beim nächsten Mal nicht alles auf einmal zurückzahlte, hat er gesagt.«

»Gütiger Himmel«, sagte sie erschüttert. »Und daraufhin hat er zugestochen.« Sie hielt inne und schnippte mit den Fingern. »Warte! Als ich dich gefunden habe, kam mir ein Mann aus der Einfahrt entgegen. Er war groß und dünn und trug eine braune Melone ...«

»Das ist er. Das ist der Mann.«

Nach all seinen Schilderungen wurde Elizabeth jetzt ein wenig schwindlig. »Nathaniel«, sagte sie kleinlaut. »Hast du dir deshalb meine Perlenkette genommen?«

Er nickte und wandte seinen Blick ab. »Ich hatte gehofft, du würdest sie eine Zeitlang nicht vermissen«, gestand er ein.

»Warum? Damit ich dann denken sollte, ich hätte sie verloren? Oder sie verlegt?«

Sein Schweigen sagte schon alles.

»Es tut mir leid«, sagte er einen Augenblick später. »Aber Hadleys Kurier hat sie jetzt.« Er schwieg wieder. »Weiß Morgan, daß ich sie gestohlen habe?« fragte er plötzlich.

»Nein. Aber du mußt mit ihm über Hadley sprechen, Nathaniel.«

»Nein! Versprich mir, Elizabeth, daß du ihm nichts davon erzählst. Ich werde allein damit fertig!«

»Sei doch nicht töricht, Nathaniel! Du brauchst seine Hilfe. Wenn du nicht mit ihm sprichst, werde ich es ihm sagen.«

»Nein! Und ich will auch nicht, daß die Polizei darin verwickelt ist.«

»Sei nicht albern, Nathaniel. Es geht hier um dein Leben ...«

»Genau«, unterbrach er sie barsch. »Um mein Leben. Ich bin für diesen Schlamassel verantwortlich, Elizabeth. Ich muß die Sache wieder geradebiegen. Und dafür brauche ich Morgan nicht.«

Elizabeth schaute ihn aus klaren grünen Augen an, die allerdings recht unentschlossen wirkten.

Nathaniels Haltung entspannte sich. »Du verstehst mich nicht, oder?«

»Nein, doch. Ich glaube zumindest, daß ich dich verstehe.« Unmerklich schüttelte sie ihren Kopf. »Aber ich habe Angst um dich, Nathaniel.«

»Mußt du aber nicht haben. Ich treffe schon seit langem eigene Entscheidungen« – sein Grinsen war recht selbstgefällig – »wenn auch oft die falschen. Aber Morgan hat mir ständig bei allem über die Schulter geschaut. Vielleicht muß ich mir diesen Fehler selbst zuschreiben.«

Er sprach mehr zu sich selbst als zu ihr. »Du hattest recht, als du gesagt hast, daß ich nicht wegen allem zu Morgan rennen kann. Aber das habe ich immer getan. Wenn ich Geld brauchte, bin ich zu ihm gegangen. Wenn ich in Schwierigkeiten war, hat er mich rausgeboxt. Das war ... am einfachsten, denke ich mir. Ich war nie einer von denen, die schwer schufteten. Das habe ich Morgan überlassen. Oh ja, er ist der ehrgeizige von uns beiden. Ich bin der Lebenskünstler. Sorglos und – unbedacht.« Reumütig blickte er kurz auf seine verbundene Schulter.

Noch einmal sah er sie flehend an. »Elizabeth, bitte sag ihm nichts. Ich muß allein damit fertigwerden.« Er zuckte mit den Schultern. »Oh, zweifellos werde ich auch diese Sache wieder vermasseln. Ich habe schon bei Gott weiß wievielen anderen Gelegenheiten versagt.«

»Sprich nicht so«, schalt sie ihn sanft. »Du bist kein Versager.«

Er schüttelte seinen Kopf. »Oh doch, genau das bin ich.« Das dämonische Grinsen war wieder typisch für ihn. »Ich bin ein Gauner. Ein Nichtsnutz. Von der übelsten Sorte.«

»Das bist du nicht.«

»Doch, doch, das bin ich.«

»Dann ... dann kannst du dich doch ändern. Ich werde dir dabei helfen, Nathaniel.«

»Welch ein Edelmut«, witzelte er. »Keine Frau, die auch nur etwas auf sich hält, würde mich nehmen, Elizabeth. Halb Boston versteckt seine Töchter vor mir.« Er seufzte tief. »Ach ja, es ist schon gut, daß wir beide nicht geheiratet haben. Du hättest mich nicht ändern können, und ich hätte dich nur immer wieder enttäuscht. Um ehrlich zu sein, hätte ich vermutlich dein ganzes Leben zerstört.«

Obwohl sie über seine Sticheleien lächeln mußte, versetzten sie ihrem Herzen einen schmerzhaften Stich. Vor ihrem geistigen Auge sah sie wieder Morgans haßerfülltes Gesicht. Sie konnte nicht verleugnen, daß sie Nathaniels Betrug verletzt hatte, als sie in Boston angekommen war. Aber dieser Schmerz war gegenüber dem, was Morgan ihr antun konnte, vergleichsweise harmlos. Er konnte sie weitaus tiefer verletzen als Nathaniel. Ein Wort – ein Blick – von ihm genügte, und sie war am Boden zerstört.

Ihr Gesicht verfinsterte sich. Wie merkwürdig, überlegte sie, daß sie sich auf einmal so einsam und verloren vorkam. Irgendwie hatte sie sich das Verliebtsein immer als einen Zustand der Glückseligkeit und der absoluten Zufriedenheit vorgestellt. Und sie hatte die Liebe ja auch als erregende Kraft für Körper, Seele und Geist erfahren ...

Aber sie hätte sich nie – nie – träumen lassen, daß die Liebe auch so abgrundtief traurig machen konnte.

Idiotin, schalt sie eine innere Stimme. Der Schmerz hat mit Liebe eigentlich nichts zu tun ...

Es lag daran, daß ihre Liebe ... nicht erwidert wurde.

»Nun«, sagte Nathaniel und holte sie wieder zurück in die Wirklichkeit. »Versprichst du mir, Morgan nichts zu sagen?« Obwohl er so leichtherzig sprach, war sein Blick doch flehend.

Langsam, fast widerstrebend nickte sie. »Ich verspreche es dir«, gelobte sie ihm und hoffte dabei inständig, daß sie ihr Versprechen auch halten konnte.

»Gut. Und jetzt, nachdem ich dir mein Herz ausgeschüttet habe, möchte ich dir eine Frage stellen«, sagte er.

»Ja?« Erwartungsvoll legte Elizabeth ihren Kopf schief.

Für Sekunden war es ganz still zwischen ihnen. Er sah sie tief und durchdringend an, dann fragte er sie leise: »Bist du glücklich, Elizabeth?«

Damit hatte er ihr einen leichten Schock versetzt, denn mit dieser Frage hatte sie nicht gerechnet.

Sie war nicht auf eine Antwort vorbereitet.

Unschlüssig lächelnd meinte sie dann schließlich: »Nathaniel, frag' mich, was du willst, aber nicht das!«

Sein Gesichtsausdruck nahm plötzlich wütende Züge an. »Verdammte Heimlichtuerei!« entfuhr es ihm. »Es geht um Morgan, nicht wahr? Dieser Hundesohn. Er hat dich total unglücklich gemacht ...«

»Nein. Nein! Es ist nicht so, wie du denkst, Nathaniel. Nein, wirklich nicht. Es ist nur, daß ...« Sie brach ab und war unfähig, fortzufahren. Dann senkte sie ihren Kopf so tief, damit er nicht die Tränen sah, die ihr plötzlich siedendheiß in die Augen traten.

Doch irgendwie ahnte er etwas. »Großer Gott«, hörte sie seine Stimme, »sag' mir jetzt nicht, daß du ihn liebst.«

Eine einsame Träne kullerte über ihr Gesicht.

»Mein Gott, ist das wahr?«

Sie holte tief und verzweifelt Luft. »Nathaniel, es ... es tut mir leid. Ich will dir nicht wehtun.«

Er griff nach ihren Händen. »Das muß dir nicht leidtun«, sagte er eindringlich. »Elizabeth, du bist das Beste gewesen, was mir jemals in meinem Leben passiert ist. Ich war nur zu dumm, um das zu begreifen. Wenn also einer von uns etwas bedauern muß, dann ich.«

Sie hob ihren Kopf und lächelte ihn unter Tränen an. »Nathaniel ...«

»Ich bitte um Entschuldigung, wenn ich mich in eine solch rührende Szene einmische«, unterbrach sie aus der Richtung der Tür eine schneidende Stimme, »aber ich möchte mit meinem Bruder allein sprechen.«

Elizabeth tat genau das, was sie vermutlich besser nicht getan hätte – sie entzog Nathaniel schuldbewußt ihre Hände und stand stocksteif da. Ihr Herz raste. Oh, verdammt! Warum mußte das jedesmal passieren?

Sie war verblüfft, als er das zu übergehen versuchte.

»Es macht dir doch nichts aus, Elizabeth? Ich möchte mit meinem Bruder sprechen.«

Er war von eisiger Höflichkeit. »Natürlich.« Verwirrt raffte Elizabeth ihre Röcke und rauschte an ihm vorbei. Aus Angst vor dem, was sie vielleicht in seinen Augen erkennen würde, wagte sie es nicht, ihm ins Gesicht zu schauen.

Nathaniel lehnte sich in seine Kissen zurück und stöhnte leise bei dem Versuch, seine Arme vor seinem entblößtem Oberkörper zu verschränken. Ein spöttisches Lächeln umspielte seinen Mund. »Wolltest du dich nach meinem Gesundheitszustand erkundigen, Morgan?«

Morgan faltete seine Hände hinter seinem Rücken. »Eigentlich bin ich mit erfreulichen Nachrichten hier. Stephen kommt erst morgen früh wieder, aber er ist sehr zufrieden mit deinem Gesundheitszustand. Er sagte mir, daß du soweit genesen bist, daß du ab morgen deinen ganz normalen Tagesrhythmus wieder aufnehmen kannst.«

Nathaniel lachte laut auf. »Du bist alles andere als der Überbringer der guten Nachricht. Du bist nur gekommen um sicherzustellen, daß ich keine Minute länger als erforderlich in deinem Haus verbringe.«

»Das ist nicht der Grund, Nathaniel. Du kannst selbstverständlich solange hierbleiben, bis du wieder ganz gesund bist.«

»Ach, hör doch auf, Morgan«, meinte Nathaniel höhnisch. »Ich weiß doch, daß ich hier nicht gern gesehen bin. Wenn es Elizabeth nicht gäbe, wäre ich gar nicht hier.«

Morgan stimmte dem nicht zu, stritt es aber auch nicht ab. »Da ist noch eine andere Geschichte, Nathaniel.« Morgans Blick war so kalt wie der Klang seiner Stimme. »Du hast die Neigung, immer wieder zu vergessen, daß Elizabeth meine Frau ist. Ich möchte deine Zusicherung, daß das nicht noch einmal passiert.«

Nathaniel streckte demonstrativ sein Kinn vor. »Das habe ich nicht vergessen.«

Eine dunkle Braue schoß nach oben. »Nein? Und was war mit der Nacht, in der du sie geküßt hast?«

Nathaniels Augen zuckten nervös. Sein Schweigen schien sich endlos lange hinzuziehen. »Das hat sie mir verziehen«, sagte er schließlich. »Außerdem war ich betrunken.«

»Diese Entschuldigung klingt ziemlich abgedroschen, findest du nicht?«

Nathaniel verzog die Lippen. »Du kannst mir nicht immer wieder vorschreiben, wie ich mein Leben zu leben habe, Morgan.«

»Nein. Aber wenn du jemals auf mich gehört hättest, hättest du daraus nicht ein solches Chaos gemacht.«

Nathaniel war plötzlich so wütend auf Morgan, der erstaunlich ruhig blieb. »Weißt du, du hast dich überhaupt nicht verändert. Du bist immer noch genau so streng und unnachgiebig wie früher. Wenn ich etwas nicht so tue, wie du es für richtig hältst, dann ist es deiner Meinung nach immer der falsche Weg. Sag' mir, Morgan, behandelst du Elizabeth auch so?« Er ließ Morgan keine Zeit zur Antwort, sondern fuhr fort: »Macht es dir überhaupt etwas aus, daß ihr Leben durch dich unglücklich ist?«

Morgan war gefährlich ruhig. »Hat sie das gesagt?«

»Das muß sie gar nicht!« rief Nathaniel mit zorniger Stimme und wütendem Blick. »Ich muß sie nur anschauen, um das zu wissen!«

Morgans ganzer Körper war angespannt von dem Bemühen, seinen Zorn unter Kontrolle zu halten. Sein wütender Blick war auf seinen Bruder gerichtet.

Er atmete stoßweise, sein Ton war gefährlich ruhig. »Ich muß dich warnen, Bruder. Ich werde es nicht zulassen, daß du diese Ehe zerstörst.«

»Ja, davon bin ich überzeugt«, ging Nathaniel haßerfüllt auf seinen Bruder los, »weil du das mit Sicherheit allein schaffen wirst, nicht wahr?«

Kapitel 24

Am Vormittag des darauffolgenden Tages verließ Elizabeth eilig ihr Zimmer, denn es war schon spät. Verflixt! Sie wußte wirklich nicht, was seit einigen Tagen mit ihr los war. Egal um welche Uhrzeit sie zu Bett ging oder wie lange sie schlief, wenn sie morgens aufwachte, fühlte sie sich immer noch total erschöpft. Auch der kurze Mittagsschlaf, den sie sich am Tag zuvor gegönnt hatte, konnte daran nichts ändern.

Das morgendliche Sonnenlicht tastete sich verstohlen durch die Bleiverglasung der Fenster im Treppenhaus. Obwohl sie ganz in Gedanken war, hielt Elizabeth den Atem an und betrachtete voller Bewunderung das faszinierende Farbenspiel. Die ganze Eingangshalle wurde von zartschimmernden Rosa- und Goldtönen eingehüllt; es kam ihr vor, als befände sie sich mitten in einem Regenbogen.

Auf der Hälfte der Treppe entdeckte sie Morgan, der sich unten in der Halle mit Simmons unterhielt. Der alte Mann nickte und wollte sich umdrehen, doch dann sah er die Dame des Hauses. Er begrüßte sie, und sein Lächeln verlieh den vielen feinen Linien in seinem Gesicht etwas Weiches, Beruhigendes. Er tauschte noch einige Worte mit Morgan aus, dann war er verschwunden.

Morgan hatte auch zu ihr nach oben geschaut und wartete auf sie, als sie herunterkam.

»Guten Morgen«, begrüßte sie ihn mit einem zögernden Lächeln.

Er lächelte nicht, sondern bedachte sie nur mit einem leichten Kopfnicken. Sie war die ganzen letzten Tage mit der Betreuung von Nathaniel beschäftigt gewesen; es ging ihm jetzt sehr viel besser – morgen würde er sicherlich nach Hause gehen können.

Ehrlich gesagt hoffte sie, daß sich mit Nathaniels Verschwinden die Spannung, die sich seit seiner Ankunft aufgebaut hatte, endlich wieder legte. Stephen hatte sie höflich darauf hingewiesen, daß Morgan sich vielleicht vernachlässigt fühlte, weil sie sich pausenlos um Nathaniel kümmerte. Darüber hatte Elizabeth nicht nachgedacht, aber jetzt war es ihr doch einleuchtend.

Es würde sicherlich lange dauern, bis sie die vertrauliche Nähe wiedererlangten, die sie und Morgan in der Hütte gespürt hatten. Wenn es um Nathaniel ging, wären sie vielleicht nie einer Meinung. Weil Elizabeth hoffte, daß es ihr gemeinsames Zusammenleben erleichtern würde, hatte sie beschlossen, ihren Zwist wegen Nathaniel zu ignorieren und mit Morgan einen neuen Anfang ohne Streit und ohne Spannungen zu versuchen.

Sich daran erinnernd lächelte sie ihn fröhlich an und hakte sich bei ihm unter. »Sollen wir zusammen frühstücken?«

»Ich kann nicht. Ich müßte schon seit einer Stunde auf der Werft sein.«

Elizabeth hatte große Mühen, ihren Arm nicht wegzuziehen. Er hatte sie angesehen, als hätte sie ihn mit ihrer Berührung angegriffen. »Oh«, murmelte sie. »Vielleicht können wir dann zusammen zu Abend essen?«

»Um ehrlich zu sein, bin ich mit Wilson Reed, Justin Powell und James Brubaker hier zum Abendessen verabredet. Wir haben noch ein paar anstehende Fragen bezüglich unserer Zusammenarbeit zu klären. Für dich ist das sicherlich langweilig, aber wenn du willst, kannst du trotzdem dabei sein.«

Elizabeth biß sich auf ihre Lippe – sein Bankier, sein Anwalt und James Brubaker. Sie seufzte, als sie an das letzte gemeinsame Essen mit den drei Männern denken mußte. Morgan war so eifersüchtig gewesen – und sie natürlich entsprechend boshaft. Er hatte ihre Moralvorstellungen angezweifelt und sie damit so provoziert, daß sie ihm das Verhalten der Frau vorwarf, die seine Geliebte gewesen war.

Es ging nun einmal um sein Geschäft. Und sie erinnerte sich daran, daß sie und Morgan seit dem Zwischenfall mit Nathaniel nicht mehr zusammen gegessen hatten; da Nathaniel durch seine Schulterverletzung Schwierigkeiten mit dem Essen hatte, hatte sie ihm bei den Mahlzeiten immer geholfen. Aber jetzt hallte Stephens Bemerkung in ihren Ohren. Vielleicht fühlt sich Morgan vernachlässigt. Wenn sie ablehnte, glaubte Morgan vielleicht, daß sie Nathaniels Gesellschaft der seinen vorzog.

Und das war das letzte, was sie beabsichtigte.

Ihre Blicke trafen sich. »Macht es dir auch nichts aus?«

Er zuckte die Schultern. »Für mich macht das keinen Unterschied.«

Das konnte man kaum eine freundliche Einladung nennen. Sie bemühte sich sehr darum, nicht beleidigt zu klingen. »Gut, ich bin dann fertig«, murmelte sie.

Im Verlauf den Tages dachte sie immer wieder hoffnungsvoll an den bevorstehenden Abend. Vielleicht brachte das gemeinsame Abendessen das Eis zwischen ihnen wieder zum Schmelzen. Nachdem die Gäste sich verabschiedet hatten, konnten sie vielleicht noch etwas zusammensitzen. Und wenn sie erst einmal allein waren, stellte sich die Harmonie vielleicht langsam wieder ein. Sie könnte ihn bitten, sie zu ihrem Zimmer zu begleiten. Wenn der Abend so verlief, wie sie das hoffte, würde sie ihn wortlos mit in ihr Zimmer ziehen und dann die Nacht entscheiden lassen, was zwischen ihnen geschah.

Voller Sehnsucht erkannte sie, daß sie sich das von Herzen wünschte. Und es ging dabei nicht nur um die Freuden der Liebe, oh nein. Sie vermißte die intime Vertrautheit danach, daß er sie eng umschlungen hielt und daß sie morgens in seinen Armen aufwachte.

Seit ihrer schrecklichen Auseinandersetzung wegen Nathaniel hatte er sie nicht mehr berührt – noch nicht einmal zufällig! Hatte er sie wirklich aus seinem Herzen und seinen Gedanken verbannt? Nein. Nein! Sie durfte nicht verzweifeln. Es würde sich ändern, sagte sie sich entschlossen. Es würde sich in dieser Nacht ändern.

An diesem Abend kleidete sie sich sehr sorgfältig. Das altrosafarbene Chiffonkleid brachte den Elfenbeinton ihrer Arme und Schultern bestens zur Geltung. Annie steckte ihr das Haar zu einem Knoten hoch, der die zarte Wölbung ihres Nackens freigab.

Sie hatte sich gerade mit Parfum eingesprüht, als es an der Verbindungstür klopfte. »Herein«, rief sie und hoffte, nicht allzu aufgeregt zu klingen.

Morgan schlenderte herein und war wie stets umwerfend attraktiv. Der Duft von Seife und Eau de Cologne füllte das Zimmer; sein Haar glänzte noch feucht.

Elizabeth erhob sich von ihrem Platz vor der Frisierkommode. Ihr Herz klopfte schneller, als sein Blick über ihren ganzen Körper glitt.

»Du siehst wie immer atemberaubend aus.«

Vor Freude errötete Elizabeth leicht.

»Aber etwas fehlt noch.« Er runzelte die Stirn. »Du solltest deine Perlen zu diesem Kleid tragen.«

Ihr Lächeln gefror ihr auf den Lippen.

»Wenn du möchtest, warte ich auf dich.«

Voller Befangenheit hatte Elizabeth ihre Hand auf ihr Dekolleté gelegt. Ihr fehlten die Worte, denn wie sollte sie es ihm erklären? Es tut mir leid, Morgan, aber Nathaniel hat die Perlenkette gestohlen, die du mir zu unserer Hochzeit geschenkt hast.

Ihr drehte sich der Magen um. Morgan würde das nie verstehen. Und er würde das nie verzeihen können.

Ihr Gesicht wurde glühendheiß vor Scham, doch ihr fiel gar nicht auf, daß ihr Gesichtsausdruck ihr Seelenleben widerspiegelte.

Er deutete auf die große Schmuckdose aus Lack, die auf ihrer Kommode stand. »Wenn du sie holst, kann ich sie dir anlegen.« Sein Ton war sanft und trotzdem alles andere als angenehm.

Sie starrte ihn mit großen entsetzten Augen an.

»Elizabeth!«

Wie vom Donner gerührt stand sie vor ihm und fühlte sich schrecklich unwohl.

Sie schluckte. »Ich k-kann nicht«, stammelte sie.

Er wurde drängender. »Warum nicht? Sind sie nicht in deiner Schmuckkassette?«

»Nein«, flüsterte sie und konnte ihren Blick nicht von seinem Gesicht abwenden. Sein Gesichtsausdruck war kaum zu ertragen. Er wußte es, dachte sie angsterfüllt. Irgendwie hatte er es gewußt ...

Sein Mund war nur noch eine dünne Linie. »Du hast sie doch letzte Woche noch getragen. Wo sind sie denn jetzt?«

»Ich weiß es nicht!« Das entsprach wenigstens der Wahrheit.

»Willst du mir damit sagen, daß du sie verloren hast?«

»Ja. Ja!« Verzweifelt klammerte sie sich an diese Notlüge. Jetzt mußte sie ihn nur noch davon überzeugen ...

»Du lügst«, stellte er unverblümt fest. »Ich weiß genau, wenn jemand lügt. Ich habe damit Gott weiß wieviel Erfahrung.«

Elizabeth war den Tränen nahe. »In Ordnung«, rief sie. »Erinnerst du dich an die Nacht, als Nathaniel hier war, um sich von mir Geld zu leihen? I-ich wußte mir nicht zu helfen, und deshalb habe i-ich ihm die Perlen gegeben.«

Zwei tiefe Zornesfalten hatten sich zu beiden Seiten seines Mundes eingegraben. »Du hast mir doch gesagt, daß du ihm das Bargeld aus der Haushaltskasse gegeben hast?«

»H-habe ich auch.«

Seine Stimme war gefährlich leise. »Du hast ihm also das Geld und deine Perlen gegeben?«

Sie starrte ihn unverwandt an. Dann nickte sie.

»Du hättest es mit mir besprechen sollen, Elizabeth. Wenn er Geld brauchte, hättest du es mit mir besprechen sollen.«

»Wo ihr beiden euch doch ständig in den Haaren liegt? Ich wollte eine Katastrophe verhindern und keine heraufbeschwören!«

Sie hatte ihn noch niemals so zornig gesehen. »Das sagst du jedesmal«, sagte er barsch. »Jedesmal. Aber jetzt weiß ich zumindest genau, was du von mir hältst.« Er schaute auf die Uhr über ihrem Frisiertisch. »Wir sollten uns beeilen«, meinte er kühl. »Unsere Gäste warten.«

Sie wußte, daß der Abend eine einzige Katastrophe werden würde.

Wie sie das Essen durchstand, konnte sie hinterher nicht mehr sagen. Ihr Lächeln war wie eingemeißelt auf ihrem Gesicht, und sie hatte das Gefühl, es wurde jeden Moment in tausend Stücke zerspringen. Elizabeth erkundigte sich höflich nach dem Befinden von Justins Ehefrau, die eine Sommergrippe gehabt hatte. Zwischen den einzelnen Gängen plauderte sie angeregt mit Wilson Reed.

Und während der ganzen Zeit blickte Morgan durch sie hindurch, als säße sie gar nicht mit am Tisch.

Elizabeth hätte am liebsten geweint. Er saß am Ende der Tafel, unterhielt sich mit James Brubaker, dem seine ganze Aufmerksamkeit galt – denn schließlich ging es um Geschäfte. Unwillkürlich mußte sie immer wieder zu ihm hinsehen. Ihr Brustkorb war wie zugeschnürt. Seit dem Vorfall mit Nathaniel behandelte er sie jetzt so. Nie hatte er ein Lächeln oder einen Blick für sie übrig. Ganz zu schweigen davon, daß er sie je berührte!

»Wir werden den Brandy in der Bibliothek zu uns nehmen, Elizabeth«, hörte sie auf einmal ihren Namen. »Ich bin sicher, du möchtest dich lieber zurückziehen.«

Wenigstens sah er sie jetzt an. Seine dunklen Brauen

indigniert hochgezogen wartete er auf ihre Antwort. Bei der Anteilnahme, die er zeigte, hätte er ebensogut ein Stück Holz ansprechen können. Elizabeth kämpfte gegen ihre Tränen an. Kaum daß er ihre Anwesenheit bei Tisch festgestellt hatte, und nun sollte sie gegen!

Sie ließ die Serviette auf ihren Teller fallen. »Ja, natürlich. I-ich überlasse die Herren jetzt ihrem Brandy.« Ihre eigene Stimme klang ihr fremd in den Ohren. Sie nahm kaum wahr, daß Morgan sie kritisch beobachtete.

Sie konnte ihre Tränen nur mühsam zurückhalten. Ihr Herz krampfte sich zusammen. Sie konnte nur noch rasch aufspringen, sonst wäre sie in Tränen ausgebrochen und hätte sich und Morgan vor den anderen bloßgestellt. Schnell drehte sie sich um und ging in Richtung Tür.

Irgend etwas stimmte nicht mit ihr. Ihr Herz klopfte heftig, und sie sah alles wie durch einen Nebelschleier hindurch. Plötzlich erschien es ihr, als wurde ihr der Boden unter ihren Füßen weggezogen. Alles um sie herum drehte sich in einem wirbelnden Kaleidoskop von Farben und Stimmen. Sie konnte kaum hören, wie jemand ihren Namen rief. Es war Morgan, dachte sie benommen, und er war schon wieder wütend. Konnte sie ihm denn gar nichts rechtmachen ...?

Das nächste, an das sie sich erinnern konnte, war, daß mehrere Gesichter auf sie herunterblickten. Sie blinzelte und hatte Schwierigkeiten, die Umstehenden zu erkennen. Sie versuchte sich zu bewegen, aber ihre Gliedmaßen waren wie gefesselt an ihren Körper ... Nein. Nein, es war nur Morgan, der sie fest an seine Brust gedrückt hielt. Seine Arme waren so stark, so tröstend. Sie tastete nach seinem Gesicht, um sein schönes Profil berühren zu können.

Aber er starrte so ernst auf sie herab, und plötzlich war ihr alles zuviel. Ihre Hand sank kraftlos auf ihre Brust zurück. Sie gab ein trockenes, herzerweichendes

Schluchzen von sich und wandte ihr Gesicht ab. In ihrer Benommenheit nahm sie noch wahr, daß sie energisch hochgerissen wurde.

»Jemand soll sofort Stephen holen!« rief eine Stimme.

Sie mußte wieder das Bewußtsein verloren haben. Als sie das nächste Mal die Augen aufschlug, war sie in ihrem Zimmer und lag in ihrem weichen Bett. Dämmriges Licht erfüllte den Raum. Morgan saß neben ihr auf der Bettkante. Er hielt ihre Hände zwischen die seinen gepreßt.

Seine Augen huschten über ihr Gesicht. »Wie fühlst du dich?«

Sie faßte sich an die Schläfe und überlegte. »Gut«, murmelte sie dann und versuchte aufzustehen.

»Nein.« Ein fester Griff an ihrer Schulter hinderte sie daran. »Du wirst nicht aufstehen, solange Stephen dich nicht untersucht hat. Er ist auf dem Weg hierher.«

»Morgan, also wirklich«, protestierte sie, »ich habe mich doch nur einen Augenblick lang so merkwürdig gefühlt. Es besteht kein Anlaß für die ganze Aufregung.«

»Das werden wir Stephen entscheiden lassen.«

»Aber du solltest doch bei deinen Gästen sein ...«

»Simmons begleitet sie zur Tür.«

Sie lehnte sich zurück in ihre Kissen, und es wurde ihr so angenehm warm ums Herz. Es gefiel ihr, daß er sich dafür entschieden hatte, bei ihr zu bleiben. Allerdings war sie maßlos enttäuscht darüber, daß Stephen schon sehr bald bei ihnen eintraf.

Er kam mit seiner kleinen schwarzen Tasche herein. Als er sie sah, hob er eine Braue und meinte fröhlich: »Das scheint ja fast zur Gewohnheit zu werden, nicht wahr?«

»Zur Gewohnheit?« Morgan schaute fragend zu seiner Frau.

»Sie war schon letzte Woche von leichtem Unwohlsein geplagt«, erklärte Stephen. »Aber du hast vermutlich recht. Ich werde mir das einmal genauer ansehen.«

Mit Morgans Hilfe setzte sich Elizabeth langsam im

Bett auf. Stephen ging um das Bett herum und setzte sich neben sie. Er hörte ihre Herztöne ab und untersuchte ihren Kopf vorsichtig nach irgendwelchen Beulen. Morgan sah ihm dabei mit angespanntem Gesichtsausdruck vom Fußende des Bettes zu.

Schließlich räusperte sich Stephen und sah seinen Freund an. »Ich möchte sie genauer untersuchen, Morgan. Aber ich glaube, für Elizabeth wäre es einfacher, wenn du uns dabei allein ließest.«

Morgan verzog sein Gesicht. »Ich warte in der Halle«, sagte er.

Als sie allein waren, setzte Stephen seine Untersuchung fort und stellte ihr gelegentlich einige Fragen. Elizabeths Gesicht war tiefrot, als er seine Untersuchung beendet hatte. Sie griff sofort wieder nach ihren Sachen. Dann reichte er ihr seine Hand, und sie schwang ihre Beine rasch aus dem Bett.

»Es ist genauso, wie du gesagt hast, nicht wahr? Nur ein leichtes Unwohlsein?«

»Ja. Aber es gibt einen Grund für diese Art von Unwohlsein, Elizabeth.«

Sie riß entsetzt die Augen auf.

Er kicherte. »Es besteht kein Grund zur Besorgnis. Du hast dich nicht mit einer tödlichen Krankheit infiziert.«

Sie atmete hörbar auf. »Was ist es dann?«

Er wartete. »Du wirst ein Baby bekommen«, sagte er sanft. »Ich würde sagen in ... oh, in ungefähr sieben Monaten.«

Ein Baby. Also stimmte es doch. Ein Baby, dachte sie wieder mit einer seltsamen Mischung aus Angst und Freude.

Stephen lächelte und schloß seine Tasche. »Ich überlasse es dir, es Morgan zu sagen.«

Morgan. Elizabeths Puls raste vor Aufregung. Ihr Verstand setzte beinahe aus. Sie grub ihre Nägel in ihre Handflächen und bemerkte noch nicht einmal den

Schmerz. Wie würde er reagieren? Würde er überrascht sein? Natürlich! Aber würde er sich auch darüber freuen? Über Kinder hatten sie nie gesprochen. Sie hatte beinahe Angst gehabt, darüber nachzudenken, überhaupt darauf zu hoffen! Natürlich würde er sich freuen. Jeder Mann wünschte sich Kinder, oder? Einen Sohn, der seinen Namen trug. Oder ein hübsches Mädchen, worauf man stolz sein konnte.

Morgan schlenderte herein und wirkte ernsthaft besorgt. Er nahm wieder seinen Platz auf der Bettkante ein und griff nach ihrer Hand. »Ist alles in Ordnung? Stephen wollte mir nicht ein Sterbenswort sagen!« sagte er verwirrt. »Er hat nur gemeint, daß es besser wäre, wenn du es mir sagen würdest.«

Sie vergrub ihre Finger in seinen schlanken kräftigen Händen. Dann befeuchtete sie ihre Lippen und hob ihren Kopf. Ihre lebhaften grünen Augen leuchteten voller freudiger Erwartung. »Morgan«, sagte sie atemlos, »ich ... wir ... werden ein Baby bekommen.«

Innerhalb von Sekunden änderte sich alles zwischen ihnen. Bedrückende Stille herrschte im Raum. Der besorgte, zärtliche Mann, den sie liebte, hatte sich von einem Moment auf den nächsten in den rauhen, kaltherzigen Fremden verwandelt.

Sein Blick glitt zu ihrem schlanken, flachen Bauch und verweilte dort voller Entsetzen – wie ein stiller Vorwurf. Er lies ihre Hand fallen – als wäre sie eine Aussätzige!

In diesem Augenblick erstarb etwas in ihrem Herzen.

Ohne ein weiteres Wort drehte er sich auf dem Absatz um und ging durch die Verbindungstür in sein Zimmer. Sie hörte, wie eine Tasche aus dem Schrank gerissen und aufs Bett geworfen wurde.

Wie betäubt folgte Elizabeth ihm und blieb zitternd auf der Schwelle stehen. Er hatte sie tief getroffen. Ihre Augen wanderten von der Tasche zu seinem Gesicht. Sie hatte Angst zu sprechen. »Wohin gehst du?«

Sein Gesicht war maskenhaft starr. »Zur Hütte.«

Seine kurze Erklärung war wie ein Schlag ins Gesicht. Sie erinnerte sich lebhaft daran, was Stephen ihr vor kurzem erzählt hatte. Diese Hütte ist sein Zufluchtsort vor der Welt. Sie fühlte den stechenden Schmerz in ihrer Brust, denn jetzt war diese Hütte sein Zufluchtsort vor ihr.

Ihr Gesicht war schmerzverzerrt. Sie wollte sich gegen seine kalte Hartherzigkeit schützen und versagte kläglich. »Was ist denn daran so schlimm, Morgan? Wir werden ein Baby bekommen! I-ich hatte gedacht, du würdest dich freuen, so wie ich!«

Er schwieg und machte damit alles nur noch schlimmer.

Ihre Lippen zitterten. »Kann ich mit dir dorthin fahren?« flüsterte sie.

»Nein!« Seine ablehnende Antwort war wie ein Peitschenhieb.

Bei dem Versuch, nicht in Tränen auszubrechen, schmerzte sie jeder Atemzug. »Morgan«, flehte sie. »Du klingst, als wolltest du mich beschuldigen ... Was habe ich denn Falsches getan? I-ich weiß nicht, was hier passiert – was du denkst!«

Er warf ein Hemd in seine Tasche. »Du willst es gar nicht wissen.«

»Doch, Morgan, bitte sag' es mir!«

Er wirbelte zu ihr herum, und sie konnte dem gefährlichen Glitzern in seinen Augen nicht mehr ausweichen. Drei Schritte, und er stand direkt vor ihr. Seine Finger gruben sich in die zarte Haut ihrer Arme und zogen sie an sich.

»Nein, Elizabeth, du hast mir etwas zu sagen! Wer von uns beiden ist der Vater? Nathaniel oder ich?«

»Wie kannst du es nur wagen, eine solche Frage zu stellen!« Sie schnappte nach Luft. »Schon allein der Gedanke daran ist absurd ...«

»Ist er das wirklich?« fiel Morgan ihr unsanft ins Wort. »Erinnerst du dich noch an den Tag nach Nathaniels Rückkehr? Du bist bei ihm gewesen, Elizabeth, und dann hast du mich angelogen. Mir hast du gesagt, du wärest bummeln gegangen, aber in Wirklichkeit warst du allein mit meinem Bruder! Also sag's mir, Elizabeth.« Er ergriff ihre Schultern und schüttelte sie. »Wer ist der Vater? Nathaniel oder ich? Oder weißt du es etwa selbst nicht genau?«

Sie war wie gelähmt vor Zorn. Daß er überhaupt denken konnte, sie wäre ihm untreu gewesen, war ihr unvorstellbar und verschlug ihr die Sprache.

Tränen der Bitterkeit stiegen ihr in die Augen. Ihre Kehle war wie zugeschnürt. Sie konnte nur immer wieder ihren Kopf schütteln. Morgan gab ein ungeduldiges Murren von sich, drehte sich um und griff nach seiner Tasche.

Dann war er verschwunden.

Sie brach vollkommen aufgelöst zusammen. Ein verhaltenes Schluchzen drang aus ihrer Kehle, und dann geschah das, was sie die ganze Zeit befürchtet hatte. Sie weinte bitterlich und konnte überhaupt nicht mehr aufhören.

Nathaniel fand sie schließlich, wie sie, mit dem Gesicht gegen die Wand gelehnt, hilflos und verzweifelt vor sich hin schluchzte.

Er kniete sich vor sie und legte ihr eine Hand auf die Schulter. »Elizabeth! Großer Gott! Ich habe dich bis in mein Zimmer hören können. Ist jemand gestorben?«

Sie hob ihren Kopf und sah ihn unter Tränen an. »Nein«, krächzte sie mit rauher Kehle.

»Was ist denn dann? Warum weinst du dann so? Und wo zum Teufel ist Morgan?«

»Er ist w-weg. Z-zur Hütte.«

»Warum?«

»W-weil ich ein B-Baby bekomme.«

Nathaniel setzte sich verstört hin.

»Und w-weißt du, w-was dann passiert ist? Er hat mich gefragt, ob es von dir ist!« Sie japste unregelmäßig und tränenerstickt nach Luft. »Ich habe i-ihn geheiratet, nicht dich. Ich könnte ihm niemals untreu sein – niemals! Aber er vertraut mir nicht, und ich weiß nicht, warum! Was habe ich gemacht, daß er glaubt, ich würde so etwas tun?«

Nathaniel schnappte heftig nach Luft. Vorsichtig ließ er sich neben ihr auf den Boden nieder und lehnte seine gesunde Schulter gegen die Wand.

»Es liegt nicht an dir«, sagte er ruhig. »Es hat mit mir zu tun. Ich bin derjenige, dem er nicht traut.«

»Aber du bist sein Bruder. Von allen Menschen müßte er seinem Bruder doch am ehesten trauen.«

Nathaniel war neben ihr sehr still geworden. »Nein«, sagte er leise. »Er nicht. Und das aus gutem Grund.« Er seufzte und spürte auf einmal, wie sehr ihn die Schuld bedrückte.

Er konnte die Last nicht länger ertragen.

»Elizabeth«, meinte er sanft. »Ich glaube, du solltest die Wahrheit erfahren.«

Sie runzelte die Stirn und schaute ihn fragend an. Tiefe Falten waren in seine Wangen eingegraben, und er wirkte unglaublich ernst. Nathaniel, der sonst immer so fröhlich und unbeschwert war, machte ihr damit schlagartig bewußt, daß das, was er ihr darlegen würde, die reine Wahrheit war.

»Die Wahrheit?« wiederholte sie.

»Amelia war schwanger, als sie starb, Elizabeth.« Er schwieg für einen kurzen Moment. »Und das Kind war von mir.«

Kapitel 25

Nathaniel war Amelias Liebhaber gewesen.

Elizabeth war wütend auf sich, weil sie darauf nicht selbst gekommen war. Zu spät fielen ihr die Signale auf. Was hatte Morgan noch in ihrer Hochzeitsnacht gesagt ...?

»Ich werde dir von meiner geliebten Ehefrau erzählen. Wir waren gerade einmal ein Jahr verheiratet, als sie begann, sich Scharen von Liebhabern zu halten.«

Das war nicht der einzige Hinweis geblieben. In der Nacht, als er gesehen hatte, daß Nathaniel sie geküßt hatte, war er so aufgebracht gewesen. Doch die Hälfte dessen, was er damals gesagt hatte, hatte für sie keinen Sinn ergeben.

›Küß mich, Elizabeth. Wir sind Brüder, Nathaniel und ich. Brüder sollten alles teilen, findest du nicht? Sogar ihre Ehefrauen.‹

»Ich weiß, daß ich nicht der erste war«, hörte sie Nathaniels Stimme. »Ich weiß, daß sie Morgan von Anfang an untreu war. Jeder wußte von ihren Verhältnissen. Es waren soviele, daß Morgan sich vermutlich irgendwann nicht mehr darüber aufregte.

Amelia war immer für einen heftigen Flirt zu haben. Wenn ein Mann im Zimmer war, kam es einem vor, als müßte sie dessen Aufmerksamkeit und Bewunderung unbedingt auf sich ziehen. Ich habe sie immer für eine Schönheit gehalten. Ich glaube, das haben viele andere Männer mit Sicherheit auch so empfunden. Und es hat zwischen uns immer versteckte Anzüglichkeiten gegeben, aber das war einfach ihre Art.«

Sein Blick verfinsterte sich. »Aber dann kam dieser Sommer, in dem sich alles änderte. Ich schwöre, ich habe es wirklich nicht initiiert. Verstehst du, wenn Amelia einmal ihre Fühler nach einem Mann ausstreckte, dann konnte sie so ... ich weiß nicht, wie ich es sonst ausdrücken soll ... eben unwiderstehlich sein. Ich versuche jetzt nicht, mich für irgend etwas zu entschuldigen, Elizabeth. Wir wußten beide, was wir taten, Amelia und ich.

Morgan ahnte am Anfang nichts davon. Tief in meinem Herzen konnte ich es kaum glauben, das ich so gesunken war. Mein Gott, ich war der Liebhaber seiner Frau. Aber ich wollte nicht darüber nachdenken. Ich habe nur an sie gedacht. Ich wollte nur sie. Sie war wie eine ... wie eine Droge, die ich haben mußte, sonst war ich verloren!«

Elizabeth hörte gebannt zu, was er ihr alles enthüllte. Er redete und redete. Manchmal verstand sie ihn nicht richtig, doch sie fühlte, daß das Sprechen für ihn eine Befreiung war, eine Läuterung von der Schuld, die er schon so lange mit sich herumtrug.

»Ich weiß bis heute noch nicht, warum ich das getan habe«, sagte er. »Ich weiß, daß ich das nie hätte tun sollen. Morgan ist mein Bruder. So lange ich denken kann, war er immer für mich da, wenn ich ihn gebraucht habe. Aber es hat in meinem Herzen auch immer so etwas gegeben wie ...« Er zögerte.

»Eifersucht?« beendete Elizabeth leise seinen Satz. Das war nicht schwer zu erraten gewesen. Die Schuld, die ihm ins Gesicht geschrieben stand, war leicht erkennbar.

Er nickte und starrte auf seine Hände, die zwischen seinen Knien lagen. »Er war mir ein besserer Vater als unser leiblicher«, gab er mit sehr leiser Stimme zu. »Ich erinnere mich daran, daß ich so werden wollte wie Morgan, als ich jung war. Er war größer, stärker. Unser Vater hatte unberechenbare Launen. Wenn er uns nicht in seiner Nähe haben wollte, bekamen wir Schläge. Aber Morgan hatte keine Angst vor ihm, auch wenn er genau wußte, was kommen würde.«

Ein Schatten glitt über Nathaniels Gesichtszüge. »Ich denke, schon da wurde mir klar, daß ich niemals wie Morgan sein könnte. Ich habe meinem Vater Dinge gestohlen. Hier und da mal ein Geldstück. Essen. Und er hat es jedesmal gemerkt; dann sprach er uns daraufhin an. Morgan wußte, daß ich es wieder getan hatte, nahm aber die Schuld auf sich. Jedes Mal. Obwohl unser Vater ihn immer mit einem Rohrstock verprügelte. Er weinte nie. Er gab nicht einen einzigen Laut von sich, auch wenn es höllisch wehtat. Nie. Er weinte auch nicht, als Mama starb, obwohl er sie mehr liebte als alles auf der Welt.«

Mit einem Rohrstock verprügelte. Es fehlte nicht viel und Elizabeth hätte aufgeschrien, als sie das hörte. Es war bestialisch, so grausam zu einem Kind zu sein. Doch sie konnte sich Morgan gut als Kind vorstellen, wie er stolz, groß und trotzig dastand.

»Als er zur See fuhr, schickte er jeden Pfennig, den er verdient hatte. Es war sein Geld und nicht das unseres Vaters, mit dem meine Kleidung und mein Essen bezahlt wurden. Er schickte mich auf die besten Schulen. Hast du das gewußt? Bei Gott«, meinte er rauh, »ich glaube, ich habe bis heute nie darüber nachgedacht, was er alles für mich getan hat!«

»Aber schon damals war mir klar, daß ich nie so wie er sein könnte. Ich konnte nie so gut sein wie er – egal, was ich tat. Ich war nicht so intelligent wie er. Ich konnte keine Verantwortung tragen. Ich konnte mir kein Vermögen erarbeiten, wie er es getan hat. Er war immer der Held, der Retter. Ich erinnere mich noch an den Tag, an dem er Amelia heiratete. Ich beneidete ihn, weil er das Glück hatte, eine so schöne Frau zu heiraten. Und ich wußte, daß ich niemals dieses Glück haben würde.«

»Da hast ihm das übelgenommen«, murmelte Elizabeth. Ihr Ton war nicht boshaft, sondern einfach nur traurig.

»Ja«, gab Nathaniel zu. »Merkwürdig, nicht wahr? Seine Heirat mit Amelia war die einzige Fehlentscheidung, die er getroffen hat.« Er schüttelte den Kopf. »Und ich war froh, Elizabeth. So froh, daß ihm endlich einmal auch etwas mißlungen war. Und als ich mich in Amelia verliebte, existierte Morgan gar nicht für mich – als wäre er gar nicht mein Bruder. Es war mir egal, was er dachte. Es war mir egal, ob er wütend war. Oder verletzt. Ob er mich haßte oder sich wie ein Idiot vorkam. Es war mir egal, ob er überhaupt wußte, daß ich mit ihr zusammen war. Mir war überhaupt egal, wer es wußte.«

Aber es gab noch mehr zu enthüllen.

»Dann entdeckte Amelia, daß sie schwanger war. Ich war im siebten Himmel. Ich dachte, sie würde Morgan verlassen, die Scheidung einreichen und dann mich heiraten. Ich bat sie inständig darum.«

Elizabeth war verwirrt. »Warte. Amelia und Morgan lebten immer noch zusammen?«

Er nickte.

»Wie konntest du dir dann sicher sein, daß das Kind von dir war und nicht von Morgan? Und wie konnte sie sich sicher sein?«

»Es war mein Kind«, erklärte Nathaniel absolut überzeugt. »Morgan hatte sie seit Monaten nicht angerührt. Das hatte er mir schon Urzeiten vorher gesagt, als er noch gar nicht wußte, daß wir eine Affäre hatten. Und Amelia beschwerte sich mir gegenüber stets darüber, wie verschlossen und unnahbar er war. Amelia war nämlich eine Frau, die vergöttert und bewundert werden mußte. Morgan hatte aufgehört, die begehrenswerte Frau in ihr zu sehen, und ich glaube, dafür hat sie ihn gehaßt.«

Elizabeth biß sich auf die Lippe. Vielleicht waren

Amelias viele Liebhaber ihre Art gewesen, um Morgan zu bestrafen. Diese Vermutung behielt sie allerdings für sich. Laut sagte sie: »Und was geschah dann, Nathaniel?«

»Morgan hatte erst kurz zuvor von unserer Beziehung erfahren. Ich weiß noch, daß Amelia mir sagte, wie sehr sie es genossen habe, es ihm zu erzählen. Und als sie ihm erzählte, daß sie ein Kind von mir erwartete, sagte sie, habe sie gelacht. Kannst du dir das vorstellen? Sie lachte. Da erst erkannte ich, wie grausam sie sein konnte.«

Nathaniel hielt mit seinen Händen seine Knie umklammert. Seine Fingerknöchel waren weiß vor Anspannung. »Amelia hat Morgan des Geldes wegen geheiratet, weil sie es liebte, Geld auszugeben. Gott allein weiß, warum er bei ihr geblieben ist, aber das ist der Grund, warum sie bei ihm blieb.«

Elizabeths Herz schmerzte vor Mitgefühl. Wie Morgan gelitten haben mußte!

Nathaniel schluckte; sie hörte, wie er tief und geräuschvoll den Atem einsog. »Zu diesem Zeitpunkt habe ich sie gebeten, sich von Morgan scheiden zu lassen und mich zu heiraten. Aber sie sagte ... sie sagte, daß sie nur mit mir zusammen wäre, um Morgan zu ärgern. Jetzt wäre sie meiner überdrüssig, und es gäbe einen anderen in ihrem Leben ...«

Elizabeths Magen rebellierte. »Und was war mit dem Baby? Hatte sie vor, es Morgan unterzuschieben?«

Sein Gesicht nahm einen schmerzverzerrten Zug an. »Nein«, sagte er, und seine Stimme klang seltsam. »Ein Baby paßte nicht in ihre Pläne, verstehst du? Sie sagte mir, daß sie es loswerden wollte ... daß es Mittel und Wege gab ... Sie kannte eine Frau, die ihr schon einmal geholfen hatte ...«

Elizabeths Gesicht war kreidebleich geworden, trotzdem legte sie ermutigend ihre Hand auf Nathaniels Arm. »Was geschah dann?«

Sie hätte besser nicht danach gefragt, wünschte sie sich später ...

Nathaniels Arm war stahlhart, seine Stimme klang gequält. »Sie sagte mir nur immer wieder, daß sie mich nicht mehr wollte. Daß sie bereits einen anderen Liebhaber gefunden hatte ... einen besseren. Dabei lachte sie ... Ich weiß noch, daß ich dachte, diesmal lacht sie nicht über Morgan. Diesmal lacht sie mich aus. Und sie konnte gar nicht mehr aufhören zu lachen ...«

Nathaniel starrte mit weit aufgerissenen Augen ins Leere. Als er mit seinen Händen in der Luft gestikulierte, befiel sie eine leichte Gänsehaut.

»Ich packte sie. Ich weiß noch, daß ich sie schüttelte. Meine Hände um ihren Hals legte, damit sie aufhörte zu lachen. Ich wollte nur, daß sie ruhig war. Und dann plötzlich lachte sie nicht mehr.«

Elizabeth stopfte sich eine Faust in ihren Mund, damit sie nicht zu schreien anfing.

Nathaniel hatte Amelia umgebracht.

Seine Stimme war schleppend und undeutlich. »Ich habe sie umgebracht, Elizabeth. Ich habe die Frau umgebracht, die ich liebte! Ich wollte das nicht. Bei Gott, ich schwöre, daß ich das nicht gewollt habe!« Sein Atem ging stoßweise. »Ich hielt sie noch in den Armen, ich weinte ... Plötzlich war Morgan da ...«

Elizabeth schloß ihre Augen. Plötzlich war es so klar, warum Morgan so unwirsch gewesen war, als sie ihn gefragt hatte, ob er herausgefunden hatte, wer Amelias Mörder war. Und Stephen hatte gesagt, daß Morgans einziges Verbrechen darin bestanden hatte, daß er Amelias Leiche fand.

Aber er hatte auch seinen Bruder gefunden.

Elizabeth hatte Mühe zu sprechen. »Das weiß sonst niemand, nicht wahr? Niemand außer dir und Morgan.«

Er nickte. Sie bemerkte, daß seine Augen verdächtig feucht geworden waren. »Elizabeth, das ist immer noch nicht alles. Die Polizei hat Morgan des Mordes verdächtigt – und verhaftet.«

»Ich weiß«, sagte sie rasch. »Stephen hat mir erzählt, daß er angeklagt und inhaftiert war, aber letztlich wurde die Anklage dann fallengelassen.«

»Du verstehst mich nicht, Elizabeth. Ich war ein solcher Feigling. Ich ließ zu, daß er beschuldigt wurde.« Mit jedem seiner Worte konnte man ihm die Scham deutlich anmerken. »Ich habe sie getötet, und Morgan übernahm die Schuld. Ich ließ zu, daß man ihn in Untersuchungshaft steckte. Ich hätte noch nicht einmal etwas unternommen, wenn Morgan ins Gefängnis hätte gehen müssen – für mich. Wenn das Schlimmste eingetreten wäre, hätte ich sogar zugelassen« – Nathaniel brach mitten im Satz ab –, »daß er für mich sterben mußte.«

Er vergrub sein Gesicht in seinen Händen und weinte.

Elizabeths Kehle war wie zugeschnürt. Sie legte einen Arm um Nathaniels Schulter und hielt ihn fest, wie eine Mutter, die ihrem Kind Trost spendet, wenn es sich wehgetan hat.

Sie war nicht zornig. Sie verurteilte ihn nicht. Und sie verachtete Nathaniel auch nicht, weil er ihr soeben bestätigt hatte, was ihr schon seit längerem aufgefallen war.

Morgan war die Führernatur. Die starke Persönlichkeit, der Fels in der Brandung, die Schulter zum Anlehnen.

Aber niemand konnte immer stark sein.

Und niemand mußte immer stark sein.

Nördlich von Boston hatte sich Dunkelheit über der Küste ausgebreitet. Der Himmel war finster und bewölkt, die monotonen Geräusche des Ozeans ein einschläferndes Murmeln. Die Hütte war ebenso dunkel wie der nächtliche Himmel.

Morgan sackte in seinem Stuhl zusammen. Er war

nicht betrunken, denn er hatte bereits erkannt, daß der Alkohol seine Probleme nicht löste. Er war nur unglaublich träge, denn er hatte schon seit Stunden keinen Muskel mehr gerührt.

Am Abend des vorangegangenen Tages war er sehr spät in der Hütte angekommen, und jetzt war schon wieder ein Tag vorüber. Und immer noch ließ ihm das Chaos in seinen Gedanken – in seinem Herzen! – keine Ruhe.

Seit dem Tag, an dem seine Mutter gestorben war und er vollkommen auf sich gestellt war, hatte er seine Gefühle immer sorgfältig gehütet, weil er befürchtete, daß es ihm nur Kummer und Schmerzen bereiten würde, wenn er sie preisgab.

Und so war es es auch gewesen. Er hatte sein Herz einmal aufs Spiel gesetzt – bei Amelia. Als er dann von ihrer ersten geheimen Liebesaffäre erfahren hatte, hatte er sich geschworen, daß er nie wieder jemandem sein Herz öffnen würde.

Aber das war vor Elizabeth.

Eigentlich sollte er sich wie ein Wahnsinniger freuen. Er hatte den Traum von eigenen Kindern längst aufgegeben. Amelia hatte ihre Figur nicht ruinieren wollen. Und Elizabeth? Nun, sie hatte ihn geheiratet, um einen Skandal zu verhindern. Er hatte nicht zu hoffen gewagt, daß sie ihm eines Tages Kinder gebären würde.

Und natürlich war da wie üblich noch Nathaniel ...

Ein heftiger Anflug von Mißtrauen überkam ihn. Er konnte einfach nichts dagegen tun, daß die Eifersucht ihn verzehrte. Gott, aber sie war wie ein Messer, das in seinen Eingeweiden bohrte! Es war vieles genau wie damals ... Nathaniel und Amelia. Nathaniel und Elizabeth. Genau wie die Nachricht von dem Baby.

»Wir werden ein Baby bekommen, Morgan.«

Amelias Bild tanzte vor seinen Augen. Morgan wand sich innerlich, als er an das dachte, was als nächstes gekommen war.

»Oh, und du kannst dir sicherlich denken, daß Nathaniel der Vater ist.«

Gütiger Himmel, er erinnerte sich noch, wie Amelia ihn damit beinahe um den Verstand gebracht hatte. Wie abscheulich sie gelacht hatte, als er aus dem Zimmer gerannt war.

Er dachte noch einmal darüber nach. Diesmal war es die Stimme von Elizabeth, die ihm durch den Kopf ging, und er sah ihre samtenen Augen, die vor Freude strahlten.

Anders als Amelia, deren Augen unverhohlene Boshaftigkeit signalisiert hatten.

»I-ich dachte, du würdest dich freuen, so wie ich.«

Anders als Amelia hatte Elizabeth nicht gelacht. Sie hatte geweint, weil er sie verwirrt und verletzt hatte ...

Ihr herzzerreißendes Schluchzen tat ihm noch immer in jedem Winkel seiner Seele weh.

Es war ganz anders als bei Amelia.

Der Ekel vor sich selbst hatte einen bitteren Beigeschmack. Gott, was war er für ein Narr, daß er bei beiden stets das gleiche Maß anlegte.

Aber nie wieder, nie wieder würde er das tun. Das schwor er sich ...

Er stand auf und seine Muskeln versagten beinahe ihren Dienst. Dann schlenderte er zum Fenster und sah, daß sich die Wolkendecke gelichtet hatte. Ein einsamer leuchtender Stern blinkte zu ihm herab.

Die Andeutung eines Lächeln umspielte seine Lippen. Morgen würde er zurückkehren, entschied er. Es war an der Zeit heimzukehren.

Heim nach Boston.

Heim zu Elizabeth.

Wie es so seine Art war, wußte Jonah ganz genau, was alles passiert war, nachdem er Nathaniel verlassen hatte. Er beobachtete, wie Nathaniel wieder vor seinem Haus abgeliefert wurde. Er beobachtete, wie Nathaniel wieder seinen gelegentlichen Geschäften nachging. Jonah registrierte sein vorsichtiges Verhalten. Jonah fiel es an der Art auf, wie Nathaniel die Umgebung überprüfte, wenn er das Haus verließ ...

... was es nur noch amüsanter machte, als Nathaniel eines Tages nach Hause zurückkehrte und Jonah in seinem Salon wartend vorfand, einen Kelch seines besten Weins in der Hand.

Nathaniel fand das alles andere als amüsant. Er war vollkommen außer Fassung, aber entschlossen, sich nichts anmerken zu lassen.

»Was wollen Sie?« fragte er den Engländer.

Jonah grinste. »Ich glaube, das hatten wir bereits besprochen.« Sein Blick streifte Nathaniels Schulter an der Stelle, an der der dicke Verband sich unter der Jacke abzeichnete. »Freut mich zu sehen, daß die Genesung so rasch fortgeschritten ist.«

Nathaniel ballte seine Hände zu Fäusten. »Du Bastard. Du wolltest mich umbringen!«

»Ich bitte dabei zu unterscheiden. Wenn ich dich hätte töten wollen, wärest du tot. Nein, mein feiner junger Herr, das war nur eine Warnung – eine Warnung, die nicht nötig gewesen wäre, wenn du dich nicht dazu entschlossen hättest, ein weiteres Mal zu fliehen.« Eine gewaltige Braue schoß nach oben. »Denn das war es doch, was du mit der mageren Summe beabsichtigt hast, oder?«

Nathaniel biß die Zähne zusammen und schwieg. Was ging das den anderen Mann an?

»Wenn ich an deiner Stelle wäre«, fuhr der Engländer fort, »würde ich beherzigen, daß es keine weiteren Warnungen mehr geben wird. Obwohl ich mittlerweile glaube, daß ich das Ganze falsch angegangen bin.«

»Wenn ich tot bin, wirst du nie zu deinem Geld kommen«, erklärte Nathaniel mit schwacher Stimme.

»Ach, aber was ist mit deinem Bruder? Er hat ganz gut für sich gesorgt, dein Bruder Morgan. Was wäre, wenn er ... plötzlich einen tödlichen Unfall hätte?«

Nathaniel konnte sich sehr gut vorstellen, in welche Richtung Moreland ihre Diskussion führen wollte. Kühl reagierte er auf die Arroganz des anderen. »Seine Ehefrau würde erben und nicht ich.«

Moreland schwenkte theatralisch den Wein in seinem Kelch und betrachtete ihn dann. »Wie schade«, sagte er leichthin. »Vielleicht wäre es dann sogar besser, wenn sie beide einen Unfall hätten. Das arme Paar. Es wäre eine Tragödie, wirklich, frisch verheiratet und so weiter.« Er hob seinen Kopf, seine Augen glitzerten gefährlich. »Aber dann wären alle Hindernisse beseitigt, und du würdest erben. Und du hättest sicherlich keine Probleme damit, Viscount Hadley endlich sein Geld zurückzuzahlen, oder?«

Nathaniels Blick war stahlhart. »Du bekommst Hadleys Geld. Aber ich muß es mir von Morgan leihen. Gib mir Zeit bis morgen nachmittag.«

»Ausgezeichnet!« Moreland setzte sein Weinglas ab und erhob sich.

Nathaniel beobachtete, wie er sich zur Tür pirschte. »Sollen wir uns hier treffen?«

Moreland grinste und tippte an seinen Hut. »Nein, ich glaube nicht. Aber keine Sorge. Ich werde dich früh genug benachrichtigen, wann und wo die Geldübergabe stattfinden soll.« Damit schlenderte er zur Tür hinaus.

Nathaniel war wütend. Er spürte einen eiskalten, harten Knoten in seiner Magengegend. Gott, dieser Mann war eine Schlange! Er hatte niemals in Erwägung gezogen, daß dieser Teufel Elizabeth und Morgan in diese Sache hineinziehen würde.

Aber er hatte ihr Leben – und Morgans Leben – in Gefahr gebracht. Die Wunden an seiner Schulter und in seiner Seite waren Beweis genug, daß Moreland es ernst meinte. Moreland würde solange nicht aufgeben, bis er seinen Auftrag erfüllt hatte. Aber er konnte Morgan nicht darum bitten, seine Schulden zu begleichen – diesmal nicht.

Es schien, als spürte er trotz allem doch noch einen Funken Stolz in sich.

Und vielleicht war es an der Zeit, einmal in seinem Leben etwas Ehrenhaftes ... das einzig Richtige zu tun.

Kapitel 26

Zwischen fiebernder Hoffnung und abgrundtiefer Verzweiflung hatte Elizabeth die darauffolgenden Tage wie in Trance verbracht. Doch gemessen an dem, was Morgan und Nathaniel durchgemacht hatten, erschienen ihr ihre eigenen Qualen unbedeutend.

Und trotzdem war es schwierig, sie durchzustehen.

Ihre Tage waren von hilfloser Frustration geprägt, nachts weinte sie vor lauter Sehnsucht. Wann würde Morgan zurückkehren? Wenn sie das doch nur wüßte! Und wie konnte sie ihn davon überzeugen, daß das Kind, das sie unter ihrem Herzen trug, von ihm war? Würde er sie verlassen, wie er es bei Amelia vorgehabt hatte?

Diese Gedanken lasteten schwer auf ihrer Seele – einmal ganz abgesehen davon, wie es um ihr Herz stand.

An jenem Nachmittag hatte Annie sie dazu überredet, vor dem Abendessen einen kleinen Schönheitsschlaf zu machen. Sie wollte es sich gerade auf einer Liege bequem machen, als sie Schritte in der Eingangshalle hörte. Sie hob ihren Kopf und horchte angespannt auf die Geräusche. Dann vernahm sie den leisen Klang einer männlichen Stimme. Morgan! dachte sie voller Freude. Ihr Puls raste, als sie in fiebernder Hast die Treppen hinuntereilte.

Es war jedoch Nathaniel.

Simmons hatte ihm gerade den Hut abgenommen. Er sah zu ihr hoch, und sie bemerkte, daß seine attraktiven Gesichtszüge angespannt waren. »Hallo, Elizabeth.«

»Nathaniel.« Sie lächelte und deutete in die Richtung den Salons. »Bitte, komm herein.« Sie war zwar überrascht, aber doch erfreut, ihn zu sehen. Auch an ihn hatte sie oft denken müssen. Sie hätte gern gehabt, wenn er bei ihnen geblieben wäre, bis die unselige Sache mit den Schulden bei Viscount Hadley bereinigt war, zumindest aber solange, bis die drohende Gefahr vorüber war, die von dem Mann mit der braunen Melone ausging. Aber das hatte er energisch abgelehnt.

Sie saß auf der Kante des Sofas und glättete die Falten ihres Rocks. »Möchtest du Tee?«

»Nein danke.« Nathaniel setzte sich in den Schaukelstuhl, der ihr gegenüber stand. »Ich bleibe nicht lang.«

Elizabeth schaute ihn kurz, aber durchdringend an. Er hatte wieder eine gesunde Gesichtsfarbe und schien soweit ganz genesen zu sein, wenn auch seine verletzte Schulter noch etwas steif wirkte. »Du siehst schon viel besser aus«, bemerkte sie.

»Mir geht es auch recht gut, wirklich.« Jetzt betrachtete er sie. »Ist Morgan schon wieder zuhause?«

Augenblicklich verschwand jeder Glanz aus ihren Augen. Nathaniel hielt Morgan für den größten Dummkopf aller Zeiten.

»Er wird wieder zu sich finden, Elizabeth.«

Ihr Blick war schmerzverzerrt. »Meinst du?«

»Eure Situation ist vollkommen anders als damals bei Amelia.« Er versuchte, sie zu beruhigen. »Er sorgt sich um dich, Elizabeth, und das hat er bei ihr in dieser Form nie getan.«

»Ich wünschte, ich könnte das glauben«, sagte sie nachdenklich. »Mir bleibt vermutlich auch keine andere Wahl, als zu warten und zu hoffen.« Sie beobachtete, wie er sich erhob. »Willst du schon wieder gehen?«

Er nickte. »Ich habe etwas für dich, Elizabeth.« Er wühlte in seiner Jackentasche. »Hier. Halte deine Hand auf.«

Neugierig gehorchte Elizabeth. Etwas Kaltes und Weiches glitt in ihre Handfläche.

Ihre Perlenkette.

Überrascht schnappte sie nach Luft. »Du hast doch gesagt, du hättest sie diesem schrecklichen Mann gegeben ...«

»Ich habe gelogen«, gab er so entwaffnend zu, daß sie herzlich lachen mußte. »Soll ich sie dir anlegen?«

»Ja, bitte.« Sie hielt ihm bereitwillig ihren Nacken hin. Als er fertig war, berührte und drehte sie den Perlenstrang mit ihren Fingerspitzen. »Danke«, flüsterte sie. »Ich-ich kann dir gar nicht sagen, wie froh ich bin, daß ich sie wiederhabe.« Und noch leiser fügte sie hinzu: »Das war Morgans Hochzeitsgeschenk.«

»Dann bin ich froh, daß ich sie dir wiedergeben konnte.«

Auf ihrer Wange bildete sich ein Grübchen. »Weißt du, du bist gar nicht ein solcher Halunke, wie du das immer denkst, Nathaniel O'Connor.«

Er lachte rauh. »Oh doch, Elizabeth. Aber wahrscheinlich habe ich plötzlich entdeckt, daß ich so etwas wie ein Gewissen habe.« Sein Lächeln verschwand. »Es wäre besser für mich, wenn ich nicht hierhergekommen wäre. Aber ich muß unbedingt wissen, daß du mich nicht haßt.«

»Natürlich hasse ich dich nicht! Du wirst meinem Herzen immer sehr nahestehen, Nathaniel. Immer.«

Sein Gesicht nahm einen schuldbewußten Zug an. »Und du vergibst mir auch?«

»Ja. Ja, natürlich!« Sie sprang auf und umarmte ihn impulsiv.

Dann ging sie mit ihm in die Eingangshalle. Dort sah er sie an. Die harten Züge um seinen Mund waren etwas weicher geworden, aber er wirkte trotzdem sehr ernst.

»Wirst du Morgan von mir etwas ausrichten, wenn er zurückkommt?«

»Selbstverständlich.«

»Dann sag' ihm, wenn er dir wehtut, komme ich zurück und zahle es ihm heim!« Er beugte sich zu ihr hinunter und küßte sie auf die Wange. »Lebwohl, Elizabeth.«

Mit diesen Worten verließ er sie. Elizabeth blickte ihm

noch nach, als er die Auffahrt hinunterschlenderte und dann außer Sichtweite geriet. Als sie zurück in ihr Zimmer ging, hatte sie grübelnd die Stirn gerunzelt. Und die merkwürdige Ahnung in ihrem Inneren wurde von Minute zu Minute stärker.

Sie wurde das unangenehme Gefühl nicht los, daß irgendetwas nicht in Ordnung war. Nathaniel war so ganz anders gewesen. Natürlich, nach allem was passiert war – seiner Verletzung und seiner schonungslosen Offenbarung –, konnte sie kaum erwarten, daß er so witzig und leichtherzig wie früher war. Aber er war so ernst, ja beinahe traurig gewesen.

Sie ging wieder zurück in den Salon und marschierte dort ruhelos auf und ab. Als sie das vierte Mal an dem Schaukelstuhl vorüberging, in dem Nathaniel gesessen hatte, fiel ihr etwas ins Auge. Sie beugte sich vor und entdeckte ein kleines zerknüllten Stück Papier. Genau an dieser Stelle hatte Nathaniel gestanden, als er nach den Perlen in seiner Jackentasche suchte. Dabei war ihm das sicher aus der Tasche gefallen.

Sie hob den Zettel auf. Es war, als läge plötzlich ein Stein auf ihrer Brust, doch sie wußte nicht, warum. Das Papier war so zerknüllt, daß sie die Schrift kaum entziffern konnte. Dann las sie:

6.00 Uhr. 200 Ferry Lane.

Ihr Blick glitt noch einmal über diese Worte. Es war eine Adresse. Traf Nathaniel dort etwa jemanden …?

Den Mann mit der braunen Melone.

Ihre Hände fingen an zu zittern. Schweißperlen traten auf ihre Stirn. Der Gedanke war völlig aus der Luft gegriffen, trotzdem befiel sie eine schreckliche Vorahnung, die ihr einen Schauer über den Rücken jagte. Nathaniel würde den Mann mit dem braunen Hut treffen, den Mann, der ihn angegriffen hatte.

Plötzlich hörte sie in der Eingangshalle Geräusche. Sie sah gerade in dem Moment auf, als ihr Ehemann entschlossen das Haus betrat.

Noch ehe es ihr selbst klar war, raste sie auf ihn zu. »Morgan! Oh, Gott sei Dank, daß du wieder da bist!« Ohne darüber nachzudenken lief sie ihm geradewegs in die Arme. Sie hätte vor Freude geweint, wenn die Furcht um Nathaniel in ihrem Herzen nicht so groß gewesen wäre. »Morgan, wir müssen uns beeilen! Nathaniel ist dabei, den Mann zu treffen, der ihn angegriffen hat ...« Halb hysterisch vor Angst brach sie ab.

Seine starken Arme umschlangen sie. Für Sekunden drückte er sie fest an sein Herz; dann lockerte er seinen Griff, um sie ansehen zu können. »Elizabeth, beruhige dich! Wo ist Nathaniel?« Ein solches Verhalten war absolut untypisch für sie. Aber aufgrund der Verzweiflung, die sie ausstrahlte, wußte er, daß etwas Schreckliches passiert sein mußte.

In abgehackten Sätzen berichtete sie ihm, was sie in Erfahrung gebracht hatte. »Nathaniel wird erpreßt ... deshalb hat man ihm aufgelauert ... Er war hier und hat mir die Perlen zurückgebracht. Ich wußte sofort, daß etwas nicht in Ordnung ist ... Dann fand ich diesen Papierschnipsel auf dem Boden ... Darauf steht eine Adresse ... Oh, ich weiß, es klingt verrückt, aber ich glaube, er will ihn treffen ... den Mann, der ihn angegriffen hat!«

Morgans Herz verkrampfte sich. Er griff nach dem Stück Papier, das sie in ihrer Hand schwenkte, und überflog es rasch.

»Das ist in unmittelbarer Nähe der Schiffswerften.« Er sah auf die Kaminuhr und fluchte. »Verdammt, es ist schon sechs Uhr! Sprich ein Gebet, Elizabeth. Ich bin so bald wie möglich wieder hier, das verspreche ich dir.« Er rannte zur Tür und rief nach Willis.

Elizabeth war dicht hinter ihm. Sie würde nicht hier bleiben, doch nicht, wenn er sich auch in unmittelbare

Gefahr begab! Als Morgan ihre Absicht erkannte, wandte er sich zu ihr um und wies sie heftig zurecht.

Sie hielt ihm mit wütendem Blick stand. »Du wirst mich hier nicht allein lassen, Morgan O'Connor, diesmal nicht!«

Ohne noch ein weiteres Wort zu verlieren, ergriff er ihre Hand und hob sie in die Kutsche.

Mit halsbrecherischer Geschwindigkeit näherten sie sich der Küste, und mehr als einmal wurden Elizabeth und Morgan kräftig auf ihren Sitzen durchgerüttelt. Trotzdem gelang es Elizabeth dabei, Morgan die Einzelheiten der ganzen Geschichte zu erzählen: die geliehene Summe von Viscount Hadley, die Nathaniel beim Glücksspiel komplett verloren hatte; wie der Mann mit der braunen Melone Nathaniel von England aus verfolgt hatte, um die Schulden einzutreiben, was auch der Grund gewesen war, warum sie Nathaniel in jener Nacht Geld gegeben hatte, als Morgan gesehen hatte, wie Nat sie küßte. Sie ließ nichts aus ...

Außer daß Nathaniel ihre Perlen gestohlen hatte. Das war vielleicht unklug, aber sie entschied, daß sie Morgan besser in dem Glauben ließ, sie habe nur versucht, Nathaniel bei seinen Geldschwierigkeiten behilflich zu sein.

Schließlich hielten sie an. Morgan warf die Kutschentür auf. Elizabeth stolperte direkt hinter ihm ins Freie. Er drehte sich schnell um und legte ihr seine Hände auf die Schultern.

»Nein, Elizabeth! Bleib' bitte hier, wo du in Sicherheit bist!«

Sie hörte ihm gar nicht zu. Fieberhaft suchend blickte sie über seine Schulter. »Da!« rief sie laut und zeigte mit dem Finger in eine Richtung. »Da sind sie! Das ist er, der Mann mit dem Hut, und Nathaniel ist bei ihm! Sie sind gerade diesen Weg entlanggegangen!«

Morgan drehte sich um und rannte los. Seine Warnung mißachtend raffte Elizabeth ihre Röcke und lief so schnell sie konnte hinter ihm her. Aber schon bald war sie völlig außer Atem und hatte das Gefühl, ihre Lungen müßten platzen. Als sie schließlich den Weg erreicht hatte, stolperte sie und fiel hin, dabei schürfte sie sich Knie und Hände auf. Als sie versuchte aufzustehen, hatte sie solches Seitenstechen, daß es ihr unmöglich war, sich zu erheben und Morgan zu folgen. Sie versuchte, die Tränen der Verzweiflung zu unterdrücken, und hob nur ihren Kopf.

Zwischen zwei Gebäuden spielte sich da eine grauenvolle Szene zwischen Nathaniel und dem Mann mit der braunen Melone ab. Wie in Zeitlupe sah sie, was dort vor sich ging. Nathaniel hatte eine geballte Faust erhoben und zielte auf das Gesicht des Engländers. Sie schrien sich wütend an. Und Morgan war keine zehn Schritte weit von dem Mann mit dem Hut entfernt.

Plötzlich zog der Engländer etwas aus der Innentasche seiner Jacke.

Ein schwacher Sonnenstrahl fiel auf das glänzende Metall. Er hielt das Messer zielgerichtet in seiner Hand. Dann passierte plötzlich alles auf einmal.

»Nein!« Morgan sprang auf ihn zu.

Mit Lichtgeschwindigkeit stach das Messer zu.

Elizabeth gab einen gellenden Schrei von sich.

Nathaniel stürzte zu Boden.

Aber das war noch lange nicht das Ende.

Der Engländer brach unter dem Gewicht von Morgan zusammen. Die beiden wälzten und prügelten sich auf der Erde. Das Messer rutschte über das Kopfsteinpflaster und blieb eine Armlänge von dem Paar entfernt liegen. Kalte Furcht pulsierte durch Elizabeths Venen. Zwei Arme streckten sich krampfhaft nach dem Messer aus, um es in Besitz zu nehmen. Doch nur einer erreichte die grausame Waffe ...

Der Mann mit dem Hut.

Morgan lag auf dem Rücken und schaute nach oben.

Der Mann mit dem Hut ging mit einem satanischen Grinsen auf die Knie. Ein weiteres Mal glänzte die Klinge des Messers hell und gefährlich.

Plötzlich vernahm man einen ohrenbetäubenden Knall. Stinkender, dicker Rauch hing in der Luft. Durch den düsteren Nebel konnte Elizabeth sehen, wie der Mann mit dem Hut nach vorn fiel und mit dem Gesicht nach unten auf dem Kopfsteinpflaster landete.

Nathaniel lag auf der Seite, eine kleine Pistole in seinen Händen. Elizabeths Lippen entfuhr ein unterdrückter Schrei. Er lebte. Nathaniel lebte noch! Sie rappelte sich hoch und lief zu ihm.

Morgan war schon dort und kniete neben ihm. Doch sein verzweifelter Gesichtsausdruck versetzte sie wieder in Angst und Schrecken.

»Gütiger Himmel«, stieß er atemlos hervor. »Wir brauchen einen Arzt. Wir brauchen auf der Stelle einen Arzt!«

Eine bedrückende Stille lag schwer über dem ganzen Haus. Gott sei Dank hatte Willis bereits vorausschauend Stephen geholt. Deshalb hatte es nur wenige Minuten gedauert, bis dieser bei Nathaniel eintraf. Glücklicherweise war er bewußtlos, als sie ihn in die Kutsche hoben, denn Elizabeth hatte bereits den riesigen Blutflecken gesehen, der die Vorderseite von Nathaniels Hemd und Jacke bedeckte.

Schreckliche Angst überfiel sie.

Sie hatten ihn sofort nach Hause transportiert und in das Zimmer gebracht, in dem er bereits vorher schon gelegen hatte. Seitdem war Stephen allein bei ihm, und Elizabeth und Morgan standen vor verschlossener Türe draußen in der Halle Wache. Das Warten war lähmend. Die Minuten schleppten sich wie Stunden dahin.

Beide sahen ruckartig auf, als von innen die Tür geöffnet wurde. Stephen trat zu ihnen in den Flur.

Morgan sprach als erster. »Wie geht es ihm?«

Stephen schüttelte den Kopf. Sein düsterer Gesichtsausdruck sagte schon alles. »Ich habe alles getan, was in meiner Macht stand«, meinte er leise. Er legte eine Hand auf Morgans Schulter. »Er fragt nach dir.« Sein Blick wanderte zu Elizabeth. »Und auch nach dir, Elizabeth.«

Morgan war bereits durch die Tür. Dicht gefolgt von Elizabeth. Beim Anblick von Nathaniel mußte sie einen Aufschrei des Entsetzens unterdrücken. Mit kreidebleichem Gesicht lag er auf der Kissen, seine Augen waren geschlossen, und einen Moment lang war sie davon überzeugt, daß er tot war.

Doch dann öffnete er seine Augen und schaute sie an, als sie durch die Tür schritt. Trotz seiner starken Schmerzen erhellte sich sein Blick, als er sie zu sich bat.

Elizabeth trat ganz nah an sein Bett. Mit einer Willenskraft, die sie an sich nicht für möglich gehalten hatte, unterdrückte sie die aufsteigenden Tränen. »Hallo, Nathaniel.«

»Elizabeth«, hauchte er schwach. »Du siehst, ich habe rechtgehabt, als ich dir erzählte, das ich ein Halunke bin.«

Sie zwang sich zu einem Lächeln. »Niemals«, stritt sie ab.

»Doch, schon immer«, entgegnete er.

Sein Blick streifte Morgan. In stillem Einvernehmen beugte sich Elizabeth zu ihm nieder und küßte seine Wange, dann trat sie langsam zurück.

Morgan trat an das Bett. »Du solltest dich besser etwas ausruhen«, meinte er leise.

Nathaniel schüttelte auf dem Kissen leicht seinen Kopf. »Du gibst nie auf, nicht wahr?« murmelte er provozierend. »Versuchst nach all den Jahren immer noch, mir zu raten, was ich tun soll.« Er zuckte zusammen, als wäre es ihm kalt.

Morgan zog ihm die Decke über seine Brust. Dann

umschloß er Nathaniels Hand, die auf der Decke lag. Seine Kehle war wie zugeschnürt, so daß er kaum sprechen konnte. »Und du bist genauso frech wie immer.«

»Ich hab' dir das Leben zur Hölle gemacht, nicht wahr?«

»Mit Sicherheit.« Morgans Stimme klang rauh. »Und hast jede Minute davon genossen, oder?«

»Ich wollte immer so sein wie du, verstehst du das nicht?« Nathaniel räusperte sich. »Großer Gott, aber es tut mir leid! Ich verdanke dir soviel ...«

»Nein«, sagte Morgan mit fester Stimme. »Du hast mir das Leben gerettet. Und das war sehr mutig, Nathaniel. Was ich dir schulde, ist mit Geld nicht aufzuwiegen.«

Es dauerte einen Augenblick, bis Nathaniel wieder zu Atem gekommen war. »Hab ich, nicht wahr?« murmelte er.

»Ja. Du hast mir das Leben gerettet.« Morgan umschloß Nathaniels Hand fester. Für einen Augenblick waren die beiden verbunden, zwei Brüder, zwei verwandte Seelen.

Der Anflug eines Lächelns umspielte Nathaniels Mund. »Wer hätte das je gedacht, Morgan? Diesmal habe ich dich gerettet. Dieses eine Mal war ich der Held.« Seine Stimme war zu einem Flüstern geworden. »Wirst du dich daran erinnern, Morgan? Vergiß das nicht, wenn du an mich denkst ...«

Seine Augen schlossen sich. Der rasende Schmerz in seiner Brust ließ nach. Seine Gesichtszüge hatten sich entspannt.

Nach und nach wich die Kraft aus seinen Händen.

Morgan beugte sich dicht über ihn. »Nat«, schrie er verzweifelt. »Nat!«

Kapitel 27

Am Tag darauf wurde er beerdigt. Der kleine ruhige Friedhof befand sich auf einer Anhöhe über dem Charles River und war nur wenige Schritte von ihrem Haus entfernt. Die Grabstätte lag im Schatten einer riesigen alten Eiche, und überall wuchsen wilde Blumen.

Während der Grabrede stand Morgan abseits von den anderen, eine traurige, in Schwarz gehüllte Gestalt. Als alles vorüber war, sprach er mit niemandem, weder mit dem Pfarrer, noch mit Elizabeth oder Stephen. Er ging nach Hause und schloß sich in seinem Arbeitszimmer ein. Elizabeth überließ er die Annahme der Beileidsbekundigungen der Anwesenden und die vielen Briefe voller Mitgefühl.

Vier Tage lang durfte nur Simmons sein Arbeitszimmer betreten. Elizabeth war etwas verletzt darüber, daß er sie so gänzlich ausschloß, aber sie konnte auch verstehen, daß Morgan allein sein wollte, um mit dem tragischen Tod seines Bruders fertig zu werden.

Stephen hielt es für das beste, ihn gewähren zu lassen. »Laß ihm noch ein paar Tage«, schlug er vor. »Ich kenne Morgan. Er fängt sich wieder.«

Zunächst hatte Elizabeth geglaubt, daß er recht hatte. Was Morgan jetzt durchstehen mußte, ging vorüber. Aber mit wachsender Sorge – und Ablehnung natürlich auch – beobachtete sie, wie eine Flasche Brandy nach der anderen ins Arbeitszimmer getragen wurde. Das erwähnte sie Stephen gegenüber. »Seit er in diesem Zimmer sitzt, ißt er nichts mehr. Simmons hat versucht, ihm etwas zu essen anzubieten, aber er hat es abgelehnt. Er scheint auch nicht mehr zu schlafen. Ich schwöre, er ist entschlossen, sich nach dem Tod seines Bruders ins Grab zu trinken.«

»Vielleicht hast du recht. Das paßt so gar nicht zu ihm«, gab Stephen zu. »Möchtest du, daß ich versuche, mit ihm zu reden?«

Stephen versuchte es mehrmals.

Aber immer ohne Erfolg.

Am fünften Tag war Elizabeth entschlossen, die Sache selbst in die Hand zu nehmen. Morgan sollte sie ihretwegen für immer hassen, aber so konnte es auch nicht weitergehen.

Vor dem Arbeitszimmer traf sie auf Simmons, der gerade die abendliche Flasche abliefern wollte. Sie nahm ihm das Tablett aus den Händen und sagte: »Du und der Rest des Personals haben heute ihren freien Abend, Simmons.«

Simmons schaute sie unbehaglich an. »Madam, er ist in schrecklicher Verfassung ...«

»Bitte, Simmons, tu, was ich gesagt habe. Ach, und bitte klopfe doch jetzt und sage Mr. O'Connor, daß du mit dem Brandy hier bist.«

Simmons senkte seinen Kopf. »Natürlich, gnädige Frau.« Er klopfte dreimal und tat, was sie ihm aufgetragen hatte. Dann schob Elizabeth ihn beiseite. Als die Tür geöffnet wurde, trat sie schnell ein und stieß sie mit ihrem Absatz hinter sich zu.

Dämmerlicht hüllte das Arbeitszimmer ein, und überall wehte der Geruch des Brandy. Die Vorhänge waren dicht verschlossen vor der Außenwelt, so daß Elizabeth angestrengt durch den Raum spähte, um ihn zu finden.

»Was zum Teufel machst du denn hier?« Seine Stimme kam von links und überraschte sie so, daß sie zusammenschrak.

Glücklicherweise faßte sie sich schnell wieder. Sie hob stolz ihren Kopf und sagte voller Würde: »Genau diese Frage wollte ich dir eigentlich auch stellen.«

Ihre Augen hatten sich inzwischen an das Dämmerlicht gewöhnt; als sie jetzt mit ihm sprach, musterte sie ihn von Kopf bis Fuß. Gott, er sah schrecklich aus! Sein Gesicht war hager und mitgenommen, und seine Wangen waren schon zur Unkenntlichkeit zugewachsen, weil er sich seit fünf Tagen nicht mehr rasiert hatte. Seine Kleidung war schmutzig und unordentlich. Seine Augen waren voller geplatzter Äderchen und blutunterlaufen.

»Laß mich allein, Elizabeth.« Er klang nicht mehr zornig, sondern nur noch unglaublich müde und resigniert.

Es brach ihr beinahe das Herz, als sie beobachtete, wie er zu seinem Schreibtisch ging, denn er bewegte sich wie ein alter Mann.

Sie schluckte und bemühte sich, völlig emotionslos zu reagieren. »Warum? Weil du vom Selbstmitleid geplagt wirst?«

»Nein! Damit ich vergessen kann!« zischte Morgan zwischen den Zähnen hervor.

Schließlich ging sie zum Schreibtisch und stellte das Tablett dort auf einer Ecke ab. »Du versuchst nicht zu vergessen, Morgan. Du versuchst, dich selbst zu quälen.«

»Dann verschwinde doch endlich und laß mich hier allein!« Ein häßliches Zucken entstellte sein Gesicht. Er griff nach der Flasche.

Aber Elizabeth war schneller. Von einer plötzlichen Wut getrieben warf sie die Flasche um. Mit einem knirschenden Geräusch fiel sie zu Boden. Sie achtete gar nicht darauf, daß sich die goldbraune Flüssigkeit über den Teppich verteilte.

»Ist dir eigentlich alles egal?« fragte sie aufgebracht. »Bin ich dir so egal? Ist es dir egal, was du mir damit antust?«

Morgan hatte sich erhoben. »Wenn du nur einen Funken Verstand hast, dann geh, bevor ich dein Leben auch zerstöre.«

»Das ist Unsinn, Morgan, und das weißt du auch!«

Sein Gesichtsausdruck war eisig. »Nein, Elizabeth. Du weißt nicht, was passiert ist. Du weist nicht ...«

»Ich weiß es! Ich weiß alles. Ich weiß, daß Nathaniel Amelias Liebhaber war. Ich weiß, daß er sie getötet hat.«

Er war blaß geworden. »Wie? Wie hast du das erfahren?«

»Von Nathaniel. Er hat mir alles erzählt, Morgan. Alles.«

Er reagierte genau so, wie sie es befürchtet hatte. Er drehte ihr den Rücken zu und war ihr so fremd wie eh und je.

Irgend etwas setzte in ihr aus. Drei Schritte, und sie stand unmittelbar hinter ihm. Mit ihren Fäusten schlug sie ihm auf die Schultern.

»Zum Teufel mit dir, Morgan O'Connor. Du wirst mir jetzt zuhören.«

Seine kräftigen Schultern sackten zusammen, aber er drehte sich nicht um.

»Weißt du, was er mir sonst noch erzählt hat? Er hat mir gesagt, daß euer Vater dich als Kind mit dem Rohrstock verprügelt hat, wenn er wieder einmal etwas ausgefressen hatte. Aber du hast nie geweint – nie. Nun, Morgan, laß dich doch einfach gehen und weine. Schrei, weil es wirklich wehtut, daß er uns verlassen hat. Sei wütend, weil Gott ihn so früh von uns genommen hat. Und dann ist es vorbei. Versteck' deine Gefühle nicht. Laß sie heraus, Morgan. Und gib ihm seinen Frieden.«

Tränen, die sie kaum bemerkte, liefen über ihre Wangen. Und Morgan tat so, als hätte er überhaupt nichts gehört.

Etwas in ihrem Inneren zerbrach. Ihr Rückgrat gab nach. Mit einem heftigen Schluchzen sackte sie zu Boden; sie umschlang mit ihren Armen ihre Knie und schaukelte verzweifelt immer vor und zurück.

»Ich brauche dich«, schluchzte sie. »Auch ich brauche dich, Morgan. Bitte komm zurück zu mir. Bitte …«

Er kniff seine Augen zusammen. Wie die Klinge eines Messers stach ihm ihr Schluchzen ins Herz. Er drehte sich um, kniete sich zu ihr nieder und legte seine Arme um ihren zitternden Körper. Seine Finger streichelten ihr durchs Haar.

»Oh verflucht. Verflucht. Elizabeth, hör' damit auf!« brüllte er. »Ich kann nicht noch mehr Qualen ertragen.«

Sie umschlang ihn mit ihren Armen und hielt ihn fest. »Du hast allein für Nathaniel gesorgt, Morgan. Du hast allein unter Amelias Ehebruch gelitten. Aber du mußt nicht länger allein sein. Ich will dich einfach festhalten«, bat sie ihn. »Ich will dir helfen. Ich will ... ich will dich lieben!«

Er schloß wieder seine Augen. Der Schmerz der Erinnerung zehrte an ihm. »Als meine Mutter starb, bat sie mich, für ... für Nathaniel zu sorgen. Ich weiß noch, daß sie sagte ... Paß auf ihn auf. Beschütze ihn. Aber i-ich habe alles falsch gemacht. Habe ich zuviel für ihn getan? Oder zuwenig? Herr im Himmel, ich weiß es einfach nicht!«

Sein Atem ging stoßweise. »Es ist meine Schuld, daß das passiert ist. Es ist meine Schuld, daß Nathaniel tot ist. Wenn ich alles anders gemacht hätte ... Ich hätte ihm helfen können, Elizabeth, wenn ich ihm die Möglichkeit gegeben hätte, an mich heranzukommen. Aber ich habe ihn abgewiesen.« Seine Stimme klang rauh. »Diese ganze unglückselige Geschichte mit Amelia ... Ich habe ihn aus meinem Bewußtsein verdrängt. Ich konnte ihm nicht vergeben, und das wußte er. Verstehst du das nicht? Er hat es gewußt!«

Ihre Hand strich durch sein welliges Haar, das ihm in den Nacken fiel. »Dich trifft keine Schuld, Morgan. Du warst ehrlich zu ihm – bis zum bitteren Ende, deshalb solltest du dich nicht selbst belasten. Nathaniel hat sein eigenes Leben gelebt. Du hast für ihn getan, was du nur konntest. Er hat mir doch selbst erzählt, daß er seine eigenen Entscheidungen traf – oft eben die falschen, das war ihm klar! Er schämte sich dafür, Morgan, er schämte sich, daß er dir das Leben oft zur Hölle gemacht hat. Aber er hat dich für nichts verantwortlich gemacht. Und deshalb solltest du damit aufhören, dir die Schuld an allem zu geben!«

Morgan vergrub sein Gesicht in der duftenden Fülle ihres Haares. »Du müßtest mich doch eigentlich hassen«, murmelte er rauh. »Ich habe soviel Abscheuliches gesagt ... dich verdächtigt, Dinge getan zu haben, obwohl ich wußte, daß es nicht stimmen konnte ... I-ich weiß wirklich nicht, was in mich gefahren ist. Gott, ich habe dich noch nicht einmal gefragt, wie es dir geht!« Er lehnte sich zurück und strich mit seinen Fingern leicht über ihren Bauch.

Elizabeth lächelte schwach. Ein Stein war ihr vom Herzen gefallen. »Mir geht es gut«, sagte sie sanft. Ihr Lächeln wurde fröhlicher. »Uns geht es gut.«

Er räusperte sich. »Liebst du mich ... eigentlich noch?«

Sie nickte unter Tränen.

Bei ihrem Anblick konnte er die Gefühle in seinem Herzen kaum noch ertragen.

»Würdest du es mir sagen?« flüsterte er.

Sie senkte ihren Kopf und war auf einmal ängstlich. Was wäre, wenn sie ihr Seelenleben völlig vergeblich aufgedeckt hätte? Was, wenn er sie nicht auch liebte? »Nein«, hauchte sie zitternd.

Doch dann griffen seine Finger nach ihrem Kinn und zogen ihr Gesicht zu sich hoch. »Ja«, flüsterte er auf ihre Lippen ... und dann in ihren Mund. »Ja.«

Die Macht ihrer Gefühle ließ sie erbeben. »I-ich liebe dich, Morgan. Ich liebe dich ...«, gestand sie ihm unter seinen zarten Küssen.

Und dann hörte sie die Worte, die sie aus seinem Mund niemals für möglich gehalten hätte ... In seinen Augen sah sie eine so aufrichtige Zärtlichkeit und Liebe, daß sie ihn nur noch verwundert anstarren konnte.

»Ich liebe dich, Elizabeth.« Seine Arme umschlangen sie. »Ich liebe dich. Meine Lady. Mein Herz.«

Elizabeth weinte vor Glück.

In dieser Nacht lagen sie innig umschlungen, ihre Körper waren eins und ihre Herzen waren sich so nah, daß sie fast im Gleichtakt schlugen.

Bei Tagesanbruch fand sich Elizabeth träge im Bett ihres Mannes liegend und vermißte plötzlich die Wärme seines Körpers. Sie hob den Kopf.

Sie war allein.

Eher verwirrt als furchtsam, denn die vergangenen Stunden hatten alle Zweifel beiseite gewischt, erhob sie sich mit einem schläfrigen Gähnen. Aber Morgan war auch nicht in seinem Arbeitszimmer, was sie zunächst angenommen hatte. Er war auch nicht in der Bibliothek, geschweige denn irgendwo sonst im Haus.

Fieberhaft überlegte sie. Im nächsten Augenblick wirbelte sie herum und rannte die Treppe hoch. Plötzlich hatte sie eine sehr gute Idee, wohin ihr Ehemann gegangen sein könnte.

Kurze Zeit später zog sie einen Mantel über ihr Kleid und verließ leise das Haus. Ihre Schuhe gaben kein Geräusch von sich, als sie den Hügel hinauflief.

Sehr bald schon hastete sie über den engen Pfad, über feuchte Erde und vereinzelte Grasbüschel. Und dann sah sie im ersten Licht der morgendlichen Sonnenstrahlen ihren Mann.

Steif, aber doch irgendwie zuversichtlich stand er vor Nathaniels Grab. Er hielt den Kopf gesenkt, und seine ernsten Gesichtszüge wirkten wie in Stein gemeißelt.

Ihr Herz schmerzte und sie hielt an, denn sie wußte, warum er hier war.

Er war gekommen, weil er Nathaniel Lebewohl sagen wollte.

Bewegungslos wie eine Statue blieb sie stehen und

hielt in der Stille den Atem an. Sie war sich ganz sicher, daß sie auch nicht das leiseste Geräusch von sich gab.

Und doch wußte er, daß sie in seiner Nähe war.

Er drehte sich halb um. Ihre Augen trafen sich, und er öffnete seine Arme ... und sein Herz.

Ihre Füße trugen sie zu ihm. Sie umschlang ihn mit ihren Armen und hielt ihn so fest, als wäre er ihr Rettungsanker vor der Welt. Er legte seinen Kopf an ihre Wange und küßte sie zärtlich. Dabei spürte sie seine salzig warmen Tränen auf ihren Lippen. Und dann präsentierte er ihr das unbezahlbare Geschenk.

Er weinte ... ohne sich dafür zu schämen.

Nur starke Männer waren in der Lage zu weinen, ohne Scham dabei zu empfinden.

Zwischen ihnen fiel kein Wort. Worte waren auch überflüssig.

Als sie zärtlich Hand in Hand die Grabstätte verließen, ging die Sonne gerade hinter den Baumwipfeln auf.

Es war der Morgen eines neuen Tages. Ein neuer Anfang. Ein neues Leben.

Epilog

Es war Anfang August, und das Wetter war traumhaft. Die Hitze den Sommers lag in der Luft, doch die frische Brise des Ozeans sorgte für angenehme Temperaturen.

Wann immer sie es ermöglichen konnten, verbrachten Morgan und Elizabeth ihre Wochenenden in der Hütte.

Und nach den Freudenschreien ihres Sohnes zu urteilen, der mittlerweile sechzehn Monate alt war, gefiel ihm das Leben dort genausogut wie seinen Eltern.

Robert Nathaniel O'Connor, kurz Robbie, hatte Augen vom gleichen tiefen Grün wie die seiner Mutter, das tiefschwarze Haar seines Vaters und manchmal die draufgängerische Art seines Onkels, was oft dazu führte, daß das Herz seiner Mutter vor Stolz überquoll ...

Und ein so angenehmes Wesen, wie es nur ihm zu eigen sein konnte.

Seine pummeligen Beinchen strengten sich maßlos an, als er über den Strand rannte. Sein Vater, der barfuß und mit nacktem Oberkörper hinter ihm herlief, war ihm dicht auf den Fersen. Als Morgan ihn fing und gegen seine Brust drückte, jauchzte der kleine Junge vor Vergnügen.

Morgan senkte seinen Kopf. Für einen Augenblick war er überwältigt von seinen Gefühlen. Er hätte nie zu träumen gewagt, daß das Leben so schön sein konnte. Daß die Liebe so schön sein konnte. Er hatte so viel bekommen. Einen Sohn. Ein zweiter war unterwegs, vielleicht war es auch ein Mädchen. Ja, das würde ihm gefallen. Ein Mädchen ...

Ihm gefiel der Gedanke, daß Nats Tod letztlich auch etwas Positives bewirkt hatte.

Er hatte seinen Blick auf die Zukunft gerichtet, auf die glücklichste aller Zeiten sowie wertvolle neue Erfahrungen und auf eine Liebe, die jeden Winkel seiner Seele durchdrungen hatte.

Und dort auf der Treppe saß seine einzige große Liebe mit einem süßen wissenden Lächeln, das er immer in seinem Herzen tragen würde.

Elizabeth.

Nachdem ihr leidenschaftliches Verlangen in dieser Nacht gestillt war, kuschelte sie sich eng an ihn.

Sie umwickelte eine Fingerspitze mit seinem welligen Brusthaar. »Weißt du«, sinnierte sie laut, »daß es hier in der Hütte war, als ich zum ersten Mal bemerkte, daß ich dich liebte?«

»Was!« neckte er sie. »Erst dann?«

Sie zog an seinen Haaren, bis er vor Schmerz aufschrie. »Du warst entsetzlich zu mir, Morgan O'Connor! Ich dachte, du haßtest mich. Du hast dich tatsächlich so verhalten, als würdest du mich verabscheuen.«

»Ich wollte nicht, daß du meine wahren Gefühlen bemerktest«, meinte er ironisch. »Und ich war davon überzeugt, daß du mich ebenfalls abscheulich fandest.«

Ihr Blick wurde sanft. »Jetzt mußt du dich bekennen. Wann hast du es zum ersten Mal bemerkt?«

Ein geheimnisvolles Lächeln umspielte seine Lippen. »Noch bevor wir verheiratet waren«, sagte er leichthin.

»Ach, du!« Mit gespieltem Ernst sah sie ihn an. »Und jetzt raus mit der Wahrheit. Wann hast du es bemerkt?«

Seine Umarmung wurde fester, besitzergreifender. »Erinnerst du dich noch an Stephens Ball?«

Ihre goldene Haarpracht kitzelte ihn am Kinn, als sie nickte. »Du hast mich geküßt, und dieser unselige Reporter hat alles mitangesehen!«

Er streifte mit seinen Fingern durch ihr Haar und bog ihren Kopf nach hinten, so daß er sie anschauen konnte. Es kümmerte ihn nicht, daß sich sein Herz in seinen Augen spiegelte.

»Nun, Liebes, mehr war nicht erforderlich.« Er küßte sie und lächelte dann. »Nur ein Kuß ...«

Patricia Gaffney

Mitreißende Liebesromane vor historischem Hintergrund.

Mit den Augen des Mondes
04/132

Süßer Verrat
04/147

Im Schatten der Liebe
04/168

In den Armen der Leidenschaft
04/176

In den Armen der Liebe
04/178

In den Armen des Glücks
04/180

04/180

Heyne-Taschenbücher

Johanna Lindsey

»Sie kennt die geheimsten Träume der Frauen...«
ROMANTIC TIMES

Fesselnde Liebesromane voller Abenteuer und Zärtlichkeit

Eine Auswahl:

Wenn die Liebe erwacht
01/7672

Herzen in Flammen
01/7746

Stürmisches Herz
01/7843

Geheime Leidenschaft
01/7928

Lodernde Leidenschaft
01/8081

Wildes Herz
01/8165

Sklavin des Herzens
01/8289

Fesseln der Leidenschaft
01/8347

Sturmwind der Zärtlichkeit
01/8465

Geheimnis des Verlangens
01/8660

Wild wie Deine Zärtlichkeit
01/8790

Gefangene der Leidenschaft
01/8851

Lodernde Träume
01/9145

Ungestüm des Herzens
01/9452

Rebellion des Herzens
01/9589

Halte mein Herz
01/9737

Wogen der Leidenschaft
01/9862

Wer die Sehnsucht nicht kennt
01/10019

Die Sprache des Herzens
01/10114

Heyne-Taschenbücher

Catherine Coulter

Romane von tragischer Sehnsucht und der Magie der Liebe.

04/184

Eine Auswahl:

Rivalen des Glücks
01/9965

Fluch der Liebe
01/10094

Karibische Nächte
04/129

Im Schatten der Mitternachtssonne
04/135

Ein ehrbares Angebot
04/139

Jenseits der Liebe
04/145

Der Herr der Habichtsinsel
04/151

Der Herr vom Rabengipfel
04/152

Der Herr der Falkenschlucht
04/154

Stolz und Leidenschaft
04/159

Sehnsucht und Erfüllung
04/169

Dornenpfad
04/173

Der Stern der Rache
04/184

Heyne-Taschenbücher

Romane für »SIE«

Romane um Liebe, Abenteuer, Leidenschaft und Verrat – vom großen historischen Liebesroman bis zum modernen Roman aus der Glitzerwelt des Jet-Set. Ausgewählte internationale Autoren des Genres garantieren Spannung und Lesevergnügen.

04/31

04/32

04/33

04/34

04/35

04/36

Wilhelm Heyne Verlag München